会计学

（第三版）

习题答案及解析

★★★ 崔宏　肖钰　黄亮华　编著 ★★★

MBA

Accounting

清华大学出版社

北　京

图书在版编目（CIP）数据

会计学（第三版）习题答案及解析 / 崔宏，肖钰，黄亮华编著. -- 3 版. -- 北京：清华大学
出版社，2011.9
ISBN 978-7-302-26876-5

Ⅰ. ①会…　　Ⅱ. ①崔… ②肖… ③黄…　　Ⅲ. ①会计学－高等学校－教学参考资料
Ⅳ. ①F230

中国版本图书馆 CIP 数据核字（2011）第 184431 号

责任编辑：梁云慈
责任校对：王荣静
责任印制：何　芊
出版发行：清华大学出版社　　　　　　　　　　　地　　　址：北京清华大学学研大厦 A 座
　　　　　http://www.tup.com.cn　　　　　　　邮　　　编：100084
　　　　　社　总　机：010-62770175　　　　　邮　　　购：010-62786544
　　　　　投稿与读者服务：010-62776969,c-service@tup.tsinghua.edu.cn
　　　　　质　量　反　馈：010-62772015,zhiliang@tup.tsinghua.edu.cn
印　刷　者：北京富博印刷有限公司
装　订　者：北京市密云县京文制本装订厂
经　　　销：全国新华书店
开　　　本：185×260　印　张：17　字　数：391 千字
版　　　次：2011 年 9 月第 1 版　　　印　　　次：2011 年 9 月第 1 次印刷
印　　　数：1～5000
定　　　价：30.00 元

产品编号：044291-01

前　言

本书是 21 世纪清华 MBA 精品教材、北京市高等教育精品教材立项项目《会计学》的习题答案及解析。

为适应 MBA 的教学需要,《会计学》教材(夏冬林主编)的目标定位是:通过理解和掌握财务会计的基本概念、原则和方法,获得阅读和理解会计报表的专业能力,同时掌握管理会计的基本概念和方法。作为非专业会计学生的教材,尤其是 MBA 的教材,《会计学》努力贴近中国实践,内容全面,通俗易懂,特别是在每一章最后配备了大量的习题,且有一定难度。这些习题分为三个类型:思考题,侧重于基本概念、原则与方法的理解和掌握;练习题,侧重于基本方法和基本原则的练习;讨论题,侧重于会计原则的运用和深入讨论,绝大多数讨论题取自上市公司的实例,便于查阅资料和分析。我们认为,教材作为"应知应会"会计知识的高度集成产品,在有限的课堂时间中是不可能详细掌握全部"细节"的。学生只有通过习题练习,才能更好地学习和掌握教材知识。因此,本书在给出习题答案的同时,注重解析过程,力求通过习题的解析,达到深化了解教材、扩展教材内容、学以致用的目的。

做题,从来都是一项令人头痛的差事。笔者也不例外。尽管已在会计与审计领域学习、研究和工作了 10 个年头,但做题的差事却是硬着头皮在合作导师夏冬林教授(《会计学》主编)的鞭策和警醒下才得以缓慢完成的。交稿之际,对做题过程与有关内容交代如下。

其一,由于《会计学》本身的"高度集成",部分内容在教材中不可避免地以精要的方式归纳列出,而部分习题,特别是思考题部分,教材中并没有完全对应的现成答案。这些习题答案写得较为详细,本意是想对原教材有一个补充,使会计学基础并不是特别强的学生能够更好地学习和理解。但愿不是画蛇添足。

其二,在本书编写过程中,恰逢中国企业会计准则酝酿和颁布之际,这既为本书的编写带来了新的挑战,也一再耽搁了"作业"的早日完成。本书习题答案的编写经过了三个版本和阶段:2005 年下半年以原有会计制度为基准的第一版;2006 年上半年依据新的企业会计准则进行的初步修改版;2006 年下半年深化学习企业会计准则后的再改版。由于新的企业会计准则指南较为简单,部分会计事项并没有现成的答案可循,所以本习题答案出现纰漏是万难避免的;同时由于题目本身的限制,答案也是新旧准则通用的,有的习题依据原会计制度给出,有的依据新的企业会计准则给出,有的则给出了新旧两种制度与准则下的答案。这需要提请读者注意。

其三,完成这样一项细腻烦琐却又艰巨枯燥的作业,非笔者本人所能及。这里要特别感谢下列各位好朋友的帮助,他们或在部分习题的解答中,或在笔者的讨教中,或在教学的反馈中,都给予我莫大的帮助,在此衷心表示感谢。他们是:房巧玲博士、李春玲博士、高志谦博士、贾平博士、赵晓东博士,以及资深执业会计师袁蕾和闫天伟。

最后,再次对本习题解答中存在的漏网错误表示歉意。尽管夏冬林教授多次叮嘱,千万仔细,不要出错,以免"挨骂",但我更担心"出丑"。做、校对、重做、再校对、再改正,一遍就头晕了,更别说第二遍。但掩卷自问:书中保证没错了吗?我想我还是会毫不犹豫地回答:有,会有。我为自己找了一句潜台词:不是我水平低,实在是学生水平高啊。所以,我期待同学们在使用本书过程中能找出所有的错误,以使有机会再版时,省却师弟师妹们的劳顿之苦。拜托了!任何赐教,请致函:300969@sina.com。

崔　宏

2007 年元月

2011 年,《会计学》再次进行了修订,即出版《会计学》第三版,此次修订对习题部分也进行了部分修改,新习题的解析由肖钰和黄亮华完成。

编著者

2011 年 6 月

目　　录

第1章 导　论

一、思考题

Q1-1　会计主要反映哪些企业活动,在会计报表中如何体现?

　　答：会计主要反映企业的融资、投资和经营活动。这些经济活动所蕴涵的会计信息通过确认、计量、记录和报告,在企业的会计报表中以适当的要素进行体现。

Q1-2　财务报告通常包括哪些内容?

　　答：根据《企业会计准则——基本准则》的规定,财务报告是指企业对外提供的反映企业某一特定时期的财务状况和某一会计期间的经营成果、现金流量等会计信息的文件。财务报告包括会计报表及其附注和其他应当在财务报告中披露的相关信息和资料。会计报表至少应当包括资产负债表、利润表、现金流量表等报表。小企业编制的会计报表可以不包括现金流量表。

Q1-3　会计报表包含哪些具体报表,它们分别反映哪些企业活动的信息?

　　答：根据《企业会计准则第 30 号——财务报表》及《企业会计准则——基本准则》的规定,作为对企业财务状况、经营成果和现金流量的结构性表述,会计报表至少应当包括资产负债表、利润表、现金流量表、所有者权益变动表、附注。其中,资产负债表是反映企业在某一特定日期的财务状况的会计报表。通过资产负债表可以静态反映企业在报告期末的资产、负债、所有者权益情况及其相互关系,可以反映企业以往的融资、投资、经营活动对资产、负债、所有者权益产生的累计影响。利润表是指反映企业在一定会计期间的经营成果的会计报表。通过对企业报告期内的收入、费用和利润情况的反映,利润表可以报告在某特定的时间范围内,企业收入的来源和数额,费用的性质和数额以及企业的利润状况,据此可以判断企业的获利能力。现金流量表是指反映企业在一定会计期间的现金和现金等价物流入和流出的会计报表。通过现金流量表,可以反映企业的变现能力、偿债能力和财务适应性,而且可以反映企业收益的质量。所有者权益变动表反映构成所有者权益的各组成部分当期的增减变动情况。附注则为资产负债表、利润表、现金流量表和所有者权益变动表等报表中列示的项目提供文字描述或明细资料,并对未能在这些报表中列示的项目进行说明。

Q1-4　会计报表主要有哪些使用者,他们需利用会计信息做出哪些决策?

　　答：会计报表的使用者主要有：公司股东、债权人、企业管理者、税务部门、供货方、客户、国家监管部门以及社会中介机构、企业职工等。①对公司股东而言,他们根据所持有股票的数量并通过股东大会的形式,对公司的融资、投资和经营等重大事项做出决策。②对债权人而言,他们需要利用会计信息评估其债权的安全性,如银行将利用会计信息判断企业的财务状况、经营情况和偿债能力等;债券投资者根据会计报表决定是否购买公司债券、数量多少以及期限结构等。③对企业管理者而言,他们根据会计信息制订经营决策如成本核算、预算控制、定价决策等,并提出融资、筹资建议。④对监管部门而言,他们通常以会计报表为基础,履行各自的监督管理职能。⑤会计师事务所对会计报表及其相关资料进行独立审查并发表审计意见。⑥供应商需要根据会计信息判断公司的购货数量、需求时间和货款支付能力。⑦客户需要根据会计信息判断公司的生产供货能力、产品定价趋向和产品开发情况等。⑧企业职工需要根据会计信息考虑公司的持续经营前景、就业保障能力、劳务报酬和职工福利支付水平。

Q1-5　如何理解有效资本市场假说与会计信息的关系?

答:在有效市场情况下,信息是重要的,有效市场并不排斥信息的供给。一旦新的信息被披露,无数的分析师和投资者就开始阐述信息、分析信息和理解信息,而价格也会及时准确地反映信息。国内外很多研究表明,会计信息在资本市场上具有信息含量,对股票价格会产生影响,即便在资本市场有效的情况下,及时、完整地披露会计信息仍然是十分重要的。

Q1-6　什么是审计意见? 有哪几种审计意见?

答:审计意见是注册会计师根据独立审计准则对被审计的会计报表是否按照适用的会计准则和相关会计制度的规定编制、是否在所有重大方面公允反映被审计单位的财务状况、经营成果和现金流量发表的意见。注册会计师的审计意见旨在提高会计报表的可信赖程度。

审计意见包括四种基本类型,即无保留意见、保留意见、否定意见和无法表示意见。

如果会计报表符合以下两个条件,注册会计师应当发表无保留意见的审计意见:①会计报表已经按照适用的会计准则和相关会计制度的规定编制,在所有重大方面公允反映了被审计单位的财务状况、经营成果和现金流量;②注册会计师已经按照中国注册会计师审计准则的规定计划和实施审计工作,在审计过程中未受到限制。

如果认为会计报表整体是公允的,但还存在下列情形之一,注册会计师应当发表保留意见的审计意见:①会计政策的选用、会计估计的做出或会计报表的披露不符合适用的会计准则和相关会计制度的规定,虽影响重大,但不至于发表否定意见;②因审计范围受到限制,不能获取充分、适当的审计证据,虽影响重大,但不至于发表无法表示意见。

如果认为会计报表没有按照适用的会计准则和相关会计制度的规定编制,未能在所有重大方面公允反映被审计单位的财务状况、经营成果和现金流量,注册会计师应当发表否定意见的审计意见。

如果审计范围受到限制可能产生的影响非常重大和广泛,不能获取充分、适当的审计证据,以至于无法对会计报表发表审计意见,注册会计师应当发表无法表示意见的审计意见。

Q1-7　我国有几种会计规范? 分别发挥什么作用?

答:我国的会计规范体系主要包括四种具体的会计规范,分别为会计法律、会计法规、会计准则和会计制度。我国会计法律规范的最高层次是《中华人民共和国会计法》,它是一切会计工作的根本大法。其他法律、法规的制定必须依据《会计法》。会计法规由国务院根据有关法律的规定制定,或者根据全国人民代表大会及其常务委员会的授权制定。

省、自治区、直辖市的人民代表大会及其常务委员会,可以根据本行政区域具体情况和实际需要,在不与法律、行政法规相抵触的前提下,按照规定指定地方性的会计法规。会计准则由财政部根据有关法律、法规制定。它是处理会计业务的标准,办理会计核算的规范,也是评价会计工作的依据。会计制度是企事业单位进行会计工作所遵循的规则、方法、程序的总称,一般由企事业单位根据会计准则制定。但我国的统一会计制度则是由财政部颁布的,遵循国际化和提高会计信息质量的原则,经过几年的努力,我国会计制度基本上实现了与国际会计惯例协调。除以上提到的四类规范外,会计规范体系也应包括会计职业道德规范。除注册会计师行业颁布了自己的职业道德规范外,我国的会计管理部门尚未制定专门的职业道德守则,其相关内容体现在《会计法》、《总会计师条例》等法规之中。

Q1-8　什么是公认会计原则?

　　答:公认会计原则是为会计信息的提供而定的规范,是制定会计准则的"准则"。公认会计原则是由有关会计定义、概念、原则、惯例、规则、程序等组成的综合体。公认会计原则概述了特定时间的一致意见,认为在财务会计中,哪些经济资源和经济义务应当记作资产和负债,哪些资产和负债的变动应予以记录并应在何时记录,资产和负债以及它们的变动应如何计量,哪些资料应予以揭示并应如何揭示,以及应该编制哪些会计报表。准则可以常变,但原则不能随意改变。尽管公认会计原则是处理会计信息的"基本真理",但实际上,"公认会计原则"一词主要是注册会计师发表审计意见的一个措辞。

Q1-9　会计职业包含哪些类别,其中企业会计包含哪些主要会计分支?

　　答:会计职业主要包含三大类:企业会计、非营利单位会计、社会会计。而企业会计主要包括财务会计与管理会计两个分支。

Q1-10　财务会计与管理会计有哪些主要区别和联系?

　　答:财务会计与管理会计的主要区别与联系见下表。

<table>
<tr><td colspan="2"></td><td>财 务 会 计</td><td>管 理 会 计</td></tr>
<tr><td rowspan="5">区别</td><td>服务对象不同</td><td>主要面向外部使用者</td><td>主要满足内部使用者</td></tr>
<tr><td>会计规范不同</td><td>确认、计量、记录和报告都有着严格的规范要求</td><td>一般不受会计准则和会计制度的约束,也不存在固定的模式和方法</td></tr>
<tr><td>职责作用不同</td><td>重在确认、计量、记录和报告会计信息,以客观反映企业的经济活动</td><td>重在预测、决策、分析和控制成本利润,以有效管理企业经济活动</td></tr>
<tr><td>信息要求不同</td><td>主要处理和提供企业内部的历史性会计信息,严格要求信息的真实性、可靠性和一致性,信息披露一般有统一要求</td><td>不仅处理和提供企业内部信息,还包括外部信息;不仅包括财务信息,还包括非财务信息;不仅包括历史性信息,还包括预测性信息。更加强调信息的决策有用性,且信息披露没有统一要求和模式</td></tr>
<tr><td rowspan="4">联系</td><td>体系相同</td><td colspan="2">同属于现代企业会计的分支。</td></tr>
<tr><td>目标相同</td><td colspan="2">在最终目标方面,二者都要服务于加强企业经营管理,提高企业经济效益的总目标</td></tr>
<tr><td>信息共享</td><td colspan="2">二者的信息对彼此都有重要作用,相互利用</td></tr>
<tr><td>共同促进</td><td colspan="2">二者在实际工作中各有侧重,但相互依存、相互补充、相互促进</td></tr>
</table>

Q1-11　你认为企业的会计部门和内部审计部门应该接受谁的领导？

答：会计部门与内部审计部门二者职能要分开，同时也应分别由不同的领导来负责，如会计部门可接受财务总监、总会计师或主管副总的直接领导，而内部审计部门则最好由审计委员会来领导，对董事会负责。

Q1-12　内部会计管理制度有哪些？各自的主要内容是什么？

答：企业应建立哪些内部会计管理制度，各项内部会计管理制度包括哪些内容，主要取决于单位内部的经营管理需要，不同类型的企业也会对内部会计管理制度有不同的选择，当然部分制度也可能受政府部门统一管理的要求。通常而言，健全的内部会计管理制度体系包括下表所示内容。

内部会计管理制度	主 要 内 容
会计组织管理体系	单位领导人、总会计师对会计工作的领导职责；会计部门及其会计工作机构负责人、会计主管人员的职责、权限；会计部门与其他职能部门的关系；会计核算的组织形式等
会计人员岗位责任制度	会计人员的工作岗位设置；各会计工作岗位的职责和标准；各会计工作岗位的人员和具体分工；会计工作岗位轮换办法；对各会计工作岗位的考核办法等
账务处理程序制度	会计科目及其明细科目的设置和使用；会计凭证的格式、审核要求和传递程序；会计核算办法；会计账簿的设置；编制会计报表的种类和要求；单位会计指标体系等
内部牵制制度	不相容职务的分离，重点是记账人员与经济业务事项和会计事项的审批人员、经办人员、财物保管人员的职责相互分离，重大对外投资、资产处置、资金调度和其他重要经济业务事项的决策和执行职责相互制约；出纳岗位的职责和限制条件，主要是不得兼管稽核、会计档案保管和收入、费用、债权债务账目的登记工作；其他有关岗位的职责和权限等
稽核和审计制度	稽核和审计工作的组织形式和具体分工；稽核和审计工作的职责、权限；审核会计凭证和复核会计账簿、会计报表的方法；对会计资料定期进行内部审计等
原始记录管理制度	原始记录的内容和填制方法；原始记录的格式；原始记录的审核；原始记录填制人的责任；原始记录签署、传递、汇集要求等
定额管理制度	定额管理的范围；制定和修订定额的依据、程序和方法；定额的执行；定额考核和奖惩办法等
计量验收制度	计量检测手段和方法；计量验收管理的要求；计量验收人员的责任和奖惩办法等
财产清查制度	财产清查的范围；财产清查的组织；财产清查的期限和方法；对财产清查中发现问题的处理方法；对财产管理人员的奖惩办法等
财务收支审批制度	财务收支审批人员和审批权限；财务收支审批程序；财务收支审批人员的责任等
成本核算制度	成本核算的对象；成本核算的方法和程序；成本分析等
财务会计分析制度	财务会计分析的主要内容；财务会计分析的基本要求和组织程序；财务会计分析的具体办法；财务会计分析报告的编写要求等

二、练习题

E1-1　理解经济业务和会计事项

资产包括：原材料、银行存款、机器设备、建筑物、现金、办公用品、预付货款。

负债包括：银行借款、应付工资、应交税费、预收货款。

所有者权益包括：投入资本、盈余公积。

收入包括：劳务收入、租金收入、银行（存款）利息。

费用包括：工资津贴、差旅费、广告费、银行（贷款）利息。

利润包括：利润。

E1-2　理解经济业务和会计事项

经营活动项目下：销售商品收到现金、接受劳务支付现金、支付增值税、收回应收账款、支付职工工资津贴、支付广告费用、购买原材料支付现金、购买商品支付现金、提供劳务收到现金。

投资活动项目下：购建固定资产支付现金、收到投资利润。

筹资活动项目下：发行股票收到现金、取得银行借款、发行债券收到现金、偿还银行借款利息、使用现金分配股利。

E1-3　各会计报表之间的关系

（1）　　　　　　　　　　　　　　　比较资产负债表

编制单位：北京金峰计算机公司　　　　　　　　　　　　　　　　　　万元

资　　产	20×4 年 12 月 31 日	20×5 年 12 月 31 日	负债及股东权益	20×4 年 12 月 31 日	20×5 年 12 月 31 日
流动资产：			流动负债：		
现金	447 718	593 601	应付账款	411 788	488 717
应收账款	449 723	510 679	应付票据	15 041	13 969
存货	278 043	249 224	应付税费	40 334	26 510
交易性金融资产	0	38 648	应付特许使用费	125 270	159 418
其他流动资产	74 216	152 531	其他流动负债	207 336	315 292
流动资产合计	1 249 700	1 544 683	流动负债合计	799 769	1 003 906
非流动资产：			非流动负债：		
建筑物和设备	227 477	315 038	长期负债	7 244	7 240
土地	14 888	21 431	其他非流动负债	50 857	98 081
计算机软件开发费	31 873	39 998	非流动负债合计	58 101	105 321
商誉	35 631	118 121	股东权益：		
			普通股	290 829	295 535
非流动资产合计	309 869	494 588			
			留存收益	410 870	634 509
			股东权益合计	701 699	930 044
资产总计	1 559 569	2 039 271	负债及股东权益合计	1 559 569	2 039 271

(2)

20×5 年度损益表

项　　目	金　　额
收入:	
销售收入	6 293 680
利息收入	28 929
收入合计	6 322 609
减:费用	
产品销售成本	5 217 239
销售和管理费用	786 168
利息费用	1 740
费用合计	6 005 147
减:所得税	93 823
净利润	223 639

(3) 20×5 年中宣布并支付给普通股股东的股利＝223 639－(634 509－410 870)＝0

(4) 20×4 年 12 月 31 日和 20×5 年 12 月 31 日之间现金的增加(增加金额为 145 883 万元),主要是由经营活动引起的,这可以从企业现金流入来源看出,筹资活动引起的现金流入很少,而投资活动引起的现金流则只有流出而没有流入,现金流入来源主要是由经营活动引起的。

三、讨论题

P1-1 请结合下列材料讨论会计信息在经济生活中的作用以及会计信息可能的局限性,并提供相应的例子来阐述自己的判断。

要点提示:①会计是商业语言;②会计随着经济的发展而不断发展;③会计信息是投资者决策的重要参考;④会计盈余信息是激励合约的关键变量;⑤会计信息往往是政府管理当局加强企业管理与资本市场管理的调控变量;⑥但会计信息毕竟不是决定企业价值的唯一要素,即使是高质量的会计信息也不能代替对其他因素的考虑。

P1-2 请根据如下材料讨论会计信息和资本市场之间的关系,并给出适当的案例来说明自己的观点。

要点提示:①会计信息或者说会计盈余并不是决定企业价值的唯一因素,而且会计信息本身还面临着质量高低的问题;②会计信息具有信息含量,可以帮助投资者进行决策,但是具有投资价值信息的绝不仅仅只是会计信息;③由于对操纵会计信息的识别能力大小不一,而且受研判会计信息质量的难度以及会计信息对公司价值决定的复杂机理影响,机构投资者相比散户投资者而言,对会计信息的利用要更多一些;④会计信息容易被企业操纵,特别是在中国股市还是政策市的情况下,围绕监管政策对会计信息操纵似乎不可避免;⑤会计信息在企业定价中,不论是历史信息还是未来信息,都有其局限性,价值的发现离不开市场;⑥资本市场的有效性程度对会计信息的生成质量与真实需求也具有重大影响。

第2章 资产负债表

一、思考题

Q2-1 资产有哪些特征？如何理解这些特征？

　　答：资产是指企业过去的交易或者事项形成的、由企业拥有或者控制的、预期会给企业带来经济利益的资源。由这一定义出发，可以发现资产的特征主要表现在三个方面：①资产能够为企业带来经济利益。这是资产之为资产的实质，即资产能够单独地与其他资产结合具有直接或间接地为未来的现金净流入做出贡献的能力。在确认资产时首先要考虑两点：一是是否真正含有未来经济利益，二是未来经济利益的全部或任何部分是否继续保持。如果不含有未来经济利益或这种经济利益已经不能保持，就不能列作资产。或者说，未来经济利益等于为企业提供特定权利或服务的能力，而且这种能力必须为正值，已经耗尽的权利和服务不应列作资产。例如，当一定资产的剩余成本恰好等于其残值时，它已丧失了服务潜能，因此不再是资产。②资产必须由企业拥有和控制。也就是说，资产对特定主体具有提供未来经济利益和服务的潜力，这种能力是排他性的。如果各个主体都能分享这种利益，利用这种服务，它就不是特定主体的资产。拥有或控制资产的关键在于获得资产所产生的收益，如果不能获得资产所产生的收益，就意味着没有取得资产。③资产的取得是源自过去的交易或事项。如果经济利益只能产生于未来而不能在现时存在或处于企业的控制之中，或促使企业能获得或控制这项未来利益的事项或情况尚未发生，就不能作为资产。不过，在存在"应履约合同"情况下是一个例外。当企业与其他企业签订在未来既定期间内按现时协议价格交易的不可撤销合同（尤其是涉及金融衍生工具交易）时，其引发的资产项目通常伴随交易另一方的负债，虽然交易尚未执行，但在符合有关准则规定时，则可予以确认入账。

Q2-2 负债与所有者权益有哪些区别？

　　答：负债与所有者权益的区别主要在于：①投入企业的期限要求不同。一般而言，资本是永久投资，与企业共存亡，除少数情况外，股东不能随意撤除其投资。而负债是要到期偿还的，相对于资本而言，负债的期限再长也是临时的。②收益的确定性程度不同。资本收益是不确定的，资本所有者与企业荣辱与共，随企业收益情况而变动。而借款的利息是固定的，与企业收益多少没有必然联系。③权益求偿日期的确定性不同。债权人的求偿权的到期日通常是固定或事先确定的，而所有者权益并不是企业的法定义务，股利则仅仅在正式宣告之后才能视为企业的负债。④权益的主张次序不同。通常情况下，债权人要求支付利息和偿还本金的权利是在所有者之前，即所有者权益对企业资源的要求权次于负债。

Q2-3 请比较基于历史成本法和公允价值会计计价方法的差异以及利弊。

　　答：历史成本、公允价值会计计价法的差别以及各自的利弊见下表：

	性　质	优　点	缺　点
历史成本法	历史成本是财务会计的资产计价所使用的传统属性,要求企业在初始取得时,根据其取得经济业务的原始交换价格入账,也就是说,要求资产、负债均以交易发生时的交换价格或实际成本入账	核心在于其可验证性,也就是客观可靠性。历史成本是市场上形成的,它代表买方和卖方所同意的交换价格,具有合法的依据,并且有发票或其他交易凭证作为佐证	主要是相关性较差,也就是决策有用性较差。价格上涨时,在以历史成本为基础的资产负债表中,除货币性项目外,非货币性资产和负债都会被低估,这种报表不能揭示企业真实的财务状况,因此对决策可能不相关甚至无用;其次,可比性可能受到影响。当价格明显变动时,基于各个交易时点的历史成本代表不同的价值量,严格地说,它们没有可比性;另外,其客观可靠性也是相对的。虽然在交易日,资产的历史成本是有凭证为据和可信的。但是随着资产因位移、耗用而对其初始交易成本(历史成本)的调整、分配和账面余额的计算未必是客观的
公允价值	在公平交易中,熟悉情况的交易双方自愿进行资产交换或者债务清偿的金额。在公平交易中,交易双方应当是持续经营企业,不打算或不需要进行清算、重大缩减经营规模,或在不利条件下仍进行交易。如该资产存在活跃市场,该资产的市价即为其公允价值;如该资产不存在活跃市场,则采用估值技术确定公允价值	公允价值的计价方法使金融衍生品、无形资产、实物性长期资产等资产的计量以及债务重组、非货币性交易、合并价差等交易价值的确认更具有价值相关性,因此能为资产确认、计提减值和资产重估提供更多的信息含量	公允价值计价方法在提供信息含量的同时,也带来了盈余管理的风险,特别是在市场机制和监管体系不完善的情况下,市场价格的公允性和估值技术的缺陷,为会计利润操纵提供了较大的空间。在计提减值确认可收回金额和可实现值时,企业很可能出现"洗大澡"等盈余操纵行为;或者通过非货币性交易或债务重组等行为为企业带来账面上的收益和利润

Q2-4　持续经营与历史成本计价有什么关系?

答:持续经营假设是假设企业在可预见的将来不会发生破产清算。在这一假设条件下,资产是按原定用途继续使用的,不会因为现时的涨价而将其出售,因为这样虽然能够实现盈利,但企业却失去了生产能力或进一步盈利的能力。即使出售了,为了今后的持续经营,还是要将其再买回来。持续经营假设要求资产的计价不应当考虑清算,由于清算价值不适合持续经营条件下的资产的计价,于是历史成本就成为普遍认可的计价原则。

Q2-5　为什么按照期限对资产和负债进行分类?(流动资产与长期资产、流动负债与长期负债的划分,对报表使用者有何意义?)

答:传统上,将资产与负债根据期限或者说根据资产与负债的流动性进行分类,即将资产分为流动资产与非流动资产,将负债分为流动负债与非流动负债的主要目的,是将之作为揭示企业偿付能力的一种方法。对于报表使用者,特别是债权人来说,可以据此评价自己债权的安全性。

Q2-6　资产负债表有哪些作用? 其主要的缺陷有哪些,你有无改进建议?

答:(1) 作用

资产负债表是一张提供公司财务状况的时点报表,反映资产及其分布状况、表明企业所承担的债务及其偿还时间、反映净资产及其形成原因,而且不同时点的资产负债表还可以反映企业财务发展状况趋势。因此资产负债表可以用来作为计算投资报酬率、评价资本结构以及公司资产的流动性和财务弹性的基础。①有助于评价企业的偿债能力。流动性是指资产变成现金和负债偿还的能力,资产的流动性决定了公司偿还债务的能力。一般而言,资产的流动性越强,公司失败的风险就越小。目前人们常说的不良资产在很大程度上也指的是资产的流动性不强,如应收账款不能及时收回,存货不能顺利转化为现金等。②有助于分析公司的财务弹性。财务弹性是公司采取有效行动改变现金流量的数量和时间,以满足不可预见的需要的能力。通过资产负债表,报表使用者可以了解公司拥有或控制的资源以及提供这些资源的人的权力,从而评价公司的财务弹性。③有助于分析企业的盈利能力。通过比较净利润和公司投入的资产或股东的投资,可以确定公司的投资回报。通过比较资产负债表项目和利润表有关项目,可以了解公司资源的利用效率等。④有助于分析企业的资本结构。资产负债表将企业的资金来源原原本本地披露给会计信息使用者,有助于会计信息使用者利用短期负债、长期负债的金额和比例,投入资本与非经营性因素增加的资本及企业的盈利形成的资本相区别,帮助使用者评价企业的资本结构。一般而言,企业的负债比重越大,说明债权人所冒的风险越大。

(2) 局限

尽管资产负债表有许多作用,但由于受现行财务会计概念的影响,资产负债表仍然存在很大的局限性。①由于资产负债表的绝大部分项目采用历史成本计价,使得资产负债表提供的信息与投资的决策需要相背离,不符合会计信息相关性的要求。特别是像固定资产,其使用寿命相对较长,其账面价值和现行价值可能相差很大,按照资产的账目价值进行分析,可能会歪曲企业的损益。②由于现行财务会计强调过去的交易,且列入资产负债表的项目都是可以准确或可以合理估计的项目,因此,资产负债表没有完全反映公司的资源,如人力资源、管理能力、研究开发水平等。③资产负债表中有许多人为的估计和判断因素,使得"盈余管理""利润操纵"等在一定程度上不可避免,这是我们阅读会计报表应该注意的。

(3) 改进

着眼于资产负债表的局限性分析,其改进可以从多方面进行。①确认方面,应从企业信息反映的完整性角度出发,着重将更多的无形资产进行确认,列入报表。知识经济的最重要特征就是知识、人力资源等无形资产在生产中的作用越来越突出;实物资产的作用已退居第二位。投资者已不再只关注企业现在的经营业绩,而是更多地关心企业未来的发展趋势。由于无形资产在盈利中的作用,资产负债表必须能详细地提供企业无形资产的相关信息,例如企业无形资产中人力资源的情况,研究开发费用的情况,自创无形资产的情况等。②计量方面,应突破历史成本的局限,引进其他计量方式,特别是无形资产,以历史成本计量将无法展现无形资产的潜在盈利能力。③披露方面,对企业财务状况有影响的重要经济事项,都应加以披露,一些资产由于技术等原因影响,在采用最适宜计量方式暂时困难的情况下,应加强表外披露。④报表格式方面,对资产负债表项目排列顺序也应进行适当改革,基本的趋势是重视按重要性排列的方法。国际会计准则委员会筹划小组于1995年3月公布的"财务报表编制"的原则说明书草稿就将资产负债表的项目排列改为:无形资产列在固定资产之前,固定资产列在流动资产之前。IASC在1997年修订的国际会计准则第1号中,对美国模式和英国模式进行调和与折中:它一方面强调资产、负债的流动和非流动的划分;另一方面又列示了一份以英国模式为主的资产负债表格式。可以预见,随着知识经济的蓬勃发展,人力资源将成为第一资源,人力资源的重要性将凸显无疑,反映到资产负债表就是将人力资产排在首位,其次是与人力资产密切相关的无形资产。

Q2-7　分析会计等式与借贷复式记账的关系。

答:会计等式即"资产=负债+所有者权益",而借贷复式记账是指将每笔经济业务同时在两个或两个以上相互联系的账户中,分别记为借方和贷方,并以相等的金额做成对立而统一的记录。按照会计平衡的要求,就必须使得企业的经济业务同时进行借贷双方向反映,否则,将无法保持会计上的平衡要求。

Q2-8　什么是会计循环?

答:企业、事业、机关、团体等单位为了有条不紊地进行会计核算工作,保证取得营业管理所需要的核算资料,必须遵循会计程序,将一定时期内所发生的经济业务按照一定的步骤、方法加以记录、归类、汇总,直至编制会计报告。在连续的会计期间里周而复始地不断循环的形式就是会计循环。所以可以简单地说会计循环就是会计人员进行会计工作的基本步骤,是会计信息产生的步骤,是会计核算的基本过程。由于各企业的行业性质和经济业务各不相同,会计业务的处理方法也有所不同,但会计核算的基本过程总体是一致的。一般来说,所有会计程序都需要经过证(会计凭证)、账(会计账簿)、表(会计报表)三个主体环节,分录、过账、试算、调整、结账和编表六个基本阶段。具体来说,会计循环的步骤包括以下10项内容:①收集和分析经济业务和有关数据;②登记日记账;③过账;④试算平衡;⑤账项调整;⑥编制调整后的试算平衡表;⑦结账;⑧编制会计报表;⑨编制接转分录;⑩编制结账后失算平衡表。

Q2-9　资产负债表的格式有哪几种,请简单列示其格式。

答:企业资产负债表的格式一般有三种:报告式、账户式、财务状况式。

(1) 报告式资产负债表

报告式资产负债表将资产、负债、所有者权益(股东权益)项目采用垂直分列的形式加以描述。分别有两种形式:资产=权益的等式和资产一负债=所有者权益(股东权益)的等式。报告式资产负债表格式如下。

"资产＝权益"式		"资产－负债＝所有者权益"式	
资产		资产	
各项目		各项目	
资产合计	1 010 000	资产合计	1 010 000
权益		负债	
各项目		各项目	
负债合计	545 000	负债合计	545 000
股东权益		股东权益	
各项目		各项目	
股东权益合计	465 000	股东权益	
权益合计	1 010 000	股东权益合计	465 000

报告式资产负债表的优点在于便于编制比较资产负债表,即在一张报表中,除列示本期的财务状况外,还增设几个栏目,分别列示过去几期的财务状况。可用旁注方式,注明某些项目的计价方法等。其缺点是资产和权益间的恒等关系并不一目了然。

(2) 账户式资产负债表

即按照 T 形账户的形式设计资产负债表,将资产列在报表左方(借方),负债及股东权益列在报表右方(贷方),左(借)右(贷)两方总额相等,格式如下所示。

资　　产		权　　益	
各项目		负债	
		各项目	
		负债合计	545 000
		股东权益	
		各项目	
		股东权益合计	465 000
资产合计	1 010 000	权益合计	1 010 000

账户式资产负债表的优缺点与报告式资产负债表正好相反。资产和权益间的恒等关系一目了然,但要编制比较资产负债表,尤其要作些旁注的话,就会有些困难。

(3) 财务状况式资产负债表

财务状况式资产负债表特别列出营运资本,以强调其重要性,格式如下所示。

流动资产	100 000
减:流动负债	(20 000)
营运资本	80 000
加:非流动资产	50 000
减:非流动负债	(30 000)
所有者权益	100 000

财务状况式资产负债表不常用。

Q2-10 公司应当提供哪些附注和补充信息? 有何作用?

答:(1)财务报告是企业正式对外揭示并传递财务信息的手段,它不仅包括会计报表,而且包括同财务会计信息系统有关的表外信息,即报表附注和其他补充信息。表外信息可弥补表内信息的局限性,使表内信息更容易理解,更加相关,是提高财务报告总体水平和层次、突出重要财务会计信息、提升报告信息质量的一个重要环节。随着经济环境的复杂化以及人们对相关信息要求的提高,表外信息在整个财务报告系统中的地位日益突出。表外信息的内容十分丰富,各国和国际性组织对其揭示的范围还难以做出统一的规范。在会计发达国家,表外信息的长度已大大超过财务报表本身的长度,表外信息构成财务报告体系十分重要的内容。以美国注册会计师协会《改进企业报告——着眼于用户》(又称 Jenkins 报告)为例,福克斯公司的表外信息多达 16 个,其篇幅约占 20 页,而报表本身则只有 4 页,从中可以认识到表外信息已成为使用者正确理解报表数据和判断报表信息质量不可或缺的组成部分。

根据我国 2001 年《企业会计制度》的规定,公司应当提供的附注和补充信息主要包括如下 13 个方面:①不符合会计核算前提的说明;②会计政策和会计估计的说明;③会计政策和会计估计变更的说明;④重大会计差错更正的说明;⑤或有事项的说明;⑥资产负债表日后事项的说明;⑦关联方关系及其交易的说明;⑧重要资产转让及其出售的说明;⑨企业合并、分立的说明;⑩会计报表重要项目的说明;⑪收入、所得税的会计处理方法;⑫合并会计报表的说明;⑬有助于理解和分析会计报表需要说明的其他事项。

按照 2006 年新颁布的《企业会计准则第 30 号——财务报表列报》的规定,附注是对在资产负债表、利润表、现金流量表和所有者权益变动表等报表中列示项目的文字描述或明细资料以及对未能在这些报表中列示项目的说明等。附注应当披露财务报表的编制基础,相关信息应当与资产负债表、利润表、现金流量表和所有者权益变动表等报表中列示的项目相互参照。附注一般应当按照下列顺序披露:会计报表的编制基础;遵循企业会计准则的声明;重要会计政策的说明,包括会计报表项目的计量基础和会计政策的确定依据等;重要会计估计的说明,包括下一会计期间内很可能导致资产、负债账面价值重大调整的会计估计的确定依据等;会计政策和会计估计变更以及差错更正的说明;对已在资产负债表、利润表、现金流量表和所有者权益变动表中列示的重要项目的进一步说明,包括终止经营税后利润的金额及其构成情况等;或有和承诺事项、资产负债表日后非调整事项、关联方关系及其交易等需要说明的事项。同时,企业应当在附注中披露在资产负债表日后、财务报告批准报出日前提议或宣布发放的股利总额和每股股利金额(或向投资者分配的利润总额)。此外,下列各项未在与会计报表一起公布的其他信息中披露的,企业也应当在附注中披露:企业注册地、组织形式和总部地址;企业的业务性质和主要经营活动;母公司以及集团最终母公司的名称。

(2)会计报表附注是会计报表的重要组成部分,是对会计报表本身无法或难以充分表达的内容和项目所作的补充说明和详细解释。之所以要编制会计报表附注,首先,是因为它拓展了企业财务信息的内容,打破了三张主要报表内容必须符合会计要素的定义,又必须同时满足相关性和可靠性的限制。其次,它突破了揭示项目必须用货币加以计量的局限性。再次,它充分满足了企业财务报告是为其使用者提供有助于经济决策的信息的要求,增进了会计信息的可理解性。最后,它还能提高会计信息的可比性。比如,通过揭示会计政策的变更原因及事后的影响,可以使不同行业或同一行业不同企业的会计信息的差异更具可比性,从而便于进行对比分析。

二、练习题

E2-1　辨认资产

可增加 A 公司资产(侧重增加资产类别,而不是资产总额)的交易如下:

交　　易	受影响资产	金额/万元
2	预付账款	10
4	长期股权投资	1 500
5	银行存款	6 000
7	存货	1 000
1	开发支出	1 000

E2-2　辨认资产

可增加"生生地产"公司资产(侧重增加资产类别,而不是资产总额)的交易如下:

交　　易	受影响资产	金额/万元
3	银行存款	20 000
4	存货	2 310
5	长期股权投资	2 000
6	预付账款	100
8	无形资产	300

E2-3　辨认负债

可增加"生生地产"公司负债(侧重增加负债类别,而不是负债总额)的交易如下:

交　　易	受影响资产	金额/万元
1	预收账款	1 000
3	应付账款(长短期借款)	1 000
4	其他应付款	30
6	预计负债	400
7	其他应付款	500

E2-4　确认影响资产总额的业务

能引起资产总额增加的事项有:(2)、(5)、(6)

E2-5　练习编制会计分录

(1) 借:固定资产　　　　　　　　　　　　　　　　　500 万元

　　　贷:银行存款　　　　　　　　　　　　　　　　　　　500 万元

(2) 借:原材料　　　　　　　　　　　　　　　　　1 000 万元

　　　贷:银行存款　　　　　　　　　　　　　　　　　　1 000 万元

(3) 借:银行存款　　　　　　　　　　　　　　　　1 000 万元

	贷：预收账款	1 000 万元
(4) 借：银行存款		50 万元
	贷：应收账款	50 万元
(5) 借：应收票据		800 万元
	贷：现金	800 万元
(6) 不需作分录		
(7) 借：银行存款		20 000 万元
	贷：股本	10 000 万元
	资本公积	10 000 万元
(8) 借：开发产品		2 310 万元
	贷：现金	1 110 万元
	应付债券	1 200 万元
(9) 借：财务费用		40 万元
	贷：应付债券	40 万元

E2-6 练习编制会计分录

(1) 借：预付账款		10 万元
	贷：银行存款	10 万元
(2) 借：管理费用		1 000 万元
	贷：银行存款	1 000 万元
(3) 假定为非同一控制下的企业合并		
借：长期股权投资——B 公司		1 500 万元
	贷：现金	500 万元
	股本	500 万元
	投资收益	500 万元
(4) 借：银行存款		6 000 万元
	贷：长期借款	6 000 万元
借：财务费用 25 万元(假定贷款交易发生在月初)		
	贷：长期借款	25 万元
(5) 不需作分录		
(6) 借：固定资产		100 万元
	贷：应付账款	100 万元
(7) 借：原材料		2 000 万元
	贷：银行存款	1 000 万元
	应付账款	1 000 万元
(8) 借：应付账款		100 万元
	贷：原材料	100 万元
(9) 借：预付账款		9 万元

　　　　贷：现金　　　　　　　　　　　　　　　　　　　9 万元

（10）借：管理费用　　　　　　　　　　　　　　　　5 万元
　　　　贷：银行存款　　　　　　　　　　　　　　　　3 万元
　　　　　　其他应付款　　　　　　　　　　　　　　　2 万元

（11）借：银行存款　　　　　　　　　　　　　　　200 万元
　　　　贷：短期借款　　　　　　　　　　　　　　　200 万元
　　　　借：财务费用　　　　　　　　　　　　　　　1.66 万元
　　　　贷：应付利息　　　　　　　　　　　　　　　1.66 万元

银行存款		现金		长期借款	
6 000	10		500		6 000
	1 000		9		25
200	1 000		509		6 025
	3				
4 187					

财务费用		管理费用		应付账款	
25		1 000		100	100
1.66		5			1 000
26.66		1 005			1 000

原材料		短期借款		股本	
2 000	100		200		500
1 900					

预付账款		长期投资		资本公积	
10		1 500			500

其他应付款		固定资产		预提费用	
	2	100			1.66

其他应收款	
9	

E2-7　练习编制资产负债表

资产负债表

编制单位：某企业			2005 年 12 月 31 日				元
资　产	行次	年初数	年末数	负债和股东权益	行次	年初数	年末数
流动资产：				流动负债：			
货币资金			82 000	短期借款			340 000
应收票据			7 000	应付账款			800 000
应收账款			985 415	预收账款			80 000

续表

资　产	行次	年初数	年末数	负债和股东权益	行次	年初数	年末数
其他应收款			7 899	应付职工薪酬			90 000
存货			457 821	应交税费			48 776
				应付股利			30 000
				其他应付款			988 700
流动资产合计			1 540 135	流动负债合计			2 368 776
非流动资产：				非流动负债：			
固定资产				长期借款			2 000 000
固定资产原值			8 000 000	应付债券			900 000
减：累计折旧			33 345	非流动负债合计			2 900 000
固定资产净值			796 665	负债合计			5 277 476
在建工程			380 000	股东权益：			
固定资产清理			80 000	股本			1 000 000
无形资产			600 000	资本公积			800 000
其他长期资产			191 224	盈余公积			600 000
				未分配利润			2 889 314
非流动资产合计			9 026 655	股东权益合计			5 289 314
资产总计			10 566 790	负债和股东权益合计			10 566 790

E2-8　练习编制会计分录和会计报表

(1) 借：银行存款　　　　　　　　　　　　　　150 000
　　　贷：股本——普通股　　　　　　　　　　　　　10 000
　　　　　资本公积——股本溢价　　　　　　　　　140 000

(2) 借：固定资产　　　　　　　　　　　　　　110 000
　　　贷：现金　　　　　　　　　　　　　　　　　50 000
　　　　　股本——普通股　　　　　　　　　　　　　4 000
　　　　　资本公积——股本溢价　　　　　　　　　56 000
　　　　　　　　　　　　　　　(假定交易发生时股票价格仍为发行价水平)

(3) 借：固定资产　　　　　　　　　　　　　　51 500
　　　贷：现金　　　　　　　　　　　　　　　　　11 500
　　　　　应付票据　　　　　　　　　　　　　　40 000

(4) 借：原材料　　　　　　　　　　　　　　　50 000
　　　贷：应付账款　　　　　　　　　　　　　　50 000

(5) 借：应付账款　　　　　　　　　　　　　　9 000
　　　贷：原材料　　　　　　　　　　　　　　　9 000

(6) 借：无形资产　　　　　　　　　　　　　　10 000
　　　贷：银行存款　　　　　　　　　　　　　　10 000

(7) 借：银行存款　　　　　　　　　　　　　　　　　　　　10 000

　　　贷：预收账款　　　　　　　　　　　　　　　　　　　　　　　　10 000

(8) 借：应付账款　　　　　　　　　　　　　　　　　　　　41 000

　　　贷：银行存款　　　　　　　　　　　　　　　　　　　　　　　　40 000

　　　　　原材料　　　　　　　　　　　　　　　　　　　　　　　　　1 000

资产负债表

编制单位：大地公司　　　　　　　　　　3 月 31 日　　　　　　　　　　　　　元

资　产	行次	年初数	期末数	负债和股东权益	行次	年初数	期末数
流动资产：				流动负债：			
货币资金			58 500	应付票据			40 000
存货			40 000	预收账款			10 000
				流动负债合计			50 000
流动资产合计			98 500	非流动负债：			
非流动资产：				负债合计			50 000
固定资产			161 500	股东权益：			
无形资产			10 000	股本			14 000
非流动资产合计			171 500				
				资本公积			196 000
				股东权益合计			210 000
资产总计			260 000	负债和股东权益合计			260 000

E2-9　练习编制会计分录和会计报表

(1) 借：银行存款　　　　　　　　　　　　　　　　　　　　300 000

　　　贷：股本——普通股　　　　　　　　　　　　　　　　　　　200 000

　　　　　资本公积——股本溢价　　　　　　　　　　　　　　　　100 000

(2) 借：银行存款　　　　　　　　　　　　　　　　　　　　200 000

　　　贷：长期借款　　　　　　　　　　　　　　　　　　　　　　200 000

　　借：财务费用　　　　　　　　　　　　　　　　　　　　2 000

　　　贷：长期负债——利息　　　　　　　　　　　　　　　　　　　2 000

(3) 借：无形资产——排版软件技术　　　　　　　　　　　　10 000

　　　贷：股本——普通股　　　　　　　　　　　　　　　　　　　10 000

　　借：无形资产——博大商标　　　　　　　　　　　　　　5 000

　　　贷：股本——普通股　　　　　　　　　　　　　　　　　　　5 000

(4) 借：预付账款　　　　　　　　　　　　　　　　　　　　60 000

　　　贷：银行存款　　　　　　　　　　　　　　　　　　　　　　60 000

　　借：管理费用　　　　　　　　　　　　　　　　　　　　5 000

　　　贷：预付账款　　　　　　　　　　　　　　　　　　　　　　5 000

(5) 借：管理费用　　　　　　　　　　　　　　　　　　　　500

　　　贷：现金　　　　　　　　　　　　　　　　　　　　　　　　　500

（6）借：固定资产 1 000
  贷：其他应付款 1 000
（7）借：银行存款 2 000
  贷：预收账款 2 000
（8）借：应收票据 2 000
  贷：其他业务收入 2 000
（9）借：银行存款 2 000
  贷：应收票据 2 000
（10）借：预付账款 1 000
  贷：现金 1 000
 借：现金 1 000
  贷：无形资产——博大商标 5 000
   营业外收入 5 000

资产负债表

编制单位：红日公司   2005 年 3 月 31 日   元

资 产	行次	年初数	期末数	负债和股东权益	行次	年初数	期末数
流动资产：				流动负债：			
货币资金			452 500	预收账款			2 000
待摊费用			56 000	其他应付款			1 000
流动资产合计			508 500	流动负债合计			3 000
非流动资产：				非流动负债：			
固定资产			1 000	长期借款			202 000
无形资产			10 000	非流动负债合计			202 000
				股东权益：			
				股本			215 000
				资本公积			100 000
				未分配利润			－ 500
				股东权益合计			314 000
资产总计			519 500	负债和股东权益合计			519 500

三、讨论题

P2-1 资产计价

要点提示：本例是一个典型的利用资产重组和关联方交易调节利润的案例：1997 年广电股份将 6 926 万元的土地卖给关联企业，卖价 21 926 万元，获利 1.5 亿元；将其全资子公司上海录音器材厂有偿出让给自己的国家股大股东上海广电（集团）有限公司，卖价 9 414 万元，获利 7 960 万元。剔除上述两项，则亏损 1.3 亿元。这也是公司避免连续两年亏损的一大"举措"。下表列示了该公司 1993—1997 年净利润情况：

广电股份 1993—1997 年净利润情况

年　份	1993	1994	1995	1996	1997
净利润/万元	10 176	10 842	2 580	−17 740	9 655

鉴于该事项的重大影响，注册会计师在审计报告中明确指出：该项业务虽已经产权交易所鉴证，但未经资产评估确认价值，并指出此项关联交易对其 1997 年损益产生了重大影响。

倘若关联交易以市价作为交易的定价原则，则不会对交易的双方产生异常影响。而事实上，有些公司的关联交易采取了协议定价的原则，定价的高低一定程度上取决于公司的需要，使得利润在关联公司之间转移。就本例来看，其中所使用的计价原则，既不是历史成本法，也不是现行市价法或公允价值法，实乃"任意计量法"。

P2-2　资产损失

要点提示：此例是利用巨额冲销"洗大澡"的方法实施盈余操纵的典型案例：深安达在 1995 年已发生亏损，而 1996 年在扭亏无望的情况下，索性将 1996 年一亏到底，从而换来 1997 年的盈利。事实上公司经营确实出现了问题，在 1997 年实现了盈利后，1998 年又亏损依旧。1999 年 4 月被特别处理，戴上了 ST 的帽子。2001 年 3 月 6 日，摘掉了 ST 的帽子。

深安达 1994—1998 年税后利润情况

年　份	1994	1995	1996	1997	1998
净利润/万元	2 937	−1 118	−9 867	1 107	−7 014

鉴于企业利用巨额冲销实施盈余操纵的事实情况，对资产减值准备进行管制就成为必要的了。

P2-3　原始凭证

要点提示：根据中国证监会 2001 年 9 月 6 日发布公告称，银广夏通过伪造购销合同，伪造出口报关单，虚开增值税专用发票，伪造免税文件，伪造金融票据等手段，虚构主营业务收入，虚构巨额利润 7.45 亿元。其中，1999 年 1.78 亿元，2000 年 5.67 亿元。中天勤会计师事务所在做年度会计报表审计时，也收集了基本的审计证据资料，但是银广夏给中天勤提供的各种会计资料都是虚假的，包括海关的报关单、发票，包括银行的进账单，包括与德国签订的销售合同。进一步说，从原始凭证上看，企业的假购货发票、假出库单、假入库单、假保管账、假成本计算单等一应俱全。而在这些虚假的原始凭证与记账凭证的基础上进行审计，必然难以发现企业重大的造假行为。所以这里的关键是，进入企业会计系统的经济信息所依据的经济业务的原始单据、原始凭证必须是真实、合法的，否则据以生成的会计信息也就没有可信基础保证。

P2-4　资产评估、公允价值

要点提示：只要交易是正常的，历史成本法在资产的初始计量时也应是公允的，但在特殊或必要的情况下，例如在产权变动情况下，对资产进行再次计量是必要的。由于社会经济状况的影响,币值保持一直的稳定性是不现实的,可以说,币值稳定仅仅是假设而不是现实,当物价变动较大时,在现时来看以往以历史成本法计量形成的资产和负债,就必然会发生高估或低估,也就是说,以现时的公允价值标准看,之前曾经公允过的历史成本价格已经不再公允了。

P2-5 账面价值与市值

要点提示:股东权益账面值,或者说净资产是一个看似简单,却极易被误解、被误用的财务指标。首先,企业净资产额并非企业股东所拥有资产的可变现金额,因而,也就不代表企业股权总价值的底线。其次,会计报表中体现的净资产很少考虑企业的各种无形资产,而对于一个现代企业而言,其拥有的品牌、技术、竞争能力,通常比有形资产更为重要。另外,重要的是企业账面上的净资产反映的是基于历史成本法下的股东权益值,而企业的真实价值却体现在其未来盈利,即创造现金流的能力上,两者既不会相等,也不会有一个固定的比例关系。当然,若净资产不是基于历史成本法,而是现时的公允价值,它反映了未来盈利能力,则企业的市值与其净资产理论上应该相等。但是事实上,企业账面上的净资产既不是股东的可变现值,也没有涵盖能为股东带来经济利益的全部资产,而且还是基于历史成本法下的股东权益值。换句话说,会计上的净资产反映的是量,而价值不仅取决于资产的量,更取决于资产的质。因此,企业的市场价值不等于企业股东权益账面值,这是很正常的。股东权益的市值/账面值的比率反映了账面上(表面上)的权益资产的不同实际盈利能力。如果认为市值是企业股东权益价值的真实反映,则股东权益的市值/账面值的比率越大,就意味着股东权益的账面值被低估的程度越大,反之则反。

P2-6 账面价值与市值

要点提示:一项资产的市场价值反映了其收益能力和预期现金流量的大小。虽然资产的账面价值反映了其初始成本,如果资产的收益能力在以后有了很大程度的提高或降低,那么资产的账面价值与其市场价值有可能相差甚远。一家公司的股东权益的市值/账面值的比率,即 P/BV 比率,是由其预期的增长率支付比率、收益的增长率和风险所决定的,但是最主要的决定因素是公司的股东权益报酬率或说净资产收益率(ROE)。由于不同行业具有不同的盈利能力和成长空间,行业风险也不尽相同,因此其市场价值也不一样。例如公共事业单位由于行业风险低,盈利稳定但较低,其 P/BV 比率必然较低;而高科技行业则一般说来具有高风险、高增长、高利润率的特征,其 P/BV 比率也较高,若要考虑到资本市场的泡沫影响,可能会更高。另外,不同行业其资本化程度不一,一般来说,高科技企业的固定资产比公共事业单位要少,而固定资产较少的企业其账面价值意义相对而言就小,相对其盈利能力所决定的企业市场价值来说,其偏离程度就更大。要平滑P/BV比率,就有必要对现行资产负债表进行变革:一方面将游离于表外的能为企业带来盈利或现金流的资产,特别是无形资产确认于表内;另一方面就是改变资产的计量方法,更多地引入公允价值计量属性。但两者都受制于计量技术的限制,特别是公允价值的确定无疑需要应用"预测"技术,而这又会增加计量的主观因素,意在提高会计信息的相关性的初衷,可能换来会计信息可靠性的丧失,进而失去决策相关性。

第3章 利 润 表

一、思考题

Q3-1 所谓会计分期就是按照公历年度或月份来编制会计报表,对吗?会计年度一定要与公历年度一致吗?会计分期中的月份一定要与公历的月份一致吗?

答:会计分期是指人为地将企业的持续经营期间划分为若干个会计期间。会计期间分为年度、季度和月份。但会计年度不一定要与公历年度一致。年度、季度和月份的起讫一般采用公历日期,但也可以不是公历日期,如一些国家和地区(如美国、中国香港等)规定企业可以根据其经营的实际情况自行选择会计期间,而一些企业据此将自己的会计年度定为每年的 4 月 1 日到次年的 3 月 31 日,或者 7 月 1 日到次年的 6 月 30 日。会计分期中月份一定要与公历的月份一致。

Q3-2 区别权责发生制和收付实现制,并说明在何种情况这两种计价基础没有区别。

答:某期间,企业销售一批产品,可能会遇到以下两种情况:其一,在售出产品的当期取得了现金收入;其二,尚未取得现金收入,但随着产品的出售,已取得向购货方收取货款的权力。由于会计核算是分期进行的,那么该批售出的产品是否应作为当期的收入呢?同样,对于费用的发生,还有实际支出现金和暂未支出待以后支出两种情况。此时,也有一个是否在当期确认费用的问题。

如何确认收入或费用,一般可能有两种标准:一种是以是否收到或支出现金为标准,这就是所谓的收付实现制或现金制;另一种是收入或费用以应归属期为标准,我们称之为权责发生制或应计制。

所谓权责发生制,具体讲就是凡是当期已经实现的收入和已经发生或应当负担的费用,不论款项是否收付,都应作为当期的收入或费用处理;凡是不属于当期的收入和费用,即使款项已经在当期收付,都不作为当期的收入和费用。

而收付实现制是指凡是在本期收到的收入和支出费用,不论是否属于本期,都应作为本期的收入和费用处理;反之,即使收入取得或费用发生,没有实际款项的收付不作为当期的收入和费用,即只要收到或支出了款项,就作为当期的收入或费用,而只要没有实际款项的收入,则一律不作为本期的收入或费用。和应计制比较,现金制处理方法比较简单,而且对各期损益的确定不够合理,一般只适用于行政事业单位。

采用权责发生制,可以正确反映各个会计期间所实现的收入和为实现收入所应负担的费用,从而可以把各期的收入与其相关的费用、成本相配合,加以比较,正确确定各期的收益。因此,绝大部分企业按这一基础记账。

当企业在整个生命周期内发生的货币收支业务与交易或事项本身完全一致时,这两种计价基础没有区别。

Q3-3　为什么实现原则不仅要强调收入的确认,还要强调收入的计量? 实现原则就是确定何时交易成立或服务完成以确认收入的一种原则,对吗?

　　答:根据《企业会计准则第 14 号——收入》的规定,销售商品收入的实现需要同时具备以下条件:①企业已将商品所有权上的主要风险和报酬转移给购货方;②企业既没有保留通常与所有权相联系的继续管理权,也没有对已售出的商品实施有效控制;③收入的金额能够可靠计量;④相关经济利益很可能流入企业;⑤相关的已发生或将发生的成本能够可靠地计量。细分来看,①②④强调的是收入的确认,③⑤强调的是收入的计量。收入能否可靠地计量,是实现收入的基本前提,收入不能可靠地计量,则无法确认收入。

　　实现原则是一个高度概括的要求,任何收入的确认都需要满足两个基本要求:已实现或可实现和已取得。实现原则不仅确定交易何时成立或服务何时完成,还要确定交易是否成立或服务是否完成。

Q3-4　为什么单步式利润表并没有被会计准则的制定机构所认可? 如何理解多步式利润表中的不同的利润指标?

　　答:利润表不仅体现企业当期的经营成果,还体现了经营成果的计算过程。单步式损益表是将本期各项收入的合计数与本期各项成本、费用的合计数相减后,经过一步就可以计算出本期利润总额,然后再减去所得税费用,最后得出净利润的报表的结构。它的优点是:收入费用归类清楚,经营成果的确认比较直观,报表编制方法简单;不足之处是对收入和费用的性质不加区分,无法反映出主营业务利润、其他业务利润、各种期间费用、投资收益、营业外收支等项目的具体结果,不能揭示利润中各要素之间的内在联系,不便于对企业经营成果进行分析和评价,不利于企业前后期利润表、行业间同期利润表相应项目的对比、分析。

　　多步式利润表是按照利润的性质,分层次地计算利润的一种利润表,它的优点是按利润的性质分步计算利润,反映了净利润各要素之间的内在联系,便于报表使用者进行盈利分析和预测企业的盈利能力。编制多步式利润表分为四个主要步骤。

　　第一步,以主营业务收入为基础,减去主营业务成本、主营业务税金及附加,计算出主营业务利润;

　　第二步,以主营业务利润为基础,加上其他业务利润,减去营业费用、管理费用、财务费用,计算出营业利润;

　　第三步,以营业利润为基础,加上投资收益、补贴收入、营业外收入,减去营业外支出,计算出利润总额;

　　第四步,以利润总额为基础,减去所得税,计算出净利润(或亏损)。

　　可见,多步式利润表中的利润指标有主营业务利润、其他业务利润、营业利润、利润总额、净利润。主营业务利润是企业主营业务活动如销售产品所取得的毛利;其他业务利润是企业除主营业务以外取得的收入,减去所发生的相关成本、费用,以及相关税金及附加等的支出后的净额;营业利润是企业从生产经营活动中取得的全部利润;利润总额是企业取得的全部利润之和;净利润是扣除所得税后的利润,是企业最终的财务成果。

　　需要补充说明的是,我国 2006 年《企业会计准则》对利润表的列报做出了新的规定,不再区分主营业务与其他业务,从而也不再区分主营业务收入与其他业务收入。这样编制利润表将简化为三个主要步骤。

第一步,以营业收入为基础,减去营业成本、营业税费、营业费用、管理费用、财务费用、资产减值损失等,再加上公允价值变动净收益、投资净收益,计算得出营业利润;

第二步,以营业利润为基础,加上营业外收入,减去营业外支出,得出利润总额;

第三步,以利润总额为基础,减去所得税,计算出净利润(或亏损)。

新准则下的营业利润与原先的营业利润的内涵是不一样的。

Q3-5　收益与收入有什么区别?

答:简单说,收入是指企业在销售商品、提供劳务及他人使用本企业资产等日常活动中所形成的经济利益的总流入。企业取得的收入包括商品销售收入、劳务收入、利息收入、使用费收入、股利收入等,但通常所说的收入是企业的营业收入,不包括利息收入和股利收入,这两项分别在利润表中的财务费用以及投资收益中核算;而收益是指除股利分配和资本交易外特定时期内所有的交易或价值重估事项所确认的股东权益的总变化,包括非常项目的利得和损失。

下面结合国际会计准则的有关规定进行较为详细的说明。

国际会计准则对收益(income)的定义为:"收益指企业在会计期间内经济利益的增加,其表现形式为资产的流入和增值、负债的减少,从而导致权益增加。但不包括与权益所有者出资有关的那些事项。"

那么,到底什么是收益呢? 在传统会计中一般认为企业收益是指一个会计期间企业的全部收入超过全部费用和损失的余额,或者说会计收益是指本期已实现的收入与其相关历史成本之间的差额。可见,会计准则所定义的收益相当于会计界习惯上讲的总收入概念,而不是利润概念。

国际会计准则将收入定义为:"收入指企业在正常经营活动中形成的导致权益增加的经济利益总流入,不包括投资者出资所导致的权益增加。"这里强调了三点:第一,正常的经营活动是收入的来源,收入不包括利得。第二,收入是导致权益增加的经济利益总流入。从"资产-负债=所有者权益"的观念看,权益增加包括资产的增加、负债的减少。收入只包括企业自身收到的或应收到的经济利益的总流入,代第三者收取的金额,如销售税、产品税、营业税和增值税不是流入企业的经济利益,不导致权益增加,因此不包括在收入中。第三,投资者出资所导致权益增加的经济利益总流入不包括在收入中。国际会计准则委员会对收入的定义相当于营业收入的概念。

我国《企业会计准则第 14 号——收入》对收入的定义为:"收入,是指企业在日常活动中形成的、会导致所有者权益增加的、与所有者投入资本无关的经济利益的总流入。本准则所涉及的收入,包括销售商品收入、提供劳务收入和让渡资产使用权收入。企业代第三方收取的款项,应当作为负债处理,不应当确认为收入。"这里也强调了三点:第一,收入的来源是销售商品、提供劳务及让渡资产使用权等日常活动。这样投资者出资所导致权益增加的经济利益总流入自然就不包括在收入之中。同时也说明收入是企业从日常活动中产生而不是从偶发的交易或事项中产生,即利得不属于收入。第二,收入导致经济利益的总流入。这里没有提及"权益的增加"的限定。收入能导致企业所有者权益增加,但收入扣除相关的成本费用后的净额则可能增加所有者权益,也可能减少所有者权益。这里仅指收入本身导致企业所有者权益增加,而不是收入扣除相关的成本费用后的毛利对所有者权益的影响。所以使用了经济利益的总流入。第三,收入不包括为第三方或客户代收的款项。

通过以上分析可以看出,两个会计准则对收入的定义本质上是一致的。

而利得,则一般是指偶发性的收益。我国 2006 年《企业会计准则——基本准则》对利得的定义为:"利得是指由企业非日常活动所形成的、会导致所有者权益增加的、与所有者投入资本无关的经济利益的流入。"通常从非日常活动中取得,属于那种不经过经营过程就能取得或不曾期望获得的收益,如企业接受捐赠或政府补助取得的资产、因其他企业违约收取的罚款、处理固定资产的净收益、流动资产价值的变动等。利得属于偶发性的利益,在报表中通常以净额反映。国际会计准则指出:"利得是指满足收益的定义但可能是也可能不是在企业正常活动过程中产生的其他项目(这里指收入以外的其他项目)。"例如利得包括了那些变卖非流动资产所产生的收益。将利得在损益表中予以确认时只是报告其扣除有关费用后的净额。两个会计准则对利得的定义是一致的,与我国会计准则所说的营业外收入基本相同。

Q3-6 制造费用与期间费用有什么区别?

答:除直接材料和直接工资以及其他直接支出外,制造业企业的各个生产单位为组织和管理生产所发生的生产单位管理人员工资,职工福利费,生产单位房屋建筑物、机器设备的折旧费,修理费及物料消耗,低值易耗品,水电费,办公费,差旅费等,称为制造费用。除生产部门要发生制造费用外,企业的其他部门还会发生一些费用,统称为期间费用。期间费用具体是指不能直接归属于某个特定产品成本的费用。它容易确定其发生的期间,而难以判别其所应归属的产品,因而在发生的当期便从当期的损益中扣除。期间费用包括:管理费用、财务费用、营业费用。制造费用进入产品的生产成本随着产品的销售计入利润表。期间费用则直接计入当期损益,在计算当期利润时全部减去,而不管当期产品的生产、销售情况。

Q3-7 成本、费用有何区别?

答:成本是指企业为生产产品、提供劳务而发生的各种耗费,是按一定的产品或劳务对象所归集的费用,是对象化了的费用,会随着资产的使用逐渐转化为费用,如固定资产通过折旧转化为费用,产品成本在产品销售后转化为销售成本计入当期费用。

费用是指企业为销售商品、提供劳务等日常活动所发生的经济利益的流出。作为企业在生产经营过程中发生的各项耗费,费用可以分为制造费用和期间费用。费用最终会导致企业资源的减少,具体表现为企业的资金支出或资产耗费,它与资产流入企业所形成的收入相反,而且费用最终会减少企业的所有者权益。

资产是未耗成本,而费用是已耗成本或逝去的资产。费用与一定的会计期间相联系,成本与一定种类和数量的产品或某种劳务相联系。

Q3-8 收益性支出与资本性支出有何区别?为什么在编制利润表时要区分之?

答:支出的效益仅与本会计年度相关的,就是收益性支出。收益性支出,要么形成企业的存货,并随着存货的销售而体现在利润表的销售成本中;要么体现为企业的各类期间费用,直接反映在利润表中。凡支出的效益与几个会计年度相关的,就是资本性支出。资本性支出不能直接反映在利润表中,必须先资本化,即作为资产项目反映在资产负债表的资产项目中,然后随着资产的使用逐步摊销进入利润表。

会计核算中,正确划分收益性支出与资本性支出非常重要。因为如果将资本性支出列为收益性支出,就会减少资产价值而增加当期费用,从而少计当期利润;反之,则会虚增资产价值而减少当期费用,多计当期利润。不管哪种情况,都会影响企业期末资产价值的正确计量和各期损益的正确计算,进而影响所得税的正确计缴和净利润的正确分配。因此,如果不能正确区分收益性支出和资本性支出,必然导致企业的费用反映不正确,最后会影响企业当期的经营成果,所以在编制利润表时要加以区分。

Q3-9 利润表中的利润总额是否可以直接用来计算企业当期缴纳的所得税?为什么?

答:不可以。利润总额是企业当期取得的全部利润之和,并不是税务当局征收企业所得税的依据。税务当局是按照税法的规定确定一个"应纳税所得额",然后再乘以企业适用的所得税率计算出应纳税所得额。会计制度和税法两者的目的不同,对收益、费用、资产、负债等的确认时间和范围也不同,从而导致税前会计利润与应税所得之间产生差异。企业应以税法的规定计算所得税,而不可以直接以利润表中的利润总额来计算企业当期缴纳的所得税。

Q3-10 在利润分配表中,计提各项公积金时是以当年的净利润为依据还是以可分配利润为依据?

答:在利润分配表中,计提各项公积金时应以当年的净利润为依据。净利润是扣除所得税后的利润,是企业最终的财务成果。可分配利润包括净利润和年初未分配利润,而年初未分配利润是上年提取各项公积金后的余额,所以不能以可分配利润为依据,否则就会重复计提。

二、练习题

E3-1 权责发生制和收付实现制

(1) 按照权责发生制原则,该公司 1 月份的利润应该是 -0.5 万元($8+8-20\times50\%-2-600.00\times5\%\div12-2=-0.5$)。

(2) 按照收付实现制原则,该公司 1 月份的利润应该是 -12 万元($8-6-6-2=-12$)。

(3) 权责发生制能够更好地反映公司在 1 月份的利润。

E3-2 收入确认的实现原则

应确认的收入的金额为 400 万元($100+300=400$)。

根据收入确认原则,(1)与(4)不符合确认收入的条件,不能作为收入确认,作为收入确认的只有(2)和(3)。

E3-3 关于费用确认的配比原则

该公司 20×9 年 12 月份发生的费用、成本为 39.8 万元[$10+(3\,000-20)\times100\div10\,000=39.8$]。

E3-4 关于收益性支出与资本性支出

(1)、(2)、(3)项属于收益性支出,收益性支出共计 335 万元($300+5+30=335$)。

(4)、(5)项属于资本性支出,资本性支出共计 1 020 万元($1\,000+20=1\,020$)。

E3-5 关于制造费用和期间费用

(1)和(4)发生的费用,应作为制造费用反映在产品成本中,作为制造费用的共计21万元(20+1=21)。

(2)、(3)和(5)发生的费用,应作为期间费用直接反映在利润表中,作为期间费用的共计34.5万元(30+4+0.5=34.5)。

E3-6 基本每股收益和稀释每股收益

基本每股收益按照归属于本公司普通股股东的当年净利润,除以发行在外普通股的加权平均数计算。

基本每股收益的具体计算如下。

	2009 年度	2008 年度
收益		
归属于本公司普通股股东的当年净利润	5 816 227 393.10	6 459 207 460.21
股份		
本公司发行在外普通股的加权平均数	17 512 000 000.00	17 512 000 000.00
基本每股收益	0.33	0.37

又有宝钢股份 2009 年年报披露,由于认股权证自发行日起至 2008 年 12 月 31 日止期间以及 2009 年度,普通股平均市场价格低于认股权证的行权价格,故未考虑其稀释性。且 2008 年度及 2009 年度不存在其他稀释性的潜在普通股的情况,所以宝钢股份 2009 年、2008 年稀释性每股收益就等于基本每股收益。

E3-7 其他综合收益和综合收益

根据题中提供信息,雅戈尔集团股份有限公司的综合收益总额应该等于集团净利润与其他综合收益之和,得到如下结果。

雅戈尔集团股份有限公司	2009 年度	2008 年度
净利润	3 494 180 331.84	1 791 391 964.66
其他综合收益	2 424 841 134.96	−7 236 302 538.52
综合收益总额	5 919 021 466.80	−5 444 910 573.86

E3-8 编制利润表

利 润 表

编制单位: 20×9 年度 元

项 目	行 次	本 年 金 额	上 年 金 额
一、营业收入		488 785 613.26	
减:营业成本		312 237 505.50	
营业税费		3 355 436.33	

续表

项　　目	行　　次	本 年 金 额	上 年 金 额
营业费用		72 488 110.06	
管理费用		42 255 058.55	
财务费用（收益以"－"号填列）		2 182 317.09	
资产减值损失			
加：公允价值变动净收益（净损失以"－"号填列）			
投资净收益（净损失以"－"号填列）			
二、营业利润（亏损以"－"号填列）		56 267 185.73	
加：营业外收入		70 450.11	
减：营业外支出		112 270.30	
三、利润总额（亏损总额以"－"号填列）		56 225 365.54	
减：所得税费用		0	
四、净利润（净亏损以"－"号填列）		56 225 365.54	
五、每股收益：			
（一）基本每股收益		×	
（二）稀释每股收益		×	
六、其他综合收益		100 000.00	
七、综合收益总额		56 325 365.54	

E3-9　利润分配

该公司 2009 年年末未分配利润计算如下。

项　　目	金　　额
年初未分配利润	208 936.34
加：本年净利润	45 214 635.66
可供分配净利润	45 423 572.00
减：提取法定盈余公积	4 521 463.57
提取任意盈余公积	9 042 927.13
应付普通股股利	9 084 714.40
年末未分配利润	22 774 466.90

三、讨论题

P3-1　收入确认

（1）不应该作为 20×6 年度的收入。因为这种情形通常会被认为是商品所有权上的主要风险和报酬并没有转移给购货方，且企业仍然保留与所有权相联系的继续管理权，不符合收入确认的条件。

（2）相应的营业成本为 3 652 606.96 元（4 106 508.00－453 901.04）。

（3）处理的动机可能是通过调节而增加 1996 年度的利润。

P3-2　雅戈尔集团股份有限公司利润构成

（1）对于该公司而言，主营业务收入是企业主要经营项目产生的利润，是企业可以持续经营而获得的收入，是企业的命脉，反映企业的绩效。而其他业务收入是企业兼营项目所产生的收入，这种收入是临时性的，不能长久的，不能体现企业的竞争优势之所在。将主营业务收入和其他业务收入列示在不同的项目，对于判断企业的经营健康状况具有重要的意义，这样更有利于对企业当期经营成果做出真实、公允的评价。

（2）营业利润是由企业经营的所有项目所产生的利润，包括企业的主营业务与兼营业务，是企业的主要利润来源，同时也相对稳定。而利润总额除了包括企业的营业利润，还包括了营业外利润。营业外利润一般反映的是企业计划范围以外的利润，多为一次性的业务所产生，具有偶然性。因此虽然利润总额反映了企业当期的收益状况，但营业利润才能更真实反映出企业经营成果和获利能力。

P3-3　东北制药费用确认

（1）东北制药股份公司（0597）是由东北制药公司独家发起，集团公司以其下属的东北制药总厂、沈阳第一制药厂和东北制药集团销售公司的生产经营性资产，以及三家企业所占用土地的土地使用权折价入股成立的。公司1996年5月向社会发行人民币普通股4 500万，并挂牌上市，募集资金主要投向万吨VC、2 000吨维生素C97、整肠生和磷霉素钠等8个项目。在公司的几个募资项目中，万吨VC是东北制药最重要的投资项目，总投资额预算达6.489亿元，设计生产能力仅次于瑞士Roche公司。从20世纪80年代中期到1994年，国际市场VC价格一路上涨，但从1995年开始由于受瑞士Roche和日本武田的压制，VC价格开始下滑，到东北制药VC项目竣工的1996年年底已是一落千丈，市价已低于其生产成本，VC项目一上马即处于亏损状态，加上项目投资发生了大量的银行借款，每年的巨额财务费用也压得东北制药喘不过气来。这种背景下，公司将费用资本化，致使公司1996年没有报出亏损，但其递延资产和待摊费用挂账过亿元，实际上已经形成潜亏。

（2）资产，是指过去的交易或事项形成并由企业拥有或者控制的资源，该资源预期会给企业带来经济利益。确认资产有以下三个方面：①能够直接或间接地给企业带来经济利益；②为企业所拥有的，或者即使不为企业所拥有，也是企业所控制的；③由过去的交易或事项形成的。资产可以按流动性分为流动资产和非流动资产；也可以按有无实物，分为有形资产和无形资产。资产会随着支出、折旧、摊销等方式计入费用或成本。

费用有狭义和广义之分。广义的费用泛指企业各种日常活动发生的所有耗费，狭义的费用仅指与本期营业收入相配比的那部分耗费。费用应按照权责发生制和配比原则确认，凡应属于本期发生的费用，不论其款项是否支付，均确认为本期费用；反之，不属于本期发生的费用，即使其款项已在本期支付，也不确认为本期费用。

P3-4　飞龙实业收入确认

衡阳市飞龙实业股份有限公司前身为衡阳市物资回收利用公司，为湖南地区最大的物资回收专业公司，隶属于衡阳市供销社。1988年经衡阳市经济体制改革办公室衡改字（1988）第6号文批准，衡阳市物资回收利用公司改制为衡阳市物资回收股份有限公司。1992年经衡阳市体改办衡体改字（1992）第33号文批准更名为衡阳市飞龙再生资源股份有限公司,1993 年经湖南省体改委湘体改字(1993)第 199 号文批准更名为衡阳市飞龙实业股份有限公司。1996 年 10 月,衡阳市飞龙实业股份有限公司 20 800 000 股 A 股获准在上海证券交易所上市。

飞龙实业原经营废旧物资和废旧有色金融回收,公司还拥有一家小轧钢厂和一家水泥厂。废旧物资回收这一行业竞争激烈,利润率低,难于管理,下属员工数量多,素质低,前景暗淡;轧钢厂投产当年便赶上市场萎缩,结果形成本利倒挂,被迫实行转产。1998 年飞龙实业业绩出现大幅滑坡,主营收入同比急跌 57.49% 至 8 461 万元,公司生产成本、管理费用、财务费用全面上涨,最终净利润亏损 6 638 万元,而公司 1997 年数据经调整后也出现大幅回落,净利润实际仅有 677 万元。

(1) 在经营压力不断增大的情况下,公司为了增加利润采取了快捷方式:确认虚假收入或者确认未实现收入。在不满足收入确认条件情况下,将出售商品房、受托经营、交易定金等事项的报酬计入收入,可见交易产生的目的是飞龙实业公司虚增本年利润,粉饰会计报表。

(2) 根据《企业会计准则第 14 号——收入》的规定,企业销售商品收入要同时满足以下五个条件:①企业已将商品所有权上的主要风险和报酬转移给购货方;②企业既没有保留通常与所有权相联系的继续管理权,也没有对已售出的商品实施有效控制;③收入的金额能够可靠地计量;④相关的经济利益很可能流入企业;⑤相关的已发生或将发生的成本能够可靠地计量。在进行销售商品的会计处理时,首先要考虑销售商品收入是否符合收入确认条件。符合所规定的五个确认条件的,企业应及时确认收入,并结转相关销售成本。不符合销售收入确认的五个条件中的任何一条,均不应确认收入。

其实除了商品销售收入,诸如销售资产、受托管理资产(企业)等收入的确认,同样需要遵循"实质重于形式的原则",要注意把握产权的转移、经济利益的流入以及具体的合约规定等。

通常,确认虚假收入或者确认未实现收入,其现金收入并不会实际收到,在这方面,权责发生制(或说应计制)为该类交易的虚假处理提供了"便利"。因为权责发生制是按照企业经济业务是不是实际发生了为标准,而不是按照是否实际收到现金来确认收入和费用。也就是说,如果收入实际发生了,不论企业是否收到了现金,都要算收入。一些企业在"假设交易已经发生"的情况下,就顺理成章地做了收入确认。而若要采取收付实现制(或说现金制),这类虚增收入的情形就会在相当程度上得以减少。因为在收付实现制下,只有收入确实收到了,才确认收入。

(3) 资产是指企业过去的交易或者事项形成的、由企业拥有或者控制的、预期会给企业带来经济利益的资源。可见,①资产应当是由企业过去的交易和事项所形成的,预计在未来发生的交易或者事项不形成资产。②资产必须由企业拥有或控制。通常情况下,应当考虑对资产的所有权;但某项资产即使不由企业拥有,如果能被企业控制,也符合资产的定义。③资产应当包含未来经济利益。未来经济利益是指直接或间接导致现金和现金等价物流入企业的潜力。

对于符合资产定义的项目,应当在同时满足以下条件时,确认为资产:①与该项目有关的经济利益很可能流入企业;②该项目的成本或者价值能够可靠地计量。对于符合资产定义和资产确认条件的项目,应当列入资产负债表。对于符合资产定义但不符合资产确认条件的项目,应在资产负债表附注中进行说明。

资产的会计确认如果不按照资产的定义和确认条件进行的话,一则可能将不是资产的项目作为资产列入报表中,虚增资产;二则可能将符合确认条件的资产仅仅作为附注说明,甚至根本不体现在报表中,就会虚减资产。两种情况都会造成报表失真。

第4章 现金流量表

一、思考题

Q4-1 利润表有什么缺陷？为什么要通过编制现金流量表来弥补利润表的一些缺陷？

答：利润表反映的是企业在一定期间的经营成果。在企业管理实践中，因为企业经营的核心目标就在于利润，经理们常常把利润表放在关注的首位，而忽视了现金流量表的作用。其实，利润表对企业真实经营成果的反映是有局限性的。利润表所反映的利润，是由会计人员遵循一定的会计原则，按照一定的会计程序与方法，将企业在一定时期所实现的营业收入及其他收入减去为实现这些收入所发生的成本与费用得来的。在这个计算过程中，针对不同的会计项目需要选择不同的会计政策、会计方法和会计估计。由于选择的差异常常会对利润结果产生不同的影响，而现金流量表可以弥补利润表的缺陷，因此可以通过反映企业经营活动形成的资金数额及其原因来补充利润表，揭示企业资金流入和流出的真正原因。

在现实活动中，我们常常会看到这样一些情况：尽管企业账面上表现出丰厚的利润，却因无力支付和清偿到期债务而陷入财务困境，摆脱不了破产清算的厄运；相反，有些企业可能账面利润表现并不突出，但因其现金流量良好、支付能力强而得以不断发展。这种状况的出现，正是财务管理中存在的自相矛盾的经济实质：利润不一定（或极少）等于现金流量。在一种完全理想的状态下，企业销售商品或提供劳务完全是以现金形式进行交易，且在没有任何资产折旧以及费用摊销的情况下，利润与现金是完全相同的。在现实的经营活动中，遵循权责发生制核算的收入增加并不会必然引起现金的增加，费用的增加也并不一定等于现金的流出。

现金是企业的血液，企业的任何日常活动都始于现金且终于现金，企业流转的顺畅与否对企业的生存与发展存在重大影响。而通过现金流量，企业管理者可知道本企业的现金是通过哪几个渠道流入，其结构、大小如何，也可以知道现金通过哪几个渠道流出，"钱"都怎么花了，从而对企业的财务状况和获利能力能够准确地把握。因此，要想对企业的利润结果有更加准确的了解，企业管理者应更多地关注现金流量表提供的信息，通过分析净现金流量与净利润的关系来评价净利润的质量就成为财务分析的一种很重要的方法。通常认为，有现金流量支持的净利润是高质量的；反之，则是没有质量的净利润。

Q4-2 理解现金流量表的编制基础。

答：现金流量表编制基础是现金和现金等价物，也就是说，现金流量表反映的是某一会计期间现金和现金等价物的期末余额与期初余额的变化。一般情况下，企业在编制报表时，"现金"就是资产负债表中的"货币资金"，即包括了库存现金、银行存款和其他货币资金。

按照《企业会计准则第31号——现金流量表》的定义，现金是指企业库存现金以及可以随时用于支付的存款。会计上所说的现金通常是指企业的库存现金，而现金流量表中的"现金"不仅包括"现金"账户核算的库存现金,而且包括"银行存款"账户核算的企业存入银行和其他金融机构的、可以随时用于支付的各种存款,也包括"其他货币资金"账户核算的企业的外埠存款、银行汇票存款、银行本票存款、信用卡存款、信用证保证金存款等。

由上可见,现金流量表中的"现金"概念类似于会计上所说的货币资金概念。但银行存款和其他货币资金中有些不能随时用于支付的存款,如不能随时支取的定期存款,由于不符合《企业会计准则第 31 号——现金流量表》中的现金定义,则不应列作现金,而应列作短期投资或长期投资,与会计上的货币资金概念又有所差异。当然,在企业的银行存款和其他货币资金中,那些提前通知银行或其他金融机构便可支取的定期存款,由于其符合《企业会计准则第 31 号——现金流量表》中的现金定义,则应包括在现金范围内。

按照《企业会计准则第 31 号——现金流量表》的定义,现金等价物是指企业持有的期限短、流动性强、易于转换为已知金额现金、价值变动风险很小的投资。现金等价物虽然不是现金,但其支付能力与现金的差别不大,可视为现金。如企业既为了保持短期支付能力,同时又为了不使现金闲置,可以用手持的必要现金购买随时可以变现的短期金边债券,在需要现金时即可随时变现,以满足现金支付的需要。

一项投资被确认为现金等价物必须同时满足四个条件,即期限短、流动性强、易于转换为已知金额现金、价值变动风险很小。根据这四个条件,所有长期投资都不应属于现金等价物的范畴;对于短期投资中股票投资,由于其价值变动风险很大也不应属于现金等价物的范畴;对于短期投资中的其他投资,如联营投资,由于其流动性差,也不应属于现金等价物的范畴;只有短期投资中那些期限短、流动性强、易于转换为已知金额现金、价值变动风险很小的国库券和信誉很好的金边企业债券才应属于现金等价物的范畴。

Q4-3　理解现金流量、现金流入、现金流出、净现金流量的概念。

答:现金流量是指某一段时期内企业现金和现金等价物的流入和流出的总称。企业从各种经济业务中收到现金,称为现金流入;为各种经济业务付出现金,称为现金流出。净现金流量是指现金流入与流出的差额,也可以称为现金净流量、现金流量净额。净现金流量可能是正数,也可能是负数。如果是正数,则为净流入;如果是负数,则为净流出。

现金流量包括现金流出量、现金流入量和现金净流量三个具体概念。

Q4-4　理解编制现金流量表时对现金流量的分类。

答:现金流量可以分为三类,即经营活动产生的现金流量、投资活动产生的现金流量、筹资活动产生的现金流量。

经营活动产生的现金流量是指企业日常生产经营活动提供的现金流量,它包括销售商品、提供劳务收到的现金;收到的税费返还;收到的其他与经营有关的现金等,以及购买商品、接受劳务支付的现金;支付给职工以及为职工支付的现金;支付的各项税费;支付的其他与经营活动有关的现金等。

投资活动是指企业长期资产的购建和不包括在现金等价物范围内投资及其处置活动。投资活动的现金流量主要包括:收回投资所收到的现金;取得投资收益所收到的现金;处置固定资产、无形资产和其他长期资产所收回的现金净额;处置子公司及其他营业单位产生的现金;收到的其他与投资活动有关的现金等,以及购建固定资产、无形资产和其他长期资产所支付的现金;投资所支付的现金;购买子公司及其他营业单位产生的现金;支付的其他与投资活动有关的现金等。

筹资活动是指导致企业资本(资产负债表的所有者权益中实收资本以及资本公积)及债务(短期借款、长期借款和应付债券)规模和构成发生变化的活动。其现金流量一般包括吸收投资所收到的现金;取得借款所收到的现金;收到的其他与筹资活动有关的现金等,以及偿还债务所支付的现金;分配股利、利润或偿付利息所支付的现金;支付的其他与筹资活动有关的现金等。

Q4-5　现金流量表中的投资活动与资产负债表中的投资项目(短期投资、长期投资)的含义是否一致?试解释之。

答:现金流量表中的投资活动与资产负债表中的投资项目概念不同,后者主要是指随时变现并且持有时间不超过一年(含一年)的股票、债券、基金投资,以及持有时间准备超过一年(含一年)的各种股权性质的投资、不能变现或不准备随时变现的债券、其他债权投资等。而现金流量表中的投资活动指企业长期资产的购建和不包括在现金等价物范围内投资及其处置活动。这里所说的长期资产,是相对于流动资产而言,包括固定资产、无形资产、在建工程、其他持有期在一年或一个营业周期以上的资产等。也就是说,现金流量表中的投资活动包括了资产负债表中短期投资中剔除现金等价物范围内的投资部分、长期投资以及其他长期资产的购置,以及所有这些资产的处置。

Q4-6　我国现金流量表中经营活动现金流量是用什么方法计算的?投资活动、筹资活动现金流量又是用什么方法计算的?

答:编制现金流量表时,列报经营活动现金流量的方法有两种,一是直接法,二是间接法。所谓直接法,是指通过现金收入和支出的主要类别反映来自企业经营活动的现金流量。直接法的主要优点是:直接显示经营活动现金流量的各项流入流出内容,在现金流量表中列示各项现金流入的来源和现金流出的用途,有助于预测未来经营活动的现金流量,有助于揭示企业经营活动现金流量的偿债能力、再投资能力和支付股利的能力。所谓间接法,是指以本期净利润为计算起点,调整不涉及现金的收入、费用、营业外收支以及应收应付等项目的增减变动,以此列示经营活动的现金流量。间接法的主要优点在于能分析影响现金流量的原因,有助于从现金流量的角度分析企业净利润的质量。

而投资活动或筹资活动的现金流量均采用直接法计算,不存在用间接法编制的问题。

Q4-7　在直接法下,如何填列(计算)销售商品、提供劳务产生的现金流量?

答:"销售商品、提供劳务收到的现金"项目,反映公司销售商品、提供劳务实际收到的现金,包括本期销售商品(含销售商品产品、材料,下同)、提供劳务收到的现金,以及前期销售商品和前期提供劳务本期收到的现金和本期预收的款项,扣除本期退回本期销售的商品和前期销售本期退回的商品支付的现金。公司销售商品向购买者收取的增值税,以及销售退回实际退回的增值税,在"收到的增值税销项税额和退回的增值税款"项目单独反映,不包括在本项目内。本项目可以根据"现金"、"银行存款"、"应收账款"、"应收票据"、"预收账款"、"主营业务收入"、"其他业务收入"等科目的记录分别填列。

在直接法下,企业当期销售货款或劳务收入款可用如下公式计算得出:

销售商品、提供劳务收到的现金＝当期销售商品或提供劳务收到的现金收入＋当期收到前期的应收账款＋当期收到前期的应收票据＋当期的预收账款－当期因销售退回而支付的现金＋当期收回前期核销的坏账损失。

应该注意的是,如果应收账款或应收票据的期初期末差额为负数,则上述式子中"当期收到前期的应收票据"和"当期收到前期的应收账款"的数字应为零,而不能填列负数。

Q4-8　在间接法下,如何填列(计算)销售商品、提供劳务产生的现金流量?

答:在用间接法计算经营活动现金流量时,是以净利润为出发点,根据本期发生的全部经济业务,通过对利润表和资产负债表中的全部项目进行调整来调节的。调整的思路是:先把本期的销售收入和销项税都视同现销处理,即认为都收到了现金,对于没有收到现金的销售,例如应收账款的增加,从营业收入和应交税金销项税额中减去,而应收账款的减少说明收到的现金增加(收回前期销售的现金),收回前期核销的坏账的道理同上。

"销售商品、提供劳务收到的现金"项目,反映企业销售商品、提供劳务实际收到的现金(含销售收入和应向购买者收取的增值税额)。主要包括:本期销售商品和提供劳务本期收到的现金,前期销售商品和提供劳务本期收到的现金,本期预收的商品款和劳务款等,本期发生销货退回而支付的现金应从销售商品或提供劳务收入款项中扣除。与销售商品、提供劳务有关的经济业务主要涉及利润表中的"业务收入"项目、资产负债表中的"应交税费(销项税额)"项目、"应收账款"项目、"应收票据"项目和"预收账款"项目等,通过对上述等项目进行分析,则能够计算确定"销售商品、提供劳务收到的现金"。若上述项目的发生额均与销售商品、提供劳务有关,该项目的确定则比较容易。我们知道,报表中某项目余额的变动即为该项目发生额的变动,因此,我们只需以销售商品、提供劳务产生的"销售收入和增值税销项税额"为计算的起点,对应收账款、应收票据、预收账款等项目进行余额变动的调整,即可计算出销售商品、提供劳务收到的现金。

但由于制度的规定和企业一些特殊的做法等原因,上述项目的发生额可能与销售商品、提供劳务无关,这些发生额则要做特殊处理,可称其为特殊调整业务。

特殊调整业务有两种情况:一种情况是指应收账款、应收票据和预收账款等账户对应的账户不是销售商品、提供劳务产生的"收入和增值税销项税额类"账户以及"现金类"账户的业务(上述三个账户内部转账业务除外);另一种情况是指销售商品、提供劳务产生的"收入和增值税销项税额类"账户对应的账户不是应收账款、应收票据和预收账款等账户以及销售商品、提供劳务产生的"现金类"账户的业务。

典型的特殊调整业务包括:①计提坏账准备;②收到债务人以物抵债的货物;③销售业务往来账户与购货业务往来账户的对冲,如应收账款与应付账款的对冲;④"应交税费——应交增值税(销项税额)"账户中含有的视同销售产生的销项税额,如将货物对外投资、工程项目领用本企业产品;⑤应收票据贴现产生的贴现息等。

间接法下,"销售商品、提供劳务收到的现金"项目的计算公式为:

销售商品、提供劳务收到的现金＝销售商品、提供劳务产生的"收入和增值税销项税额"＋应收账款项目本期减少额－应收账款项目本期增加额＋应收票据项目本期减少额－应收票据项目本期增加额＋预收账款项目本期增加额－预收账款项目本期减少额±特殊调整业务上述公式中的特殊调整业务作为加项或减项的处理原则是：应收账款、应收票据和预收账款等账户(不含三个账户内部转账业务)借方对应的账户不是销售商品提供劳务产生的"收入和增值税销项税额类"账户,则作为加项处理,如以非现金资产换入应收账款等；应收账款、应收票据和预收账款等账户(不含三个账户内部转账业务)贷方对应的账户不是"现金类"账户的业务,则作为减项处理,如计提坏账准备业务(计提坏账准备业务,管理费用增加,应收账款减少)等。

Q4-9　为什么在用间接法计算经营活动现金流量时,需要调节资产减值准备、固定资产折旧、无形资产摊销等项目？这些项目会影响计算经营活动现金流量吗？

　　答：因为这些项目不影响当期的现金流量,但在计算净利润时已经减去了,所以在调节时应该加回来。这些项目本身不影响现金流量,但会影响现金流量的计算。

Q4-10　为什么在用间接法计算经营活动现金流量时,需要调节经营性应收项目和应付项目的变化？

　　答：因为应收款项的期末余额小于期初余额,说明当期收回的现金大于利润表中所确认的销售收入,但不影响当期的净利润,所以在将净利润调节为经营活动现金流量时,需要加回。如果相反,则调节时需要扣除。

　　而应付款项的期末余额大于期初余额,则说明当期购货中有一部分没有支付现金,但是在计算净利润时减去的销售成本中包括了这部分差额,所以在将净利润调节为经营活动现金流量时,需要加回。如果相反,则调节时需要扣除。

Q4-11　评价直接法和间接法的优缺点。

　　答：直接法的主要优点是：直接列明了企业经营活动、投资活动、筹资活动各个项目的现金流入和流出,在现金流量表中列示各项现金流入的来源和现金流出的用途,经营活动产生的现金来自哪里,又运用到哪里,让人一目了然,有助于预测未来经营活动的现金流量,有助于揭示企业经营活动现金流量的偿债能力、再投资能力和支付股利的能力。缺点是：编制的过程非常复杂,且难以直接说明净利润与经营活动现金流量之间的关系。

　　间接法的优点：直接说明了净利润与经营活动现金流量之间的数量关系,能反映净利润和经营活动现金净流量的差异,也就是将利润表和资产负债表有机地联系在一起,能分析影响现金流量的原因,有助于从现金流量的角度分析企业净利润的质量,而这也是现金流量表之所以出现的一个重要原因。其缺陷恰恰就是不能通过现金流入、流出来说明净流量。

　　二者相比较,①按直接法编制现金流量表方便报表使用者使用。直接法直观地反映了企业经营活动的现金流量,易于理解,而间接法由于采用的是以本期净收益为起点进行调整,计算并列示经营活动产生的现金流量的方法,涉及较多的会计概念,若无足够的会计知识很难理解,不利于报表使用者的阅读和使用。②与间接法相比,直接法更符合编制现金流量表的目标。编制现金流量表的基本目标是提供企业在会计年度现金收入和现金支出的信息,所有投资和筹资活动的信息。直接法通过现金收入和现金支出的分项揭示反映经营活动产生的现金总流入量和总流出量,有助于估量企业未来的现金流量。而间接法却不具有这一优点。

二、练习题

E4-1　现金流量表的编制基础

期末现金 19 350.00 元减去期初现金 7 825.00 元,加上期末银行存款 19 958 895.00 元减去期初银行存款 22 322 856.43 元,加上期末其他货币资金 1 250 000.00 元减去 4 000 000.00 元,加上期末交易性金融资产中 3 个月将到期的债券 1 000 000.00 元减去期初交易性金融资产中 3 个月将到期的债券 0.00 元,净现金流量为－4 102 436.08 元。

如果没有交易性金融资产,则为－5 102 436.08 元。

E4-2　现金流量的分类、计算

1. 属于经营活动的有:(1)采购原材料支付价款 380 万元;(6)支付生产部门的工资及福利费 120 万元,管理部门工资及福利费 80 万元;(7)销售商品,收到价款 1 000 万元;(14)支付营业税为 752 000 元,所得税为 32 万元。

属于投资活动的有:(2)购建固定资产,支付款项 150 万元;(3)股票投资 1 000 万元;债券投资 300 万元;(8)处理报废固定资产,获得 12.3 万元净收入;(9)出售股票投资,收回投资 1 000 万元,同时获得收益 120 万元。

属于筹资活动的有:(4)支付到期的银行借款 500 万元,利息 25 万元;(5)支付股利 120 万元;(10)从银行借款 600 万元;(11)实施配股,获得配股资金 10 500 万元。

2. 经营活动产生现金流入:(7)销售商品,收到价款 1 000 万元,小计 1 000 万元。

经营活动产生现金流出:(1)采购原材料支付价款 380 万元;(6)支付生产部门的工资及福利费 120 万元,管理部门工资及福利费 80 万元;(14)支付营业税为 752 000 元,所得税为 32 万元,小计 687.2 万元。

经营活动产生现金的净流量为:流入 1 000 万元减去流出 687.2 万元,312.8 万元。

投资活动产生的现金流入:(8)处理报废固定资产,获得 12.3 万元净收入;(9)出售股票投资,收回投资 1 000 万元,同时获得收益 120 万元,小计 1 132.3 万元。

投资活动产生的现金流出:(2)购建固定资产,支付款项 150 万元;(3)股票投资 1 000 万元;债券投资 300 万元,小计 1 450 万元。

投资活动产生现金的净流量为:流入 1 132.3 万元减去流出 1 450 万元,－317.7 万元。

筹资活动产生现金流入:(10)从银行借款 600 万元;(11)实施配股,获得配股资金 10 500 万元,小计 11 100 万元。

筹资活动产生现金流出:(4)支付到期的银行借款 500 万元,利息 25 万元;(5)支付股利 120 万元,小计 645 万元。

筹资活动产生现金的净流量为:流入 11 100 万元减去流出 645 万元,10 455 万元。

3. 不影响现金流量的活动为:(12)计提应收账款坏账准备 15 万元,计提存货跌价准备 11.5 万元;(13)固定资产折旧费用为 1 065 420 元。

E4-3　销售商品、提供劳务产生的现金流量

20×2 年度销售商品、提供劳务收到的现金:销售一批商品 140 万元,加上本期收到的前期的应收票据 10.5 万元(3 万元减去 13.5 万元),加上本期收到的前期的应收账款 60 万元(40 万元减去 100 万元),减去本期因销售退回而支付的现金 1.5 万元,等于 209 万元。

E4-4　关于购买商品、接受劳务支付的现金

20×9 年度购买商品、接受劳务支付的现金:支付的货款 7.5 万元,加上本期支付前期的应付票据 5 万元,等于 12.5 万元。

E4-5　间接法下需要扣除项目的认定

元

净利润	67 821 953.49
加：计提的资产减值准备	1 254 787.21
固定资产折旧	12 424 779.29
无形资产摊销	592 092.45
长期待摊费用摊销	163 894.46
公允价值变动损失(减:增加)	13 563 353.73
处置固定资产、无形资产和其他长期资产的损失	1 193 959.55
财务费用	3 273 475.64
投资损失(减:收益)	−53 280.05
存货的减少(减:增加)	−670 818.95
经营性应收项目的减少(减:增加)	81 128 633.15
经营性应付项目的增加(减:减少)	27 526 769.76
经营活动产生的现金流量净额	208 219 599.73

三、讨论题

P4-1　经营净现金与净利润的差异

(1) 由于 2002 年放宽了信用条件,由 3 个月逐步放宽到 6 个月,销售收入增加近 30%,而应收账款的坏账也增长很快,占期末余额的 15%,因此期末应收账款较期初应有增加,应调减当期净利润。

(2) 公司采购的存货多来自关联单位,应付账款的付款期在 1 周以内。期末存货较期初可能有增加,应调减当期净利润。

(3) 公司将大量的资金借给了关联单位,这些借出的资金的利率较金融机构同档借款率高出 100%,但是关联单位却从来没有支付过利息。利息收入已计入当期净利润,而现金却未收到,应调减当期净利润。

上述状况引起净利润不错,而经营活动现金净流量为负数。

P4-2　四川长虹现金流量

1. 结构分析

(1) 流入结构

① 总流入结构。四川长虹的现金流入中经营活动占 81.94%,是现金的主要来源;

其次是投资活动。

② 内部流入结构。经营活动现金流入中,销售商品、提供劳务收到的现金占到98%;投资活动现金流入中,收回投资所收到的现金占到90%以上;筹资活动现金流入中,借款所收到的现金占近98%。

(2) 流出结构

③ 总流出结构。四川长虹的现金流出中,经营活动占72%,是现金的主要支出;其次是投资活动,近24%;筹资活动流出较少。

④ 内部流出结构。经营活动现金流出中,购买商品、接受劳务支付的现金占近79%;投资活动现金流出中,投资所支付的现金占92%以上;筹资活动现金流出中,偿还债务所支付的现金占近98%。

(3) 净额分析

四川长虹2001年度的经营活动净现金流量为正,投资活动净现金流量为负,筹资活动净现金流量为负,总现金流量为正。经营活动的净现金流量和收回的投资可以满足投资和偿还借款的需要,如果投资项目能为公司带来可观收益,则可以增强公司未来的盈利能力,应关注公司的投资方向和投资前景,以及企业的经营活动应付意外事件的能力。

2. 比率分析

(1) 流动性比率

① 现金对流动负债比率=(现金+现金等价物)÷流动负债

2000年年末指标为

现金对流动负债比率=1 523 796 655.31÷3 504 866 167.00=0.43

2001年年末指标为

现金对流动负债比率=1 645 515 737.49÷4 876 743 311.73=0.34

从指标上看,2001年的短期偿债能力有所下降。

② 现金流量比率=经营活动现金净流量÷流动负债

2001年指标为

现金流量比率=1 373 434 509.52÷4 876 743 311.73=0.28

③ 到期债务本息偿付比率=经营活动现金净流量÷(偿还债务所支付的现金+现金利息支出)

2001年指标为

到期债务本息偿付比率=1 373 434 509.52÷85 000 000.00=16.16

四川长虹公司偿还到期债务的能力较强。

(2) 获利能力比率

④ 每股经营活动现金流量=(经营活动现金净流量-优先股股利)÷流通在外的普通股总数

2001年指标为

每股经营活动现金流量=1 373 434 509.52÷2 164 211 422.00=0.63

（3）财务适应能力比率

⑤ 现金流量充足率＝经营活动现金净流量÷（长期负债偿付额＋固定资产购置额＋股利支付额）

2001 年指标为

现金流量充足率＝1 373 434 509.52÷（225 861 813.88＋13 603 027.13）＝5.74

四川长虹有较大的能力满足基本的现金需求。

⑥ 偿债保障比率＝经营活动现金净流量÷债务总额

2001 年指标为

偿债保障比率＝1 373 434 509.52÷4 885 314 786.50＝0.28

（4）营运效率比率

⑦ 折旧－摊销影响率＝（折旧＋摊销费用）÷经营活动现金净流量

2001 年指标为

折旧－摊销影响率＝（265 416 911.72＋9 569 573.96＋102 471 818.5－2 517 411.80）÷1 373 434 509.52＝0.27

四川长虹的运营较有效率。

⑧ 资产的现金流量回报率＝经营活动现金净流量÷资产总额

2001 年指标为

资产的现金流量回报率＝1 373 434 509.52÷17 637 511 664.69＝0.08

（5）其他指标

⑨ 经营活动现金流入÷主营业务收入＝10 164 099 522.34÷9 514 618 511.62＝1.07

⑩ 经营活动现金流出÷主营业务支出＝8 790 665 012.82÷8 321 104 995.35＝1.06

三、经营净现金与净利润差异分析

四川长虹 2001 年净利润为 8 854 万元，而经营活动现金净流量为 137 343 万元，两者相差 128 489 万元，从报表中可以看出，这主要是由为非现金性的费用和损失增加现金以及通过经营性流动负债占用他人资金等因素造成的。

第5章 会计报表分析

一、思考题

Q5-1 反映营运能力的财务指标有哪些？如何应用？

答：营运能力是以企业各项资产的周转速度来衡量企业资产利用的效率。周转速度越快，表明企业的各项资产进入生产、销售等经营环节的速度越快，那么其形成收入和利润的周期就越短，经营效率自然就越高。一般来说，包括以下五个指标：应收账款周转率（次数）、存货周转率（次数）、流动资产周转率（次数）、固定资产周转率（次数）、总资产周转率（次数）。

其计算公式分别为

应收账款周转率（次数）＝赊销收入净额÷应收账款平均余额

存货周转率（次数）＝销售成本÷存货平均余额

流动资产周转率（次数）＝销售收入÷流动资产平均余额

固定资产周转率（次数）＝销售收入÷固定资产平均余额

总资产周转率（次数）＝销售收入÷总资产平均余额

由于上述的这些周转率指标的分子、分母分别来自资产负债表和损益表，而资产负债表数据是某一时点的静态数据，损益表数据则是整个报告期的动态数据，所以为了使分子、分母在时间上具有一致性，就必须将取自资产负债表上的数据折算成整个报告期的平均额。通常来讲，上述指标越高，说明企业的经营效率越高。

在具体应用方面，不管是反映营运能力方面的指标，还是反映偿债能力以及盈利能力方面的指标，都有一些共性的要求，这里一并述之，下面 Q5-2 与 Q5-3 就不再分别说明了。

1. 根据特定企业选取关键指标进行分析

要根据不同的对象确定不同的指标。财务指标数量众多，且没有一定之规，完全可以根据需要随时创设。对于分析者而言，重要的不是掌握有多少可以用于衡量的指标，而是确定最适合评价对象的有限的几个关键指标，让其真正发挥作用。一般跨国公司、大型企业、母公司等或决策者需要综合性分析指标。可运用杜邦分析、沃尔比重评分法将指标综合起来进行分析，一个指标内含企业的偿债、营运、盈利等多方信息。分公司、中小企业、子公司或投资者、债权人适用具体指标分析。针对不同的财务信息需求者的要求，应具体选择偿债能力分析指标、营运能力分析指标、盈利能力分析指标、发展能力分析指标等。不应不分对象盲目使用指标分析方法和选择不能体现企业特点的指标作为财务分析指标。

财政部颁布的财务分析指标有近 30 个，但具体到某个企业的一般性分析不必面面俱到都选择。一般企业可选择常用的净资产收益率、总资产报酬率、主营业务利润率、成本费用利润率、总资产周转率、流动资产周转率、应收账款周转率、资产负债率、速动比率、资本积累率 10 项具有代表性的指标。

2. 注意掌握指标的运算

(1) 了解指标生成的运算过程。会计电算化进入日常工作后,财务指标数据由计算机自动生成,许多指标的计算过程被忽略,若指标波动大,计算生成的结果就不准确。如总资产周转率,如果资金占用的波动性较大,企业就应采用更详细的资料进行计算,如按照各月份的资金占用额计算,不能用期初与期末的算术平均数作为平均资产。若不了解指标生成的运算过程,就不了解指标的组成因素及各因素体现的管理方面的问题,从而发现控制方向和筛除不真实的因素就无从谈起。

(2) 进行对比的各个时期的指标在计算口径上必须一致。如计算存货周转率时,不同时期或不同企业存货计价方法的口径要一致,分子销售成本与分母平均存货在时间上要具有对应性,否则就无法进行比较。

(3) 剔除偶发性项目的影响,使作为分析的数据能反映正常的经营状况。如企业决算报表年终审计后,往往要调整年初或本期数,若调整数字涉及若干年度,作分析时就应剔除上年度以前的影响数,这样指标才能反映出企业本年和上年的财务和经营状况的实际情况。

(4) 适当地运用简化形式。如平均资产总额的确定,若资金占用波动不大,就可用期初期末的算术平均值,不必使用更详尽的计算资料。

3. 根据分析目的确定恰当标准

财务分析过程需要运用恰当的标准尺度,对指标进行评价。这里用于比较的标准是得出正确结论的前提。因此,标准的选择至关重要。但遗憾的是理论上至今也没有一个公认的标准值。因此,在分析中,要根据分析目的恰当取舍。一般情况下,如果分析的目的是了解企业与过去相比是否有进步,可以选择①历史标准,如上期实际、上年同期实际、历史先进水平以及有典型意义的时期实际水平等;如果分析的目的在于了解企业在行业中的地位或是与竞争对手相比的状况,可以选择②行业标准或对手指标,如主管部门或行业协会颁布的技术标准,国内外同类企业的先进水平,国内外同类企业的平均水平等;如果分析的目的是为了评价自己的经营管理水平,可以采用③预定目标,如预算指标、设计指标、定额指标、理论指标等;如果为了了解在国内以及国际上相关行业的地位则可采用④公认国内国际标准。

4. 综合运用多种方法来分析

(1) 对同期指标注意运用绝对值比较和相对值比较,正指标与反指标的多方位比较,可以从不同角度观察企业的财务和经营状况,恰当地选用指标间的勾稽关系。如企业资金周转快,营运能力强,相应的盈利能力也较强,这时可以观察营运能力的反指标与盈利能力的正指标增减额与增减率的变化是否相对应。

(2) 一般分析与重点分析相结合,从一般分析中找出变化大的指标,应用例外原则,对某项有显著变动的指标作重点分析,研究其产生的原因,以便采取对策,对症下药。

(3) 采取同型分析、效率分析、趋势比率等多种分析方法时,计算比率的子项和母项必须具有相关性。

（4）运用因素分析法应注意：一是因素分解的关联性，构成经济指标的因素要能够反映形成该指标差异的内在构成原因。二是因素替代的顺序性，否则会得出不同的计算结果。三是顺序替代的连环性，只有保持计算程序上的连环性，才能使各个因素影响之和等于分析指标变动的差异。四是计算结果的假定性。因替代顺序影响替代结果，因此，计算结果须建立在假设的前提下。合乎逻辑、有实际经济意义的假定，才能体现分析的有效性。

（5）注意财务指标中存在的辩证关系，即正指标并非越大越好，反指标并非越小越好。如速动比率是正指标，本应越大越好，但一般认为速动比率为1时是安全标准。因为如果速动比率小于1，企业必须面临很大的偿债风险；如果速动比率大于1，尽管债务偿还的安全性很高，但却会因企业现金及应收账款资金占用过多而大大增加企业的机会成本。

5．考虑企业发展战略综合分析

财务指标必然受制于企业的发展战略，不同战略下，企业的指标必然表现出较大的差异，在分析时要结合企业的战略，对各类财务指标的结果进行综合判定。

Q5-2　反映偿债能力的财务指标有哪些？如何应用？

答：企业的偿债能力分为短期偿债能力与长期偿债能力两个方面。

短期偿债能力是指企业偿还短期债务的能力。短期偿债能力不足，不仅会影响企业的资信，增加今后筹集资金的成本与难度，还可能使企业陷入财务危机，甚至破产。一般来说，企业应该以流动资产偿还流动负债，而不应变卖长期资产，所以用流动资产与流动负债的数量关系来衡量短期偿债能力。这方面的财务指标主要有流动比率、速动比率、现金比率。

其计算公式如下：

流动比率＝流动资产÷流动负债

速动比率＝速动资产÷流动负债＝（流动资产－存货－待摊费用）÷流动负债

现金比率＝（货币资金＋有价证券）÷流动负债

流动资产既可以用于偿还流动负债，也可以用于支付日常经营所需要的资金。所以，流动比率高一般表明企业短期偿债能力较强，但如果过高，则会影响企业资金的使用效率和获利能力。流动比率究竟多少合适没有定律，因为不同行业的企业具有不同的经营特点，这使得其流动性也各不相同；另外，这还与流动资产中现金、应收账款和存货等项目各自所占的比例有关，因为它们的变现能力不同。为此，可以用速动比率（剔除了存货和待摊费用）和现金比率（剔除了存货、应收款、预付账款和待摊费用）辅助进行分析。一般认为流动比率为2，速动比率为1比较安全，过高有效率低之嫌，过低则有管理不善的可能。但是由于企业所处行业和经营特点的不同，应结合实际情况具体分析。

长期偿债能力是指企业偿还长期利息与本金的能力。一般来说，企业借长期负债主要是用于长期投资，因而最好是用投资产生的收益偿还利息与本金。通常以资产负债率和利息保障倍数两项指标衡量企业的长期偿债能力。

其计算公式如下：

资产负债率＝（负债总额÷资产总额）×100％

利息保障倍数＝税息前利润÷利息费用＝（净利润＋所得税＋利息费用）÷利息费用

资产负债率又称财务杠杆，由于所有者权益不需偿还，所以财务杠杆越高，债权人所受的保障就越低。但这并不是说财务杠杆越低就越好，因为一定的负债表明企业的管理者能够有效地运用股东的资金，帮助股东用较少的资金进行较大规模的经营，所以财务杠杆过低说明企业没有很好地利用其资金。

利息保障倍数考察企业的营业利润是否足以支付当年的利息费用，它从企业经营活动的获利能力方面分析其长期偿债能力。一般来说，这个比率越大，长期偿债能力越强。

Q5-3　反映盈利能力的财务指标有哪些？如何应用？

答：盈利能力是各方面关心的核心，也是企业成败的关键，只有长期盈利，企业才能真正做到持续经营。因此无论是投资者还是债权人，都对反映企业盈利能力的比率非常重视。一般用下面几个指标衡量企业的盈利能力：每股收益、毛利率、营业利润率、销售净利率、总资产报酬率、净资产报酬率、销售收入增长率、营业利润增长率、净利润增长率、市盈率。

其计算公式如下：

每股收益＝净利润÷发行在外的普通股股数

毛利率＝［（销售收入－销售成本－销售税金及附加）÷销售收入］×100%

营业利润率＝（营业利润÷销售收入）×100%

销售净利率＝（净利润÷销售收入）×100%

总资产报酬率＝（净利润÷总资产平均余额）×100%

若考虑财务杠杆因素，

总资产报酬率＝{［净利润＋利息费用×（1－所得税率）］÷总资产平均余额}×100%

净资产报酬率＝净利润÷净资产平均余额×100%

销售收入增长率＝［（本期销售收入－上期销售收入）÷上期销售收入］×100%

营业利润增长率＝［（本期营业利润－上期营业利润）÷上期营业利润］×100%

净利润增长率＝［（本期净利润－上期净利润）÷上期净利润］×100%

市盈率＝每股市价÷每股收益

上述指标中，毛利率、营业利润率和销售净利率分别说明企业生产（或销售）过程、经营活动和企业整体的盈利能力，越高则获利能力越强；总资产报酬率反映股东和债权人共同投入资金的盈利能力；净资产报酬率则反映股东投入资金的盈利状况。净资产报酬率是股东最为关心的内容，它与财务杠杆有关，如果资产的报酬率相同，则财务杠杆越高的企业净资产报酬率也越高，因为股东用较少的资金实现了同等的收益能力。每股收益只是将净利润分配到每一份股份，目的是为了更简洁地表示权益资本的盈利情况。衡量上述盈利指标是高还是低，一般要通过与同行业其他企业的水平相比较才能得出结论。

在实际当中，我们更为关心的可能还是企业未来的盈利能力，即成长性。成长性好的企业具有更广阔的发展前景，因而更能吸引投资者。一般来说，可以通过企业在过去几年中销售收入、营业利润、净利润等指标的增长幅度来预测其未来的增长前景。在评价企业成长性时，最好掌握该企业连续若干年的数据，以保证对其获利能力、经营效率、财务风险和成长性趋势的综合判断更加精确。

对于上市公司来说,由于其发行的股票有价格数据,一般还要计算一个重要的比率就是市盈率。市盈率=每股市价/每股收益,它代表投资者为获得的每一元钱利润所愿意支付的价格。它一方面可以用来证实股票是否被看好;另一方面也是衡量投资代价的尺度,体现了投资该股票的风险程度。该项比率越高,表明投资者认为企业获利的潜力越小,愿意付出更高的价格购买该企业的股票,但同时投资风险也越高。市盈率也有一定的局限性,因为股票市价是一个时点数据,而每股收益是一个时段数据,这种数据口径上的差异和收益预测的准确程度都为投资分析带来一定的困难。同时,会计政策、行业特征以及人为运作等各种因素也使每股收益的确定口径难以统一,给准确分析带来困难。

Q5-4　张文刚刚进入一家银行的信贷部门工作,在接受完培训之后,张文拿到了一张审批贷款时需要使用的财务比率表,张文向主管询问这些是否就是影响公司偿债风险的全部财务比率。你认为主管应该如何回答张文的问题?

答:影响公司偿债风险的因素很多,这些财务比率只是衡量公司偿债风险的一种参考工具,并不是全部。你完全可以根据企业实际情况,在考虑贷款安全性的目标下,自行创设若干其他指标。但这张表毕竟也代表了多年以来我们大家公认的一些常用指标,除非不适用,否则也是应该加以考虑的指标。当然在具体运用时,应将比率分析、比较分析和趋势分析等方法相结合,并根据审批贷款的期限长短综合分析公司的短期偿债能力和长期偿债能力。

Q5-5　流动比率说明什么?管理者希望流动比率较高还是较低?

答:流动比率的高低说明短期偿债能力的强弱。管理者希望流动比率高,以保持企业具有较强的短期偿债能力,但是又不能过高,否则会影响企业资金的使用效率和获利能力。管理者应根据企业所处的行业和经营特点,使流动比率保持在一个合理的水平。

Q5-6　管理者如何应用存货周转率改善公司的经营?

答:存货周转率是衡量和评价企业购入存货、投入生产、销售收回等各环节管理状况的综合性指标。存货周转率指标的好坏反映企业存货管理水平的高低,反映企业销售能力强弱、存货是否过量和资产是否具有较强流动性等。通常情况下,管理者应在发展战略既定的情况下,加快存货周转,提高运作效率,增强存货创造利润的能力,以达到改善公司经营的目的。

值得注意的是,存货水平高、存货周转率低,未必表明资产使用效率低。存货增加可能是经营策略的结果,如对因短缺可能造成未来供应中断而采取的谨慎性行为、预测未来物价上涨的投机行动、满足预计商品需求增加的行动等。此外,对很多实施存货控制、实现零库存的企业,在对其进行考核时,该比率将失去意义。有些时候,存货周转过快,有可能会因为存货储备不足而影响生产或销售业务的进一步发展,特别是那些供应较紧张的存货,特别还要注意因存货水平过高或过低而造成的一些相关成本,如存货水平低会造成失去顾客信誉、销售机会及生产延后。管理者在分析并改善存货周转率指标时,应尽可能结合企业战略、存货管理制度、存货的批量因素、季节性变化因素等情况对指标加以理解,同时对存货的结构以及影响存货周转率的重要指标进行分析,通过进一步计算原材料周转率、在产品周转率或某种存货的周转率,从不同角度、环节上找出存货管理中的问题,在满足企业生产经营需要的同时,尽可能减少经营占用资金,提高企业存货管理水平。

Q5-7　总资产报酬率与净资产报酬率有什么区别？净资产报酬率的组成部分有哪些？这些部分分别用什么衡量？

答： 总资产报酬率是指企业一定时期内获得的报酬总额与平均资产总额的比率。用于衡量企业包括净资产和负债在内的全部资产的总体获利能力,也就是反映企业综合运用股东与债权人提供的资金创造利润的能力,是从整体上反映企业资产的获利水平的指标。

净资产报酬率亦称权益报酬率,是企业利润净额与平均所有者权益之比,体现股东每向企业投入一元钱能获得的收益,是从股东的角度评价所获得的收益。净资产报酬率是立足于所有者权益的角度来考核其获利能力的,因而它是最被所有者关注的、对企业具有重大影响的指标之一。通过净资产报酬率指标分析,一方面可以判断企业的经营效果,同时体现了企业管理水平的高低,最重要的是直接反映了投资者的投资收益水平。

净资产报酬率的组成部分当然是企业的净资产与净收益,根据杜邦财务分析体系,可以进一步分解为总资产报酬率和权益倍数。而总资产报酬率用销售净利润率和总资产周转率来衡量,权益倍数则用资产负债率来衡量。

Q5-8　提高财务杠杆是否能够提高对股东的回报率？

答： 提高财务杠杆,可以使股东用更少的资金支配更多的资产,如果提高财务杠杆所获得的收益高于增加负债所付出的资金成本,就能够提高对股东的回报率,因而股东的资金运作效率就越高。但既然称之为杠杆,就有相反的另一面:伴随财务杠杆的提高,虽然提高了股东资金"四两拨千斤"的放大功效,但同时也增大了财务风险。资本结构中债务比重过大,贷款利息支出或借贷资金成本就高,企业偿债压力沉重,若经营不善,极有可能被债务压垮。

Q5-9　如果公司的应收账款周转率与存货周转率呈反向变动,这可能说明什么问题？

答： 如果公司的应收账款周转率提高,存货周转率降低,可能是公司提高了对客户的信用标准要求,加强销售收款,严格控制赊销收入,不向信用级别低的客户赊销产品,导致应收账款减少,存货周转减缓形成的。

如果公司的应收账款周转率降低,存货周转率提高,可能是公司降低了对客户的信用标准要求,对更多的客户赊销产品,导致应收账款迅速增加,存货周转加快形成的。

二、练习题

E5-1　选择最恰当的答案

(1) (A)　　(2) (B)　　(3) (B)　　(4) (C)　　(5) (C)

(6) (B)　　(7) (B)　　(8) (C)　　(9) (A)　　(10) (A)

E5-2　财务指标之间的关系

(A) 销售成本 $= 5 \times (26\,000 + 30\,000) \div 2 = 140\,000$(元)

（B）销售毛利＝248 000－140 000＝108 000(元)

（D）营业利润＝248 000×11％＝27 280(元)

（C）利息费用＝108 000－60 000－13 000＋4 000－27 280＝11 720(元)

（E）营业外收入(支出)＝31 400－27 280＝4 120(元)

（G）净利润＝248 000×7.5％＝18 600(元)

（F）所得税＝31 400－18 600＝12 800(元)

E5-3　同型比较

（1）同型利润表

%

项　目	2005 年度	2006 年度	2007 年度	2008 年度	2009 年度
营业收入	100.00	100.00	100.00	100.00	100.00
营业成本	51.23	49.08	46.74	50.04	52.06
毛利	48.77	50.92	53.26	49.96	47.94
营业费用	0.00	0.00	0.00	0.00	0.00
销售与管理费用	14.00	11.50	11.36	12.01	14.46
研究与开发支出	11.93	11.90	12.14	12.91	12.66
营业费用合计	25.93	23.40	23.50	24.92	27.12
营业利润	20.75	23.62	25.28	19.49	19.09
投资收益	1.59	1.81	1.41	0.35	0.25
利润总额	22.33	25.43	26.69	19.85	19.34
所得税	4.72	6.92	7.60	4.49	5.25
停业部门(损)益	1.22	11.95	0.12	0.00	0.00
净利润	18.84	30.45	19.20	15.36	14.10

为方便比较,我们同时还计算了相关指标。

%

项　目	2005 年度	2006 年度	2007 年度	2008 年度	2009 年度
毛利率	48.77	50.92	53.26	49.96	47.94
营业利润率	20.75	23.62	25.28	19.49	19.09
销售净利率	18.84	30.45	19.20	15.36	14.10
总资产报酬率		29.95	19.98	15.62	12.23
净资产报酬率		37.27	24.91	19.90	15.43
营业收入增长率		15.57	－2.95	－9.64	－16.59
营业利润增长率		31.57	3.86	－30.31	－18.30
净利润增长率		86.79	－38.79	－27.74	－23.44

　　从同型利润表数据及以上比率可以看出,与基期 2005 年相比,2006 年和 2007 年的利润总额逐年上升,从 2008 年开始逐年下降。具体来看,2006 年和 2007 年这两年的持续增长有很大差异,2006 年的利润增长主要源自营业收入的大幅增长。而 2007 年则通

过提升产品的毛利率来实现,虽然当年的营业收入相比前一年有所下降,但总的营业利润仍呈上升态势。企业未能维持这一水平的毛利率,从 2008 年开始,在营业收入逐年下降的颓势下,企业的毛利率也逐年下降,而且企业又未能有效地控制住销售费用和管理费用的增长,导致在 2009 年,企业的盈利状况到了近 5 年的最低水平。

(2) 同型资产负债表

%

项 目	2005 年度	2006 年度	2007 年度	2008 年度	2009 年度
流动资产					
货币资金	8.06	8.49	10.48	8.77	9.75
短期投资	27.33	18.19	12.60	12.53	14.38
应收账款	10.94	12.74	13.75	7.66	10.54
存货	7.87	10.32	11.19	11.53	9.92
其他流动资产	8.29	6.65	6.58	8.07	5.86
流动资产合计	62.48	56.38	54.61	48.56	50.45
固定资产	24.76	28.36	28.49	27.71	26.06
长期投资	1.57	2.06	2.11	5.48	5.26
商誉和其他外购无形资产	4.89	6.53	7.52	7.81	8.66
其他长期资产	6.29	6.67	7.26	10.44	9.57
资产总计	100.00	100.00	100.00	100.00	100.00
流动负债	0.00	0.00	0.00	0.00	0.00
短期借款	2.00	0.31	0.00	0.00	0.00
应付账款	10.95	11.41	14.00	11.39	11.09
其他长期负债	2.83	3.20	1.98	1.46	2.01
流动负债合计	15.78	14.92	15.99	12.85	13.10
长期借款	2.18	0.00	0.00	0.00	0.00
其他长期负债	2.79	3.53	5.27	8.93	6.68
负债总额	20.75	18.45	21.25	21.78	19.78
股东权益总计	79.25	81.55	78.75	78.22	80.22
负债和股东权益合计	100.00	100.00	100.00	100.00	100.00

为方便比较,我们同时还计算了相关指标。

项 目	2005 年度	2006 年度	2007 年度	2008 年度	2009 年度
流动比率	3.96	3.78	3.42	3.78	3.85
速动比率	2.94	2.64	2.30	2.25	2.65
现金比率	2.24	1.79	1.44	1.66	1.84
资产负债率/%	20.75	18.45	21.25	21.78	19.78

从同型资产负债表数据及以上比率可以看出,该公司的短期偿债能力在经历了微弱的下降之后,又开始逐年提高。整体上,该公司的财务状况基本维持稳定,各年之间无显

著性差异。

E5-4　财务指标之间的关系

(G) 应收账款＝(12 000 000÷10)÷3×2×2＝1 600 000(元)

(H) 存货＝(6 000 000÷5)×2－1 500 000＝900 000(元)

(I) 流动资产合计＝500 000＋160 000＋900 000＝3 000 000(元)

(J) 固定资产＝8 000 000－3 000 000＝5 000 000(元)

(L) 流动负债合计＝3 000 000÷2＝1 500 000(元)

(K) 应付票据＝1 500 000－350 000＝1 150 000(元)

(N) 负债总额＝8 000 000×55%＝4 400 000(元)

(M) 长期债券＝4 400 000－1 500 000＝2 900 000(元)

(Q) 股东权益总额＝8 000 000－4 400 000＝3 600 000(元)

(P) 股本＝3 600 000－800 000＝2 800 000(元)

(A) 销售收入＝12 000 000÷96%＝12 500 000(元)

(B) 销售毛利＝12 500 000－6 000 000＝6 500 000(元)

(C) 营业费用＝12 500 000×40%＝5 000 000(元)

(D) 利润总额＝6 500 000－5 000 000＝1 500 000(元)

(F) 净利润＝留存收益＝800 000(元)

(E) 所得税＝1 500 000－800 000＝700 000(元)

E5-5　盈利能力指标分析

(1) 比较利润表

元

项　　目	20×1 年	20×2 年	20×3 年
营业收入	2 800 000	2 699 865	2 400 000
营业成本	1 960 000	1 800 000	1 536 000
毛利	840 000	899 865	864 000
营业费用	630 000	629 878.5	384 000
利润总额	210 000	269 986.5	480 000
所得税	42 000	80 995.95	192 000
净利润	168 000	188 990.55	288 000

20×1 年营业成本＝140 000×14＝1 960 000(元)

20×2 年营业成本＝72 000×25＝1 800 000(元)

20×3 年营业成本＝76 800×20＝1 536 000(元)

20×1 年营业收入＝1 960 000÷(1－30%)＝2 800 000(元)

20×2 年营业收入＝1 800 000÷(1－33.33%)＝2 699 865(元)

20×3 年营业收入＝1 536 000÷(1－36%)＝2 400 000(元)

20×1 年净利润＝2 800 000×6%＝168 000(元)

20×2 年净利润＝2 699 865×7%＝188 990.55(元)

20×3 年净利润＝2 400 000×12％＝288 000(元)

20×1 年利润总额＝168 000÷(1－20％)＝210 000(元)

20×2 年利润总额＝188 990.55÷(1－30％)＝269 986.5(元)

20×3 年利润总额＝288 000÷(1－40％)＝480 000(元)

(2) 20×1 年至 20×3 年营业收入有所下降,但毛利率和净利润率却逐年上升,说明该公司的成本控制水平有很大提高。

(3) 20×1 年应收账款周转率＝2 800 000÷175 000＝16

20×2 年应收账款周转率＝2 699 865÷337 500＝8

20×3 年应收账款周转率＝2 400 000÷400 000＝6

E5-6　财务比率计算

(1) 资产负债率＝总负债÷总资产＝29 451÷68 128＝43.23％

(2) 流动资产占总资产的比重＝流动资产÷总资产＝44 177÷68 128＝64.84％

(3) 利息收入倍数＝(净利润＋所得税＋利息费用)÷利息费用＝(6 134＋1 559＋128)÷128＝61.10

(4) 流动比率＝流动资产÷流动负债＝44 177÷13 655＝3.24

(5) 应收账款周转率＝营业收入÷应收账款＝36 117÷3 177＝11.37

(6) 存货周转率＝营业成本÷存货＝13 023÷1 074＝12.13

(7) 净利润率＝净利润÷营业收入＝6 134÷36 117＝16.98％

(8) 净资产报酬率＝净利润÷股东权益＝6 134÷38 677＝15.86％

(9) 总资产报酬率＝净利润÷总资产＝6 134÷68 128＝9.00％

E5-7　财务比率计算和分析

(1) 各指标如下:

流动比率＝(14 200＋46 400＋41 800＋3 000)÷(24 300＋12 600)＝2.86

速动比率＝(14 200＋46 400＋3 000)÷(24 300＋12 600)＝1.72

应收账款周转率＝123 000÷46 400＝2.65

存货周转率＝77 800÷41 800＝1.86

资产负债率＝[(24 300＋12 600＋50 000)÷182 000]×100％＝47.75％

总资产报酬率＝(9 200÷182 000)×100％＝5.05％

净利润率＝(9 200÷123 000)×100％＝7.48％

(2) 根据上述资料,银行应同意为三义公司贷款。因为该公司资产负债率低于 50％,流动比率为 2.86,速动比率为 1.72,说明该公司短期和长期偿债能力较强,偿债风险较小,同时资产报酬也尚可,所以可以向该公司贷款。

E5-8　营运能力分析

(1)

20×2 年净利润率＝(38 600÷644 000)×100％＝5.99％

20×3 年净利润率＝(43 200÷830 000)×100％＝5.20％

20×2 年总资产周转率＝644 000÷316 000＝2.04

20×3 年总资产周转率＝830 000÷332 000＝2.5

20×2 年总资产报酬率＝(38 600÷316 000)×100％＝12.22％

20×3 年总资产报酬率＝(43 200÷332 000)×100％＝13.01％

20×2 年净资产报酬率＝(38 600÷164 000)×100％＝23.54％

20×3 年净资产报酬率＝(43 200÷176 000)×100％＝24.55％

20×2 年资产负债率＝(152 000÷316 000)×100％＝48.10％

20×3 年资产负债率＝(156 000÷332 000)×100％＝46.99％

(2) 可以通过控制成本费用支出,增加净利润来提高净资产报酬率。

E5-9　营运能力与短期偿债能力分析

(1) 相关指标的计算公式为：

应收账款周转率＝营业收入÷[(期初应收账款＋期末应收账款)÷2]

存货周转率＝营业成本÷[(期初存货＋期末存货)÷2]

2009 年的指标计算：

应收账款周转率＝68 281÷[(5 785＋5 602)÷2]＝11.99

存货周转率＝56 540÷[(16 933＋15 612)÷2]＝3.47

2008 年的指标计算：

应收账款周转率＝60 909 ÷[(5 740＋5 602)÷2]＝10.74

存货周转率＝50 352÷[(15 612＋9 563)÷2]＝4.00

2007 年的指标计算：

应收账款周转率＝66 387÷[(5 740＋5 285)÷2]＝12.04

存货周转率＝53 402÷[(9 563＋8 105)÷2]＝6.05

(2) 从 2007 年到 2009 年的应收账款周转率来看,公司的收账速度基本保持平稳,存货周转率逐渐降低。说明该公司资产创造利率的能力在下降,短期盈利能力在降低,其短期偿债能力也在逐渐降低。

E5-10　净资产报酬率与财务杠杆

(1) 因为该公司目前没有任何负债,所以净资产报酬率与总资产报酬率相等,为 10％。

(2)

负债与股东权益之比	贷款利率/％	净资产报酬率/％
0.25	6	11.00
0.50	8	11.00
1.00	10	10.00
1.50	12	7.00
2.00	15	0.00

(3) 通过第(1)结论和(2)项计算结果可以看出,若公司资金来源全部是股东投入的资金,虽然没有风险,能取得一定的净资产收益率,但是不能利用财务杠杆取得更高的回报。若能借入部分债务资金,可以取得更高的收益,但借入债务比例不能过高,否则风险太大,也会使收益率下降。

E5-11　杜邦分析法

（1）相关指标的计算公式为：

总资产报酬率＝净利润÷期末总资产

净资产收益率＝净利润÷期末净资产

销售净利率＝净利润÷营业收入

权益乘数＝总资产÷股东权益

总资产周转率＝营业收入÷期末总资产

2009 年的相关指标计算：

净资产收益率＝3 609÷35 425＝10.19%

总资产收益率＝3 609÷63 117＝5.72%

权益乘数＝63 117÷35 425＝1.78

销售净利率＝3 609÷36 149＝9.98%

总资产周转率＝36 149÷63 117＝0.57

2008 年的相关指标计算：

净资产收益率＝4 729÷33 667＝14.05%

总资产收益率＝4 729÷62 497＝7.57%

权益乘数＝62 497÷33 667＝1.86

销售净利率＝4 729÷37 843＝12.50%

总资产周转率＝37 843÷62 497＝0.61

（2）关于造成迪斯尼公司两年的净资产收益率变化，依据杜邦分析的指标分解，可以发现，在营业成本没有下降的情况下，营业收入却出现了下降，造成了销售净利率从 12.50% 下降到 9.98%。营业收入和营业成本的变化是引起销售净利率大幅下降的最主要原因。而 2009 年的业务重组费用从 2008 年的 39 万美元上升到 492 万美元，也对销售净利率起到了拉低的作用。

此外，总资产周转率和权益倍数的拉升乏力，也对净资产报酬率产生了一定的负面影响。引起总资产周转率微弱下降的原因主要是企业销售收入的下降。权益乘数的微弱下降源自企业总资产规模基本保持不变的情况下，流动负债的下降。

三、讨论题

P5-1　财务比率的行业差异

该题分析的着眼点在于不同行业的不同财务比率表现，如金融企业具有固定资产比重小，负债比率高，利润率低等特点；百货商店则现金比率较大，而周转快；航天、计算机软件、化学制药则研究开发支出比率较大，但计算机软件企业固定资产少，航空企业则负债高、固定资产比率较大；报业公司和食品企业存货相对较少，周转相对较快。当然财务比率没有绝对的标准，在难以取舍时只能看最主要的比率。依据题意给出参考答案如下。

公司代码	1	2	3	4	5	6	7	8	9
对应公司	化学制药	航天	计算机软件	百货商店	电器	航空	食品	金融	报业

P5-2 青岛啤酒和燕京啤酒财务比率计算和分析

(1) 青岛啤酒

流动比率＝3 438÷2 754＝1.25

速动比率＝(3 438－700)÷2 754＝0.99

资产负债率＝(3 370÷7 864)×100％＝42.85％

应收账款周转率＝3 446÷[(1 022＋936)÷2]＝3.52

存货周转率＝2 142÷[(700＋726)÷2]＝3.00

总资产周转率＝3 446÷[(7 864＋7 648)÷2]＝0.44

净利润率＝(198÷3 446)×100％＝5.75％

毛利率＝(1 054÷3 446)×100％＝30.59％

总资产报酬率＝198÷[(7 864＋7 648)÷2]×100％＝2.55％

净资产报酬率＝198÷[(4 494＋4 278)÷2]×100％＝4.51％

(2) 燕京啤酒

流动比率＝1 876÷384＝4.89

速动比率＝(1 876－652)÷384＝3.19

资产负债率＝(398÷4 800)×100％＝8.29％

应收账款周转率＝2 656÷[(84＋86)÷2]＝31.25

存货周转率＝1416÷[(652＋602)÷2]＝2.26

总资产周转率＝2 656÷[(4 800＋3 144)÷2]＝0.67

净利润率＝(564÷2 656)×100％＝21.23％

毛利率＝(864÷2 656)×100％＝32.53％

总资产报酬率＝564÷[(4 800＋3 144)÷2]×100％＝14.20％

净资产报酬率＝564÷[(4 402＋2 216)÷2]×100％＝17.04％

(3) 作为债权人,我会选择向燕京啤酒提供贷款。从以上比率来看,燕京啤酒公司比青岛啤酒公司的偿债能力、盈利能力、营运能力指标都要好,而且燕京啤酒公司比青岛啤酒公司的现金净流量也要多,所以应选择向燕京啤酒提供贷款。

P5-3 财务指标影响因素

(1) 可能影响表中毛利的因素:营业收入、营业成本、销售税金及附加及公司采用的竞争策略。

(2) 影响邮寄广告费支出的因素有:市场竞争加剧或消费者消费习惯改变,公司需要扩大宣传,加强售后服务,进一步提高知名度,以保持市场占有率;公司为扩大市场份额,提高市场占有率而加大邮寄广告费支出。在第一种情况下,由于销售原产品市场已成熟或饱和,应提高研究开发支出,开发新产品,以获得新的收入渠道,继续控制原产品的邮寄广告费用支出,这种办法可能导致原产品的销售收入稳定或下降,但新产品开发出来就可以获得新的收益;在第二种情况下,可以适度加大邮寄广告费支出,同时提高产品质量,力争在消费者中形成良好的品牌形象,收入就可以逐步提高。

P5-4 收集信息、综合分析

(略)

P5-5 美国捷运公司受骗案

我提的建议是保持不动。因为捷运公司当年业绩下滑,股票价格急速下降,是由于受骗导致的损失,其损失不是由于自身原因造成的,况且公司承担了全部的损失,说明公司是很注重信誉的,如果公司挺过这一关,其市场信誉会更高,股票价格会上涨,收益自然会水涨船高。同时,由于股票市场已经将这一受骗事件的不利消息反映到了股票价格之上,股票价格应该已经降低到它所应该降低的程度,没有必要当前急于卖出。但公司毕竟遭受了巨额损失,是否对期后经营带来不利影响,公司是否会挺过这一关,带有一定的不确定性和风险,所以继续买进也尚欠稳妥。

P5-6 对海螺型材 2001 年年度报告的质疑

要点提示:首先应当肯定的是,就报表及相关会计信息而言,孙进山、飞草与王纪平三人于 2002 年 2 月 4 日在和讯网发表的对海螺型材(000619)2001 年业绩的质疑一文,无疑是有相当道理的,其分析也是可以自圆其说的。但仅仅依据财务信息做出判断,其说服力似乎还不够。若是能再引入相当的企业背景情况与非财务信息就更加具有说服力。毕竟,对一家还没有暴露问题的企业做出质疑是要经得起各方面推敲的,特别是当事人一方的反质疑。我们注意到,在该文发表后的 2 天,即 2002 年 2 月 6 日海螺型材就公开发布了澄清公告,称:公司已经注意到 2 月 4 日某网站独家报道"海螺型材绩优有疑问"一文,文章对公司涉税事宜、主营业务成本和 2001 年中报、年报对比进行了相关质疑。公司董事会郑重承诺,本公司所披露的信息不存在任何虚假记载、误导性陈述或者重大遗漏。

在分析时,要注意该公司在事件年(此处指"质疑"一文所指的 2001 年)之前的一年,即 2000 年才经过"换壳"重组(1995 年,芜湖海螺型材科技股份有限公司的高管人员到塑钢门窗的发源地欧洲进行考察,同年从德国、奥地利引进了 6 条生产线,在中国开始了规模化生产。2000 年,"海螺型材"对无亏损上市公司"红星宣纸"进行整体置换,成功借壳上市)。

其次,还不应忽视下列背景,即该公司在事件年(此处指"质疑"一文所指的 2001 年)之后的一年,即 2002 年,海螺型材以 21.5 元高价增发 3 000 万股。业绩的高涨是否与"增发"有关联?

再次,似乎在分析时应关注被分析企业与同行业其他企业的对比,或者要关注企业在所在行业的地位。这里根据《证券之星》上市公司财务评分排行榜,海螺型材 1999—2004 年在建材行业的排名变化列示如下,供参考。

海螺型材 1999—2004 年在建材行业中的财务评分排名

	1999 年 (26 家)	2000 年 (32 家)	2001 年 (34 家)	2002 年 (35 家)	2003 年 (35 家)	2004 年 (35 家)
行业总排名	25	7	3	1	16	21
盈利能力	25	7	3	1	16	27
现金能力	10	17	12	26	30	29
资产管理能力	26	32	18	4	2	16
成长能力	21	1	1	4	8	6
偿债能力	1	26	12	1	7	7

资料来源:http://finance.stockstar.com/FinanceRes/zhishudf/000619-2004Zhidf.htm

　　海螺型材总排名在"质疑"一文所指的 2001 年以及 2002 年跃居行业前列,但在此之前与此之后,则排名行业中下游。按说,2002 年企业又进行了增发,募集了大笔资金,怎么其后的几年业绩反而下降了呢？这其中是否与实证研究早已证明了的上市或增发配股之后业绩"变脸"以及上市或增发配股之前的"盈余管理"有关联呢？

　　最后,还有一个背景值得注意：几年来,海螺型材作为建材行业的龙头为业内所瞩目,也为众多的机构投资人以及一般投资者所瞩目。然而,化工产品的价格不断上涨,海螺型材的成本控制压力相对加大,而如何能够降低成本是海螺型材要解决的一大课题。

第6章　货币资金和应收项目

一、思考题

Q6-1　我国的货币资金包含哪些内容？

答：货币资金是指企业在生产经营过程中处于货币形态的那部分资金，包括现金、银行存款和其他货币资金。其中，现金是指企业拥有的由出纳人员保管的货币，即库存现金；银行存款是指企业存放在银行或其他金融机构的可随时支用的货币资金；其他货币资金是指除库存现金和银行存款以外的货币资金，包括外埠存款、银行汇票存款、银行本票存款、信用卡存款、信用证保证金存款、存出投资款等。

Q6-2　主要的银行结算方式有哪些？为什么要编制《银行存款余额调节表》？

答：结算方式是指用一定的形式和条件来实现企业间或企业与其他单位和个人间货币收付的程序和方法。它分现金结算和转账结算两种。企业除按规定的范围使用现金结算外，大部分货币收付业务应使用转账结算。转账结算是指银行通过划转款项或通过银行结算票据的给付来完成结算过程的结算形式。根据中国人民银行有关支付结算办法规定，目前企业发生的货币资金收付业务，可以采用支票、银行本票、银行汇票、商业汇票、托收承付、委托收款、汇兑、信用卡、信用证等结算方式，通过银行办理转账结算。

下表是各种结算方式的比较。

结算方式	含　义	使用区域范围	付款期限	主　要　特　点	分　类	会计核算使用科目
银行汇票	银行汇票是指汇款人将款项交存当地出票银行，由出票银行签发的，见票时，按照实际结算金额无条件支付给付款人或持票人的票据	异地	自出票日起1个月内	①灵活，变现性好；②可背书转让，但得附有条件（填明"现金"字样的银行汇票不得转让）		其他货币资金——银行汇票
商业汇票	商业汇票是出票人签发的，委托付款人在指定日期无条件支付确定的金额给收款人或者持票人的票据	同城、异地	最长不超过6个月	①须具备真实的交易关系或债权债务关系；②汇票经过承兑，可以背书转让；③信用较高，急需资金时，还可以向银行申请贴现；④签发人可以是收款人、付款人；承兑人可以是付款人、银行	按照承兑人不同分为商业承兑和银行承兑汇票	应收（应付）票据

续表

结算方式	含　义	使用区域范围	付款期限	主 要 特 点	分　类	会计核算使用科目
银行本票	银行本票是银行签发的,承诺自己在见票时无条件支付确定的金额给收款人或者持票人的票据	同城	自出票日起最长不超过2个月	①由银行签发并保证兑付,且见票即付,信誉高,支付功能强;②可以背书转让(填明"现金"字样的银行本票不得背书转让)	分现金支票、定额本票和不定额本票;其中,定额本票有1 000元、5 000元、10 000元、50 000元	其他货币资金——银行本票
支票	支票是出票人签发的,委托办理支票存款业务的银行或者其他金融机构在见票时无条件支付确定的金额给收款人或者持票人的票据	同城(现已扩大至异地)	提示付款期限为自出票日起10日内	①记名;②禁止签发空头支票;③支票限于见票即付,不得另行记载付款日期;④可以背书转让(用于支取现金的支票不得背书转让)	分现金支票、转账支票、普通支票、划线支票等	银行存款
汇兑	汇兑是汇款人委托银行将其款项支付给收款人的结算方式	异地	2个月	简便,灵活	汇兑分为信汇、电汇两种,由汇款人选择使用	银行存款
委托收款	委托收款是收款人委托银行向付款人收取款项的结算方式	同城、异地	3天	单位和个人凭已承兑商业汇票、债券、存单等付款人债务证明办理款项的结算,均可以使用委托收款结算方式	委托收款结算款项的划回方式,分邮寄和电报两种,由收款人选用	银行存款
托收承付	托收承付是根据购销合同由收款人发货后委托银行向异地付款人收取款项,由付款人向银行承认付款的结算方式	异地	①验单付款的承付期为3天;②验货付款的承付期为10天	①办理托收承付结算的款项,必须是商品交易,以及因商品交易而产生的劳务供应的款项,代销、寄销、赊销商品的款项不得办理托收承付结算;②收付双方使用托收承付结算必须签有符合《经济合同法》的购销合同,并在合同中注明使用异地托收承付结算方式	①款项的划回方法,分邮寄和电汇两种,由收款人选用;②承付货款分为验单付款和验货付款两种,由收付双方商量选用,并在合同中明确规定	银行存款

结算方式	含　义	使用区域范围	付款期限	主要特点	分　类	会计核算使用科目
信用卡	信用卡是指商业银行向个人和单位发行的,凭此向特约单位购物、消费和向银行存取现金,且具有消费信用的特制载体卡片	同城、异地	信用卡透支期限最长为60天	①具有消费信用且允许善意透支;②单位卡账户的资金一律从其基本存款账户转账存入,不得交存现金,不得将销货收入的款项存入其账户;③单位卡一律不得用于10万元以上商品交易、劳务供应款项的结算,不得支取现金	①按照用对象分为单位卡和个人卡;②按信誉等级分为金卡和普通卡	其他货币资金——信用卡存款
信用证	信用证结算方式是国际结算的一种主要方式	国际结算(主要)		①信誉较好;②国内较少使用	略	其他货币资金——信用证存款

　　编制"银行存款余额调节表"是在对银行存款进行对账后确定企业银行存款实有数和了解企业和银行的记录是否正确所必须采取的步骤。调节表中调节后的存款余额就是企业银行存款实有数额。如果企业银行存款日记账和银行对账单的账面余额经过调整后不相等,说明企业和银行双方的记录中至少有一方的记录有错误。简而言之,为了确保银行存款的正确性、检查企业和银行双方账目是否有误,企业需要定期编制"银行存款余额调节表"。

Q6-3　货币资金计划和控制的意义是什么? 我国财政部发布的《内部会计控制规范——货币资金(试行)》的要点包括哪些内容?

　　答：货币资金计划的主要内容是货币资金预算,企业通过按期编制货币资金预算表来预测下期货币资金的需求量,以保证企业有足够的货币资金进行经营和偿还债务,并将多余的货币资金用于投资。货币资金的控制是根据内部控制制度的基本要求设计的,保证现金安全和有效运用的制度。货币资金是流动性较强也是最容易出问题的资产,对货币资金运用不相容职务相分离、授权批准内部控制方法,对货币资金收入、保管、支付等全过程实施有效控制以保证货币资金的安全完整,是货币资金内部控制的关键。

　　我国财政部发布的《内部会计控制规范——货币资金(试行)》的要点包括如下几点。

　　1. 对单位及其负责人的要求

　　各单位应当根据国家有关法律法规和本规范,结合部门或系统的货币资金内部控制规定,建立适合本单位业务特点和管理要求的货币资金内部控制制度,并组织实施。

　　单位负责人对本单位货币资金内部控制的建立健全和有效实施以及货币资金的安全完整负责。

　　2. 关于岗位分工及授权批准的要求

　　单位应当建立货币资金业务的岗位责任制,明确相关部门和岗位的职责权限,确保办理货币资金业务的不相容岗位相互分离、制约和监督；出纳人员不得兼任稽核、会计档案保管和收入、支出、费用、债权债务账目的登记工作；单位不得由一人办理货币资金业务的全过程。

单位办理货币资金业务,应当配备合格的人员,并根据单位具体情况进行岗位轮换。

单位应当对货币资金业务建立严格的授权批准制度,明确审批人对货币资金业务的授权批准方式、权限、程序、责任和相关控制措施,规定经办人办理货币资金业务的职责范围和工作要求。审批人应当根据货币资金授权批准制度的规定,在授权范围内进行审批,不得超越审批权限；经办人应当在职责范围内,按照审批人的批准意见办理货币资金业务。对于审批人超越授权范围审批的货币资金业务,经办人员有权拒绝办理,并及时向审批人的上级授权部门报告。

单位应当按照规定的程序办理货币资金支付业务：单位有关部门或个人用款时,应当提前向审批人提交货币资金支付申请,注明款项的用途、金额、预算、支付方式等内容,并附有效经济合同或相关证明；审批人根据其职责、权限和相应程序对支付申请进行审批。对不符合规定的货币资金支付申请,审批人应当拒绝批准；复核人应当对批准后的货币资金支付申请进行复核,复核货币资金支付申请的批准范围、权限、程序是否正确,手续及相关单证是否齐备,金额计算是否准确,支付方式、支付单位是否妥当等。复核无误后,交由出纳人员办理支付手续；出纳人员应当根据复核无误的支付申请,按规定办理货币资金支付手续,及时登记现金和银行存款日记账。

单位对于重要货币资金支付业务,应当实行集体决策和审批,并建立责任追究制度,防范贪污、侵占、挪用货币资金等行为。

严禁未经授权的机构或人员办理货币资金业务或直接接触货币资金。

3. 关于现金和银行存款的管理的要求

单位应当加强现金库存限额的管理,超过库存限额的现金应及时存入银行。

单位必须根据《现金管理暂行条例》的规定,结合本单位的实际情况,确定本单位现金的开支范围。不属于现金开支范围的业务应当通过银行办理转账结算。

单位现金收入应当及时存入银行,不得用于直接支付单位自身的支出。因特殊情况需坐支现金的,应事先报经开户银行审查批准。

单位取得的货币资金收入必须及时入账,不得私设"小金库",不得账外设账,严禁收款不入账。

单位应当严格按照《支付结算办法》等国家有关规定,加强银行账户的管理,严格按照规定开立账户,办理存款、取款和结算。

单位应当严格遵守银行结算纪律,不准签发没有资金保证的票据或远期支票,套取银行信用；不准签发、取得和转让没有真实交易和债权债务关系的票据,套取银行和他人资金；不准无理拒绝付款,任意占用他人资金；不准违反规定开立和使用银行账户。

单位应当指定专人定期核对银行账户,每月至少核对一次,编制银行存款余额调节表,使银行存款账面余额与银行对账单调节相符。如调节不符,应查明原因,及时处理。

单位应当定期和不定期地进行现金盘点,确保现金账面余额与实际库存相符。如发现不符,及时查明原因,做出处理。

4. 关于票据及有关印章管理的要求

单位应当加强与货币资金相关的票据的管理,明确各种票据的购买、保管、领用、背书转让以及注销等环节的职责权限和程序,并且专设登记簿进行记录,防止空白票据的遗失和被盗用。

单位应当加强银行预留印鉴的管理。财务专用章应由专人保管,个人名章必须由本人或其授权人员保管。严禁一人保管支付款项所需的全部印章。

5. 关于监督检查的要求

单位应当建立对货币资金业务的监督检查制度,明确监督检查机构或人员的职责权限,定期和不定期地进行检查。

对监督检查过程中发现的货币资金内部控制中的薄弱环节,应当及时采取措施,加以纠正和完善。

Q6-4　应收项目包括哪些内容?

答:应收项目是指在一年或一个经营周期内可以收回的各项债权。会计实务中的应收项目主要包括:①应收账款;②应收票据;③应收职工欠款;④应计未收款等。其中应计未收款指应计入本期但须在下期才能收回的款项,如应计利息、应收租金和股利等。

Q6-5　哪些因素影响应收账款的如数收回? 涉及现金折扣会计处理的方法有哪些?

答:影响应收账款如数收回的因素主要包括两类:一类是正常情况下的现金折扣、销售退回及折让;另一类是非正常情况下的赊购企业丧失支付能力或遭遇不可抗力因素以及主观还款意愿的影响等。

现金折扣是指债权人为鼓励债务人在规定的期限内付款,而向债务人提供的债务扣除。现金折扣一般用符号"折扣/付款期限"表示。例如,买方在 10 天内付款可按售价给予 2％的折扣,在 20 天内付款折扣 1％,在 30 天内付款不给折扣,分别用符号"2/10"、"1/20"、"n/30"表示。

涉及现金折扣会计处理的方法主要有总价法和净价法两种。在总价法下,确认应收账款时不确认现金折扣,待现金折扣实际发生时再做冲减应收账款同时增加财务费用的会计处理,即将未减去现金折扣前的金额作为实际售价,把给予客户的现金折扣视为融资的理财费用,会计上作为财务费用处理。

而在净价法下,先按扣除现金折扣后的余额确认为应收账款,如果未发生现金折扣则冲减财务费用,即将扣减现金折扣后的金额作为实际售价,把客户取得折扣视为正常现象,认为客户一般都会提前付款,而将由于客户超过折扣期限而多收的金额视为提供信贷获得的收入。

在通常情况下,企业在确定商品销售收入时,不考虑各种预计可能发生的现金折扣。现金折扣在实际发生时计入发生当期财务费用。

Q6-6　应收账款坏账产生的原因是什么? 如何判断一项收不回来的应收账款为坏账?

答:应收账款坏账产生的原因主要是,赊购客户丧失支付能力或遭遇不可抗拒的事件如自然灾害,以及主观上不愿意还款等。

从本质上讲,坏账的确认应遵循财务报告的基本目标和会计核算的一般原则,尽量做到真实、准确,切合本单位的实际。在我国,一笔应收账款在符合下列条件之一时,就应将其确认为坏账:①债务人死亡,以其遗产清偿后仍然无法收回;②债务人破产,以其破产财产清偿后仍然无法收回;③债务人较长时间内未履行其偿债义务,并有足够的证据表明无法收回或收回的可能性极小。

在会计实务中,上述第三个条件有赖于会计人员的职业判断。此外,我国现行制度规定,上市公司坏账损失的决定权在公司董事会或股东大会。

而国家税务总局《企业所得税税前扣除管理办法》第48条规定,关联企业之间的往来的账款不得确认为坏账。关联企业之间的应收账款,经法院判决负债方破产,破产企业的财产不足以清偿的负债部分,经税务机关审核后,应允许债权方企业作为坏账损失在税前扣除。但这只是税法的规定。根据会计准则与税法规定相分离的原则,会计处理仍然应当遵循会计制度规定处理,只不过是在纳税时按照税法规定进行调整。

Q6-7 比较核算坏账的直接转销法、备抵法中应收账款余额百分比法、账龄分析法、销货百分比法的特点及其对企业当期利润的影响。

答:坏账损失核算的方法有两种:一是直接转销法;二是备抵法。

1. 直接转销法

要求在坏账损失实际发生时(即符合坏账确认条件时),直接转销应收账款,计入当期的期间费用。会计处理上直接借记"管理费用"科目,贷记"应收账款"科目。如果已冲销的应收账款以后又收回,应作两笔会计分录,即先借记"应收账款"科目,贷记"管理费用"科目;然后再借记"银行存款"科目,贷记"应收账款"科目。

直接转销法简便易行,核算简单,不需要设置"坏账准备"科目,但该方法也存在明显的缺陷:一是该法不符合权责发生制原则、配比原则和谨慎原则;二是在该法下企业可以决定何时某一客户的欠款不能收回,这样就给了企业一个操纵利润的机会;三是该种方法也使得资产负债表中的应收账款净额不能真实反映企业将来可以收到的现金金额,不符合会计信息真实性的要求。因此,我国企业会计制度要求企业采用国际上通行的备抵法核算坏账损失。

2. 备抵法

要求在坏账损失实际发生前,就按照权责发生制原则估计损失,并同时形成坏账准备,待坏账损失实际发生时,再冲减坏账准备。估计坏账损失时,借记"管理费用"科目,贷记"坏账准备"科目;坏账损失实际发生时,借记"坏账准备"科目,贷记"应收账款"科目。

至于如何估计坏账损失,则有三种方法可供选择,即应收账款余额百分比法、账龄分析法和销货百分比法。

应收账款余额百分比法,是指根据会计期末应收账款余额乘以估计坏账率来估计坏账损失的方法。

账龄分析法,是指根据应收款项入账时间的长短来估计坏账损失的方法。在采用账龄分析法时,收到债务单位当期偿还的部分债务后,剩余的应收款项,不应改变其账龄,仍应按原账龄加上本期应增加的账龄确定;存在多笔应收款项、且各笔应收款项账龄不同的情况下,收到债务单位当期偿还的部分债务,应逐笔确认收到的应收款项;如无法做到,则应按先发生先收回的原则确定,剩余应收款项的账龄按原账龄加上本期应增加的账龄确定。

销货百分比法,是指根据赊销金额的一定百分比估计坏账损失的方法。

与直接转销法相比,备抵法具有以下优点:第一,将收入和费用相配比;第二,使得资产负债表中应收账款减去坏账备抵后的净额可以反映企业将来预期可以收到的现金总额,更加合理地体现了应收账款的资产质量。但是,备抵法是在坏账实际发生前估计坏账,企业要想提高或减少利润,就可以低估或高估坏账费用,从而给了企业操纵利润的机会,所以,也与直接转销法一样存在着收益质量的问题。

就备抵法的三种具体方法来看,应收账款余额百分比法是按照每年年末企业的应收账款余额的一定比例计提坏账准备,并根据实际发生的坏账情况调整坏账准备的余额;销货百分比法以本期赊销额作为计提坏账的基础,坏账损失的入账期间与赊销发生期间一致,符合配比原则,且方法简单易操作,但没有考虑账龄长短与发生坏账之间的关系,账龄分析法相对前两种方法,有助于企业分析应收账款的回收情况及客户的信用状况。

3. 就直接转销法与备抵法对企业当期利润的影响来看,直接转销法在坏账实际发生期间由于确认费用而抵减了当期利润;而备抵法则在坏账实际发生期间之前就已逐步计入当期费用并抵减了计提坏账准备期间的利润,在坏账实际发生时,除非坏账准备没有足额计提或是超额计提,否则对利润没有影响。

Q6-8　应收账款贴现的概念是什么？利用应收账款贴现的方法有哪些？

答: 应收账款贴现指企业暂时发生现金短缺并且不能通过正常渠道筹资的情况下,利用应收账款来筹集资金。通常可以采用应收账款出借或出售的方法将应收账款转化为现金。

1. 应收账款出借

企业根据与金融机构签订的协议,以应收账款作为担保向金融机构取得贷款的方式即为应收账款出借。应收账款出借后,借款公司仍保留出借应收账款的控制并承担风险,企业通过应收账款的贴现可以及时获得现金,在向顾客收回货款后及时偿还金融机构。出借应收账款时,公司需支付手续费和借款利息。如果借款企业不能如期偿还贷款,金融机构有权出售应收账款以收回贷款。应收账款出借在资产负债表中以附注形式反映。

2. 应收账款出售

企业可以将应收账款出售给金融机构以取得现金,金融机构为受让方。应收账款出售分为"有追索权出售"和"无追索权出售"两种形式。前者由应收账款出售方承担收账风险,应收账款购买方可以追索出售方;后者在应收账款出售后,由受让方负责应收账款的信用和收账并承担所有权风险,受让方无追索权。由于让受让方承担收账成本和坏账损失,出售时,受让方会向出售方收取一笔较高的费用。此外,为避免销货退回与折让的损失,受让方一般只会支付全部债权的80%～90%。出售的应收账款不在资产负债表中反映。

Q6-9　应收票据的概念是什么？带息应收票据的利息如何计算？

答: 应收票据是指企业因销售商品、产品、提供劳务等而收到的商业汇票。商业汇票是一种由出票人签发的,委托付款人在指定日期无条件支付确定金额给收款人或者持票人的票据。根据承兑人不同,商业汇票分为商业承兑汇票和银行承兑汇票。根据是否带息,应收票据分为带息应收票据和不带息应收票据。

应收票据的利息按以下公式计算:

$$利息=本金×利率×时期$$

Q6-10 应收票据贴现的概念是什么?如何计算贴现利息、贴现所得金额?考虑企业持票期间利息收入的情况下如何进行会计处理?

答:1. 应收票据贴现

是指企业将未到期的商业汇票经过背书,交给银行,银行受理后,从票面金额中扣除按银行的贴现率计算确定的贴现息后,将余额付给贴现企业的一种融通资金行为。已贴现的应收票据形成企业的一项或有负债。

2. 贴现利息、贴现所得金额的计算

$$票据到期值=票据面值+到期利息$$

$$贴现利息=票据到期值×贴现率×贴现期$$

$$贴现所得金额=票据到期值-贴现利息$$

3. 带息应收票据(非贴现情形下)的核算

到期收到款项存入银行时:

借:银行存款

    贷:应收票据

注意:"银行存款"的金额是应收票据的到期值,是票面价值与利息的和;"应收票据"转出的金额是账面的余额,可能是应收票据的面值,也可能是应收票据的面值加上已预计的利息。

"银行存款"与"应收票据"之间的差额冲减"财务费用"。

应收票据通常是半年计息一次,比如 2 月 1 日签发的带息商业票据,期限为 1 个月。

3 月 1 日到期的账务处理:

借:银行存款(到期值)

    贷:应收票据(面值)

        财务费用(利息)

承上例,如果期限是 6 个月,

(1)收到票据时,

借:应收票据(面值)

    贷:主营业务收入

        应交税金——应交增值税(销项税额)

(2)6 月 30 日计提利息时,

借:应收票据

    贷:财务费用(2.1—6.30 的利息)

(3)票据到期收回款项时,

借:银行存款(面值+全部利息)

    贷:应收票据(面值+已预计的利息)

        财务费用(未预计的利息)

带息票据到期未收到利息时,比如 2 月 1 日签发的带息商业票据,期限为 1 个月。根据谨慎性原则,应按应收票据的票面金额转入应收账款。

借:应收账款(面值)
　　贷:应收票据(面值)

如果期限是 6 个月

借:应收账款(面值＋已预计的利息)
　　贷:应收票据(余额)

等实际收到 7 月 1 日—8 月 1 日的利息时,再冲减"财务费用"。

收到面值和所有利息时:

借:银行存款(面值＋所有利息)
　　贷:应收账款(面值＋已预计的利息)
　　　　财务费用(7.1－8.1 的利息)

4. 带息应收票据(贴现情形下)的核算

带息应收票据贴现的计算过程可概括为以下 4 个步骤:

第一步:计算应收票据到期值

第二步:计算贴现利息

　　　　贴现利息:到期值×贴现率÷360×贴现日数

　　　　其中:贴现日数＝票据期限－已持有票据期限

第三步:计算贴现收入

　　　　贴现收入＝到期值－贴现利息

第四步:编制会计分录

借:银行存款(贴现收入)
　　财务费用(贴现收入小于票据面值的差额)
　　贷:应收票据(票据面值)
　　　　财务费用(贴现收入大于票据面值的差额)

例如:2005 年 4 月 30 日以 4 月 15 日签发 60 天到期、票面利率为 10％、票据面值为 600 000 元的带息应收票据向银行贴现,贴现率为 16％。计算过程如下:

(1) 票据到期值＝600 000＋600 000×10％÷360×60＝610 000(元)

(2) 计算贴现利息

先计算到期日:4 月 15 日签发,60 天到期,到期日为 6 月 14 日。计算过程为:

4 月:30－15＋1＝16 天

5 月:31 天

6 月:13 天

合计:60 天

再计算贴现天数:从贴现日 4 月 30 日至到期日 6 月 14 日,共计 45 天,计算过程如下:

4 月:30－30＋1＝1 天

5 月:31 天

6 月：13 天

合计：45 天

贴现利息＝610 000×16％÷360×45＝12 200(元)

(3) 贴现收入＝610 000－12 200＝597 800(元)

(4) 会计分录：

借：银行存款 597 800

　财务费用 2 200

　贷：应收票据 600 000

二、练习题

E6-1　现金的会计处理

(1) 借：库存现金 30 000.00

　　贷：银行存款 30 000.00

(2) 借：其他应收款 900.00

　　贷：库存现金 900.00

(3) 借：其他应收款或备用金 10 000.00

　　贷：库存现金 10 000.00

(4) 借：库存现金 20 000.00

　　贷：银行存款 20 000.00

(5) 借：应付职工薪酬 20 000.00

　　贷：库存现金 20 000.00

(6) 借：库存现金 50.00

　　管理费用等科目 850.00

　　贷：其他应收款 900.00

(7) 借：管理费用 600.00

　　贷：库存现金 600.00

(8) 借：库存商品等科目 780.00

　　贷：库存现金 780.00

(9) 借：库存现金 650.00

　　贷：主营业务收入 650.00

(10) 借：库存现金 300.00

　　贷：营业外收入 300.00

(11) 借：营业外支出 100.00

　　贷：库存现金 100.00

(12) 借：银行存款 10 000.00

　　贷：库存现金 10 000.00

本月现金余额 10 620 元。

E6-2　编制银行存款余额调节表

银行存款余额调节表　　　　　　　　　　　　　　　　　　　　　　　元

项　　目	金　　额	项　　目	金　　额
银行对账单余额	286 400.00	公司银行存款账面余额	142 600.00
加：公司已收银行未收	15 000.00	加：银行已收公司未收	22 000.00
银行错记	2 700.00		5 000.00
			10 000.00
			40 000.00
			60 000.00
			25 000.00
		减：银行收手续费	500.00
调节后银行对账单余额	304 100.00	调节后公司银行存款余额	304 100.00

E6-3　现金折扣的会计处理

　　1. 总价法

　　(1) 赊销时

　　借：应收账款　　　　　　　　　　　　　　　　　　　　　93 600.00

　　　　贷：主营业务收入　　　　　　　　　　　　　　　　　　80 000.00

　　　　　　应交税费——应交增值税(销项税额)　　　　　　　13 600.00

　　(2) 客户于 10 天内付款

　　借：银行存款　　　　　　　　　　　　　　　　　　　　　91 728.00

　　　　财务费用　　　　　　　　　　　　　　　　　　　　　 1 872.00

　　　　贷：应收账款　　　　　　　　　　　　　　　　　　　93 600.00

　　(3) 客户于 30 天内付款

　　借：银行存款　　　　　　　　　　　　　　　　　　　　　93 600.00

　　　　贷：应收账款　　　　　　　　　　　　　　　　　　　93 600.00

　　2. 净价法

　　(1) 赊销时

　　借：应收账款　　　　　　　　　　　　　　　　　　　　　92 000.00

　　　　贷：主营业务收入　　　　　　　　　　　　　　　　　78 400.00

　　　　　　应交税费——应交增值税(销项税额)　　　　　　　13 600.00

　　(2) 客户于 10 天内付款

　　借：银行存款　　　　　　　　　　　　　　　　　　　　　92 000.00

　　　　贷：应收账款　　　　　　　　　　　　　　　　　　　92 000.00

　　(3) 客户于 30 天内付款

　　借：银行存款　　　　　　　　　　　　　　　　　　　　　93 600.00

　　　　贷：应收账款　　　　　　　　　　　　　　　　　　　92 000.00

　　　　　　财务费用　　　　　　　　　　　　　　　　　　　 1 600.00

　　注意：按照现行会计制度的规定,销售折扣发生在销货之后,是一种融资性质的理财费用,因此,销售折扣不得从销售额中减除,全额为计税依据计算缴纳增值税。

E6-4 折扣与折让的会计处理

（1）赊销时

借：应收账款 120 000.00

贷：主营业务收入 120 000.00

（2）商品退回时

借：主营业务收入 20 000.00

贷：应收账款 20 000.00

主营业务收入净额为 100 000.00 元。

E6-5 坏账的会计处理

ABC 公司账龄分析表

元

客户	期末余额	账 龄 分 析						
		未到期	过期 1~30 天	过期 31~60 天	过期 61~90 天	过期 90 天以上	过期 1 年以上	破产清算中
甲企业	120 000.00		50 000.00	70 000.00				
乙企业	180 000.00				50 000.00	100 000.00	30 000.00	
丙企业	210 000.00	60 000.00	80 000.00		70 000.00			
丁企业	300 000.00							300 000.00
合计	810 000.00	60 000.00	130 000.00	70 000.00	120 000.00	100 000.00	30 000.00	300 000.00

坏账损失计算表：

账 龄	应收账款余额/元	估计坏账百分比/%	估计坏账损失/元
未到期	60 000.00	2	1 200.00
过期 1~30 天	130 000.00	5	6 500.00
过期 31~60 天	70 000.00	15	10 500.00
过期 61~90 天	120 000.00	30	36 000.00
过期 90 天以上	100 000.00	40	40 000.00
过期 1 年以上	30 000.00	50	15 000.00
破产清算中	300 000.00	70	210 000.00
总额	810 000.00		319 200.00

会计分录：

借：管理费用 319 200.00

贷：坏账准备 319 200.00

E6-6 应收票据的会计处理

会计分录：

（1）借：应收票据 23 400.00

贷：主营业务收入 20 000.00

应交税费——应交增值税（销项税额）	3 400.00

（2）借：应收票据 105 300.00

    贷：主营业务收入 90 000.00

        应交税费——应交增值税（销项税额） 15 300.00

（3）借：银行存款 23 400.00

    贷：应收票据 23 400.00

（4）借：银行存款 106 177.50

    贷：应收票据 105 300.00

        财务费用 877.50

E6-7 应收票据贴现的计算及会计处理

（1）计算贴现折价及所得金额：

① 票据到期值＝60 000.00＋60 000.00×6‰×2＝60 720.00

贴现利息＝60 720.00×9‰×1.5＝819.72

贴现所得金额＝60 720.00－819.72＝59 900.28

② 票据到期值＝50 000.00＋50 000.00×6‰×1＝50 300.00

贴现利息＝50 300×7‰×0.5＝176.05

贴现所得金额＝50 300－176.05＝50 123.95

③ 贴现利息＝30 000×9‰×1/3＝90

贴现所得金额＝30 000－90＝29 910

（2）例②中由于贴现期短，贴现息小于利息。

（3）贴现时会计分录

① 借：银行存款 59 900.28

    财务费用 99.72

    贷：应收票据 60 000.00

② 借：银行存款 50 123.95

    贷：应收票据 50 000.00

        财务费用 123.95

③ 借：银行存款 29 910.00

    财务费用 90.00

    贷：应收票据 30 000.00

E6-8 应收票据贴现的会计处理

（1）销售货物时

借：库存现金 75 500.00

  应收票据 100 000.00

  贷：主营业务收入 150 000.00

    应交税费——应交增值税（销项税额） 25 500.00

（2）贴现时

借：银行存款　　　　　　　　　　　　　　　100 750.00

　　贷：应收票据　　　　　　　　　　　　　　　　100 000.00

　　　　财务费用　　　　　　　　　　　　　　　　　　750.00

在编制年末会计报表时，应注意在会计报表中披露应收票据贴现这一事项，并说明是否带追索权。

E6-9　应收账款、应收票据、应收票据贴现的会计处理

会计分录

（1）借：应收票据　　　　　　　　　　　　　1 053 000.00

　　　　贷：主营业务收入　　　　　　　　　　　　　900 000.00

　　　　　　应交税费——应交增值税（销项税额）　　153 000.00

（2）借：应收账款　　　　　　　　　　　　　　234 000.00

　　　　贷：主营业务收入　　　　　　　　　　　　　200 000.00

　　　　　　应交税费——应交增值税（销项税额）　　　34 000.00

（3）借：应收账款　　　　　　　　　　　　　　117 000.00

　　　　贷：主营业务收入　　　　　　　　　　　　　100 000.00

　　　　　　应交税费——应交增值税（销项税额）　　　17 000.00

（4）借：应收票据　　　　　　　　　　　　　　234 000.00

　　　　贷：应收账款　　　　　　　　　　　　　　　234 000.00

（5）借：银行存款　　　　　　　　　　　　　　115 000.00

　　　　财务费用　　　　　　　　　　　　　　　　2 000.00

　　　　贷：应收账款　　　　　　　　　　　　　　　117 000.00

（6）借：银行存款　　　　　　　　　　　　　　230 490.00

　　　　财务费用　　　　　　　　　　　　　　　　3 510.00

　　　　贷：应收票据　　　　　　　　　　　　　　　234 000.00

（7）借：应收票据　　　　　　　　　　　　　　　8 424.00

　　　　贷：财务费用　　　　　　　　　　　　　　　　8 424.00

（8）借：银行存款　　　　　　　　　　　　　1 069 848.00

　　　　贷：应收票据　　　　　　　　　　　　　　1 061 424.00

　　　　　　财务费用　　　　　　　　　　　　　　　　8 424.00

E6-10　货币资金及应收项目的会计处理

会计分录

（1）借：库存现金　　　　　　　　　　　　　　　　200.00

　　　　贷：其他应收款　　　　　　　　　　　　　　　　200.00

（2）借：其他货币资金　　　　　　　　　　　　　60 000.00

　　　　财务费用　　　　　　　　　　　　　　　　　50.00

　　　　贷：银行存款　　　　　　　　　　　　　　　60 050.00

（3）借：应收账款　　　　　　　　　　　　　　　　93 600.00

　　　贷：主营业务收入　　　　　　　　　　　　　　　80 000.00

　　　　　应交税费——应交增值税（销项税额）　　　13 600.00

（4）借：原材料　　　　　　　　　　　　　　　　　50 000.00

　　　　应交税费——应交增值税（进项税额）　　　　 8 500.00

　　　贷：其他货币资金　　　　　　　　　　　　　　　58 500.00

　　借：库存现金　　　　　　　　　　　　　　　　　 1 500.00

　　　贷：其他货币资金　　　　　　　　　　　　　　　 1 500.00

（5）借：应收票据　　　　　　　　　　　　　　　　117 000.00

　　　贷：主营业务收入　　　　　　　　　　　　　　100 000.00

　　　　　应交税费——应交增值税（销项税额）　　　17 000.00

（6）借：银行存款　　　　　　　　　　　　　　　　151 200.00

　　　贷：应收票据　　　　　　　　　　　　　　　　150 000.00

　　　　　财务费用　　　　　　　　　　　　　　　　 1 200.00

（7）借：主营业务收入——销售退回与折让　　　　　10 000.00

　　　　应交税费——应交增值税（销项税额）　　　　 1 700.00

　　　贷：应收账款　　　　　　　　　　　　　　　　11 700.00

（8）借：银行存款　　　　　　　　　　　　　　　　179 527.5

　　　　财务费用　　　　　　　　　　　　　　　　　 472.50

　　　贷：应收票据　　　　　　　　　　　　　　　　180 000.00

（9）借：银行存款　　　　　　　　　　　　　　　　80 500

　　　　财务费用　　　　　　　　　　　　　　　　　 1 400

　　　贷：应收账款　　　　　　　　　　　　　　　　81 900

（10）借：应收票据　　　　　　　　　　　　　　　　175 500

　　　　贷：主营业务收入　　　　　　　　　　　　　150 000

　　　　　　应交税费——应交增值税（销项税额）　　25 500

（11）借：原材料　　　　　　　　　　　　　　　　　150 000

　　　　应交税费——应交增值税（进项税额）　　　　25 500

　　　　贷：应收票据　　　　　　　　　　　　　　　175 500

（12）借：应收账款——科林公司　　　　　　　　　　50 000

　　　　贷：坏账准备　　　　　　　　　　　　　　　50 000

　　　借：银行存款　　　　　　　　　　　　　　　　50 000

　　　　贷：应收账款　　　　　　　　　　　　　　　50 000

（13）借：资产减值损失　　　　　　　　　　　　　　90 000

　　　　贷：应收账款　　　　　　　　　　　　　　　90 000

（14）借：所得税费用　　　　　　　　　　　　　　　120 000

　　　　贷：应交税费——应交所得税　　　　　　　　120 000

　　(15) 借：应交税费——应交所得税　　　　　　　　　　　　120 000
　　　　　　贷：银行存款　　　　　　　　　　　　　　　　　　　　　120 000
　　(16) 借：资产减值损失　　　　　　　　　　　　　　　　　1 250
　　　　　　贷：坏账准备　　　　　　　　　　　　　　　　　　　　　1 250

E6-11　坏账损失的会计处理

　　将以前年度冲销的应收账款通过以前年度损益调整科目转回,会计分录为借记应收账款,贷记以前年度损益。再将以前年度收回的坏账通过以前年度损益调整科目转回,会计分录为借记以前年度损益调整,贷记应收账款。2002 年年底根据 2002 年及以前年度的赊销额计提坏账准备,会计分录为借记以前年度损益调整、管理费用等科目,贷记坏账准备科目。

三、讨论题

P6-1　原始凭证会计控制

　　要点提示：企业管理以财务管理为核心,加强企业内部会计控制,是企业管理的重要内容之一。内部会计控制是确保企业稳健发展不可或缺的"稳定器"与资产安全完整的"卫道士"。它虽不是医治企业病症的灵丹妙药,但确是抑制企业病症萌发和扩散的一剂良方。只有单位建立、健全了相关的内部会计控制制度,绝大部分财务舞弊或者说是根本不可能实施的,或者说即使实施了也能在较短的时间内迅速发现。所以,企业负责人或公司经理层应汲取以往的教训,要切实制定符合本单位实际的内部控制制度,并努力严格执行。作为一名会计人员,任何时候都要将职业道德和财经法纪牢记在心,单位会计工作中或制度上有漏洞,要提请单位负责人纠正和完善,而不能钻制度空子,要时刻铭记"莫伸手,伸手即被捉",任何侥幸和幻想都是要不得的。

　　对企业货币资金内部控制的设计,根据《内部会计控制规范——基本规范(试行)》和《内部会计控制规范——货币资金(试行)》,应注意以下几方面：

　　1. 明确单位及其负责人的职责

　　单位应当根据国家有关法律法规和内部会计控制规范,结合单位实际建立适合本单位业务特点和管理要求的货币资金内部控制制度,并组织实施。

　　单位负责人对本单位货币资金内部控制的建立健全和有效实施以及货币资金的安全完整负责。

　　2. 明确规定岗位分工及授权批准要求

　　单位应当建立货币资金业务的岗位责任制,明确相关部门和岗位的职责和权限,确保办理货币资金业务的不相容岗位相互分离、制约和监督。出纳人员不得兼任稽核、会计档案保管和收入、支出、费用、债权债务账目的登记工作。单位不得由一人办理货币资金业务的全过程。

　　单位办理货币资金业务,应当配备合格的人员,并根据单位具体情况进行岗位轮换。办理货币资金业务的人员应当具备良好的职业道德,忠于职守,廉洁奉公,遵纪守法,客观公正,不断提高会计业务素质和职业道德水平。

　　单位应当对货币资金业务建立严格的授权批准制度,明确审批人对货币资金业务的授权批准方式、权限、程序、责任和相关控制措施,规定经办人办理货币资金业务的职责范围和工作要求。审批人应当根据货币资金授权批准制度的规定,在授权范围内进行审批,不得超越审批权限。经办人应当在职责范围内,按照审批人的批准意见办理货币资金业务。对于审批人超越授权范围审批的货币资金业务,经办人员有权拒绝办理,并及时向审批人的上级授权部门报告。

单位应当按照规定的程序办理货币资金支付业务。单位有关部门或个人用款时,应当提前向审批人提交货币资金支付申请,注明款项的用途、金额、预算、支付方式等内容,并附有效经济合同或相关证明;审批人根据其职责、权限和相应程序对支付申请进行审批。对不符合规定的货币资金支付申请,审批人应当拒绝批准;复核人应当对批准后的货币资金支付申请进行复核,复核货币资金支付申请的批准范围、权限、程序是否正确,手续及相关单证是否齐备,金额计算是否准确,支付方式、支付单位是否妥当等。复核无误后,交由出纳人员办理支付手续;出纳人员应当根据复核无误的支付申请,按规定办理货币资金支付手续,及时登记现金和银行存款日记账。

单位对于重要货币资金支付业务,应当实行集体决策和审批,并建立责任追究制度,防范贪污、侵占、挪用货币资金等行为。严禁未经授权的机构或人员办理货币资金业务或直接接触货币资金。

3. 规范现金和银行存款的管理

单位应当加强现金库存限额的管理,超过库存限额的现金应及时存入银行。单位现金收入不得用于直接支付单位自身的支出。因特殊情况需坐支现金的,应事先报经开户银行审查批准。

单位必须根据《现金管理暂行条例》的规定,结合本单位的实际情况,确定本单位现金的开支范围。不属于现金开支范围的业务应当通过银行办理转账结算。

单位借出款项必须执行严格的授权批准程序,严禁擅自挪用、借出货币资金。

单位取得的货币资金收入必须及时入账,不得私设"小金库",不得账外设账,严禁收款不入账。

单位应当严格按照《支付结算办法》等国家有关规定,加强银行账户的管理,严格按照规定开立账户,办理存款、取款和结算。单位应当定期检查、清理银行账户的开立及使用情况,发现问题,及时处理。单位应当加强对银行结算凭证的填制、传递及保管等环节的管理与控制。

单位应当严格遵守银行结算纪律,不准签发没有资金保证的票据或远期支票,套取银行信用;不准签发、取得和转让没有真实交易和债权债务的票据,套取银行和他人资金;不准无理拒绝付款,任意占用他人资金;不准违反规定开立和使用银行账户。

单位应当指定专人定期核对银行账户,每月至少核对一次,编制银行存款余额调节表,使银行存款账面余额与银行对账单调节相符。如调节不符,应查明原因,及时处理。

单位应当定期和不定期地进行现金盘点,确保现金账面余额与实际库存相符。如发现不符,及时查明原因,做出处理。

4. 明确票据及有关印章的管理

单位应当加强与货币资金相关的票据的管理,明确各种票据的购买、保管、领用、背书转让、注销等环节的职责权限和程序,并且专设登记簿进行记录,防止空白票据的遗失和被盗用。

单位应当加强银行预留印鉴的管理。财务专用章应由专人保管,个人名章必须由本人或其授权人员保管。严禁一人保管支付款项所需的全部印章。

按规定需要有关负责人签字或盖章的经济业务,必须严格履行签字或盖章手续。

5. 加强货币资金的监督检查

单位应当建立对货币资金业务的监督检查制度,明确监督检查机构或人员的职责权限,定期和不定期地进行检查。货币资金监督检查的内容主要包括:

(1) 货币资金业务相关岗位及人员的设置情况。重点检查是否存在货币资金业务不相容职务混岗的现象。

(2) 货币资金授权批准制度的执行情况。重点检查货币资金支出的授权批准手续是否健全,是否存在越权审批行为。

(3) 支付款项印章的保管情况。重点检查是否存在办理付款业务所需的全部印章交由一人保管的现象。

(4) 票据的保管情况。重点检查票据的购买、领用、保管手续是否健全,票据保管是否存在漏洞。

对监督检查过程中发现的货币资金内部控制中的薄弱环节,应当及时采取措施,加以纠正和完善。

P6-2　银行存款会计控制

1. 对企业银行存款管理制度进行设计,根据《内部会计控制规范——基本规范(试行)》和《内部会计控制规范——货币资金(试行)》,应注意以下几方面:

(1) 单位应当严格按照《支付结算办法》等国家有关规定,加强银行账户的管理,严格按照规定开立账户,办理存款、取款和结算。

单位应当定期检查、清理银行账户的开立及使用情况,发现问题,及时处理。

单位应当加强对银行结算凭证的填制、传递及保管等环节的管理与控制。

(2) 单位应当严格遵守银行结算纪律,不准签发没有资金保证的票据或远期支票,套取银行信用;不准签发、取得和转让没有真实交易和债权债务的票据,套取银行和他人资金;不准无理拒绝付款,任意占用他人资金;不准违反规定开立和使用银行账户。

(3) 单位应当指定专人定期核对银行账户,每月至少核对一次,编制银行存款余额调节表,使银行存款账面余额与银行对账单调节相符。如调节不符,应查明原因,及时处理。

(4) 单位应当定期和不定期地进行现金盘点,确保现金账面余额与实际库存相符。如发现不符,及时查明原因,做出处理。

2. 以上讨论题是根据我国发生的几件真实案件编写的,其共同点是,案犯均属上级信任、工作有建树、委以重任的财会人员,且屡次发生巨额贪污事件不被所在单位领导察觉。这为我们带来的教训是深刻的:

(1) 会计法规章制度应有的规范制约作用严重弱化必然带来企业的重大损失。从案情观察,让人惊讶的是,我国的《会计法》以及一些基本、必须执行的财经法规制度,在许多企业似乎不起作用,致使在会计环节上出现大的漏洞,频繁引发所谓"惊天大案"。一些企业不但对一系列财经法规的基本要求未认真执行,就连会计工作的起码常规做法也不遵循,以致出现以下令人难以置信的违规做法。诸如会计与出纳工作职责相互分离、相互制约,是《会计法》以及相关内部会计控制规范明确规定的内部会计监督的一项基本原则。而部分企业竟然连续多年出纳与会计一人兼任,这显然为犯罪分子鲸吞企业财产提供了十分便利的条件。再如会计资料经常性审核程序是会计单位内部纠错防弊、保证会计业务正确无误的基本要求。特别是对原始凭证的审核程序,《会计法》和《会计基础工作规范》或《内部会计控制》规范等都把它作为所有会计机构的法定职责加以规定,并明确要求对原始凭证必须审核无误后才能据以编制记账凭证,方可进入账簿核算程序。而两个案例单位的会计资料均没有日常的审核程序。不难想象,如果单位能遵循对会计凭证的常规审核程序或按规范要求办理基本会计业务,犯罪人员能那么长时间的屡屡得手吗?

(2) 必须切实杜绝会计工作的"豆腐渣工程"。案发单位之所以酿成如此大案,是因为存在业务管理混乱,工作偷工减料等诸多问题。如果案发单位的会计基础工作规范一些,内部应有的会计监督职责明确一些,只要内部某一制约环节,不论哪一道"警戒线"发挥一定的监督作用,也会防患于未然,起码不会酿成如此"频频大案"。这两起案例的教训说明,如何全面加强会计基础工作,规范会计操作行为,杜绝或防止会计工作中的"豆腐渣工程",是应当引起各企业深思的。

(3) 监督不忘"自家人",切实注意"灯下黑"现象。财务舞弊案件的发生与财会人员有着千丝万缕的联系。而财务人员在单位又经常被视为单位领导的"掌家人"或"自家人",他们往往都能取得企业领导的信任。可以想象,若是脱离了监督的外部制约力量,被信任的人一旦思想脱轨,其舞弊行为将会埋藏更深,更难以发觉。两起案件的共同特征都是直接管钱的会计人员,利用单位领导的信任、甚至罩在头顶的光环,长期作案,并由少到多,由小到大,最终给单位酿成巨大损失,这也都是"灯下黑"现象掩护下滋生的产物。

3. 对企业真实履行"不相容职责相互分离、制约和监督"、"进行岗位轮换"应采取的措施,根本上说,还是要首先解决单位负责人的认识问题,明确和落实单位负责人的责任问题,在此基础上,才能进一步建立、健全单位内部会计工作组织,特别是增强企业会计规范的执行力。当然,根据不同性质的企业,同时也应建立、健全企业的治理结构与治理机制,从企业宏观的制约和监督开始,保证微观的制约监督机制有效运行。

4. 在加强财会人员职业道德教育方面,应该从两方面着手:一是前引,二是后堵。所谓前引,就是通过正面的积极教育,引导广大财会人员遵纪守法,践行职业道德,其目的是通过正面的宣传教育,将财会人员恪守国家财经法纪和会计职业道德逐步升华为内在的修养和行动;所谓后堵,就是对财会人员可能的违纪行为进行围追堵截,包括建立、健全内部控制制度,加大惩处力度,使他们不能也不敢从事违法、违规行为。任何单独就道德论道德的做法是不会起到预期作用的。

P6-3　郑百文销售收入和应收账款

郑百文(600898)前身是郑州市百货文化用品公司,于 1987 年 6 月在郑州市百货公司和郑州市钟表文化用品公司合并的基础上组建成立。1988 年 12 月该公司进行股份制试

点,改制后的公司定名为郑州市百货文化用品股份有限公司(集团)。公司于 1996 年 4 月
18 日在上海证券交易所正式挂牌交易,主业为百货批发与零售。为便于分析,补充以下
资料:

郑百文上市前后的经营业绩

元

项　　目	2000 年	1999 年	1998 年	1997 年	1996 年	1995 年
主营业务收入	5.35 亿	13.08 亿	33.55 亿	70.46 亿	34.82 亿	13.88 亿
净利润	−0.47 亿	−9.57 亿	−5.02 亿	0.78 亿	0.50 亿	0.27 亿
总资产	9.62 亿	12.78 亿	23.66 亿	32.64 亿	20.34 亿	7.31 亿
每股收益(摊薄)	−0.24	−4.84	−2.54	0.45	0.37	0.26
每股净资产	−6.76	−6.57	0.22	2.25	2.34	2.25

资料来源:郑百文公司的上市公告和 1995—2000 年年报。

从表中可见,上市前后一段时间的公司业绩相当不俗,1995—1997 年的净利润年均
增长率达到了 143%,每股收益也是不断增长,从 0.26 元升至 0.45 元。1996 年实现的销
售收入、全员劳动生产率当时均名列全国同行业前茅。1997 年其主营规模和资产收益率
等指标在深沪上市的所有商业公司中均排序第一,进入国内上市企业 100 强。公司多次
受到郑州市政府的表彰。但是,值得注意的是,公司虽然效益好,除了 1995 年曾每 10 股
派 1.30 元(含税)现金外,上市后的 1996 年和 1997 年都没有派发现金红利,只是送股和
配股,1996 年为 10 送 3 股,1997 年为 10 配 2.3 股,每股 7 元。更严重的是,在没有任何
预警的情况下,1998 年突然业绩逆转,亏损达 5.02 亿元,郑州会计师事务所出具了无法
表示意见的审计报告,股票交易实行特别处理。1999 年,公司经营状况进一步恶化,亏损
更是高达 9.57 亿元,连创沪深股市亏损之最,让所有的投资者都看得目瞪口呆,2000 年 4
月,天健会计师事务所出具对其 1999 年财务报告拒绝表示意见的审计报告。

郑百文历史上是以经营百货文化用品为主,20 世纪 90 年代初进军家电销售业,家
电批发曾给公司带来了辉煌的业绩。但是,随着家电生产厂家的日益增多,产量不断
上升,市场竞争逐渐加剧,特别是从 1998 年下半年开始,各家电企业对彩电、冰箱、洗
衣机等产品持续大幅降价。作为郑百文的主要供应商,长虹为稳定并进而扩大市场占有
份额,一再降价,直接导致了郑百文先期购入的存货实际价值大幅贬值,最终形成购销价
格倒挂。

面对市场潜在的危机,郑百文没有能够及时转变经营策略。不仅如此,在 1998 年上
半年,公司又将配股资金 1.26 亿元在全国 9 个城市和地区建立了 12 个配售中心,形成了
大量的资金沉淀。随着家电销售量的急剧下降,1998 年公司主营业务收入只有 33.55 亿
元,比上年同期下降 56.3%,其中家电公司下降了 59.26%,百货文化各分公司下降了
19.54%。

20 世纪 90 年代中后期,随着零售业的崛起,仓储形式的超市大量出现,企业多采用
与生产厂家直接大批订货的方式降低商品采购成本,扩大商品销售量。郑百文未能及时
认清商品批发业正在走向末路,仍坚持原有的经营策略,其最终的失败也就成为必然。

结合题干中给出的资料:

郑百文 1996—2000 年销售收入和应收账款

项　　目	2000 年	1999 年	1998 年	1997 年	1996 年
销售收入/万元	53 526	130 776	335 502	704 644	348 225
应收账款/万元	35 476	43 271	91 917	94 288	25 053
应收账款/销售收入/%	66.28	33.09	27.40	13.38	7.19
1 年内应收账款/万元	5 031	12 517	70 523	86 574	19 555
流动资产/万元	61 539	89 720	216 865	339 854	55 239
应收账款/流动资产/%	57.65	48.23	42.38	27.74	45.35
1 年内应收账款/应收账款/%	14.18	28.93	76.73	91.82	78.05

可以明显看到,公司上市后一年销售收入即从 1996 年的不足 35 亿,飙升到 1997 年的 70 多亿。但从 1997 年开始,销售收入逐年大幅度降低,而应收账款相对大幅度增加,从占销售收入的 7%(1996)、13%(1997)逐步上升到 1998 年的 27%、1999 年的 33%、直至 2000 年的 66%。同时 1 年内的应收账款所占全部应收账款的比例则从 1997 年的 92%,经过 1998 年的 77%、1999 年的 29%,直至降到 2000 年的 14%。在企业总资产与流动资产规模也逐年降低的情况下,应收账款占流动资产的比例却逐年上升,从 1/4 强一路升迁到 1/2 多。为此,有两个问题让人产生怀疑:

一是相对企业上市不足 3 年业绩就发生大变脸(1998 年开始)的现实,公司在上市之初的 1996 年和 1997 年,表面情况较好的背后是否隐藏了什么? 或者干脆说,其 1997 年的好收成是不是会计做出来的? 也即其销售收入与应收账款是否虚构的或是虚增了?

二是随着商业环境的转型以及郑百文的战略调整滞后,其销售收入下降趋势可以理解的话,那么其应收账款所占比例,特别是 1 年以上应收账款所占比例却逐年大幅度提高,是不是也预示了其发生大规模坏账的可能性在增加? 企业是不是应该加大应收账款坏账准备的计提比例? 若是没有的话,账面价值是否高估了?

事后的调查表明,郑百文其实一直亏损,根本不具备上市资格,为了上市,公司硬是把亏损做成盈利报上去,最后蒙混过关。公司上市后大铺摊子,从 1996 年起建立全国性的营销网络,投入资金上亿元,建起 40 多个分公司,最后将 1998 年的配股资金 1.26 亿元也提前花完。公司规定,凡完成销售额 1 亿元者,可享受集团公司副总待遇,自行购进小汽车一部。仅仅一年间,"郑百文"的销售额便从 30 多亿元一路飚升到 70 多亿元。为完成指标,各分公司不惜采用购销价格倒挂的办法,商品大量高进低出,形成恶性循环。但是公司总部对外地分支机构的监管乏力,1998 年下半年起,设在全国各地的几十家分公司在弹尽粮绝之后相继关门歇业,数以亿计的货款要么直接装进了个人的腰包,要么成为无法回收的呆坏账。

P6-4　大唐电信应收账款

1. 关于保理业务的会计处理问题,虽说不复杂,但由于该类业务在国内出现毕竟很少,且在实务中其会计处理也没有得到完全统一。因此,这里需要交代一下。

保理业务(factoring)主要是为以赊销方式(open account)进行销售的企业设计的一种综合性金融服务,是一种通过收购企业应收账款为企业融资并提供其他相关服务的金融业务或产品。保理的一般做法是,卖方企业(供应商)向保理商出售通常以发票所表示的对债务人(买方企业)的应收账款,同时要求保理商提供与此相关的包括应收账款回收、销售分户账管理、信用销售控制以及坏账担保等单项或多项服务。在实际操作中,保理业务多种多样。卖方企业如果享受到保理商提供的上述所有服务即为全保理,如仅享受到一项或几项服务即为部分保理。

根据保理商提供服务的不同,保理业务既可按有无融资划分为融资保理和到期保理;也可按有无追索权或是否承担坏账损失,而分为有追索权保理和无追索权保理;又可按销售合同的买方在国内还是在国外,而划分为国内保理和国际保理;还可按卖方企业是否告知买方企业保理商的参与,而划分为公开型保理和隐蔽型保理。目前在发达国家十分流行的发票贴现业务也是保理的一种,这种业务中卖方企业通过向保理商出售销售发票而得到融资,并不享受其他服务,也不必通知买方企业,而且保理商对从卖方企业买下的应收账款有完全的追索权,因此它实际上是一种有追索权的隐蔽保理。

保理业务中应收账款的出售方(卖方企业)按无追索权保理和有追索权保理的不同,其会计处理方法也不一样。

(1) 在无追索权保理方式下,保理商承担收取应收账款的风险,即可能发生的坏账损失;应收账款的出售方承担销售折扣、折让和退回等损失。为此,保理商在购买应收账款时,往往要按一定比例预留一部分,备抵出售方应承担的折扣、折让和退回等损失。待实际发生销售折扣、折让或退回时,再予以冲销。

在会计处理上,应收账款的出售方按实际收到的款项借记"银行存款"账户,按支付的手续费借记"财务费用",按保理商预留的余款借记"其他应收款"账户,按应收账款的账面价值贷记"应收账款"账户。

当然若是考虑到更复杂的一些情况可以如下处理:

出售时,借记"银行存款"(按保理协议企业从银行实际取得的款项)、"其他应收款——银行"(保理协议中预计将发生的销售退回和销售折让、现金折扣)、"坏账准备"(保理业务中应收债权已经提取的坏账准备)、"财务费用"(支付的保理手续费)、"营业外支出——保理融资损失"(售出应收账款金额与上述 4 个科目金额合计数如为借方差额)科目,贷记"应收账款——某单位"(企业不再拥有收款权)或"营业外收入——保理融资收益"(售出应收账款金额与上述 4 个科目金额合计数如为贷方差额)科目。

(2) 在有追索权保理方式下,保理商对买方无法偿付的应收账款具有追索权。如果应收账款的债务人到期无法偿付,出售方(卖方)应承担向保理商偿付的责任。已出售应收账款上发生的任何坏账损失也由出售方承担。

在处理有追索权保理业务时,需要判断其业务的实质是销售还是借款。美国财务会计准则委员会(FASB)在 FAS77 中规定,只有当以下 3 个条件同时满足时,才能将出售的应收账款作销售处理,否则,只能视为借款业务。这 3 个条件是:①出售方放弃对应收账款未来经济利益的控制;②出售方可以合理地估计其对保理商的义务;③保理商不能要求出售方重新购回应收账款。

如果按销售业务处理,在出售时注销应收账款,同时将保理商收取的手续费确认为当期费用。如果按借款业务处理,出售时不能注销应收账款,而另设一个账户"已出售应收账款",待应收账款已全部得到清偿时,与相应的"应收账款"账户同时注销,保理商收取的手续费则作为融资成本,在应收账款持有期内摊销。

但也有不同处理意见认为:

在附有追索权的保理业务中,卖方企业出售应收债权时,与之相应的坏账风险并没有转移,根据相关规定及实质重于形式原则,相当于以应收债权为质押取得借款,其会计处理为:

出售时,借记"银行存款"(按保理协议企业从银行实际取得的款项)、"财务费用"(支付的保理手续费)科目,贷记"短期借款"科目。尽管该笔应收账款已保理融资,但风险没有转移,所以不冲减应收账款。同时,企业应设置备查簿,详细记录此项应收债权的账面金额、收款期限及回款情况。

收回时,经营保理业务的银行收回的应收账款可能高于、低于或等于原借给企业的部分。如果收回的应收账款等于原借给企业的部分,可以直接对冲"短期借款"和"应收账款";如果收回的应收账款高于原借给企业的部分,通过企业"银行存款"账户转回银行多收入的部分;如果收回的应收账款低于原借给企业的部分,银行会将此笔资金直接从企业账户扣除,借记"短期借款"科目,贷记"应收账款"、"银行存款"科目。到期银行收不回应收账款,企业有义务按照保理协议约定金额从银行等金融机构回购部分应收债权,借记"短期借款"科目,贷记"银行存款"科目。

2. 考虑到本题题意,我们认为大唐电信向上海浦东发展银行办理 3 亿元的应收账款保理业务,应该是附有追索权的发票贴现业务。在做会计处理时,我们采取上述第二种意见,所做分录为(不考虑其他费用):

借:银行存款　　　　　　　　　　　　　　　　　　　30 000 万元
　　贷:短期借款　　　　　　　　　　　　　　　　　　30 000 万元

在该项保理融资协议到期时,由于客户没有支付采购款,企业应支付银行借款:

借:短期借款　　　　　　　　　　　　　　　　　　　30 000 万元
　　贷:银行存款　　　　　　　　　　　　　　　　　　30 000 万元

当然就这一事项,企业应该在资产负债表附注中反映。

3. 根据题干给出的数据资料,并结合下表内容。

大唐电信 2001—2002 年应收账款及有关指标

项　　目	2001 年	2002 年	变动幅度/%
主营业务收入/万元	205 146	209 140	1.95
应收账款/万元	173 571	239 203	37.81
应收账款/主营业务收入	84.6%	114.4%	
总资产/万元	504 160	559 203	10.92
应收账款/总资产	34.4%	42.8%	
净利润/万元	3 610	2 281	−36.82

注:表中数据来源于公司 2002 年年报,未考虑 2003 年对其进行的调整。

可以发现,在企业主营业务收入几乎没有增长的情况下,应收账款余额增长了近40%,且应收账款余额占当期主营业务收入的比例奇高不下,从 2001 年的近 85%,飙升到 2002 年的 114%,其占企业总资产的比例在 2001—2002 年也分别高达近 34%和 43%。

结合企业的坏账核算方法与坏账准备提取比例,在合理判断企业经营状况极度不景气的趋势下,其应收账款的可回收性也令人怀疑,可能因坏账准备计提不足而导致企业应收账款价值的高估。

P6-5　金杯汽车坏账损失

(1) 金杯汽车(600609)2001 年度报告显示,主营业务收入 64 846.903 3 万元,同比减少 18%;净利润−82 503.872 3 万元,同比减少 420%;调整后的每股净资产 1.252 元,同比减少 27%;股东权益 155 085.286 1 万元,同比减少 34%;每股收益−0.755 1 元,净资产收益率−53.2%,均有大幅度的下滑。2001 年年报解释,金杯汽车出现巨额亏损的原因主要有二:

一是报告期内,公司持股 50% 的金杯通用汽车有限公司推出的新产品(雪佛兰牌厢式客车),由于推向市场较晚,远没有完成预定的销售计划,亏损 15 653 万元,影响公司本年度利润−7 826 万元。

二是公司变更会计估计,原按应收账款年末余额的百分比计提坏账准备,现变更为按应收款项年末账龄分析法计提。按变更后的账龄分析法计算的坏账准备为 94 685 万元,本年度应补提的坏账准备为 86 817 万元。因会计估计变更影响本年度利润−82 759 万元,而公司当年因计提资产减值准备就产生了 86 985 万元的损失和费用。

对于第一个原因,确实也是原因之一。汽车行业内有专家认为,2001 年特别是今年以来轿车行业的价格大战使得竞争愈加残酷,不少汽车厂商面临前所未有的困境和挑战,价格跳水是导致包括汽车类上市公司在内的汽车厂商利润下降的主要原因之一,金杯汽车也因抵受不住降价浪潮而"湿身一次"。

但这不是主要原因,主要原因从表面看,源于第二个。从账面上看,造成公司 2001 年亏损 82 504 万元的主要原因,是公司变更坏账准备计提方法。2000 年坏账准备是按应收款项年末余额的 6% 计提,2001 年改为按账龄分析法计提,此项变更影响并减少了会计利润 82 759 万元。

从会计的角度看,计提坏账准备的主观性是比较强的,比较科学、谨慎的计提方法是应该按照客户的信誉、应收款的账龄来进行详细分析计提。从目前大部分的上市公司来看,应收款项的计提一般采用账龄分析法。而作为大型工业企业的金杯汽车在 2001 年之前都采用年末余额法,从金杯汽车以往的资料显示来看,公司 2000 年、2001 年中应收账款(包括其他应收账款)统统按 6% 计提,只有破产、死亡或 3 年以上确实无法再收回的应收款才转销。公司在 2000 年年报中计提坏账及转销坏账总共仅 1 000 万元。在 1999 年之前甚至采用直接核销法,这显然不符合会计的谨慎性原则。

查询公司会计报表可知,公司历年的应收款项数额巨大,特别是其他应收款占了绝大部分。1999 年年末应收账款 48 771 万元,其他应收款 335 604 万元,两者合计占流动资产 55.2%;2000 年年末应收账款 25 266 万元,其他应收款 159 098 万元,两者合计占流动资产 54.2%;2001 年年末应收账款 28 627 万元,其他应收款 170 139 万元,两者合计占流动资产 63.3%。应该说,公司历年的应收账款保持 3 亿元左右的水平,与公司 7 亿元左右的主营业务收入相比并不为过。而数额巨大的其他应收款才是罪魁祸首。

让我们看看其他应收款的主要欠款大户:1999 年关联公司占用资金 234 884 万元,

其中仅集团公司一汽金杯汽车工业有限公司及下属公司就占用资金 199 766 万元；2000
年关联公司占用资金 103 683 万元，其中一汽金杯汽车工业有限公司占用 50 899 万元；
2001 年关联公司占用资金 129 359 万元，其中一汽金杯汽车工业有限公司占用资金
62 876 万元。其他上市公司的关联方占用资金时往往用每年支付利息的理由以掩盖占用
资金的尴尬局面，但金杯汽车的关联方占用如此大额资金却是赤裸裸的，从报表中看不到
资金占用产生的利息收入的信息。关联方如此肆意地占用资金终究形成了资产泡沫。
2001 年年底，170 139 万元的其他应收款中账龄在 5 年以上的有 70 012 万元，3 至 4 年的
有 16 763 万元，1 至 2 年的有 27 528 万元。2001 年改用账龄分析法计提坏账准备终于把
泡沫挤破了。

　　大量资金给关联方所占用，是否表明该公司的资金很充裕呢？也不尽然。公司 1999
年年底 152 685 万元的短期借款中有逾期借款 65 647 万元，长期借款 86 619 万元中有逾
期借款 27 427 万元；2000 年 85 482 万元的短期借款中有逾期借款 58 112 万元，一年内到
期的长期负债有 19 319 万元；截至 2001 年年底，公司尚有到期未偿还的短期借款 36 944
万元，逾期长期借款 33 639 万元。究其根源，导致公司巨亏的真正罪魁祸首应该是其关
联公司。

　　（2）企业由按余额百分比法改按账龄分析法计提坏账准备，作为会计估计变更，采用
未来适用法进行会计处理，即对于企业该项坏账准备的计提方法的变更，仅适用于变更当
期及未来期间，不需要计算变更产生的累积影响数，也不需要重编以前年度会计报表。

　　（3）关于 2001 年公司坏账准备计提的动机可以从下表资料中看出基本端倪：为避免
连续两年甚至更多年的亏损，通过计提巨额坏账准备进行"大洗澡"，一次亏个够，从而换
来下一年的盈利。

金杯汽车 1999—2002 年盈利情况

项　　目	1999 年	2000 年	2001 年	2002 年
净利润/万元	22 117.57	24 985.05	−82 503.87	1 093.39
每股收益/元	0.23	0.23	−0.76	0.01
净资产收益率/%	12.43	9.76	−53.2	0.77

P6-6　神州股份坏账准备

　　（1）按原计提比例 2001 年年初坏账准备余额：

$2\ 539.56 \times 10\% + 695.60 \times 30\% + 2.66 \times 50\% + 58.31 \times 100\%$

$= 522.276$（万元）

按原计提比例 2001 年年末应计提坏账准备：

$(10\ 378.38 \times 10\% + 7\ 901.95 \times 30\% + 6\ 097.76 \times 50\% + 90.17 \times 100\%) - 522.276$

$= 6\ 025.197$（万元）

按变更后计提比例 2001 年年末应计提坏账准备：

$(10\ 378.38 \times 5\% + 7\ 901.95 \times 10\% + 6\ 097.76 \times 20\% + 90.17 \times 30\%) - 522.276$

$= 2\ 555.717 - 522.276$

$= 2\ 033.441$（万元）

由于坏账准备计提比例的变更导致增加净利润：

$(6\,025.197-2\,033.441)\times(1-15\%)=3\,991.756\times85\%=3\,392.993$(万元)

(注：神州股份 2001 年执行的所得税税率为 15％)

(2) 本来对于坏账准备计提比例的变更通常属于会计估计变更，会计处理上应采用未来适用法。但根据该企业实际情况以及与其他相关企业的比较，可以发现该企业此项会计估计变更，似乎应当属于滥用会计估计。而根据相关会计制度和会计准则的规定，如果企业滥用会计估计不恰当地计提了坏账准备，应作为重大会计差错，按重大会计差错的规定进行账务处理。因为是与前期相关的重大会计差错，且影响损益，所以应将其对损益的影响数调整 2001 年的期初留存收益，会计报表其他相关项目的期初数也应一并调整。

(3) 与同类企业相比，神州股份期末应收账款占年度销售额的比例最高，且高达 70％以上，而神火股份和兖州煤业的相应比例则均不足 10％；其就应收账款周转率来看，神州股份仅为 1.24，而神火股份和兖州煤业则相应为 12.30 和 8.26；另外，从账龄分析，神州股份较神火股份和兖州煤业以及盘江股份的应收账款账龄更长，公司 3 年以上应收账款占 20％的比例，而其他企业 3 年以上应收账款则几乎没有。以上数据显示，神州股份应收账款的管理存在着较大问题，反映出企业收回赊销款项的能力欠佳，营运资金在应收账款上发生了过多的呆滞占用，企业应收账款的管理效率低下。因此，企业必须采取措施促进企业加快应收账款回收速度，调整企业信用政策，努力提高应收账款的收现效率，从而提高企业的资金使用效率。

而从坏账准备的计提来看，神州股份在变更前与其他企业基本保持一致，而变更后则对于相同账龄的应收账款，其计提比例最低，其他企业的计提比例约为神州股份的 2～3 倍。与企业应收账款管理状况对照，显然企业的该项会计政策或会计估计太过激进，而不符合会计核算所要求的谨慎原则。结合企业实际盈利状况，企业此举似乎是出于保持盈利平稳、避免盈利重大波动而人为调节所致。

第7章 存　货

一、思考题

Q7-1　什么是存货？如何界定企业存货的范围？试以您了解的企业为例,说明哪些是该企业的存货？

答：按照《企业会计准则第 1 号——存货》的规定,存货是指企业在日常活动中持有以备出售的产成品或商品、处在生产过程中的在产品、在生产过程或提供劳务过程中耗用的材料和物料等。可见,存货包括以下三类有形资产：在日常生产经营活动中持有的产品或商品,或者为了出售仍然处在生产过程中的在产品,或者将在生产过程或提供劳务过程中耗用的材料、物料等。其范围包括原材料、在途物资、在产品、库存商品、包装物、低值易耗品、委托加工物资、委托代销商品、受托代销商品、分期收款发出商品、发出商品等。在编制资产负债表时,企业的各项存货应合并以一个统一的"存货"项目列示。

界定企业存货的范围应遵循如下原则：一看使用目的,企业购入存货的目的应是为了加工后对外销售或直接对外销售,而不是为了自用；二看耗用时间,存货的耗用时间一般短于一年,对于购入自用的物品,若耗用(使用)期限短于一年,也应归类为存货进行核算；三看所有权,只要所有权属于企业的存货,无论是谁在管理或代为销售,也无论存放在何处,均应作为企业的存货进行核算。

Q7-2　存货核算的重要性体现在哪些方面？

答：存货核算的重要性主要体现在四个方面：一是存货代表了大多数企业的最重要资产,因而是决定企业期末财务状况的一个重要因素；二是存货销售是大多数企业的主要收入来源；三是存货及其构成项目对期间收益决定有着直接的影响,这不仅是因为企业的主要收入来自存货的销售,而且还因为企业经营费用的主要项目即销售成本也来自于已销售存货的计价与分配；四是存货影响企业的未来现金流量。存货核算不仅有助于财务报告的使用者预测销售所可能产生的现金流入量,而且有助于预测为持有于后续期间销售的商品所需要的现金流出量。

Q7-3　什么是存货记录的定期盘存制和永续盘存制？试比较这两种方法的优缺点。

答：定期盘存制又被称为实地盘存制,是指会计期末通过对全部存货进行实地盘点确定期末存货的数量,再乘以各项存货的单价,计算出期末存货的成本,并据以计算出本期耗用或已销存货成本的一种存货盘存方法。采用这一盘存方法时,平时只记录存货购进的数量和金额,不记发出的数量,期末通过实地盘点确定存货的实际结存数量,并据以计算出期末存货的成本和当期耗用或已销存货的成本。这一方法通常也称为"以存计耗"或"以存计销"。

永续盘存制又称账面盘存制,是指通过设置详细的存货明细账,逐笔或逐日记录存货收入、发出的数量和金额,以随时结出结余存货的数量和金额的一种存货盘存方法。采用这一存货盘存方法时,要求对企业的存货分品名、规格等设置详细的明细账,逐笔逐日登记收入、发出存货的数量和金额,并结出结余存货的数量和金额。采用这一方法时,为了核对存货账面记录,加强对存货的管理,企业应视具体情况对其存货进行不定期的盘存,每年至少应全面盘存一次。

二者的优缺点如下:

	优　点	缺　点
定期盘存制	平时会计核算工作量小、会计核算成本低	1. 无法实时反映存货库存情况,会计信息提供不及时,不利于提高存货管理效率; 2. 任何不在期末存货中的物品都被视为耗用或出售,可能虚增销售成本,造成损益不实、不利于发现和防止企业存货管理中的问题或舞弊,不利于存货成本的控制
永续盘存制	1. 可以实时反映存货库存情况,会计信息提供及时,有利于提高存货管理效率; 2. 结合定期盘存制,有利于发现存货管理中的漏洞和舞弊	平时会计核算工作量大、会计核算成本高

Q7-4　存货的入账成本包括哪些内容?

答:存货入账价值的确定,是存货会计的一个重要内容。《企业会计准则第 1 号——存货》规定,"存货应当按照成本计量。存货成本包括采购成本、加工成本和其他成本"。其中,存货的采购成本,包括购买价款、相关税费、运输费、装卸费、保险费以及其他可归属于存货采购成本的费用。存货的加工成本,包括直接人工以及按照一定方法分配的制造费用。存货的其他成本,是指除采购成本、加工成本以外的,使存货达到目前场所和状态所发生的其他支出。这表明我国存货入账价值的确定,应遵循历史成本原则,以实际成本作为存货入账价值的基础。原因在于:实际成本是基于过去的交易或事项而获得的,具有客观性和可验证性,可以反映企业取得存货时实际耗费的成本,在难以确定存货的销售价格时,实际成本还可以代替可变现净值。

下列费用应当在发生时确认为当期损益,不计入存货成本:①非正常消耗的直接材料、直接人工和制造费用;②仓储费用(不包括在生产过程中为达到下一个生产阶段所必需的费用);③不能归属于存货达到目前场所和状态的其他支出。

存货的形成主要有外购和自制两个途径,从理论上讲,企业无论从何种途径取得的存货,凡与存货形成有关的支出,均应计入存货的成本之内。实际工作中,根据存货取得的不同情况,其入账价值的构成也各不相同。

Q7-5　如何核算存货的制造成本? 存货的成本流转与账户之间结转的顺序是怎样的? 结合实际制造企业加以具体解释?

答:不同企业存货制造成本的具体核算方法,依据其生产特点和经营管理的需要不同而分别制定。但笼统地说,自制存货的制造成本是指,企业为使存货达到可供销售状态所发生的生产成本,包括原材料转化为产成品过程中所发生的直接材料、直接人工和制造费用。

存货的成本流转与账户之间结转的顺序可归结为下图所示(以制造业企业为例)。

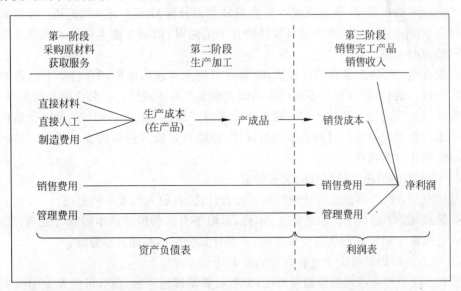

Q7-6 试用商品销售毛利率和存货周转率来理解商业用语"薄利多销"。

答:"薄利"必然带来较低的销售毛利率,但是要能够实现"多销",通过高周转率,则可依靠规模销量来实现盈利。

Q7-7 比较以历史成本法、重置成本法、可变现净值法以及成本与市价孰低法来进行存货的期末计价之利弊,以及对资产负债表和利润表相关性和可靠性的影响。

答:1. 历史成本法计量存货的期末价值

其优点是:①成本是以过去的经济交易为基础的,一般具有可验证性和客观性;②成本代表了获得存货时市价水平,根据成本进行计价使存货和为获取存货而支付的现金或其他资源两者都具有可解释性;③在价格波动不大、存货新增价值不大的情况下,成本可代表持有资源价值的一种恰当量度;④如果销售价格不确定或追加成本不能合理估计,则净产出价值无从确定,此时成本可被认为是可变现净值的一个合理的期待量度。

其缺点是:①历史成本仅代表了存货获得时对企业的价值,随着时过境迁和核算的影响,不能客观反映其对企业的价值;②历史成本与现时收入配比不能为当期经营成果提供有意义的量度;③在市场价格发生变动情况下,相同资产在不同时期取得成本不同,资产负债表上的汇总加计失去可比基础;④按历史成本计价可能使利得和损失项目在其实际发生期间不可能正式加以确认。

2. 重置成本法计量存货的期末价值

其优点是:①重置成本代表了企业在现在获得存货所必须支付的金额,所以是投入价值的最佳计量,可以使现时的投入价值与现时的收入相配比,有利于正确衡量当期的经营成果；②可使存货持有损益与经营损益区别开来，可以较好地反映经营管理的努力和环境条件对企业的实际影响；③以重置成本计量资产总和比不同时期发生的历史成本加计数更有意义；④重置成本下的经营成果更具有预测价值，因为这一量度下的收益才是可用于分配的恰当量度，而历史成本下收益量度的分配蕴涵了资本的返还；⑤如果企业继续持有某类存货而可实现净值对其计价并不适用时，则重置成本可代表该项存货在当期期末的现时价值。

其缺点是：①缺乏足够的可靠性，除非在市场上可获取的资产在各个方面都和持有资产相一致，否则对持有存货重置成本的确定难免带有主观性；②重置成本对于季节性、特殊型号以及采用过时的技术和方法生产出来的产品而言是不适用的；③除非销售成本以及期末存货都根据销售时的成本进行计价，否则特定投入价格的变动所引起的利得或损失将包括在营业收益中。

3. 可变现净值法计量存货的期末价值

其优点是：以产出价值为基础对存货进行计价，且收入与成本相配比。

其缺点是：①估计与产品的完工、销售、运输等有关的追加成本困难与主观；②将可能的收益陈报于销售业务全部完成之前，不但计量分配困难而且不稳健。

4. 成本与市价孰低法来进行存货的期末计价

其优点是：符合所谓的稳健新原则，即收益要稳健地陈报，所有可能发生的损失都要包括在当期收益的确定中，而对所有可能发生的利得则应予以递延。

其缺点是：①成本与市价孰低法违反了一致性原则，因为它允许在不同的期间甚至在存货内部各项目之间采用不同的计价基础；②它一直被认为是曲解利润与损失的一个主要原因；③它所得出的结果在当期可能是稳健的，但对未来期间的收益来说却是不稳健的；④购货和管理方面的效率低下的责任都由本期承担了；⑤市价的确定过分主观；⑥成本与市价孰低法既适用于成本的降低，也适用于因资产陈旧过时、变质或盈利能力的减弱而导致的效用递减。而实际上，可实现净值不会因为成本发生变化而跟着发生变化。在这一点上，成本与市价孰低法作为计价概念是难以令人信服的。

总体来看，历史成本、重置成本、可变现净值作为计量属性对会计报表的影响是：相关性依次增强，而可靠性(客观性)则依次减弱。

Q7-8 如何计算存货的成本与市价孰低值？为什么要实行存货期末计价的成本与市价孰低法？

答：企业期末存货的价值通常是以历史成本来确定。但是，由于存货市价的下跌、存货陈旧、过时、毁损等原因，导致存货的价值减少，采用历史成本不能真实地反映存货的价值，因此，基于谨慎性原则，采用成本与市价孰低法来计价。

所谓成本与市价孰低法，是指对期末存货按照成本与市价两者中较低者(孰低)计价的方法。即当成本低于市价时，存货按成本计价；当市价低于成本时，存货按市价计价。按照我国《企业会计准则第 1 号——存货》的规定，"资产负债表日，存货应当按照成本与可变现净值孰低计量"。这里，存货的市价取得了"可变现净值"的形式，具体而言，"可变现净值"，是指在日常活动中，存货的估计售价减去至完工时估计将要发生的成本、估计的销售费用以及相关税费后的金额。

Q7-9 存货发出的计价方法有哪些，具体内容是什么？

答：存货发出的计价有多种方法。我国《企业会计准则》规定，各种存货发出时，按照实际成本核算的，可选用先进先出法、加权平均法、移动平均法、个别计价法、后进先出法等方法确定其实际成本；采用计划成本或者定额成本方法进行日常核算的，应当按期结转其成本差异，将计划成本或者定额成本调整为实际成本。另外商品流通企业还可使用毛利率法、售价金额法确定发出存货的实际成本。而依据《企业会计准则第 1 号——存货》的规定，企业应当采用先进先出法、加权平均法或者个别计价法确定发出存货的实际成本。与以前的规定相比，可选方法减少了。

1. 个别计价法

采用这一方法是假设存货具体项目的实物流转与成本流转相一致，按照各种存货逐一辨认各批发出存货和期末存货所属的购进批别或生产批别，分别按其购入或生产时所确定的单位成本计算各批发出存货和期末存货成本的方法。

2. 先进先出法

是指以先购入的存货应先发出（销售或耗用）这样一种存货实物流转假设为前提，对发出存货进行计价的一种方法。采用这种方法，先购入存货的成本在后购入存货成本之前转出，据此确定发出存货和期末存货的成本。

3. 加权平均法

是指以本月全部进货数量加上月初存货数量作为权数，去除本月全部进货成本加上月初存货成本，计算出存货的加权平均单位成本，以此为基础计算本月发出存货的成本和期末存货的成本的一种方法。

4. 移动平均法

是指以每次进货的成本加上原有库存存货的成本，除以每次进货数量加上原有库存存货的数量，据以计算加权平均单位成本，作为在下次进货前计算各次发出存货成本依据的一种方法。

5. 后进先出法

是指假定后收进的存货先发出，按最近收进存货的单位成本确定发出存货实际成本的一种方法。在这种方法下，月末存货通常是按较早的成本计算确定，而发出存货的成本则按最近一次的单位成本计算，如果发出存货的数量超过最近一次收进存货的数量，超过部分要依次按上一次进货的单位成本计算。

采用计划成本法进行存货日常核算的企业，其存货的收入、发出与结存，都按企业制定的计划成本计算，同时将实际成本与计划成本之间的差额，单独设置"存货成本差异"（"材料成本差异"或"产品成本差异"）会计科目反映，期末将发出存货和期末存货，由计划成本调整为实际成本。

商品流通企业发出存货，通常还采用毛利率法和售价金额核算法等方法进行核算。

1. 毛利率法

是指根据本期销售净额乘以上期实际（或本期计划）毛利率匡算本期销售毛利，并据以计算发出存货和期末结存存货成本的一种方法。

2. 售价金额核算法

是指平时商品的购进、储存、销售均按售价记账,售价与进价的差额通过"商品进销差价"科目核算,期末计算进销差价率和本期已销商品应分摊的进销差价,并据以调整本期销售成本的一种方法。

Q7-10 假定通货膨胀的情况下,分析个别计价法、先进先出法、后进先出法以及加权平均法估算出的销售成本和期末存货的高低,以及对现金流的影响。

答:见下表

	销 售 成 本	期 末 存 货	对现金流的影响
先进先出法	低	高	
加权平均法	中	中	无影响(现金流取决于销
后进先出法	高	低	售收入与销售政策)
个别计价法	以发出具体存货价格而定	以期末结存具体存货价格而定	

Q7-11 什么是计划成本法?采用该方法有哪些优缺点?

答:计划成本法是指企业存货的收入、发出与结存,都按企业制定的计划成本计算,同时将实际成本与计划成本之间的差额,单独设置"存货成本差异"("材料成本差异"或"产品成本差异")会计科目反映,期末将发出存货和期末存货,由计划成本调整为实际成本的一种方法。

该方法的优点是:

1. 有利于简化日常核算;

2. 通过实际成本与计划成本的比较有利于考核各部门的经营责任,加强成本控制,促进内部管理。

该方法的缺点是:

1. 当实际成本与计划成本差异过大时会影响成本计算的正确性;

2. 利用对成本差异特别是不利成本差异的分配可以实施盈余操纵行为。

二、练习题

E7-1 选择最恰当的答案

1. C

2. A

3. A

4. B

5. A上升、B下降、C下降、D下降。原因如下:

A毛利率=1-销售成本率,在存货价格上升期间,存货发出由后进先出法改为先进先出法,导致期末存货单价被高估,而转至销售成本的存货单位成本被低估,相关的销售单价不变,销售成本率(单位销售成本/销售单价)降低,毛利率升高。

B存货周转率=销售成本/平均存货,与A原因相同,在存货价格上升期间,由后进先出法改为先进先出法,销售成本被低估,期末存货被高估,因此存货周转率下降。

C 债务权益比例＝负债/权益,在存货价格上升期间,存货发出由后进先出法改为先进先出法,导致资产(存货)和净利润同时被高估,即权益被高估,而负债不变,因此债务权益比例下降。

D 总资产周转率＝销售收入/平均资产额,在存货价格上升期间,存货发出由后进先出法改为先进先出法,期末资产被高估,平均资产也被高估,而销售收入不变,所以总资产周转率下降。

E7-2　计算销售成本

根据题意:

期末存货＝2(万元)

期初存货＝2＋10＝12(万元)

本期购入存货＝25(万元)

本期销售成本＝期初存货＋本期购入存货－期末存货

　　　　　＝12＋25－2＝35(万元)

E7-3　计算销售成本

外购存货成本＝300 000＋7 500－3 000＝304 500(元)

E7-4　存货差错的影响

1. (1) 销售成本＝期初存货＋本期购货－期末存货

如果期末存货被低估 3 000 元,期初存货被高估 5 000 元,则销售成本被高估 8 000 元(5 000＋0＋3 000),导致营业利润被低估 8 000 元。

(2) 流动比率＝流动资产÷流动负债

如果期末存货被低估 3 000 元,则流动资产相应被低估 3 000 元,而期末净资产也被低估 3 000 元,流动负债不变,则流动比率被低估。

2. 销售成本＝期初存货＋本期购货－期末存货

如果购货成本被高估 1 000 元,期末存货被高估 4 000 元,则销售成本被高估－3 000元(0＋1 000－4 000),净利润被则被高估 3 000 元(因题中未给出所得税率,在此不考虑所得税影响)。

E7-5　先进先出法和后进先出法

3 月份共购进 150 件(40＋20＋90),金额为 6 500 元(40×30＋20×40＋90×50)

3 月份共销售 108 件(13＋35＋60),销售收入为 5 630 元(13×35＋35×45＋60×60)

(1) 先进先出法

期末存货成本＝(150－108)×50＝2 100(元)

本期销售成本＝期初存货＋本期购货－期末存货

　　　　　＝0＋40×30＋20×40＋90×50－2 100

　　　　　＝4 400(元)

也可直接计算如下:

本期销售成本＝40×30＋20×40＋48×50

　　　　　＝4 400(元)

(2) 运用先进先出法

3 月份的毛利＝销售收入－销售成本

$$＝5\ 630－4\ 400$$

$$＝1\ 230(元)$$

(3) 后进先出法

期末存货成本＝40×30＋2×40＝1 280(元)

本期销售成本＝期初存货＋本期购货－期末存货

$$＝0＋6\ 500－1\ 280$$

$$＝5\ 220(元)$$

(4) 运用后进先出法

3 月份的毛利＝销售收入－销售成本

$$＝5\ 630－5\ 220$$

$$＝410(元)$$

(5) 加权平均法

3 月份加权平均单价＝(期初存货金额＋本期采购成本)÷(期初存货数量＋本期购货数量)

$$＝(0＋6\ 500)÷(0＋150)$$

$$＝43.33(元/件)$$

3 月末存货成本＝(150－108)×43.33＝1 819.86(元)

3 月份的销售成本＝期初存货＋本期购货－期末存货

$$＝0＋6\ 500－1\ 819.86$$

$$＝4\ 680.14(元)$$

(6) 运用加权平均法

3 月份的毛利＝销售收入－销售成本

$$＝5\ 630－4\ 680.14$$

$$＝949.86(元)$$

E7-6   存货计价方法

期初材料库存量＝180(件)；期初材料成本＝1 800(元)

5 月份购进量＝900(件)；采购成本＝100×10＋100×11＋400×12＋200×13＋100×14＝10 900(元)

5 月份发出量＝154＋210＋300＋230＝894(件)

5 月末结存量＝180＋900－894＝186(件)

(1) 先进先出法

期末材料成本＝100×14＋86×13

$$＝2\ 518(元)$$

5 月份发出材料成本＝期初结存材料成本＋本期采购成本－期末材料成本

$$＝1\ 800＋10\ 900－2\ 518$$

$$＝10\ 182(元)$$

(2) 后进先出法

期末材料成本＝180×10＋6×10

$$=1\,860(元)$$

5 月份发出材料成本＝期初结存材料成本＋本期采购成本－期末材料成本

$$=1\,800+10\,900-1\,860$$

$$=10\,840(元)$$

（3）移动平均法

列表计算 5 月份发出材料成本和期末结存材料成本：

发出日期	前次结存量/件	前次结存金额/元	采购数量/件	采购金额/元	加权平均单价/(元/件)	发出量/件	发出成本/元	本次结存量/件	本次结存金额/元
5 月 8 日	180	1 800	100	1 000	10	154	1 540	126	1 260
5 月 15 日	126	1 260	100	1 100	10.44	210	2 192.40	16	167.60
5 月 22 日	16	167.60	400	4 800	11.94	300	3 582	116	1 385.60
5 月 28 日	116	1 385.60	200	2 600	12.61	230	2 900.30	86	1 085.30
5 月 31 日	86	1 085.30	100	1 400				186	2 485.30
5 月合计	180	1 800	900	10 900		894	10 214.70	186	2 485.30

5 月份发出材料成本：10 214.70 元；期末结存材料成本：2 485.30 元。

（4）加权平均法

加权平均单价＝（期初存货成本＋本期采购成本）÷（期初存货量＋本期采购量）

$$=(1\,800+10\,900)÷(180+900)$$

$$=11.76(元/件)$$

期末材料成本＝期末结存量×加权平均单价

$$=186×11.76$$

$$=2\,187.36(元)$$

5 月份发出材料成本＝期初材料成本＋本期采购成本－期末材料成本

$$=1\,800+10\,900-2\,187.36$$

$$=10\,512.64(元)$$

E7-7　成本流转假设

（1）先进先出法

期末存货成本＝200×28＋300×26＋100×24

$$=15\,800(元)$$

（2）后进先出法

期末存货成本＝400×20＋200×22

$$=12\,400(元)$$

（3）加权平均法

加权平均单价＝（8 000＋25 000）÷（400＋1 000）＝23.57（元/件）

期末存货成本＝600×23.57＝14 142（元）

（4）第四季度末的后进先出存货层为 2 层，即期初存货层和一季度购进存货层。

E7-8　存货跌价准备

1. 20×1 年年末应计提存货跌价准备 1 000 元（10 000－9 000）；20×2 年年末存货价值恢复，在原计提额度内转回，即应计提跌价准备－1 000 元。

2. 20×1年年末应计提存货跌价准备4万元(20－16);20×2年年末存货价值有部分恢复,年末存货跌价准备应为3万元(20－17),已计提数为4万元,应冲回1万元。

20×2年年末资产负债表中"存货跌价准备"为3万元,利润表中"存货跌价准备"(按中国会计准则,存货跌价准备不单列,反映在管理费用项目)为－1万元。

3. (1)列表计算各期应计提跌价准备

元

时　　　间	可变现净值	账面价值	差　　异	已计提跌价准备	应补提准备(负数为转回)
20×1年12月31日	190 000	200 000	－10 000	0	10 000
20×2年6月30日	168 000	180 000	－12 000	10 000	2 000
20×2年12月31日	186 000	190 000	－4 000	12 000	－8 000
20×3年6月30日	310 000	300 000	10 000	4 000	－4 000

(2)会计分录:

20×1年12月31日:

借:管理费用　　　　　　　　　　　　　　　　　　　　　　　10 000
　　贷:存货跌价准备　　　　　　　　　　　　　　　　　　　　　　10 000

20×2年6月30日:

借:管理费用　　　　　　　　　　　　　　　　　　　　　　　2 000
　　贷:存货跌价准备　　　　　　　　　　　　　　　　　　　　　　2 000

20×2年12月31日:

借:管理费用　　　　　　　　　　　　　　　　　　　　　　　－8 000
　　贷:存货跌价准备　　　　　　　　　　　　　　　　　　　　　　－8 000

20×3年6月30日:

借:管理费用　　　　　　　　　　　　　　　　　　　　　　　－4 000
　　贷:存货跌价准备　　　　　　　　　　　　　　　　　　　　　　－4 000

E7-9　材料成本差异

1.

实际采购成本＝(102 000＋1 400＋359)÷600＝172.93(元/吨)

计划成本＝200(元/吨)

甲材料发出的成本差异为节约差异。

成本差异余额＝(102 000＋1 400＋359)－200×600＝－16 241(元),即贷方余额16 241(元)。

2.

购入材料的成本差异＝42 000－41 500＝500(元)

本月材料成本差异率＝[(期初材料成本差异＋本期购入材料成本差异)÷(期初材料计划成本＋本期购入材料计划成本)]×100%

$$＝[(－1 000＋500)÷(18 500＋41 500)]×100\%$$

$$＝－0.83\%$$

月末库存材料应分摊的成本差异＝月末库存材料计划成本×本月材料成本差异率

$$＝(18\,500＋41\,500－30\,000)×(－0.83\%)$$

$$＝－249(元)$$

月末库存材料实际成本＝月末库存材料计划成本＋月末库存材料应分摊的成本差异

$$＝(18\,500＋41\,500－30\,000)－249$$

$$＝29\,751(元)$$

3.

本月 15 日购入材料成本差异＝1 100－1 200＝－100(万元)

本月材料成本差异率＝[(300－100)÷(4 000＋1 200)]×100%

$$＝3.85\%$$

本月末库存材料的计划成本＝4 000＋1 200－400－600＝4 200(万元)

本月末库存材料应分摊的成本差异＝4 200×3.85%＝161.70(万元)

本月末库存材料的实际成本＝4 200＋161.70＝4 361.70(万元)

E7-10 材料成本差异

3 月 5 日 收到材料并验收入库

借：原材料 40 400

  贷：材料采购 40 000

    材料成本差异 400

3 月 20 日 付材料款

借：材料采购 81 000

  贷：银行存款 81 000

3 月 25 日 收到材料并验收入库

借：原材料 80 000

  材料成本差异 1 000

  贷：材料采购 81 000

3 月 31 日 计算本月甲材料的成本差异率

本月甲材料成本差异率＝[(－700－400＋1 000)÷(20 000＋40 000＋80 000)]×100%

$$＝－0.714\%$$

本月发出甲材料的计划成本＝7 000×10＝70 000(元)

本月发出甲材料应分摊的成本差异＝70 000×(－0.714%)＝－499.80(元)

月末库存甲材料的成本差异＝月初材料成本差异＋本月购入材料成本差异－本月发出材料成本差异

$$＝－700－400＋1\,000－499.80$$

$$＝－500.02(元)$$

注：如按月末库存材料的计划成本×成本差异率计算，月末成本差异额为 502.66 元，差异原因是计算差异率时小数位四舍五入造成的，实务中多采用倒挤法。

E7-11　材料成本差异

甲材料的实际采购成本＝350 000＋1 500＋340＝351 840(元)

材料成本差异＝实际成本－计划成本＝351 840－1 000×305＝46 840(元)

会计分录：

3月31日支付材料款：

借：材料采购　　　　　　　　　　　　　　　　　　　　　　　351 840

　　贷：银行存款　　　　　　　　　　　　　　　　　　　　　　　　351 840

4月10日收到材料并验收入库

借：原材料　　　　　　　　　　　　　　　　　　　　　　　　　305 000

　　材料成本差异　　　　　　　　　　　　　　　　　　　　　　　46 840

　　贷：材料采购　　　　　　　　　　　　　　　　　　　　　　　　351 840

6月30日分析材料价值并作相应会计处理

原材料账面价值＝原材料＋材料成本差异＝305 000＋46 840＝351 840(元)

原材料的可变现净值＝295 000(元)

应计提减值准备＝351 840－195 000＝56 840(元)

借：管理费用　　　　　　　　　　　　　　　　　　　　　　　　56 840

　　贷：存货跌价准备　　　　　　　　　　　　　　　　　　　　　　56 840

E7-12　计划成本和存货跌价准备

A材料的实际采购成本＝材料价款＋运杂费＋装卸费

　　　　　　　　　　＝300 000＋1 500＋340

　　　　　　　　　　＝301 840(元)

6月30日账面价值为301 840元,较可变现净值295 000元多6 840元,应计提存货跌价准备6 840元。

12月31日材料账面余额仍为301 840元,可变现净值为299 000元,差异为4 000元。已提跌价准备6 840元,应转回2 840元(6 840－4 000)：

借：管理费用　　　　　　　　　　　　　　　　　　　　　　　　－2 840

　　贷：存货跌价准备　　　　　　　　　　　　　　　　　　　　　　－2 840

三、讨论题

P7-1　原材料入账计算

该原材料的入账价值为609.80元(600＋6＋2＋1.8)

要点：外购存货的采购成本通常包括企业为购买存货所支付的货款,应计入采购成本的相关税费、运输费用、途中保险费用以及途中合理损耗之和。

P7-2　盘存制度及其影响

期初存货总价值：2 000×30＝60 000(元)

本期购货总价值：1 000×35＋1 500×37＋1 000×40＝130 500(元)

加权平均单价：(60 000＋130 500)÷(2 000＋1 000＋1 500＋1 000)＝34.64(元)

永续盘存制

元

成本计算方法	销售成本计算公式	销售成本	期末存货成本
个别认定法	500×30＋500×35＋1 000×37	69 500	121 000
先进先出法	2 000×30	60 000	130 500
后进先出法	1 500×37＋500×35	73 000	117 500
加权平均法	2 000×34.64	69 280	121 220

实地盘存制

元

成本计算方法	期末存货成本计算公式	销售成本	期末存货成本
个别认定法	1 500×30＋500×35＋500×37＋1 000×40	69 500	121 000
先进先出法	1 000×40＋1 500×37＋1 000×35	60 000	130 500
后进先出法	2 000×30＋1 000×35＋500×37	77 000	113 500
加权平均法	3 500×34.64	69 260	121 240

四种计算方法进行比较,采用加权平均法计算的结果与个别认定法最为接近,在存货价值上升的情况下,采用先进先出法夸大了期末存货的价值,从而夸大了经营业绩,加大了所得税负担,加大了现金流出;而采用后进先出法则夸大了当期的销售成本,从而降低了报表利润,节省了所得税以及现金的流出。

P7-3　先进先出法和后进先出法

1. 各季度的后进先出存货成本

季　度	采购量/吨	销售量/吨	存货增加量/吨	单价/(元/吨)	增加存货的实际成本/元
1	300	300	0		0
2	375	300	75	20	1 500
3	450	450	0		0
4	600	450	150	15	2 250

2. 差异分析

(1) 后进先出法与先进先出法的差异

元

项　目	先进先出法(1)	后进先出法(2)	两者差异(2)－(1)
本期购入存货	8 950	8 950	0
期末存货	3 375	3 750	375
销售成本	5 575	5 200	－375
税前利润	_____	_____	375
所得税费用	_____	_____	150
净利润	_____	_____	225
经营活动现金流量	_____	_____	－225
营运资本(年末)	_____	_____	150

(2) 年末清算存货与采用先进先出法的差异

元

项　目	先进先出法(1)	年末清算存货(2)	两者差异(2)-(1)
本期购入存货	8 950	8 950	0
期末存货	3 375	3 375	0
销售成本	5 575	5 200	-375
管理费用(跌价准备)	——————	375	375
税前利润			0
所得税费用	——————		0
净利润			0
经营活动现金流量	——————		0
营运资本(年末)			0

　　可见,在存货价格下降期间,如果存货数量上升,采用后进先出法与采用先进先出法相比,所得税前利润会增加,因此会增加企业的所得税负担,增加现金流出量,减少年末的营运资本。如果年末彻底按市价清算存货,最终结果与采用先进先出法相同。

P7-4　存货计价方法的影响

　　(1) 按题意,如果采用先进先出法,ZB 公司 20×2 年度的销售成本将减少 150 万元(510-360),税前利润相应增加 150 万元。销售成本和税前利润将分别为:5 980 万元(6 130-150)、650 万元(500+150)。

　　利用该计算结果与原方法(70%采用后进先出法计价)下的数据,可推算出假设 ZB公司 100%采用后进先出法情况下的销售成本和税前利润:

　　如果 100%采用后进先出法,对销售成本的影响额应为:原方法的影响额 214.29 万元(150÷70%)。相应的销售成本和税前利润应分别为:6 194.29 万元(5 980+214.29)、435.71 万元(650-214.29)。

　　由此推算该行业的销售成本率:

　　先进先出法下的销售成本率=5 980÷9 270=64.51%

　　后进先出法下的销售成本率=6 194.29÷9 270=66.82%

　　(2) 因 FH 公司与 ZB 公司属于同一行业,其存货采购成本的价格走势应是相同的,所以可根据 ZB 公司两种方法下的销售成本率,来推算 FH 公司的销售成本:

　　ZB 公司后进先出法下的销售成本率÷先进先出法下的销售成本率=1.036

　　FH 公司先进先出法下的销售成本率=(52 000÷77 000)×100%= 67.53%

　　FH 公司后进先出法下的销售成本率=先进先出法下的销售成本率×ZB 公司两种方法的比值=67.53%×1.036=69.96%

　　FH 公司后进先出法下的销售成本=7 700×69.96%=5 386.92(万元)

　　FH 公司的税前利润=7 700-5 386.92-2 150=163.08(万元)

（3）财务比率

财务比率名称	ZB 公司	FH 公司
20×1 年流动比率	2.89	3.24
20×2 年流动比率	2.65	3.67
20×2 年存货周转率	40.86%	50.58%
20×2 年毛利率	33.87%	32.47%
20×2 年税前毛利	5.39%	4.54%

（4）两公司相比，FH 公司的存货周转较慢，毛利较低，ZB 公司业绩更好一些。

（5）重新计算财务比率（计算方法与前面类似，略）。

（6）只要方法一致，均适合于两企业之间的业绩比较。

P7-5　ST 科龙 2002 年年报修订中的存货项目

这是一个典型的利用减值准备转回虚假会计报表的案例，ST 科龙公司为了避免继续亏损导致退市，不得不想办法增加报表利润，减值准备转回这一快捷方式便是其手段之一。

（1）科龙公司在修订旧年报时，需编制如下调整分录来调整其会计报表：

借：管理费用　　　　　　　　　　　　　　　　　　　0.25 亿元

　　贷：存货　　　　　　　　　　　　　　　　　　　　　　0.25 亿元

（2）科龙公司 2002 年与 2001 年相比，其管理费用存在巨额差异，除利用了存货跌价准备转回，很可能还利用了坏账准备的转回或少计提坏账准备、少计研发费用、商标使用等项费用来虚增利润。

（3）如果科龙公司 2002 年转回巨额存货跌价准备是合理的，除非有特别的原因，说明 2001 年度关于存货跌价损失及其准备计提额的会计估计不合理，否则应当属于计提秘密准备，滥用会计估计，应作为重大会计差错（前期差错）进行更正，调整年初未分配利润，而不应调减 2002 年度的管理费用。

（4）如果（3）成立，则科龙公司 2002 年度的会计报表利润又将减少 2.21 亿元，这一调减将使得该公司 2002 年度仍为亏损，该公司股票可能会被作退市处理，即使未被退市，因公司经营不见起色，也可能会导致公司股票的价格下跌。

（5）基于（4）的分析，审计师不应只简单地作小额调整后发表保留意见，应进一步查明导致巨额存货跌价准备转回的主要原因。如果是因为特别的市场原因，该存货又有了使用价值，则该转回是合理的；如果市场未发生任何特殊的变化，巨额转回与已调整的转回属同一性质，则应提请公司进一步修订其会计报表。

（6）对于巨额的存货跌价准备转回，注册会计师未加保留，说明注册会计师对这一作法的合理性是认同的，应作出专项的说明。若认为不合理，应出具否定意见的审计报告。

（7）科龙公司新旧年报的调整说明了该公司有虚假陈述行为，根据中国证监会关于再融资的相关规定，在此后的一个完整的会计年度内，不再受理该类公司再融资的申请。

第8章 投资和合并会计报表

一、思考题

Q8-1 复习并解释本章专用名词的含义

答：交易性金融资产——是指这样一类金融资产,公司取得该金融资产的目的是为了近期内出售,以赚取资本利得(买卖价差)。按照《企业会计准则第22号——金融工具确认和计量》的规定,金融资产满足下列条件之一的,应当划分为交易性金融资产：①取得该金融资产的目的,主要是为了近期内出售；②属于进行集中管理的可辨认金融工具组合的一部分,且有客观证据表明企业近期采用短期获利方式对该组合进行管理；③属于衍生工具。但是,被指定且为有效套期工具的衍生工具、属于财务担保合同的衍生工具、与在活跃市场中没有报价且其公允价值不能可靠计量的权益工具投资挂钩并须通过交付该权益工具结算的衍生金融资产除外。

可供出售金融资产——当公司的债权投资回收金额不固定或不确定,或到期日不固定,或不打算或没有能力持有至到期,而又未被分类为交易性金融资产或指定以公允价值计量且其变动计入当期损益的金融资产时,就需被分类为"可供出售金融资产",这在该金融资产初始确认时可由公司予以指定。按照《企业会计准则第22号——金融工具确认和计量》的规定,该类资产是指初始确认时即被指定为可供出售的非衍生金融资产,以及除下列各类资产以外的金融资产：①贷款和应收款项；②持有至到期投资；③以公允价值计量且其变动计入当期损益的金融资产。

持有至到期投资——是指到期日固定、回收金额固定或可确定,且企业有明确意图和能力持有至到期的非衍生金融资产。按照该定义,如果企业所取得的债权投资没有固定到期日(如英国政府发行的一种永续付息的债券),回收金额不固定或不确定(如投资购入的商业银行出售不良贷款回收金额是不固定的),或企业没有明确意图和能力持有至到期(如企业现金流量维持很困难,很可能在债权投资到期之前需出售该项投资,从而没有能力持有至到期),就不能划分为持有至到期投资。

长期股权投资——企业长期持有,不准备随时出售的股权投资。当公司准备长期持有所取得的股权投资时,通常应按照《企业会计准则第2号——长期股权投资》进行会计处理,被分类为"长期股权投资"。但是,对于在活跃市场中有报价、公允价值能够可靠计量且对被投资企业无共同控制或重大影响的长期股权投资,应按照《企业会计准则第22号——金融工具确认和计量》进行会计处理,故这类长期股权投资只能分类为可供出售金融资产,或指定为以公允价值计量且变动计入当期损益的金融资产。

消极投资——投资企业投资的目的仅为了获得股利和资本利得而投资于被投资企业的股权。投资方仅持有被投资方的少量股份,并不谋求对被投资企业经营决策进行控制或施加重要影响。会计惯例和会计准则一般假定当持股比例小于 20％时，该项投资为消极投资。

少数积极投资——投资企业的投资目的在于能对被投资企业的生产经营决策施加重要（重大）影响，一般通过选举自己的代表进入被投资企业的董事会来实现。会计惯例和会计准则一般假定当持股比例等于或大于 20％，但小于 50％时，长期股权投资为少数积极投资。此时，被投资企业也常被称为投资企业的联营企业。

多数积极投资——投资企业的投资目的在于能控制被投资企业的生产经营决策，一般通过选举自己的代表在被投资企业董事会中占多数席位来完成。会计惯例和会计准则一般假定当持股比例等于或大于 50％时，长期股权投资为多数积极投资。此时，被投资企业也常被称为投资企业的子公司，而投资企业则被称为被投资企业的母公司。

折价——债券投资成本扣除相关费用及债券发行日至购买日止的应收利息后的金额低于债券面值的差额。

溢价——债券投资成本扣除相关费用及债券发行日至购买日止的应收利息后的金额高于债券面值的差额。

直线法——将债券的溢价按债券年限平均分摊到各年冲减利息费用的方法。

实际利率法——是指按照金融资产或金融负债（含一组金融资产或金融负债）的实际利率计算其摊余成本及各期利息收入或利息费用的方法。实际利率，是指将金融资产或金融负债在预期存续期间或适用的更短期间内的未来现金流量，折现为该金融资产或金融负债当前账面价值所使用的利率。

控制——是指有权决定一个企业的财务和经营政策，并能据以从该企业的经营活动中获取利益。投资企业能够对被投资单位实施控制的，根据《企业会计准则第 2 号——长期股权投资》的规定，若被投资单位为其子公司，投资企业应将子公司纳入合并财务报表的范围。投资企业对子公司的长期股权投资，应当采用本准则规定的成本法核算，编制合并财务报表时，应当按照权益法进行调整。

共同控制——是指按照合同约定对某项经济活动所共有的控制，仅在与该项经济活动相关的重要财务和生产经营决策需要分享控制权的投资方一致同意时存在。

重大影响——是指对一个企业的财务和经营政策有参与决策的权力，但并不能够控制或者与其他方一起共同控制这些政策的制定。

权益法——投资最初以投资成本计价，以后根据投资企业享有被投资单位所有者权益份额的变动对投资的账面价值进行调整的方法。权益法通常是对长期股权投资而言，在权益法下，长期股权投资的账面价值随着被投资单位所有者权益的变动而变动，包括被投资单位实现的净利润或发生的净亏损以及其他所有者权益项目的变动。

成本法——投资按投资成本计价的方法。成本法通常是对长期股权投资而言，在成本法下，长期股权投资以取得股权时的成本计价，其后，除了投资企业追加投资、收回投资等情形外，长期股权投资的账面价值保持不变。投资企业确认投资收益，仅限于所获得的被投资单位在投资后产生的累积净利润的分配额。

母公司——指拥有一个或若干子公司的企业，或者说通过对其他企业投资，对被投资企业拥有控制权的投资企业。

子公司——指被另一企业所控制的企业,也就是被另一公司拥有控制权的被投资公司,一般包括由母公司直接或间接控制其过半数以上权益性资本的被投资企业和通过其他方式控制的被投资企业。

联营公司——投资企业能够对被投资公司施加重大影响的,被投资公司为其联营公司。

合营公司——投资企业与其他方对被投资公司实施共同控制的,被投资公司为其合营公司。

企业合并——是指将两个或者两个以上单独的企业合并形成一个报告主体的交易或事项。一般包括以下几层含义:首先,合并目的是为了获得控制权或净资产;其次,企业合并可以是一个企业对另一企业,也可以是一个企业对多个企业;再次,企业合并可以是购买企业整体,也可以是购买企业的某项资产或资产组合;最后,被合并企业可以保留法人资格,也可以不保留法人资格。按照控制对象,企业合并分为同一控制下的企业合并和非同一控制下的企业合并。

合并会计报表——由母公司编制的,将母公司和子公司形成的企业集团作为一个会计主体,反映母公司和其全部子公司形成的企业集团整体财务状况、经营成果和现金流量的会计报表。

母公司业主权观——母公司业主权观认为,合并会计报表的编制主要为母公司股东服务。只有母公司股东的权益才是合并后的所有者权益。所以,子公司少数股东的权益在合并资产负债表中不能列入所有者权益中,只能单列在长期负债之后、所有者权益之前。同样,在合并利润表上,子公司少数股东应享的损益需从总的收益中分立出来,从利润总额中扣除(类似于费用),合并利润表上的最终净利润是母公司股东应享有的净收益。在合并会计报表中,属于母公司享有的子公司净资产部分已按股权取得日(收购日)的公允价值进行了重估价,体现为子公司相应比例的资产与负债按公允价值进行增减值调整(若企业合并为同一控制下的企业合并,按照我国"企业合并"会计准则,投资是按照子公司的所有者权益账面价值计量。在合并报表中,自然,属于母公司持股比例部分的子公司净资产、资产和负债也依然是按照其账面价值计量的)。而属于子公司少数股东享有的部分仍按原子公司的账面价值(历史成本)计价。这样,在合并资产负债表上,同样一项资产就被分为两部分,分别按投资日的公允价值与历史成本计量(当然,也有学者认为,因为投资并购是一项真实发生的交易行为,被母公司收买的那部分净资产按并购日公允价值计量,正是符合历史成本原则,因这恰是并购日(交易日)的原始取得成本。而少数股东享有的那部分按其账面价值计量,也恰是原来的历史成本。这样,就全面体现了历史成本原则。母公司并入合并会计报表中的也是母公司自身报表中的历史成本)。按照严格意义上的母公司业主权观,对于母子公司间的销售等公司间交易的抵消,本应区分该交易是"顺销"(即母公司销售给子公司),还是"逆销"(即子公司销售给母公司)。对于顺销,应全部抵消;而对于逆销,因为在子公司少数股东看来,销售已经实现,所以按持股比例抵消。而按照主体观,无论顺销,还是逆销,均应100%抵消。现在,在母公司业主权观下,也流行有100%抵消的做法,因为逆销其实也是受到母公司控制的。

主体观——主体观是将母子公司视作一个整体,同一个主体。所以,子公司少数股东和母公司股东一样,都是母子公司共同构成的企业集团这一主体的股东。从而,与母公司业主权观相区别的是:在合并资产负债表上,子公司少数股东的权益单列入所有者权益之中,而不是列于长期负债与所有者权益之间;在合并利润表上,子公司少数股东应享有的损益包括于合并净利润中;应将并购日确定的净资产公允价值"下推"至子公司少数股东享有的部分,也就是说,子公司所有的资产与负债均应按并购日的公允价值重新计量,这样,就不会出现同一项资产或负债按两种不同的计价基础计量的情况。自然,对于公司间的未实现利润应予以 100% 抵消。

少数股东权益——子公司所有者权益中由母公司以外的其他投资者拥有的份额。

少数股东损益——属于少数股权的净收益。

公司间交易——不同公司之间发生的交易。

购买法——假定企业合并是一个企业取得其他参与合并企业的净资产的一项交易,因此应以实际支付的款项或放弃的资产的公允价值来计算购买成本;购买企业的利润包括被合并企业合并后根据成本所计算的利润。购买法视企业合并为购买全部净资产,从而改变了会计计价基础。购买法认为,获得对方全部股权意味着控制权发生了变化,合并业务无非是一方购买另一方的资产并承担其负债。应采用新的会计计价基础,对所获资产和负债按公允价值入账,购买价格超过所获净资产公允价值的部分确认为商誉。如购买价格低于净资产公允价值,则选择调整长期资产公允市价,调整后如还有差额确认为负商誉。购买法下,合并当年利润包括企业全年利润和被并企业自合并后产生的利润,合并前经营成果不需追溯重编。因此,合并前后的会计报表不具有可比性。

权益联合法——假定企业合并是实施合并的企业与其他参与合并企业的股东间的普通股交换,即把合并看做是两个公司的普通股股东在合并他们的权益、资产和负债。以子公司净资产的账面价值作为计价基础来记录母公司的购买成本,合并后企业的利润包括合并日之前本年度已实现的利润和以前年度积累的留存利润。权益联合法视企业合并为权益的联合。因此保持原有的会计计价基础,有些合并业务被视为是两家企业所有权的联合而不是控制权的转移。权益联合法通过股权交换实现所有权的联合。因为不存在资源的重新分配,不存在购买,所以不改变会计计价基础,合并日资产负债表按账面价值合并。不论合并于何时发生,合并当年的利润包括了合并各方全年实现的利润,所以对合并前会计报表需追溯重编。

同一控制下的企业合并——参与合并的企业在合并前后均受同一方或相同的多方最终控制且该控制并非暂时性的,为同一控制下的企业合并。同一控制下的企业合并,在合并日取得对其他参与合并企业控制权的一方为合并方,参与合并的其他企业为被合并方。同一控制下的企业合并具有以下特点:①从最终实施控制方的角度来看,其所能够实施控制的净资产,没有发生变化,原则上应保持其账面价值不变;②由于该类合并发生于关联方之间,交易作价往往不公允,很难以双方议定的价格作为核算基础,容易产生利润操纵。

非同一控制下的企业合并——参与合并的各方在合并前后不属于同一方或相同的多方最终控制的,为非同一控制下的企业合并。非同一控制下的企业合并中,在购买日取得对其他参与合并企业控制权的一方为购买方,参与合并的其他企业为被购买方。非同一控制下企业合并具有以下特点:①是非关联的企业之间进行的合并;②以市价为基础,交易对价相对公平合理。

吸收合并——指在两个以上的公司合并中,其中一个公司因吸收了其他公司而成为存续公司的合并形式(即 A+B=A)。在这类合并形式中,存续公司依然保留原有公司的名称,有权获得其他被吸收公司的财产和债权,而且承担它们的债务,被吸收公司的法人地位则不再存在,即使被吸收合并的企业仍在继续经营,但已只是合并企业的一个相对独立的分部。

新设合并——指两个或两个以上的公司各自解散,在此基础上设立一个新的公司,这个新设的公司接管原有几个公司的全部资产和业务(即 A+B=C)。在这类合并形式中,合并各方的债权、债务应当由合并后存续的公司或者新设的公司承继,原有各家公司的法人地位则消失。

控股合并——指一个企业通过支付现金、转让非现金资产、承担债务或发行权益性证券取得其他企业的全部或足以控制该企业的部分有表决权的股份而实现的企业合并。控股合并后,合并各方仍作为单独的法律主体而存在。控股公司与被控股公司形成母子公司的关系(即 A+B=以 A 为母公司的企业集团)。值得注意的是,虽然合并前后两企业的名称相同,但它们之间的关系已有实质性的变化。合并前,两个企业不是母子公司的关系,而合并后,两个企业之间的关系变成了母子公司的关系。

Q8-2　企业对其他企业或组织进行投资的目的是什么?

答:企业对其他企业或组织进行投资的目的是多样的:有的企业是为其暂时闲置的现金谋求更高的回报,提高资金的利用效率;有的企业是为了减少自己的竞争对手,扩大市场份额;有的企业是为了控制公司的上下游企业以进行战略结盟,提高产品供应链管理效率,增进各方的关系型长期资本支出的收益;有的企业则是为了多元化自身的业务,降低企业经营风险;而有的企业投资的目的则仅仅是为了满足公司经理人员自身的需要,如成就感、更多的报酬等;在资本市场上,有的企业对另一个企业进行投资则可能是为了"借壳上市",等等。

Q8-3　企业会计师对投资的核算会受企业投资目的的影响吗? 并请解释原因。

答:会计师对投资的核算会受企业投资目的的影响。原因在于:投资目的不同,投资期限一般不同,投资性质也相应有所不同,可以说,投资目的和期限决定着投资业务的会计处理方法的选择。例如可交易性金融资产(投资)是公司为了近期内出售的,以赚取资本利得(买卖价差)的投资,其期限一般是短期的。而长期股权投资作为按所持股份比例享有被投资单位权益并承担相应责任的投资,则为企业长期持有。而在不同投资目的下,由于期限与性质的不同,相应地其在会计上的处理,包括投资成本的确认、投资收益的核算、投资的期末计价与处置以及在报表中的披露等都有不同的规定。通常情况下,可交易性金融资产(投资)由于期限较短,并且能够随时变现,在会计核算中采用较为简单的方法,在资产负债表上作为流动资产列示;而长期股权投资由于期限长、投资金额较大,在会计中采用不同的方法进行核算,在资产负债表上作为长期资产列示。

Q8-4　交易性金融资产应如何进行后续计量,如何影响相关会计报表?

答:根据《企业会计准则第 22 号——金融工具确认和计量》的规定,对于交易性金融资产,取得时以公允价值计量,期末按照公允价值对金融资产进行后续计量,公允价值的变动计入当期损益。

举例而言,如果一家上市公司以每股 5 元在二级市场买入了 1 000 万股股票,到年底该股票上涨到了每股 10 元,按照原先的会计方法,该公司的 5 000 万元账面所得是不能计入当期利润的,在报表中,这部分股票仍然是按照每股 5 元的成本计入资产。但按照新会计准则,这部分股票将按照每股 10 元计价,并且将为公司增加 5 000 万元投资收益。

以"公允价值"计量,并从表外移到表内反映,增大了经营成果的不稳定性,换句话说,由于采取了类似"盯市"策略,资产价值将随着市场价格的波动而波动,并对损益带来波动影响。

Q8-5　可供出售金融资产应如何进行后续计量,如何影响相关会计报表?

答:根据《企业会计准则第 22 号——金融工具确认和计量》的规定,可供出售金融资产,初始确认和后续计量均按照公允价值计量,公允价值与账面价值之间的变动计入所有者权益。

可供出售金融资产公允价值变动形成的利得或损失,除减值损失和外币货币性金融资产形成的汇兑差额外,应当直接计入所有者权益,在该金融资产终止确认时转出,计入当期损益。采用实际利率法计算的可供出售金融资产的利息,应当计入当期损益。可供出售权益工具投资的现金股利,应当在被投资单位宣告发放股利时计入当期损益。可供出售外币货币性金融资产形成的汇兑差额,以及减值时发生的损失,计入当期损益。

举例而言,对于上市公司持有的法人股,新会计准则一般不把它认定为交易性金融资产,而是划分为可供出售金融资产。对于该类资产的计量,取得时按照公允价值计量(也是成本计量),期末也按照公允价值计量,对于公允价值与账面价值之间的差额计入所有者权益。

公允价值计量的引入,由于采取了类似"盯市"策略,资产价值将随着市场价格的波动而波动,在公允价值与账面价值差额分别计入权益与损益的不同情形中,带来不同影响。

Q8-6　持有至到期投资的折(溢)价如何计算,有何摊销方法? 哪种更合理(并请解释原因)?

答:持有至到期投资主要是指长期债券投资。债券发行有可能是折价、平价或溢价发行。债券的折(溢)价等于企业购买债券支付的价款(投资成本)与债券面值之间的差额:

持有至到期投资折(溢)价 =投资成本－债券面值

至于折价或溢价的摊销,有两种方法,其一为直线法,其二为实际利率法。以购入其他企业发行的长期债券为例,直线法是将债券折价或溢价按照债券存续期间分期平均摊销,但由于长期债券投资的账面价值并不是稳定不变的,而是随着折价(或溢价)的摊销而逐渐上升(或下降),在采用直线法摊销债券折价或溢价的情况下,由各期相同的票面利息加上(减去)各期相同的折价(或溢价)摊销而得到的各期投资收益也是相同的,以其投资收益去除以各期不同的债券投资账面价值就必然会得出各期不同的投资回报率。但实际上,持有至到期投资各期的投资回报率是一样的,为购入投资时的市场利率,实际利率法则能遵循这一点,它以实际利率(即市场利率)去乘以持有至到期投资的账面价值以计算各期的投资收益,然后以该金额减去票面利息(名义利息)而得出各期应予摊销的折价或溢价。在此意义上,直线法是不科学的,应采用实际利率法,但是直线法比较简便,易于操作。我国《企业会计准则第 22 号——金融工具确认和计量》仅允许企业采用实际利率法摊销债券折(溢)价。

Q8-7 **"采用成本法核算长期股权投资比采用权益法更符合稳健原则"。你同意这一说法吗?并请解释原因。**

答:从理论上讲,成本法与权益法的主要差异在于,成本法是将投资企业与被投资单位视为两个独立的法人、两个会计主体,投资企业只在收到利润或现金股利时,或对利润或现金股利的要求权实现时,才确认为投资收益。这种方法与收付实现制相近,收益实现符合谨慎原则。而权益法是将投资企业与被投资单位视为一个经济个体(虽然从法律意义上讲它们是两个法律主体),在损益的确认上采用权责发生制原则。所以,在被投资单位产生损益时,投资企业应确认其应享有或应分担的份额,作为投资损益。可见,采用成本法确实比权益法更加稳健。但是,权益法也自有其优势:第一,股权代表投资企业对被投资单位所有者权益的要求权,当投资企业能够控制被投资单位,或能对被投资单位实施重大影响时,投资企业可能左右或能够影响被投资单位的经营政策、财务政策、利润分配政策等,亦即当投资企业对被投资单位的净资产提出要求权时,通常可以得到实施。采用权益法核算,能够代表这种权益的实施,并表明投资收益是可实现的。第二,权益法强调投资企业与被投资单位之间经济关系的实质,其处理方法更符合权责发生制原则。因为,投资企业确认投资收益的时点是在被投资单位实现利润时,而不是实际分配股利时。尽管投资企业没有实际收到股利,但被投资单位的所有者权益确实是增加或减少了,按照这一逻辑,当实际收到现金股利时,应该作为投资的部分变现,冲减投资的账面价值。第三,权益法所反映的投资收益更客观真实,不易操纵利润。在投资企业对被投资单位控制或施加重大影响的情况下,投资企业可以根据本单位利润的实现情况而要求被投资单位多分或少分利润,为投资企业操纵利润提供了条件,而权益法则避免了这种情况的发生。

Q8-8 **成本法与权益法何者更符合会计处理的经济实质重于法律形式原则?请解释原因。**

答:采用权益法核算积极投资更加符合会计处理的"经济实质重于法律形式"这一基本原则。因为,尽管在法律形式上,投资企业和被投资企业都属于独立的法人主体,投资企业并不能直接拥有被投资企业净利润的相应比例部分,但由于积极投资的经济实质是投资企业能够对被投资企业包括利润分配在内的经营决策发挥重要影响甚至控制,这样,投资企业实质上是可以随时影响或决策要求被投资企业分配利润。因此,依据积极投资的经济实质,投资企业应将被投资企业包括净利润在内的所有者权益变动的相应比例部分予以确认为自己的投资收益或直接增加自身的所有者权益,而不是像成本法一样待被投资企业分配利润时才确认投资收益,这样可以及时持续反映积极投资的真正经济价值。

Q8-9　**如何正确理解投资时形成的投资成本与取得的被投资企业所有者权益账面价值份额之间的差额？请解释其成因及基于此应采用的会计处理方法。**

　　答：投资成本与取得的被投资企业所有者权益账面价值份额之间的差额，从其产生形式看，主要有以下三种情况：

　　① 从证券市场上购入某上市公司股票，购买价格高于或低于按持股比例计算的应享有被投资单位所有者权益的差额；

　　② 投资企业直接投资于非上市公司，投出资产的价值高于或低于按持股比例计算的应享有被投资单位所有者权益的差额；

　　③ 由成本法改为权益法核算时计算出的差额。

　　但从形成差额的本质看，初始投资成本高于应享有被投资单位所有者权益的差额，可能是由于被投资单位按公允价值计算的所有者权益高于账面价值，或被投资单位有未入账的商誉所致。在这种情况下，低估的资产或未入账的商誉，在计提折旧、摊销费用等时，按低估的资产价值确定其折旧、摊销费用，从而虚增被投资单位的利润，投资企业的利润也会因此而虚增。初始投资成本小于应享有被投资单位所有者权益的差额，则可能是由于被投资单位的某些资产高估，或因经营不善等产生的负商誉所致。在这种情况下，高估的资产或未入账的负商誉，在计提折旧、摊销费用等时，按高估的资产价值确定，从而虚减被投资单位的利润，投资企业的利润也会因此而虚减。由此可见，投资成本与被投资企业所有者权益账面价值份额之间的差额属于高价或低价购买被投资单位一定比例所有者权益份额部分，这部分金额虽属于初始投资成本，但是在被投资单位并没有对应的权益所享有。所以，投资时投资企业将其作为初始投资成本的调整项目，调整后新的投资成本在金额上等于按持股比例计算应享有被投资单位所有者权益份额的部分。而投资成本与被投资企业所有者权益账面价值份额之间的差额存在的原因也决定了其将在投资期限内摊销，计入投资损益，以消除由于被投资单位虚增或虚减利润而对投资企业利润产生的影响。

　　以上所说的差额，是投资成本与取得的被投资企业所有者权益账面价值份额之间的差额的处理。若对于投资成本与取得的被投资企业可辨认净资产公允价值份额之间的差额，则根据《企业会计准则第 2 号——长期股权投资》的规定，若长期股权投资的初始投资成本大于投资时应享有被投资单位可辨认净资产公允价值份额的，不调整长期股权投资的初始投资成本；而若长期股权投资的初始投资成本小于投资时应享有被投资单位可辨认净资产公允价值份额的，其差额应当计入当期损益，同时调整长期股权投资的成本。

Q8-10　**如何理解一家公司对另一家公司的控制与重要影响，这对于前者对后者的长期股权投资的会计处理有何影响？**

　　答：控制，是指有权决定一个企业的财务和经营政策，并能据以从该企业的经营活动中获取利益。控制一般包括如下情形：①投资企业直接拥有被投资单位 50% 以上的表决权资本；②投资企业虽然直接拥有被投资单位 50% 或以下的表决权资本，但具有实质控制权。

　　投资企业对被投资单位是否具有实质控制权，可以通过以下一项或若干项情况判定：

　　① 通过与其他投资者的协议，投资企业拥有被投资单位 50% 以上表决权资本的控制

权。例如,A公司拥有B公司40%的表决权资本,C公司拥有B公司30%的表决权资本,D公司拥有B公司30%的表决权资本。A公司与C公司达成协议,C公司在B公司的权益由A公司代表。在这种情况下,A公司实质上拥有B公司70%的表决权资本的控制权,表明A公司实质上控制B公司。

② 根据章程或协议,投资企业有权控制被投资单位的财务和经营政策。例如,A公司拥有B公司45%的表决权资本,同时,根据协议,B公司的董事长和总经理由A公司派出,总经理有权负责B公司的经营管理。在这种情况下,A公司虽然只拥有B公司45%的表决权资本,但由于B公司的董事长和总经理均由A公司派出,A公司可以通过其派出的董事长和总经理对B公司进行经营管理,达到对B公司的财务和经营政策实施控制的权力,这表明A公司实质上控制B公司。

③ 有权任免被投资单位董事会等类似权力机构的多数成员。这种情况是指,虽然投资企业拥有被投资单位50%或以下的表决权资本,但根据章程、协议等有权任免董事会的董事,以达到实质上控制的目的。

④ 在董事会或类似权力机构会议上有半数以上投票权。这种情况是指,虽然投资企业拥有被投资单位50%或以下的表决权资本,但能够控制被投资单位董事会等类似权力机构的会议,从而能够控制其财务和经营政策,使其达到实质上的控制。

与控制相关的还有共同控制,是指按照合同约定对某项经济活动所共有的控制,仅在与该项经济活动相关的重要财务和生产经营决策需要分享控制权的投资方一致同意时存在。

重大影响,是指对一个企业的财务和经营政策有参与决策的权力,但并不能够控制或者与其他方一起共同控制这些政策的制定。当投资企业直接拥有被投资单位20%或以上至50%的表决权资本时,一般认为对被投资单位具有重大影响。此外,虽然投资企业直接拥有被投资单位20%以下的表决权资本,但符合下列情况之一的,也应确认为对被投资单位具有重大影响:

① 在被投资单位的董事会或类似的权力机构中派有代表。在这种情况下,由于在被投资单位的董事会或类似的权力机构中派有代表,并享有相应的实质性的参与决策权,投资企业可以通过该代表参与被投资单位政策的制定,从而达到对该单位施加重大影响。

② 参与被投资单位的政策制定过程。在这种情况下,由于可以参与被投资单位的政策制定过程,在制定政策过程中可以为其自身利益而提出建议和意见,由此可以对该单位施加重大影响。

③ 向被投资单位派出管理人员。在这种情况下,投资企业派出的管理人员有权力并负责被投资单位的财务和经营活动,从而能对被投资单位施加重大影响。

④ 依赖投资企业的技术资料。在这种情况下,由于被投资单位的生产经营需要依赖投资企业的技术或技术资料,从而表明投资企业对被投资单位具有重大影响。

⑤ 其他能足以证明投资企业对被投资单位具有重大影响的情形。

当一家公司对另一家公司具有控制与重要影响时,前者对后者的长期股权投资在会计处理上通常应采用权益法进行核算。但对于控制而言,根据《企业会计准则第2号——长期股权投资》的规定,投资企业应将子公司纳入合并会计报表的范围。投资企业对子公司的长期股权投资,应当采用成本法核算,编制合并会计报表时,应当按照权益法进行调整。

Q8-11 "公司应将收到的被投资企业的现金股利作为投资收益确认入账"。你同意这句话吗? 并请解释原因。

答:公司应将收到的被投资企业的现金股利分不同情况处理,或作为投资收益确认入账,或冲减长期股权投资的账面价值。典型如长期股权投资在采用权益法核算时,被投资单位实现的盈利已被投资企业作为投资收益增记了长期股权投资的账面价值,在被投资企业宣告分派现金股利时,投资企业按表决权资本比例计算的应分得现金股利,作为了应收股利,同时冲减了长期股权投资的账面价值,而在实际收到时,只是抵消了应收股利。

Q8-12 为什么需要编制合并会计报表?

答:之所以需要把母公司和子公司的会计报表合并成一份报表,是因为尽管从法律形式上来看,母公司和子公司属于独立的法人,但由于母公司可以控制子公司的经营决策,可以有效地控制子公司资产的使用,对子公司的负债及其财务状况非常关注,也实质影响着子公司的经营成果,因此,按照经济实质重于法律形式的原则,应该为该经济实质上的经济主体编制一份会计报表,以反映这一经济主体(企业集团)的整体财务状况和经营成果,这份报表就是合并会计报表。当然,在法律意义上,合并会计报表仅仅是补充,而不能取代母公司和子公司各自的单独会计报表,尽管在一些国家的公司年度报告中可以只提供合并会计报表。

另外,通过编制合并会计报表,还可以抵消母子公司之间以及子公司之间的内部交易。虽然它们之间的交易从法律形式上看是外部交易,但就实质而言,它们之间的交易则是内部交易,其数量、定价、结算方式等均受母公司控制,不是独立的。这种内部交易完全可以用来进行转移利润或操纵利润,而从母子公司作为一个整体来看,这些交易并没有实现相关的损益,是虚的,因而应予抵消,而这只能通过编制合并会计报表来实现。也就是说,编制合并会计报表可以更准确、真实地反映母子公司作为一个整体的财务状况、经营成果以及现金流动情况。因此,合并会计报表在评估母公司的财务状况和盈利能力等方面能为母公司的股东及债权人提供比母公司和子公司单独报表更为有用的会计信息。

Q8-13 编制合并会计报表有哪些主要概念依据? 它们的具体含义是什么? 对合并会计报表有何影响?

答:编制合并会计报表主要有下列三种概念依据。

1. 所有者观

所有者观完全从传统的所有权理论出发,强调所有者的终极所有权。这种观点认为母子公司之间的关系是拥有与被拥有的关系。编制合并会计报表的目的,只是为了向母公司的股东报告其所拥有的资源,而不是为了满足子公司少数股东的信息需求。合并会计报表被看做母公司会计报表的补充和延伸。这种合并方法的主要特点是:①按母公司实际拥有的股权比例合并子公司的资产、负债、所有者权益及收入、成本费用和净收益;②企业合并产生的商誉及子公司净资产增(减)值按母公司持股比例合并和摊销;③按母公司持有比例抵消母子公司之间的交易以及未实现损益;④合并会计报表上不会出现

"少数股东权益"和"少数股东损益"。

2. 主体观

主体观源自主体理论。它强调的是法人财产权,而不是所有者的终极所有权。这种观点认为母子公司之间的关系是控制与被控制的关系,即母公司有权支配子公司全部资产的运用,有权统驭子公司的经营决策和财务支配决策。编制合并会计报表的目的,是为了满足合并主体所有股东的信息需求,即向合并主体的所有股东(包括母公司的股东和子公司的少数股东)提供整个企业集团的净资产、净收益的信息,而不仅仅是为了满足母公司的信息需求。这种合并方法的主要特点是:①要将子公司全部的资产、负债、所有者权益以及收入、成本费用和净收益予以合并;②企业合并产生的商誉及子公司净资产增(减)值全部予以合并和摊销;③全部抵消母子公司之间的交易以及未实现损益;④少数股东应列示在合并资产负债表的股东权益部分;⑤少数股东损益应在合并利润表中反映而不作为合并净收益的一个减项。

3. 母公司观

母公司观的理论渊源既有所有权理论的成分,也有主体理论的成分,是所有者观和主体观的折中。在报表要素合并方法上,这种观点采纳了主体观的"控制观"。而在编制合并会计报表目的方面继承了所有者观关于合并会计报表是为了满足母公司股东的信息需求的"拥有观"。这种合并方法的主要特点是:①将子公司的全部的资产、负债、所有者权益、收入、费用全部予以合并;②企业合并产生的商誉及子公司净资产增(减)值按母公司持股比例合并和摊销;③母子公司交易及顺销(母公司销售给子公司)形成的未实现损益全部抵消,逆销(子公司销售给母公司)形成的未实现损益按母公司持股比例予以抵消;④合并资产负债表上,少数股权作为一单独项目列示于负债和所有者权益之间;⑤合并利润表上,少数股东损益作为一项费用反映,扣减合并净收益。

Q8-14　如何确定合并会计报表的编制范围?

答:明确合并范围是编制合并会计报表至关重要的前提。所谓合并范围,一般是指纳入合并会计报表编报的子公司的范围。可以说,合并会计报表的信息含量乃至于其所披露信息的相关性和可靠性,在很大程度上都受到合并范围的直接影响。而合并范围的确定,与编制合并会计报表时所采用的合并理论、各国会计所处的法律环境和历史惯例息息相关。

1. 确定合并范围最重要的标准就是控制权标准。控制权标准包括数量标准和质量标准,判断控制权,可以从这两方面来看。

从数量标准来看,控制权对应的持股比例为大于50%,即当投资企业拥有超过被投资企业50%的股权时,被投资的子公司应纳入投资母公司的合并范围。而从投资企业与被投资企业的持股与被持股关系来分析,有直接持股、间接持股、直接和间接持股三种情况。在这三种情况中,直接持股情况下持股比例可直观获取;而后两种情况下持股比例需加以计算,并且计算方式的选择涉及以下两种观点:其一,加法原则观点。母公司在子公司的被投资企业中所间接拥有的股权份额即是子公司在其被投资企业中直接拥有的份额。如 A 公司持有 B 公司 60% 的股份而使之成为其子公司,B 公司又拥有 C 公司 80% 的股份,那么 A 公司在 C 公司中所拥有的股权份额即是 80%。依加法原则观点判断,

C 公司为 A 公司的子公司。其二,乘法原则观点。母公司在子公司的被投资企业中所间接拥有的股权份额应为母公司拥有子公司的股权份额与子公司拥有其被投资企业的股权份额的乘积。如 A 公司持有 B 公司 60％的股份而使之成为其子公司,B 公司又拥有 C 公司 80％的股份,那么 A 公司在 C 公司中所拥有的股权份额即是 48％(60％×80％)。依乘法原则观点判断,C 公司并非 A 公司的子公司。

从质量标准来看,有法定控制权和实质性控制权之分。这两种控制权均是指在不满足数量标准的情况下可能存在的控制权。法定控制权是指母公司依据法律文件或协议的规定而具备的控制权。实质性控制权则是指拥有的股权不超过 50％,但由于被投资公司股权分散等原因而在事实上可以实施的控制权。显然,法定控制权和实质性控制权是对控制权判断标准的拓展。

根据《企业会计准则第 33 号——合并财务报表》的规定,合并会计报表的合并范围应当以控制为基础予以确定:

(1) 母公司直接或通过子公司间接拥有被投资单位半数以上的表决权,表明母公司能够控制被投资单位,应当将该被投资单位认定为子公司,纳入合并会计报表的合并范围。但是,有证据表明母公司不能控制被投资单位的除外。

(2) 母公司拥有被投资单位半数或以下的表决权,满足以下条件之一的,视为母公司能够控制被投资单位,应当将该被投资单位认定为子公司,纳入合并会计报表的合并范围,但是有证据表明母公司不能控制被投资单位的除外:①通过与被投资单位其他投资者之间的协议,拥有被投资单位半数以上的表决权;②根据公司章程或协议,有权决定被投资单位的财务和经营政策;③有权任免被投资单位的董事会或类似机构的多数成员;④在被投资单位的董事会或类似机构占多数表决权。

(3) 在确定能否控制被投资单位时,应当考虑企业和其他企业持有的被投资单位的当期可转换的可转换公司债券、当期可执行的认股权证等潜在表决权因素。

(4) 母公司应当将其全部子公司纳入合并会计报表的合并范围。

2. 不纳入合并范围的子公司。根据数量标准和质量标准可以判断控制权的存在是界定子公司属性的关键性条件,但是控制权标准只是界定合并范围的必要条件而非充分条件。换言之,纳入合并范围的一定是子公司,即为母公司所控制的被投资企业;但是并非所有因控制关系而界定的子公司都应纳入合并范围。这种虽存在控制关系但不纳入合并范围的特殊情况,往往是由于母公司所实施的控制权是暂时的或受到限制等原因造成的。

从我国 1995 年《合并会计报表暂行规定》在控制权的数量标准的规定看,它采用的是加法原则,而在控制权的质量标准方面也强调了实质性控制权。根据其规定,母公司在编制合并会计报表时,应当将其所控制的境内外所有子公司纳入合并会计报表的合并范围。

(1) 母公司拥有其过半数以上(不包括半数)权益性资本的被投资企业,包括:

① 直接拥有其过半数以上权益性资本的被投资企业;

② 间接拥有其过半数以上权益性资本的被投资企业;

③ 直接和间接方式拥有其过半数以上权益性资本的被投资企业。间接拥有过半数以上权益性资本是指通过子公司而对子公司的子公司拥有其过半数以上权益性资本。直

接和间接方式拥有其过半数以上权益性资本是指母公司虽然只拥有其半数以下的权益性资本,但通过与子公司合计拥有其过半数以上的权益性资本。

(2) 其他被母公司所控制的被投资企业。母公司对于被投资企业虽然不持有其过半数以上的权益性资本,但母公司与被投资企业之间有下列情况之一的,应当将该被投资企业作为母公司的子公司,纳入合并会计报表的合并范围:

① 通过与该被投资公司的其他投资者之间的协议,持有该被投资公司半数以上表决权;

② 根据章程或协议,有权控制企业的财务和经营政策;

③ 有权任免董事会等类似权力机构的多数成员;

④ 在董事会或类似权力机构会议上有半数以上投票权。

(3) 在母公司编制合并会计报表时,下列子公司可以不包括在合并会计报表的合并范围之内:

① 已关停并转的子公司;

② 按照破产程序,已宣告被清理整顿的子公司;

③ 已宣告破产的子公司;

④ 准备近期售出而短期持有其半数以上的权益性资本的子公司;

⑤ 非持续经营的所有者权益为负数的子公司;

⑥ 受所在国外汇管制及其他管制,资金调度受到限制的境外子公司。

此外,我国财政部于 1996 年发布的《关于合并会计报表合并范围请示的复函》还规定:①当子公司资产总额、销售收入及当期净利润额按照下列公式计算得出的比率均在10%以下(不含 10%)时,根据重要性原则,该子公司可以不纳入合并范围;②特殊行业(银行和保险业)的子公司,可以不将其纳入合并范围。

3. 我国 2006 年《企业会计准则第 33 号——合并财务报表》对合并范围虽然进行了新的规定:"母公司应当将其全部子公司纳入合并财务报表的合并范围"(第十条),但这一规定也是基本原则,也允许例外存在。根据其规定,"合并财务报表的合并范围应当以控制为基础予以确定"(第六条),"母公司直接或通过子公司间接拥有被投资单位半数以上的表决权,表明母公司能够控制被投资单位,应当将该被投资单位认定为子公司,纳入合并财务报表的合并范围。但是,有证据表明母公司不能控制被投资单位的除外"(第七条)。也就是说,在母公司直接或通过子公司间接拥有被投资单位半数以上的表决权的情形下,若有证据表明母公司不能控制被投资单位,则该单位不需纳入合并范围。此外,如果母公司拥有被投资企业半数或以上的表决权,但通过各种途径能够实现对被投资企业的控制,则应纳入合并范围。

虽然新的准则没有进一步说明合并范围,但根据其精神实质,重要性原则不再作为确定合并范围的一个标准,小规模子公司和特殊行业子公司都应纳入合并范围。但已关停并转的子公司、按照破产程序已宣告被清理整顿的子公司、已宣告破产的子公司、准备近期售出而短期持有其半数以上的权益性资本的子公司、非持续经营的所有者权益为负数的子公司、受所在国外汇管制及其他管制资金调度受到限制的境外子公司同样不需要纳入合并范围,因为,对这些子公司,母公司已不能实施有效控制。

Q8-15　编制合并会计报表时为什么需要抵消公司间的应收应付款项和交易？

答：母公司与子公司之间、子公司相互之间的应收应付款项和交易，也就是内部债权与债务项目，包括母公司与子公司之间、子公司相互之间的应收账款与应付账款、预付账款与预收账款、应付债券与债券投资、其他应收款与其他应付款等。

发生在母公司与子公司、子公司与子公司之间的这些债权债务关系，在其个别会计报表中，债权方以资产列示，债务方以负债列示。从整个企业集团的角度出发，这些债权债务只是内部资金往来，既不是企业集团的资产，也不是企业集团的负债。因此，在编制合并会计报表时，应当将这些内部的债权债务项目相抵消，同时也要将与这些债权债务有关的其他项目相抵消。主要包括：内部债权债务项目本身的抵消、内部利息收入和利息费用项目的抵消，以及内部应收账款和计提坏账准备的抵消等。

Q8-16　如何区分同一控制下的企业合并和非同一控制下的企业合并？两者的会计处理方法有何差异？作此区分的可能原因是什么？

答：所谓企业合并，是指将两个或者两个以上单独的企业合并形成一个报告主体的交易或事项。企业合并分为同一控制下的企业合并和非同一控制下的企业合并。

1. 所谓同一控制下的企业合并，是指参与合并的企业在合并前后均受同一方或相同的多方最终控制且该控制并非暂时性的。其主要特征是参与合并的各方，在合并前后均受同一方或相同的多方控制，并且不是暂时性的。例如：母公司将全资子公司的净资产转移至母公司并注销子公司；母公司将其拥有的一个子公司的权益转移至另一子公司等。一般情况下，同一企业集团内部各子公司之间、母子公司之间的合并属于同一控制下的企业合并。

而非同一控制下的企业合并，是指参与合并的各方在合并前后不受同一方或相同的多方最终控制的。其主要特征是参与合并的各方，在合并前后均不属于同一方或多方最终控制。

2. 我国会计准则对同一控制下的企业合并的会计处理采用的是权益联合法。其总体原则是，对于被合并方的资产、负债按照原账面价值确认，不按公允价值进行调整，不形成商誉，合并对价与合并中取得的净资产份额的差额调整权益项目。合并方对于在企业合并中取得的资产和负债，应当按照合并日被合并方的账面价值计量。合并方取得的净资产账面价值与支付的合并对价账面价值（或发行股份面值总额）的差额，应当调整资本公积；资本公积不足冲减的，调整留存收益。被合并方采用的会计政策与合并方不一致的，合并方在合并日应当按照本企业会计政策对被合并方的会计报表相关项目进行调整。合并方为进行企业合并发生的各项直接相关费用，包括为进行企业合并而支付的审计费用、评估费用、法律服务费用等，应当于发生时计入当期损益。

当企业合并形成母子公司关系的，母公司应当编制合并日的合并资产负债表、合并利润表和合并现金流量表。合并资产负债表中被合并方的各项资产、负债，应当按其账面价值计量。合并利润表应当包括参与合并各方自合并当期期初至合并日所发生的收入、费用和利润。被合并方在合并前实现的净利润，应当在合并利润表中单列项目反映。合并现金流量表应当包括参与合并各方自合并当期期初至合并日的现金流量。注意，编制合并财务报表时，参与合并各方的内部交易等应予以抵消。

我国会计准则对非同一控制下的企业合并的会计处理采用的是收购法。其总体原则是,视同一个企业购买另外一个企业的交易,按照公允价值确认所取得的资产和负债。

首先,应当区别下列情况确定合并成本:①一次交换交易实现的企业合并,合并成本为购买方在购买日为取得对被购买方的控制权而付出的资产、发生或承担的负债以及发行的权益性证券的公允价值;②通过多次交换交易分步实现的企业合并,合并成本为每一单项交易成本之和;③购买方为进行企业合并发生的各项直接相关费用也应当计入企业合并成本;④在合并合同或协议中对可能影响合并成本的未来事项作出约定的,购买日如果估计未来事项很可能发生并且对合并成本的影响金额能够可靠计量的,购买方应当将其计入合并成本。

其次,购买方在购买日应当对合并成本进行分配,确认所取得的被购买方各项可辨认资产、负债及或有负债。被购买方各项可辨认资产、负债及或有负债,符合下列条件的,应当单独予以确认:①合并中取得的被购买方除无形资产以外的其他各项资产(不仅限于被购买方原已确认的资产),其所带来的经济利益很可能流入企业且公允价值能够可靠地计量的,应当单独予以确认并按照公允价值计量。合并中取得的无形资产,其公允价值能够可靠地计量的,应当单独确认为无形资产并按照公允价值计量。②合并中取得的被购买方除或有负债以外的其他各项负债,履行有关的义务很可能导致经济利益流出企业且公允价值能够可靠地计量的,应当单独予以确认并按照公允价值计量。③合并中取得的被购买方的或有负债,其公允价值能够可靠地计量的,应当单独确认为负债并按照公允价值计量。当然,若企业合并的形式是控股合并,收购方形成的是"长期股权投资"这项资产的,则不能在收购方自身的账簿和会计报表上作如上分配。此时,收购方作为母公司,应当设置备查簿,记录企业合并中取得的子公司各项可辨认资产、负债及或有负债等在购买日的公允价值。编制合并会计报表时,应当以购买日确定的各项可辨认资产、负债及或有负债的公允价值为基础对子公司的会计报表进行调整。

最后,当收购方确认完被购买方可辨认的资产和负债的公允价值,被购买方的可辨认净资产公允价值也就随之确定了,即被购买方可辨认资产的公允价值减去负债及或有负债公允价值后的余额。此时,若购买方支付的合并成本大于合并中取得的被购买方可辨认净资产公允价值份额,此间的差额应当确认为商誉。初始确认后的商誉,应当以其成本扣除累计减值准备后的金额计量。但是,如果购买方支付的合并成本小于合并中取得的被购买方可辨认净资产公允价值份额,此间的差额应当按照下列规定处理:①对取得的被购买方各项可辨认资产、负债及或有负债的公允价值以及合并成本的计量进行复核;②经复核后合并成本仍小于合并中取得的被购买方可辨认净资产公允价值份额的,其差额应当计入当期损益。

控股合并方式下,母公司还应当编制购买日的合并资产负债表,因企业合并取得的被购买方各项可辨认资产、负债及或有负债应当以公允价值列示。

3. 区分同一控制下的企业合并和非同一控制下的企业合并,可能的原因在于:我国上市公司发生企业合并的越来越多,且又多发生在关联方之间,也就是说,合并多是同一控制下的企业合并,如发生在一个企业集团内部的合并或是在同一所有者控制下的企业合并等。但从国际上目前适用的企业合并会计准则看,基本规范的是非同一控制下的企业合并,倾向的处理办法是购买法,即将企业合并交易看做是一个企业购买另一个企业的股权或净资产的过程,而将同一控制下的企业合并排除在外。而我国如果将同一控制下的企业合并排除在准则的适用范围之外,按照购买法进行会计处理,将无法真正解决我国会计实务中出现的问题。这可以从两种不同合并行为的特点中看出。

同一控制下的企业合并具有以下特点:①从最终实施控制方的角度来看,其所能够实施控制的净资产,没有发生变化,原则上应保持其账面价值不变;②由于该类合并发生于关联方之间,交易作价往往不公允,很难以双方议定的价格作为核算基础,容易产生利润操纵。

非同一控制下企业合并具有以下特点:①是非关联的企业之间进行的合并;②以市价为基础,交易对价相对公平合理。

因此,《企业会计准则第 20 号——企业合并》按照参与合并的企业是否受同一方控制,分为同一控制下的企业合并和非同一控制下的企业合并,并以此为基础,对不同性质合并的会计处理进行了相应的规范。

Q8-17　企业合并中产生的商誉是否应该分期摊销?　请解释原因。

答:商誉是在企业的经营过程中许多复杂因素的共同作用下逐渐累积而成的,在这种累积的过程中,商誉的价值通过产品的销售部分地得到了体现,这种体现具有隐蔽性。商誉要依附于企业这个载体才能存在,因而正常情况下,对商誉进行量化有一定难度,而企业并购给商誉价值的确认带来了契机,但若将并购商誉按期摊销,无疑是否定了商誉的长期存在价值,也否认了商誉的长期超额收益能力,从而背离了商誉的本质属性。正因为商誉具有不同于一般的无形资产的特点,所以商誉不应被摊销。

2001 年 6 月,美国财务会计准则委员会(FASB)发布财务会计准则公告第 141 号(SFAS141),对原会计原则委员会发布的企业合并会计准则(APB16)进行了修订,其中一点,是确定并购商誉不再摊销,只做减值测试。2004 年 3 月,国际会计准则理事会(IASB)发布《国际财务报告准则第 3 号——企业合并》,取代了原《国际会计准则第 22 号——企业合并》和《解释公告第 22 号——企业合并:初始报告的公允价值和商誉的后续调整》。《国际财务报告准则第 3 号——企业合并》中规定:企业合并应采用购买法处理,购买方在购买日应对被购方的可辨认资产、负债及或有负债按照其公允价值进行确认,并同时确认商誉,商誉随后进行减值测试而非摊销。至此,代表国际上会计准则潮流的国际会计准则和美国会计准则均将商誉由原来的按期摊销改为不摊销。虽然有人认为美国准则的变化是美国工商界和 FASB 斗争的结果,体现了会计准则的经济后果,而国际会计准则的变化则是为实现和美国会计准则趋同的结果。但是,从商誉本质出发可以看出,这种变化未尝不是对商誉本质的一种回归。

我国 2006 年《企业会计准则》也全面接受了国际会计准则的观点,规定商誉不再进行分期摊销,而改为定期进行减值测试。

Q8-18　作为一家高新技术公司的经理人,在与其他公司换股合并情形下,你更愿意采用权益联合法,还是购买法进行会计处理?　请解释原因。

答:所谓企业合并,就是一个企业与另一个企业联合或取得对另一个企业净资产的控制权和经营权,从而将各个单独的企业组成一个经济主体。购买法和权益联合法是企业合并的两种最主要的会计处理方法。

购买法将企业合并视为一项买卖,这一交易与企业直接从外界购入资产并无区别。因此应用与传统会计方法一致的方法,即对所收到的资产与承担的负债用与之交换的资产或权益的价值来衡量。合并后,经济资源流出方获得了经济资源的控制权,而被并购方则丧失了对经济资源的控制权,收到现金和其他资产的一方其股权价值(包括超额盈利能力)和未来可能的协同效应都已经变现,这是企业购买法的实质。购买法基于这样的一个假设,即企业合并是一个企业主体通过购买方式取得了其他参与合并企业净资产的交易事项。购买公司购入企业之净资产与一般的商品购入业务并无实质上的区别。被购公司在被收购之前的股东权益与购买公司的股东权益并无关联。因此,购买法的主要特征如下:

1. 新的计价基础或被并购企业的新起点。被并购企业资产中属于购买公司购买的股权部分,应按购买日的公平市价重新估价,并入合并会计报表,但对少数权益部分,仍按账面价记入合并报表。

2. 合并商誉确认与摊销。购买价格与被并购企业净资产公平市价的差额,确认为合并商誉(包括负商誉)。并且,在以后的一定期限内对商誉和资产增值进行摊销。被购公司的留存利润不合并成为购买公司留存利润的一部分。

3. 被购公司方失去了对原有的经济资源的控制权。

权益联合法下,企业合并是权益结合而不是购买,当一家企业完全以其普通股去交换另一家企业的几乎全部普通股时,其实质不是购买交易,而是参与合并的企业股东联合控制了它们全部的或实际上全部的生产和经营,合并企业所有者权益继续存在,都通过换股合并等价地交换了。权益联合法基于这样一个假设,即通过交换权益证券就可以联合股东权益,而不需要通过购买方式取得子公司的净资产。权益联合法具有以下主要特征:

1. 不产生新的计价基础。无须对资产进行重新计价,参加合并的各方资产、负债及损益项目只是简单的相加,就如同它们在过去某一时点早已合并了。

2. 不存在商誉及资产增值的确认与摊销。子公司的资产和负债等于其账面价值。子公司的留存利润确认为母公司留存利润的一部分。

3. 子公司保留对原有经济资源的一定非主导控制权。

总的来说,由于各自处理方法的不同,购买法更侧重于会计信息的相关可比性,而权益联合法则侧重于会计信息的真实可靠性。

相比之下,权益联合法对合并企业的吸引力更大一些,主要原因如下。

1. 权益联合法允许在合并当年的合并报表中将合并各方的净利润合并,这样合并当年合并实体的利润会非常可观,而且资产收益率、每股收益等指标不会因为合并业务的发生而明显下降;但购买法在合并时不允许合并各方的利润,这会使合并当年的净资产利润率大幅度下降。

2. 权益联合法不存在商誉,因而不会因为商誉的摊销给未来合并实体的利润以及股票价值带来不利的影响;而购买法下可能产生巨额商誉,其未来的摊销额可能会使合并实体的未来利润相对较低,因而对企业股票的价值带来不利的影响。美国在最近发布的FAS142《商誉和其他无形资产》中规定,商誉不再摊销,这样一来,权益联合法的最大魅力应该是在企业合并时不会导致合并实体有关利润率指标的明显下降,从而给企业合并带来相对有利的影响。

Q8-19 对于长期股权投资,期末是否应该计提减值准备金？如何计量？这构成长期股权投资的账面价值吗？

答:对于长期股权投资,期末应该计提减值准备金,因为作为一项资产,其本质上是能够带来未来经济利益的资源。若是有迹象表明这种资源能够带来未来利益的能力发生了下降,再以原先的账面价值报告该项资产显然会虚增企业的资产,对于长期投资,若是发生了"贬值",通过计提减值准备进行调整是恰当的。

根据我国现行会计准则,长期股权投资减值准备的计量分两类:一类是以成本法核算的、在活跃市场中没有报价、公允价值不能可靠计量的长期股权投资,根据《企业会计准则第 22 号——金融工具确认和计量》的规定,应将其账面价值与按照类似金融资产当时市场收益率对未来现金流量折现确定的现值之间的差额,确认为减值损失,计入当期损益。其他长期股权投资,则依据《企业会计准则第 8 号——资产减值》的规定,若长期股权投资存在减值迹象,应当估计其可收回金额。可收回金额应当根据资产的公允价值减去处置费用后的净额与资产预计未来现金流量的现值两者之间较高者确定。可收回金额的计量结果表明,资产的可收回金额低于其账面价值的,应当将资产的账面价值减记至可收回金额,减记的金额确认为资产减值损失,计入当期损益,同时计提相应的资产减值准备。

长期股权投资账面价值等于其投资成本(账面余额)减去减值准备后的金额,所以减值准备不构成长期股权投资的账面价值。

Q8-20 国际财务报告准则中关于企业合并会计处理的新购买法与原来的购买法有何基本差异？

新购买法和原来的购买法,会计处理的方法基本相同,但新购买法在公允价值的分摊方面有变化,原来的购买法,对收购比例部分确认公允价值,而新的购买法,对收购对象全额确认公允价值。

二、练习题

E8-1 练习投资的分类

第一项投资属于股权投资(交易性金融资产)。因为公司购买该股票的目的是利用暂时闲置资金,提高资金的使用效率,在需要时,随时可能抛售。

第二项投资属于持有至到期投资。该债券投资到期日固定、回收金额可确定,且企业有明确意图和能力持有至到期。

第三项投资属于少数积极的长期股权投资。首先该项投资的目的是在未来通过该被投资企业的利润获得收益,即希望分回利润或资本利得,不是暂时持有,属于长期投资;其次通过该投资拥有被投资企业 30% 的股份,一般来说能对其产生重大影响,但不能控制,属少数积极投资。

第四项投资属多数积极的长期股权投资。首先,公司对 HZH 公司的投资目的不是短期持股,属长期股权投资;其次,公司持 HZH 公司 75% 股份且能购对其实施控制,属多数的积极投资。

第五项投资属消极的长期股权投资。首先,从其投资目的来看,并不是短期持股,而是为了稳定原料供应,属长期股权投资;其次,从其持股比例及对 X 公司的影响程度来看,并不能对 X 公司产生重大影响,更不能实施控制,属消极投资。当然根据《企业会计准则第 22 号——金融工具确认和计量》,该投资也可指定为可供出售金融资产。

E8-2　练习交易性金融资产的会计处理

(1)

A. 20×7 年 1 月 2 日

借:交易性金融资产	1 620 000	
贷:银行存款		1 620 000

B. 20×7 年 6 月 30 日

借:公允价值变动损益	80 000	
贷:交易性金融资产		80 000

C. 20×7 年 7 月 1 日

借:银行存款	64 000	
贷:交易性金融资产		64 000

D. 20×7 年 11 月 28 日

借:银行存款	1 570 000	
投资收益	50 000	
贷:交易性金融资产		1 476 000
公允价值变动损益		144 000

(2)该项短期投资在东盛公司 20×7 年 6 月 30 日资产负债表中列报如下:

东盛公司资产负债表

20×7 年 6 月 30 日　　　　　　　　　　　　　　　　　　　　　　元

资　　产		负债与所有者权益	
流动资产:		—	
现金	—	—	
交易性金融资产	1 540 000	—	
—		—	

E8-3　练习交易性金融资产的会计处理

(1) 20×7 年 6 月 10 日

借:交易性金融资产	240 000	
投资收益	680	
贷:银行存款		240 680

(2) 20×7 年 10 月 8 日

借:应收股利	1 500	
贷:交易性金融资产		1 500

(3) 20×7 年 10 月 26 日

借：银行存款   1 500

　　贷：应收股利   1 500

(4) 20×7 年 11 月 23 日

借：银行存款   259 160

　　投资收益   840

　　贷：交易性金融资产   238 500

　　　　投资收益   20 000

　　　　公允价值变动损益   1 500

E8-4　练习交易性金融资产和可供出售金融资产期末计价的会计处理

(1) 20×7 年 3 月 31 日交易性金融资产应作如下会计处理：

借：公允价值变动损益（AB 公司股票）   45 000

　　贷：交易性金融资产（AB 公司股票）   45 000

借：交易性金融资产（HF 公司债券）   1 000

　　贷：公允价值变动损益（HF 公司债券）   1 000

20×7 年 3 月 31 日可供出售金融资产应作如下会计处理：

借：可供出售金融资产——SD 公司股票   10 000

　　贷：资本公积——公允价值变动利得（SD 公司股票）   10 000

借：资本公积——公允价值变动损失（WB 公司债券）   4 000

　　贷：可供出售金融资产——WB 公司债券   4 000

(2) 华箐公司对交易性金融资产后续计量的会计处理使得资产负债表中的资产（"交易性金融资产"项目）余额减少了 44 000 元，同时使利润表中的营业利润（"公允价值变动净收益"项目）金额减少了 44 000 元；而对可供出售金融资产后续计量的会计处理使得资产负债表中的资产（"可供出售金融资产"项目）余额增加了 6 000 元，同时使得所有者权益（"资本公积"项目）余额增加了 6 000 元，但对利润表并没有产生影响。这种差异的形成主要是由于在资产负债表日（会计期末），虽然交易性金融资产和可供出售金融资产都按公允价值进行计量，但两者对公允价值和账面价值之间差额的处理存在差异：交易性金融资产的上述差额计入当期损益，而可供出售金融资产的上述差额计入所有者权益。

E8-5　练习可供出售金融资产的会计处理

(1) 20×6 年 4 月 10 日会计处理：

借：可供出售金融资产（GFB 公司股票）   1 400 000

　　贷：银行存款   1 400 000

(2) 20×6 年 12 月 31 日会计处理：

借：可供出售金融资产（GFB 公司股票）   400 000

　　贷：资本公积——公允价值变动利得（GFB 公司股票）   400 000

(3) 20×7 年 12 月 31 日会计处理：

借：资本公积——公允价值变动损失（GFB 公司股票）   200 000

　　贷：可供出售金融资产（GFB 公司股票）   200 000

(4) 20×8 年 3 月 16 日会计处理:

借:银行存款   1 900 000

    贷:可供出售金融资产(GFB 公司股票)   1 600 000

        投资收益   300 000

借:资本公积——公允价值变动利得(GFB 公司股票)   400 000

    贷:投资收益   200 000

        资本公积——公允价值变动损失(GFB 公司股票)   200 000

E8-6   练习持有至到期投资的会计处理

(1) 20×8 年 7 月 1 日购买债券

借:持有至到期投资——HD 公司债券投资(面值)   1 000 000

    贷:持有至到期投资——HD 公司债券投资(折价)   114 500

        银行存款   885 500

(2) 20×8 年 12 月 31 日收到利息、摊销折价:

丰诚公司持有至到期投资折价摊销表(实际利率法)   元

日　　期	期初账面 价值(1)	投资收益 (2)=(1)×12%	票面利息 10%(3)	折价摊销 (2)−(3)	期末账面价值		
					债券面值	未摊销折价	期末账面价值
07/01/2008	885 500	—	—	—	1 000 000	114 500	885 500
12/31/2008	885 500	53 150	50 000	3 150	1 000 000	111 350	888 650
⋮	⋮	⋮	⋮	⋮	⋮	⋮	⋮

20×8 年 12 月 31 日会计分录:

借:持有至到期投资——HD 公司债券投资(折价)   3 150

    银行存款   50 000

    贷:投资收益   53 150

E8-7   练习持有至到期投资的会计处理

丰诚公司持有至到期投资折价摊销表(实际利率法)   元

日　　期	期初账面 价值(1)	投资收益(2)= (1)×8%/2	票面利息 10%/2(3)	溢价摊销 (2)−(3)	期末账面价值		
					债券面值	溢价	期末账面价值
07/01/20×7	3 244 650	—	—	—	3 000 000	244 650	3 244 650
12/31/20×7	3 244 650	129 786	150 000	−20 214	3 000 000	224 436	3 224 436
6/30/20×8	3 224 436	128 977.44	150 000	−21 022.56	3 000 000	203 413.44	3 203 413.44
12/31/20×8	3 203 413.44	128 136.54	150 000	−21 863.46	3 000 000	181 549.98	3 181 549.98
5/31/20×9	3 181 549.98	106 051.67*	125 000*	−18 948.33	3 000 000	162 601.64	3 162 601.64
⋮	⋮	⋮	⋮	⋮	⋮	⋮	⋮

* 利率折成 5 个月计算。

丰诚公司 20×7 年 7 月 1 日的会计分录:

借:持有至到期投资——JL 公司债券(面值)   3 000 000

             ——JL 公司债券(溢价)   244 650

　　　　贷：银行存款　　　　　　　　　　　　　　　　　　　3 244 650

　20×7 年 12 月 31 日的会计分录：

　　借：银行存款　　　　　　　　　　　　　　　　　　　150 000

　　　　贷：投资收益　　　　　　　　　　　　　　　　　　129 786

　　　　　　持有至到期投资——JL 公司债券（溢价）　　　　20 214

　20×8 年 6 月 30 日的会计分录：

　　借：银行存款　　　　　　　　　　　　　　　　　　　150 000

　　　　贷：投资收益　　　　　　　　　　　　　　　　　128 977.44

　　　　　　持有至到期投资——JL 公司债券（溢价）　　21 022.56

　20×8 年 12 月 31 日的会计分录：

　　借：银行存款　　　　　　　　　　　　　　　　　　　150 000

　　　　贷：投资收益　　　　　　　　　　　　　　　　　128 136.54

　　　　　　持有至到期投资——JL 公司债券（溢价）　　21 863.46

　20×9 年 5 月 31 日的会计分录：

　　借：应收利息　　　　　　　　　　　　　　　　　　　125 000

　　　　贷：投资收益　　　　　　　　　　　　　　　　　106 051.67

　　　　　　持有至到期投资——JL 公司债券（溢价）　　18 948.33

　　借：银行存款　　　　　　　　　　　　　　　　　　3 410 000

　　　　贷：应收利息　　　　　　　　　　　　　　　　　　125 000

　　　　　　持有至到期投资——JL 公司债券（面值）　　3 000 000

　　　　　　　　　　　　——JL 公司债券（溢价）　　162 601.64

　　　　　　投资收益　　　　　　　　　　　　　　　　122 398.36

E8-8　练习持有至到期投资重分类为可供出售金融资产的会计处理

　（1）20×8 年 4 月 1 日会计分录：

　　借：可供出售金融资产　　　　　　　　　　　　　　5 200 000

　　　　资本公积——公允价值变动损失　　　　　　　　　100 000

　　　　贷：持有至到期投资　　　　　　　　　　　　　5 300 000

　（2）20×8 年 8 月 10 日会计分录：

　　借：银行存款　　　　　　　　　　　　　　　　　　5 250 000

　　　　贷：可供出售金融资产　　　　　　　　　　　　5 200 000

　　　　　　投资收益　　　　　　　　　　　　　　　　　50 000

　　借：投资收益　　　　　　　　　　　　　　　　　　　100 000

　　　　贷：资本公积——公允价值变动损失　　　　　　　100 000

E8-9　练习长期股权投资的会计处理——成本法

　（1）20×6 年 4 月 1 日购入股权

　　借：长期股权投资——PU 公司　　　　　　　　　　7 950 000

　　　　贷：银行存款　　　　　　　　　　　　　　　　　　　　　　7 950 000

(2) 20×6 年 12 月 31 日收到股利

　　收到股利额 240 000 元(2 400 000×10％)，其中世纪星投资之后按比例应享有的金额为(2 500 000－800 000)×10％＝170 000(元)，因此，只有 170 000 元可以确认为收益，其余 70 000 元应冲减投资成本。

　　　　借：银行存款　　　　　　　　　　　　　　　　　　　　　　240 000

　　　　　　贷：投资收益　　　　　　　　　　　　　　　　　　　　170 000

　　　　　　　　长期股权投资——PU 公司　　　　　　　　　　　　　70 000

(3) 20×7 年收到 PU 公司分配的利润

　　　　借：银行存款　　　　　　　　　　　　　　　　　　　　　　250 000

　　　　　　贷：投资收益　　　　　　　　　　　　　　　　　　　　250 000

(4) 20×8 年收到 PU 公司分配的利润

　　　　借：银行存款　　　　　　　　　　　　　　　　　　　　　　270 000

　　　　　　贷：投资收益　　　　　　　　　　　　　　　　　　　　270 000

　　注：因 20×7 年、20×8 年分配数均未超过应享有金额，因此全部确认为收益。

(5) 20×9 年 3 月 5 日出售股权

　　　　借：银行存款　　　　　　　　　　　　　　　　　　　　　7 840 000

　　　　　　投资收益　　　　　　　　　　　　　　　　　　　　　　40 000

　　　　　　贷：长期股权投资——PU 公司　　　　　　　　　　　　7 880 000

E8-10　练习长期股权投资的会计处理——成本法

　　由于成本法在收到现金股利的时候才确认投资收益，故 Graw 公司 20×8 年应该确认的投资收益是 60 000 元。

E8-11　练习长期股权投资的会计处理——权益法

(1) 20×5 年 6 月 30 日收购股份

　　　　借：长期股权投资——HG 公司(投资成本)　　　　　　　　4 900 000

　　　　　　贷：银行存款　　　　　　　　　　　　　　　　　　　4 900 000

　　注意：根据《企业会计准则第 2 号——长期股权投资》第 9 条规定，采用权益法核算的，长期股权投资的初始投资成本大于投资时应享有被投资单位可辨认净资产公允价值份额的，不调整长期股权投资的初始投资成本。

(2) 20×5 年 12 月 31 日

　　A. 按权益法确认投资收益 312 000 元[(2 000 000－900 000－60 000)×30％]

　　　　借：长期股权投资——HG 公司(损益调整)　　　　　　　　312 000

　　　　　　贷：投资收益　　　　　　　　　　　　　　　　　　　312 000

　　B. 收到 HG 公司分配的利润 480 000 元(1 600 000×30％)，超过其应享有的份额 168 000 元，即分回股利中有 168 000 元为清算性股利，应作冲减投资成本处理：

　　　　借：银行存款　　　　　　　　　　　　　　　　　　　　　480 000

　　　　　　贷：长期股权投资——HG 公司(损益调整)　　　　　　　312 000

　　　　　长期股权投资——HG 公司(投资成本)　　　　　　　　　168 000

　　注意：根据《企业会计准则第 2 号——长期股权投资》第 12 条规定,投资企业在确认应享有被投资单位净损益的份额时,应当以取得投资时被投资单位各项可辨认资产等的公允价值为基础,对被投资单位的净利润进行适当调整后确认。

　　根据题意,需要调整金额为：$100\,000\times50\%+100\,000\div5\div2=60\,000$(元)

　　则可享受的被投资单位净利润为

　　$[(2\,000\,000-900\,000)-60\,000]\times30\%=1\,040\,000\times30\%=312\,000$(元)

　　(3) 20×6 年 12 月 31 日

　　A. 确认收益 429 000 元$[(1\,500\,000-70\,000)\times30\%]$

　　借：长期股权投资——HG 公司(损益调整)　　　　　　　　429 000

　　　　贷：投资收益　　　　　　　　　　　　　　　　　　　　　429 000

　　B. 收到股利 420 000 元$(1\,400\,000\times30\%)$

　　借：银行存款　　　　　　　　　　　　　　　　　　　　　　420 000

　　　　贷：长期股权投资——HG 公司(损益调整)　　　　　　　　420 000

　　注意：根据《企业会计准则第 2 号——长期股权投资》第 12 条规定,投资企业在确认应享有被投资单位净损益的份额时,应当以取得投资时被投资单位各项可辨认资产等的公允价值为基础,对被投资单位的净利润进行适当调整后确认。

　　根据题意,需要调整金额为

　　　　　$100\,000\times50\%+100\,000\div5=70\,000$(元)

　　则可享受的被投资单位净利润为

　　$(1\,500\,000-70\,000)\times30\%=1\,430\,000\times30\%=429\,000$(元)

　　(4) 20×7 年 12 月 31 日

　　确认投资收益$-294\,000$ 元$[(-960\,000-20\,000)\times30\%]$

　　借：长期股权投资——HG 公司(损益调整)　　　　　　　　$-294\,000$

　　　　贷：投资收益　　　　　　　　　　　　　　　　　　　　　$-294\,000$

　　(5) 20×8 年 12 月 31 日

　　确认投资收益$-366\,000$ 元$[(-1\,200\,000-20\,000)\times30\%]$

　　借：长期股权投资——HG 公司(损益调整)　　　　　　　　$-366\,000$

　　　　贷：投资收益　　　　　　　　　　　　　　　　　　　　　$-366\,000$

　　(6) 20×9 年出售 HG 公司股份

　　借：银行存款　　　　　　　　　　　　　　　　　　　　　3 650 000

　　　　投资收益　　　　　　　　　　　　　　　　　　　　　　431 000

　　　　贷：长期股权投资——HG 公司(投资成本)　　　　　　　4 732 000

　　　　　长期股权投资——HG 公司(损益调整)　　　　　　　$-651\,000$

E8-12　练习长期股权投资的会计处理——权益法

　　权益法按照享有的被投资单位的利润比重来确认投资收益,故 Yaro 公司 20×8 年应确认的投资收益为 $250\,000\times30\%=75\,000$(元)。

E8-13　练习收购差额的具体构成及其摊销(参照附录 8-2)

(1)　　　　　　　　　华天公司对 WSK 公司的收购差额之具体构成　　　　　　　　　元

项　　目	金　　额
收购差额	2 500 000
有形资产变动的 25%	750 000
其中:存货减值(2 000 000×25%)	−500 000
固定资产增值(5 000 000×25%)	1 250 000
负债变动的 25%	
商誉增值的 25%(7 000 000×25%)	1 750 000
合计	2 500 000

会计分录:

借:长期股权投资——WSK 公司(投资成本)　　　　10 000 000

　　贷:银行存款　　　　　　　　　　　　　　　　　　　　10 000 000

(2)存货减值形成的差额−500 000 元应在 2007 年全部摊销完

固定资产增值形成的差额应按 20 年摊销,2007 年摊销额为 62 500 元(1 250 000÷20)

商誉形成的差额不摊销

20×7 年应摊销额合计:(−500 000+62 500) = −437 500(元)

20×8 年应摊销额:62 500 元

20×7 年应确认投资收益:3 600 000×25%+437 500 = 1 337 500(元)

20×8 年应确认投资收益:4 200 000×25%−62 500 = 987 500(元)

A. 20×7 年 12 月 31 日会计处理

借:长期股权投资——WSK 公司(损益调整)　　　　1 337 500

　　贷:投资收益　　　　　　　　　　　　　　　　　　　　1 337 500

借:银行存款(2 000 000×25%)　　　　　　　　　　500 000

　　贷:长期股权投资——WSK 公司(损益调整)　　　　　500 000

B. 20×8 年 12 月 31 日会计处理

借:长期股权投资——WSK 公司(损益调整)　　　　987 500

　　贷:投资收益　　　　　　　　　　　　　　　　　　　　987 500

借:银行存款(2 800 000×25%)　　　　　　　　　　700 000

　　贷:长期股权投资——WSK 公司(损益调整)　　　　　700 000

E8-14　练习企业合并的会计处理

(1)由于旸坑公司和乔山公司同属于一个母公司,故旸坑公司对乔山公司的收购为同一控制下的企业合并。旸坑公司支付的乔山公司股权购买价款 6 000 000 元,与旸坑公司应分享的 60% 比例的乔山公司所有者权益账面价值之间的差额为 1 500 000 元(6 000 000−7 500 000×60%),应当用于冲减旸坑公司的资本公积,但旸坑公司 2008 年8 月 1 日的资本公积不足以冲减,故还需冲减盈余公积和未分配利润。

旸坑公司 20×8 年 8 月 1 日对合并乔山公司的会计处理如下:

借：长期股权投资——乔山公司　　　　　　　4 500 000(7 500 000×60％)

　　投资收益　　　　　　　　　　　　　　　　45 000

　　资本公积　　　　　　　　　　　　　　　900 000

　　盈余公积　　　　　　　　　　　　　　　500 000

　　未分配利润　　　　　　　　　　　　　　100 000

　　贷：银行存款　　　　　　　　　　　　　　　　　6 045 000

(2) 假设两家公司在收购前无关联关系,则该收购属于非同一控制下的企业合并。旸坑公司应按照支付的合并对价和支付的相关交易费用来计量所取得的长期股权投资。

旸坑公司 20×8 年 8 月 1 日对合并乔山公司的会计处理如下：

借：长期股权投资——乔山公司　　　　　　　　　6 045 000

　　贷：银行存款　　　　　　　　　　　　　　　　　6 045 000

同时,旸坑公司应在备查簿中记录合并成本与所享有乔山公司购买日权益份额的差额,在编制合并会计报表时,将该差额列示为商誉。

(1)和(2)相比,有两点不同：一是对于交易费用的处理不同,前者是作为当期损益,后者则计入长期股权投资的价值。二是对合并对价与所享有乔山公司的权益份额的差额的处理不同,前者是冲减了所有者权益,后者不作处理,包含在长期股权投资中。前者会对公司会计报表的净资产、投资收益和净利润产生影响,使公司的净资产减少 1 545 000 元,净利润减少 45 000 元(假设不考虑所得税影响),后者则无此影响。

E8-15　练习合并资产负债表的编制

(1) 抵消分录

借：所有者权益　　　　　　　　　　　　　　10 300 000

　　固定资产　　　　　　　　　　　　　　　1 390 000

　　贷：长期股权投资　　　　　　　　　　　　　　8 600 000

　　　　少数股东权益(10 300 000×30％)　　　　　3 090 000

注意：长安公司的收购价差全部为管理部门用的固定资产评估增值,因此合并会计报表时应将收购价差分摊到固定资产项目。

(2) 编制合并报表

长安—清零公司合并资产负债表工作底稿

20×7 年 6 月 30 日　　　　　　　　　　　　　　　元

资产负债表	长安公司	清零公司	合计数	抵消分录 (借方)	抵消分录 (贷方)	合并数
货币资金	2 700 000.00	980 000.00	3 680 000.00			3 680 000.00
其他流动资产	19 760 000.00	6 680 000.00	26 440 000.00			26 440 000.00
长期股权投资	8 600 000.00		8 600 000.00		8 600 000.00	0.00
其他长期资产	25 700 000.00	14 000 000.00	39 700 000.00	1 390 000.00		41 090 000.00
资产总计	56 760 000.00	21 660 000.00	78 420 000.00	1 390 000.00	8 600 000.00	71 210 000.00
流动负债	9 500 000.00	4 000 000.00	13 500 000.00			13 500 000.00
长期负债	17 200 000.00	7 360 000.00	24 560 000.00			24 560 000.00

续表

资产负债表	长安公司	清零公司	合计数	抵消分录 (借方)	抵消分录 (贷方)	合并数
少数股东权益					3 090 000.00	3 090 000.00
所有者权益	30 060 000.00	10 300 000.00	40 360 000.00	10 300 000.00		30 060 000.00
负债及所有者权益合计	56 760 000.00	21 660 000.00	78 420 000.00	10 300 000.00	3 090 000.00	71 210 000.00

长安—清零公司合并资产负债表

20×7 年 6 月 30 日　　　　　　　　　　　　　　　　　元

资　　产	金　　额	负债及所有者权益	金　　额
货币资金	3 680 000.00	流动负债	13 500 000.00
其他流动资产	26 440 000.00	非流动负债	24 560 000.00
流动资产合计	30 120 000.00	负债合计	38 060 000.00
长期股权投资	0.00	少数股东权益	3 090 000.00
其他长期资产	41 090 000.00	所有者权益	30 060 000.00
非流动资产合计	41 090 000.00		
资产总计	71 210 000.00	负债及所有者权益合计	71 210 000.00

E8-16　练习合并利润表的编制

题目要求应为长安公司编制 20×8 年的合并利润表(请先编制相关的抵消分录,然后编制合并利润表的工作底稿)。

(1) 抵消分录

借:年初未分配利润　　　　　　　　　　　69 500(139 000÷2)

　　投资收益　　　　　　　　　　　　　　　　　　　　662 990

　　少数股东应享收益　　343 710(1 145 700×30%)

　　管理费用　　　　　　　　　　　　　　139 000

　　贷:年末未分配利润　　　　　　　　　　　　　　　1 215 200

说明:从收购清零公司至 20×8 年年末,已经过了一年半的时间,编制合并报表时不仅要考虑收购价差对本期的影响,还要考虑期初未分配利润的抵消。固定资产评估增值每年计提的折旧额为:139 000 元(1 390 000÷10);另题中未给出清零公司的年初未分配利润数,因此解答时假设年初未分配利润为零。

(2) 合并工作底稿

长安—清零公司合并利润率表工作底稿

20×8 年 12 月 31 日　　　　　　　　　　　　　　　元

项　　目	长安公司	清零公司	合计数	抵消分录 (借方)	抵消分录 (贷方)	合并数
主营业务收入	370 700 000.00	54 800 000.00	425 500 000.00			425 500 000.00
主营业务成本	269 500 000.00	42 600 000.00	312 100 000.00			312 100 000.00
经营与管理费用	95 400 000.00	10 490 000.00	105 890 000.00	139 000.00		106 029 000.00
投资收益	662 990.00		662 990.00	662 990.00		0.00
所得税	1 914 000.00	564 300.00	2 478 300.00			2 478 300.00

续表

项　目	长安公司	清零公司	合计数	抵消分录（借方）	抵消分录（贷方）	合并数
净利润	4 548 990.00	1 145 700.00	5 694 690.00	801 990.00		4 892 700.00
少数股东收益				343 710.00		343 710.00

长安—清零公司合并利润表

20×8 年 12 月 31 日　　　　　　　　　　　　　　元

项　　　目	金　　额
主营业务收入	425 500 000.00
减：主营业务成本	312 100 000.00
主营业务利润	113 400 000.00
减：经营与管理费用	106 029 000.00
营业利润	7 371 000.00
加：投资收益	
利润总额	7 371 000.00
减：所得税	2 478 300.00
净利润	4 892 700.00

E8-17　编制抵消分录（公司间销售与债权债务）

（1）安迪公司的应收账款与开唐公司的应付账款抵消：

借：应付账款　　　　　　　　　　　　　　　　　　　　　　　2 500 000

　　贷：应收账款　　　　　　　　　　　　　　　　　　　　　　　　　2 500 000

（2）内部购销抵消

借：营业收入　　　　　　　　　　　　　　　　　　　　　　　2 500 000

　　贷：营业成本　　　　　　　　　　　　　　　　　　　　　　　　　2 500 000

（3）未实现内部销售利润抵消

借：营业成本（2 500 000×40％×20％）　　　　　　　　　　200 000

　　贷：存货　　　　　　　　　　　　　　　　　　　　　　　　　　　200 000

E8-18　编制抵消分录（公司间应收应付和销售）

答：（1）20×8 年应收应付及相应坏账准备抵消

借：应付账款　　　　　　　　　　　　　　　　　　　　　　　30 000

　　贷：应收账款　　　　　　　　　　　　　　　　　　　　　　　　　30 000

借：坏账准备　　　　　　　　　　　600（30 000×2％）

　　贷：资产减值损失（管理费用）　　　　　　　　　　　　　　　　　600

（2）20×7 年公司间购销货及相应期末存货上未实现利润抵消

借：营业收入　　　　　　　　　　　　　　　　　　　　　　　80 000

　　贷：营业成本　　　　　　　　　　　　　　　　　　　　　　　　　80 000

借：营业成本　　　　　　　　　　800（4 000÷1.25×25％）

  贷：存货   800

  (3) 20×8 年公司间购销货及相应期末存货上未实现利润抵消

  借：营业收入   75 000

    贷：营业成本   75 000

  借：期初未分配利润   800

    营业成本   200

    贷：存货   1 000(5 000÷1.25×25%)

E8-19 编制抵消分录(公司间固定资产销售)

  (1) 20×8 年抵消分录

  借：期初未分配利润   100 000

    贷：固定资产   100 000

  借：固定资产(累计折旧)   35 000

    贷：期初未分配利润   15 000(100 000÷5÷12×9)

      管理费用   20 000(100 000÷5)

  注意：内部固定资产销售产生未实现利润 100 000 元,20×7 年已计提 9 个月折旧。

  (2) 20×9 年抵消分录

  借：期初未分配利润   100 000

    贷：固定资产   100 000

  借：固定资产(累计折旧)   55 000

    贷：期初未分配利润   35 000

      管理费用   20 000

E8-20 母公司和子公司数据估算

  分析：根据题中给出的信息,应抵消的项目有：

  ① 应收账款和应付账款,抵消 210 000 元；

  ② 投资收益与子公司净利润,抵消 750 000 元；

  ③ 租金收入和成本费用,抵消 600 000 元；

  ④ 营业收入和成本,抵消 660 000 元。

  答：

  (1) 母公司税前利润＝1 494 000＋750 000－1 248 000＝996 000(元)；

  子公司税前利润＝1 056 000＋600 000－888 000＝768 000(元)。

  (2) 由于抵消收入与成本费用金额相同,合并税前利润与母公司税前利润相同,即 996 000 元。

  (3) 以下各项目的金额分别为：

  ① 货币资金,等于母、子公司货币资金合计数,即 540 000＋240 000＝780 000(元)；

  ② 应收账款,等于母、子公司应收账款合计数减抵消数,即 1 140 000＋600 000－210 000＝1 530 000(元)；

  ③ 应付账款,等于母、子公司应付账款合计数减抵消数,即 735 000＋330 000－210 000＝855 000(元)；

④ 营业收入,等于母、子公司营业收入合计数减抵消数,即 1 494 000＋1 056 000－660 000＝1 890 000(元);

⑤ 成本费用合计,等于母、子公司成本费用合计数减抵消数,即 1 248 000＋888 000－660 000－600 000＝876 000(元);

⑥ 股利收入,等于母、子公司股利收入合计数减抵消数,即 750 000＋0－750 000＝0(元);

⑦ 租金收入,等于母、子公司租金收入合计数减抵消数,即 600 000＋0－600 000＝0(元)。

三、讨论题

P8-1　借壳上市第一宗——康恩贝与浙江凤凰案例

(1) 浙江凤凰两次资产重组及确认投资收益的会计分录:

① 1994 年资产重组的会计处理:

借:其他应收款——康恩贝　　　　　　　　　　　　　　 4 500 万元

　　贷:其他应付款——兰溪市财政局　　　　　　　　　　　 4 500 万元

另外,还需将实收资本 51.1% 的金额,从财政局明细账户调整为康恩贝明细账户。

② 1995 年资产重组的会计处理:

借:长期股权投资——康恩贝集团制药有限公司(投资成本)　5 420.90 万元

　　贷:其他应收款——康恩贝　　　　　　　　　　　　　　 4 500 万元

　　　　其他应付款——康恩贝　　　　　　　　　　　　　　 92.90 万元

③ 1995 年确认投资收益的会计分录:

借:长期股权投资——康恩贝集团制药有限公司(损益调整)　2 147.94 万元

　　贷:投资收益　　　　　　　　　　　　　　　　　　　　 2 147.94 万元

(2) 浙江凤凰公司于 1995 年 12 月 26 日取得康恩贝制药有限公司的股权,应按取得该投资后被投资单位实现的净利润来确认投资收益,而不应按被投资单位全年的净利润来计算确认收益。显然,浙江凤凰公司确认的投资收益是不合理的。

通过该案例不难看出,浙江凤凰进行该两次资产重组的目的是达到增资配股的要求,以便通过增资配股从二级市场上筹集资金。且看政策要求达到的指标及浙江凤凰报表指标对比情况:

年份	政 策 要 求	净资产收益率	平均数
1993	连续两年盈利	2.01%	
1994	公司在最近 3 年连续盈利,且净资产税后利润率 3 年平均在 10% 以上,属于能源、原材料、基础设施类的公司可以略低于 10%	6.24%	8.77%
1995	政策同 1994 年	18.07%	
1996	最近 3 年内净资产收益率均在 10% 以上,属于能源、原材料、基础设施类的公司可以略低但不低于 9%		

续表

年份	政 策 要 求	净资产收益率	平均数
1999	最近3年连续盈利,公司净资产税后利润率3年平均在10%以上,属于能源、原材料、基础设施类和高科技的公司可以略低于10%,但不得低于9%;且最近3年净资产税后利润率每年都在6%以上		

从上表1994年至1996年的对比情况看,国家政策规定的再融资条件不断调整,浙江凤凰也紧紧跟随,1995年通过确认2 147.94万元的投资收益,终于使3年平均净资产收益率达到了8.77%,基本满足了政策规定的原材料类公司可以略低于10%的条件。1996年国家又出台新的政策,严格了再融资条件,使得康恩贝和浙江凤凰的努力白费了。既然再努力也达不到净资产收益率每年都在9%以上的条件,浙江凤凰不得不放弃再融资的想法。而前三年为了达到再融资条件,想尽办法使报表利润增加,势必隐藏了很多亏损,1996年没有了再融资的压力,往年的潜亏便释放出来,因此1996年亏损金额巨大。从1994年的数字来看,其主营业务已亏损49.8万元,净资产收益率还达到了6.24%,说明公司通过非主营业务作了高额利润,可能会是虚减费用,也可能是虚记投资收益。

(3)浙江凤凰两次资产重组均未涉及现金流。

(4)接(2)的分析,在1996年浙江凤凰和康恩贝放弃再融资的希望后,1999年国家再融资政策又有所放宽,可以说政策与浙江凤凰和康恩贝开了一个不小的玩笑。但该项借壳上市失败的主要原因还不在于政策的多变,而是康恩贝的短期行为,如果康恩贝对浙江凤凰的投资是真正意义上的战略投资,把主要精力放在管理经营上,把浙江凤凰做大做强,而不是一味的为迎合国家政策去虚拟利润,其再融资的想法是有望实现的。

P8-2 母公司的投资收益与子公司的虚计利润:国嘉实业案例

(1)北京国软的会计处理不正确。按照收入会计准则,劳务合同刚刚签订,相关开发工作尚未开始,根本不应该确认收入,其所发生的收支款项应暂作为预收款和垫付款项处理。

原会计分录:

借:银行存款	9 600万元	
贷:主营业务收入		9 600万元
借:主营业务成本	3 500万元	
贷:银行存款		3 500万元

正确的会计分录应为

借:银行存款	9 600万元	
贷:预收账款		9 600万元
借:固定资产	3 189万元	
预付账款	311万元	
贷:银行存款		3 500万元

（2）国嘉实业原会计分录：

借：长期股权投资——北京国软　　　　　　　　　4 904.22 万元

　　　贷：投资收益　　　　　　　　　　　　　　　　　4 904.22 万元

其会计处理不正确，错在年末刚刚投资却按被投资单位全年的利润确认投资收益，违反了收入确认原则。

（3）国嘉实业 1997 年利润总额 447.98 万元，仅确认北京国软投资收益就高达 4 904.22 万元。可见，若无此投资收益，国嘉实业 1997 年为巨额亏损，其操作动因是避免出现亏损。

（4）北京国软、国嘉实业的经理人亲自操纵、企业会计师违反会计准则规定做账务处理、上海中华社科会计师事务所出具无保留意见的审计报告，几方均违背其各自的职业道德。应加大监督和处罚力度来避免此类事件的再度发生。

P8-3　投资的再分类和审计意见

（1）SL 公司对该项投资的再分类不正确。该项投资应继续作为交易性金融资产处理，并按期末市价计量（0.65 亿元），确认投资损失。由此，资产负债表的交易性金融资产将增加 0.65 亿元，长期股权投资将减少 1.6 亿元，总资产减少 0.95 亿元，未分配利润减少 0.95 亿元。利润表中的投资收益、净利润都将减少 0.95 亿元。公司净利润由原盈利 0.425 亿元变为亏损 0.525 亿元。

（2）SL 公司作此处理的动机是避免亏损。

（3）当然，BF 会计师事务所的审计意见是不正确的，因这一事项使 SL 公司报表中的经营成果产生了质的变化，属于严重的不公允反映行为，注册会计师应出具否定意见的审计报告。

（4）SL 公司经理人决策授意，企业会计师违规做账，注册会计师对显见的错误视而不见，发表错误审计意见，均违背了职业道德。

P8-4　投资收益应于何时确认

（1）LM 公司确认投资转让收益不正确。根据我国 2006 年企业会计准则出台前的有关规定，公司转让股权投资，必须在下述四个条件同时满足的情况下才可作转让的会计处理：

① 双方签订投资转让协议；

② 转让方与接受方的股东会通过；

③ 转让款已支付额不少于 50%；

④ 已办理股权过户手续。

该案例不能满足上述全部条件。

而根据《企业会计准则第 23 号——金融资产转移》的规定，企业并没有将金融资产所有权上几乎所有的风险和报酬转移给转入方，也就不应当终止确认公司金融资产。当然也就不可以确认转让收益了。

因此本例不应作股权转让的会计处理。这样 LM 公司净利润将减少 0.54 亿元，由原盈利 0.39 亿元变为亏损 0.15 亿元。

（2）因 LM 公司上年亏损，此做法可能是想扭亏为盈，避免特别处理乃至退市风险。

（3）对于 LM 公司的上述会计报表，应出具否定意见的审计报告，会计师事务所不应仅以带解释说明字段的无保留意见取代保留意见，更不能代替否定意见。

P8-5　在不丧失控制权情况下处置部分对子公司投资

答：（1）如果城投公司在 2009 年 3 月份首次发布引入战略投资者的公告，需要删除"若招商结果股权转让产生溢价，则会增加城投控股 2009 年度权益和利润。"中的"利润"。由于在 2009 年 3 月，在不丧失控制权的情况下部分处置对子公司的长期股权投资所产生的损益，已经不能计入利润表，该项活动不会对 2009 年的利润产生影响。

（2）2009 年处置该项股权时，应该采用新政策。

借：银行存款（收到的价款）

　　贷：长期股权投资（账面值）

　　　　资本公积——其他资本公积（处置价款和账面值的差额）

（3）母公司的报表，以母公司的股东为报表服务对象。从经济实质上来讲，处置部分股权是一个典型的处置长期股权投资的行为，可以选择将这部分视做投资收益或损失，计入当期的利润表。但由于母公司对子公司仍然保留了控制权，很难判断这部分的交易是否公允地进行，如果计入母公司的利润表，可能存在一定的利润操纵的空间。因此，如果确定该项交易是公允的，则计入利润，如果该项交易非公允，则不计入利润表，直接调整所有者权益。

对于合并报表而言，如果采用的是母公司业主观，在交易公允的情况下，可计入利润，理由同上。但如果采用的是母子公司主体观，这项行为可视作母公司股东和子公司少数股东的股权重新分割，不应计入利润表。

第9章 固定资产、无形资产及其他资产

一、思考题

Q9-1 什么是固定资产？它们的主要特征是什么？

答：固定资产是企业经营过程中使用的长期资产，包括土地、建筑物、机器和设备等。根据《企业会计准则第4号——固定资产》，固定资产是指同时具有下列两个特征的有形资产：①为生产商品、提供劳务、出租或经营管理而持有的；②使用寿命超过一个会计年度。

固定资产的主要特征包括以下几个方面：①为生产商品、提供劳务、出租或经营管理而持有的有形资产；②使用年限通常超过一年或一个经营周期；③单位价值较高；④具有有限的经济寿命，在使用期满时必须予以废弃或重置；⑤非货币性的，其效益来自使用或出售它们的服务，而不是来自于可转换成一定数量的货币。

Q9-2 考虑不同途径取得的固定资产，其入账价值是如何确定的？

答：固定资产应当按照成本进行初始计量（入账）。

(1) 现金购买的固定资产

在这种情况下，使该固定资产处于可使用状态的一切现金支出均构成了该固定资产的历史成本，包括购买价款、相关税费，以及使固定资产达到预定可使用状态前所发生的可归属于该项资产的运输费、装卸费、安装费和专业人员服务费等。

以一笔款项购入多项没有单独标价的固定资产，应当按照各项固定资产公允价值比例对总成本进行分配，分别确定各项固定资产的成本。

(2) 推迟付款购置的固定资产

在这种情况下，延迟支付的资产的入账成本取决于交易日该项资产的公允价值和应付负债的公允价值哪一个更可靠、更容易取得。如果两者都无法确定，可以以应付负债按设定利率或比较适用的市场利率计算的贴现值作为成本入账。依据《企业会计准则第4号——固定资产》的规定，购买固定资产的价款超过正常信用条件延期支付，实质上具有融资性质的，固定资产的成本以购买价款的现值为基础确定。

(3) 接受捐赠的固定资产

在这种情况下，如果捐赠方提供了有关凭据的，按凭据上标明的金额加上应当支付的相关税费，作为入账价值；如果捐赠方没有提供有关凭据的，按以下顺序确定其入账价值：①同类或类似固定资产存在活跃市场的，按同类或类似固定资产的市场价格估计金额，加上应当支付的相关税费，作为入账价值；②同类或类似固定资产不存在活跃市场的，按接受捐赠的固定资产的预计未来现金流量现值，作为入账价值。另外，如果接受捐赠的系旧的固定资产，按依据上述方法确定的新固定资产价值，减去按该项资产的新旧程

度估计的价值损耗后的余额,作为入账价值。

(4) 自行建造的固定资产

在这种情况下,其成本由建造该项资产达到预定可使用状态前所发生的必要支出构成。为购建固定资产而专门借入的款项而发生的利息及其他辅助费用只要符合相关条件,即,相应资本支出已经发生,借款费用已经发生,为使资产达到预定可使用状态所必要的购建活动已经开始,则应予以开始资本化,到所购建的固定资产达到预定使用状态时停止利息费用资本化。

(5) 交换增加的固定资产

按照《企业会计准则第 7 号——非货币性资产交换》的规定,如果资产的交换具有商业实质,并且换入资产或换出资产的公允价值能够可靠地计量,则应当以公允价值和应支付的相关税费作为换入资产的成本,公允价值与换出资产账面价值的差额计入当期损益。换入资产和换出资产公允价值均能够可靠计量的,应当以换出资产的公允价值作为确认换入资产成本的基础,但有确凿证据表明换入资产的公允价值更加可靠的除外。若不具备上述条件,应当以换出资产的账面价值和应支付的相关税费作为换入资产的成本,不确认损益。

(6) 融资租入的固定资产

在租赁期开始日,承租人应当将租赁开始日租赁资产公允价值与最低租赁付款额现值两者中较低者作为租入资产的入账价值,将最低租赁付款额作为长期应付款的入账价值,其差额作为未确认融资费用。同时,承租人在租赁谈判和签订租赁合同过程中发生的,可归属于租赁项目的手续费、律师费、差旅费、印花税等初始直接费用,应当计入租入资产价值。

(7) 投资者投入的固定资产

其初始确认成本,应当按照投资合同或协议约定的价值确定,但合同或协议约定价值不公允的除外。

(8) 通过债务重组取得的固定资产

债务人以固定资产清偿债务的,债权人应当对受让的固定资产按其公允价值入账,重组债权的账面余额与受让的固定资产的公允价值之间的差额,计入当期损益。债权人已对债权计提减值准备的,应当先将该差额冲减减值准备,减值准备不足以冲减的部分,计入当期损益。

(9) 通过企业合并取得的固定资产

分不同类型的企业合并分别处理。同一控制下的企业合并,合并方在企业合并中取得的固定资产,应当按照合并日被合并方的账面价值计量;非同一控制下的企业合并,合并方在合并中取得的被购买方的固定资产,其所带来的未来经济利益预计能够流入企业且公允价值能够可靠计量的,应当按照公允价值计量。

Q9-3 说出固定资产有哪几种主要的计价基础。

答:固定资产的计价基础主要包括历史成本、重置成本、净值等。

历史成本是指取得固定资产并使其处于可使用状态所耗费的现金及现金等价物,包括购买价格、建造成本、运输费、安装费和相关税费等。它是最常用的固定资产计价基础。

企业新购建固定资产的计价、确定计提折旧的依据等均采用这种计价方法。其主要优点是它具有客观性、可验证性。

重置成本是指在现时的经济和生产技术条件下，重新购置或建造相同的固定资产所需要的全部支出。这种计价基础企业仅在确定清查财产中盘盈固定资产的价值时使用，或在对报表进行补充、附注说明时采用。对于投资者投入的固定资产、企业接受捐赠的固定资产也采用重置完全价值计价。

净值也称为折余价值，是指固定资产的原始价值减去已经提取的折旧额的价值。这种计价基础主要用于计算盘盈、盘亏、毁损固定资产的溢余或损失。

需要说明的是，我国 2006 年《企业会计准则——基本准则》中有重置成本的表述，但《企业会计准则第 4 号——固定资产》中没有采用此类方法，建议重置成本作为固定资产初始成本计量、可收回金额计算等的可选基础。如，通过对固定资产预计未来现金流量现值的估价过程分析发现，单项专用或单项特种固定资产既无法比照计量公允价值，又无法准确计量未来现金流量时，引入重置成本不失为当前我国许多资产的交易尚未形成活跃公开的市场、诸如固定资产可收回金额的计量可以在重置成本的基础上修正得到的现实会计实务之举。

Q9-4　融资租入的固定资产和经营性租入的固定资产有什么区别？

答：融资租入的固定资产是指与租赁资产所有权相关的全部风险与报酬实质上转移给了承租方；除此之外的其他固定资产租赁则属于经营性租入。这两者在会计处理方式以及对报表所产生的影响方面有着显著的区别。

(1) 融资租入的固定资产应作为租入企业的一项资产计价入账。相对于经营性租赁而言，融资租赁有租期较长、租约一般不能取消、支付的租金包括了设备的价款及租赁费和利息等、租赁期满承租人有优先选择廉价购买租赁资产的权利等特点。因此，在融资租赁的方式下，与租赁资产有关的主要风险和报酬已由出租人转归承租人。企业采用融资租赁方式租入固定资产，尽管从法律形式上资产的所有权在租赁期间仍然属于出租方，但由于资产租赁期基本上包括了资产有效使用年限，可以说承租企业获得了租赁资产所提供的主要经济利益，同时承担了与资产有关的风险。因此，企业应将融资租入资产作为一项资产计价入账，同时确认相应的负债。

经营性租入的固定资产，主要是为了解决生产经营的季节性、临时性的需要，并不是长期拥有，租赁期限相对较短，资产的所有权仍归出租方，企业只是在租赁期内拥有资产的使用权，租赁期满企业将资产退还给出租人，也就是说在这种租赁方式下与租赁资产相关的风险和报酬仍然归属于出租人，所以，对租入的固定资产不需要也不应该作为本企业的资产计价入账，其租金在租赁期内直接确认为各项费用，租入的资产只需进行备查记录，不会出现在承租方的资产负债表中。

(2) 融资租入的固定资产应视同自有固定资产计提折旧。而经营性租入的固定资产则不需要计提折旧，其有偿使用方式为支付租金。

(3) 融资租入的固定资产租赁期满其产权通常会转入承租企业，作为自有固定资产入账（即使资产的所有权不转移，但租赁期占租赁资产使用寿命的大部分），而经营性租入的固定资产租赁期满应退还给出租人。

Q9-5   如何正确理解固定资产折旧的含义。

答：固定资产折旧是指在固定资产的使用寿命内，按照确定的方法对应计折旧额进行的系统分摊。在理解折旧的概念时要注意以下几点：

(1) 折旧是成本的分摊过程。折旧性资产的成本是为公司未来得到的服务提前支付的款项，当公司在会计期间使用该项资产时，需要将资产的部分成本作为获得服务的成本，并确认为该期间的一项费用，或是产品的生产成本。

(2) 折旧是一个成本分配的过程，但会计上并不存在唯一正确的计提折旧方法来确认应分配费用。

(3) 在历史成本会计下，折旧的过程正好考虑到资产成本的回收；但在物价变动的市场环境下，基于历史成本的折旧费在大多数情况下并不足以维护企业的生产力。

(4) 尽管折旧表现为资产价值的减少，但它不是一个计价过程。

总之，折旧就是将固定资产的成本系统合理地分摊到资产创造收益期间的程序。

Q9-6   什么是固定资产的账面净值？

答：固定资产的账面净值是指固定资产的折余价值，即固定资产的原始价值减去已经提取的折旧额的价值。这与固定资产的账面价值略有不同，在固定资产未计提减值准备时，固定资产的账面价值与账面净值相同。而在固定资产已计提减值准备的情况下，固定资产账面价值的计算还要扣除已计提的减值准备。

Q9-7   你是否同意以下观点："固定资产的账面净值是其当期的重置价值。"请解释。

答：不同意。

因为固定资产的账面净值是指固定资产的原始价值减去已经提取的折旧额的价值，而固定资产的重置价值是指在现时的经济和生产技术条件下，重新购置或建造相同的固定资产所需要的全部支出。这显然是两种不同的计价基础。通常情况下，由于物价变动以及固定资产可能发生无形损耗等因素的影响，固定资产的账面净值可能不足以提供重新购置或建造固定资产所需的金额。

Q9-8   影响固定资产折旧的因素有哪些？

答：影响固定资产折旧的因素主要包括以下几个方面：

(1) 应计折旧额

历史成本会计把除去估计净残值的资产成本作为计提折旧费用的基础。净残值是指资产报废后公司将收回的残余价值与报废时发生的清理费用之间的差额。

(2) 应计折旧年限

在确定固定资产的经济使用年限，即应计折旧年限时，应当同时考虑其有形损耗和无形损耗。

(3) 折旧方法

企业应当根据固定资产所含经济利益预期实现方式选择折旧方法。

Q9-9   计提固定资产折旧时，如何确定其折旧范围？

答：根据企业会计准则，除以下情况外，企业应对所有固定资产计提折旧：

(1) 已提足折旧仍继续使用的固定资产；

(2) 按照规定单独估价作为固定资产入账的土地。

Q9-10　折旧方法有哪些？它们对固定资产账面价值及损益计量是如何影响的？

答：总的来说，折旧方法包括以下几种：

（1）加速折旧法

在这种方法下，对固定资产使用前期计提的折旧费用多于后期，从而固定资产账面价值的减少在其使用年限的前期快于后期。

（2）直线折旧法

在这种方法下，对固定资产在使用年限内平均计提折旧费用，所以累计折旧额是一条在平面直角坐标系上的直线，从而固定资产账面价值在其使用年限内呈现出直线减少的规律。

（3）减速折旧法

在这种方法下，对固定资产使用前期计提的折旧费用少于后期，从而固定资产账面价值的减少在其使用年限的前期慢于后期。一般国家公认会计准则不允许在财务报告中使用这一折旧模式，但它在管理会计中有一定的应用性。

（4）特殊折旧法（不进行折旧）

在这种方法下，固定资产不计提折旧，从而固定资产的账面价值始终保持购置时的金额，直到资产被出售或是报废掉。像土地这类固定资产会采取这样的折旧模式。

我国 2006 年《企业会计准则第 4 号——固定资产》规定，企业应当根据与固定资产有关的经济利益的预期实现方式，合理选择固定资产折旧方法。可选用的折旧方法包括平均年限法、工作量法、双倍余额递减法、年数总和法等。

（1）平均年限法

又称直线折旧法，是将固定资产的折旧额均衡地分摊到各期的一种方式，各期计提的折旧额是相同的。年折旧额＝（固定资产账面价值－预计净残值）/折旧年限（也可是月数）。

例：甲企业有一厂房，原值为 300 000 元，预计可使用 10 年，预计报废时的净残值为 5 000 元，采用平均年限法计提折旧，要求计算该厂房的年折旧额。

年折旧额：（300 000－5 000）÷10＝29 500（元）。

（2）工作量法

是根据实际工作量计提折旧额的一种方法。计算时先计算出每单位工作量的折旧额，再根据每单位工作量的折旧额计算出某项固定资产月折旧额。

例：乙企业有一辆专门用于运货的卡车，原值为 30 000 元，预计总行驶里程为 300 000公里，假设报废时无净残值，本月行驶 3 000 公里，要求计算该卡车的月折旧额。

单位工作量的折旧额＝30 000÷300 000＝0.1（元/公里）

本月折旧额＝3 000×0.1＝300（元）。

（3）双倍余额递减法

是在不考虑固定资产残值的情况下，根据每期期初固定资产账面净值和双倍的直线法折旧率计算固定资产折旧的一种方法。在使用双倍余额递减法时的最后两年中，要将固定资产账面净值扣除预计净残值后的净值平均摊销。

例：丙企业新购入一台原值为 60 000 元的设备，预计使用年限为 4 年，净残值为

0 元。按双倍余额递减法计算折旧,要求计算出每年的折旧额。

第一年折旧额：$60\ 000 \times 2 \div 4 = 30\ 000$(元)

第二年折旧额：$(60\ 000 - 30\ 000) \times 2 \div 4 = 15\ 000$(元)

第三年、第四年折旧额：$(60\ 000 - 30\ 000 - 15\ 000 - 0) \div 2 = 7\ 500$(元)

(4) 年数总和法

又称年限合计法,是将固定资产的原值减去预计净残值后的净额乘以一个逐年递减的分数计算每年的折旧额,这个分数的分子代表固定资产尚可使用的年数,分母代表使用年限的逐年数字总和。

例：丁企业在 2002 年 3 月购入一项固定资产,该资产原值为 300 万元,采用年数总和法计提折旧,预计使用年限为 5 年,预计净残值为原值的 5%,要求计算出 2002 和 2003 年对该项固定资产计提的折旧额。

解：2002 年计提的折旧额为：$300 \times (1 - 5\%) \times 5 \div 15 \times 9 \div 12 = 71.25$(万元)

2003 年计提的折旧额中 1—3 月份属于是折旧年限第一年的,9—12 月份属于是折旧年限第二年的,因此对于 2003 年的折旧额计算应当分段计算：

1—3 月份计提折旧额：$300 \times (1 - 5\%) \times 5 \div 15 \times 3 \div 12 = 23.75$(万元)

4—12 月份计提折旧额：$300 \times (1 - 5\%) \times 4 \div 15 \times 9 \div 12 = 57$(万元)

2003 年计提折旧额为：$23.75 + 57 = 80.75$(万元)

从以上对固定资产计提折旧的四种方法中可以看出,只有双倍余额递减法在计算折旧额时不考虑固定资产的净残值,在最后两年计算折旧额时才考虑需要扣除的净残值,其余的三种方法在计算时都需要考虑净残值；同时在计算时也需要注意题目是如何提问的,注意在会计处理中的"一年"是否等同于折旧期限中的"一年"。

Q9-11　试说明加速折旧法的合理性。

答：加速折旧法的合理性主要表现在：大部分资产在投入使用的前几年能为企业提供更多更好的服务,但随着逐日的损耗折旧,要求进行维修的次数越来越多,它的盈利能力也随之下降。从这个意义上说,在资产有效使用年限的前期多提折旧,后期少提折旧的方法具有合理性。同时,使用这一方法可以使企业在尽可能短的时间内收回在固定资产的绝大部分投资,充分考虑无形磨损对资产价值造成的影响,均衡固定资产在其使用年限内的各期使用成本,利于固定资产的及时更新。

Q9-12　"累计折旧为固定资产的重置提供资金"这种说法是否正确,请解释。

答：这种说法不正确。

固定资产折旧是一个将固定资产的成本系统地分摊到资产创造收益期间的程序,也可以看做是一个资本回收的过程,但是,这种资本回收是权责发生制下的概念,而不是收付实现制下的资金流入概念,从而不会给企业带来对应的现金流入。从这个意义上说,累计折旧并不能为固定资产的重置提供现实可用的资金。

Q9-13　如何正确处理购置、建造固定资产过程中发生的借款费用？

答：(1) 购置、建造固定资产过程中发生的借款费用如果符合以下三个条件,则应当开始予以资本化：①资产支出已经发生；②借款费用已经发生；③为使资产达到预定可使用状态所必要的购建活动已经开始。

（2）如果固定资产的购建活动发生非正常中断，并且中断时间连续超过 3 个月，应当暂停借款费用的资本化，将其确认为当期费用，直至资产的购建活动重新开始。但如果中断是使购建的固定资产达到预定可使用状态所必要的程序，则借款费用的资本化应当继续进行。

（3）当所购建的固定资产达到预定可使用状态时，应当停止其借款费用的资本化；以后发生的借款费用应当于发生当期确认为费用。其中，所购建固定资产达到预定可使用状态是指，资产已经达到购买方或建造方预定的可使用状态。

Q9-14　固定资产的维护修理与改良在会计处理上有什么不同？

答：通常情况下，固定资产的维护修理支出既不会延长资产的预期寿命，也不会增加资产的预期生产能力，所以会计上往往把这些支出当做当期的费用来处理。但在实际操作中会考虑修理范围、修理成本、修理频数上的差异。具体来说，对于企业发生的规模小、范围窄、成本低、经常性的修理，其会计处理方法比较简单，当发生修理费时直接计入相关费用账户即可。但有时企业可能一两年进行一次涉及范围比较大、修理时间比较长、修理支出也比较高的大修理活动，对于这种属于维护行为但影响一个以上会计期间的支出，需要将其作为一种长期待摊费用，在其发生效用的两次修理时间之内进行摊销。

而固定资产改良支出则不同，它的发生会让一项资产比以前运作得更好，也即可能延长资产的寿命，减少其运行成本，增加其产出率，或者使产品质量实质性提高，产品成本实质性降低，所以会计上把这些支出当做资产购置来处理，改良支出需要首先资本化。具体来说，在企业进行这些支出的当期，如果改进支出可以单独形成一项独立的资产，则可以借记一个新的资产账户，独立考虑其折旧问题；如果只是在原有资产上进行的行为，可以根据改进后对资产使用能力产生的具体影响，采用替换法进行会计处理，未来的折旧也会跟着相应发生改变。

我国 2006 年《企业会计准则第 4 号——固定资产》规定，固定资产发生后续支出时其确认原则同初始确认固定资产的原则：该固定资产包含的经济利益很可能流入企业；该固定资产的成本能够可靠地计量。在固定资产发生可资本化的后续支出时，企业应将该固定资产的原价、已计提的累计折旧和减值准备核销，将固定资产的账面价值转入"在建工程"，可资本化的后续支出通过"在建工程"科目核算。在固定资产发生的后续支出完工并达到预定可使用状态时，从"在建工程"科目转入固定资产。

Q9-15　对固定资产的维护修理进行核算时，待摊法与预提法有什么区别？

答：待摊法是指当发生固定资产维护修理费用时，首先在一个资产账户（如"长期待摊费用"）中记录支出金额，然后在支出的有效期内平均分摊。

而预提法是指按照固定资产原值的一定比例，预先提取修理费用，计入一个负债账户"预提费用"；等到固定资产需要进行修理时，再将实际发生的修理冲减"预提费用"，作为债务的偿还。

Q9-16　无形资产与其他资产有何区别？

答：无形资产与其他资产的区别主要表现在：（1）没有实物形态；（2）属于非货币性资产；（3）具有优越性和独占性，能够给企业带来超额盈利；（4）为企业创造未来经济利益的能力具有很大的不确定性。

Q9-17　无形资产价值摊销的会计处理方法有什么特点?

答:无形资产价值摊销的会计处理具有以下几个方面的特点:

(1)企业选择的无形资产摊销方法,应当反映与该项无形资产有关的经济利益的预期实现方式。无法可靠确定预期实现方式的,应当采用直线法摊销。

(2)由于无形资产不具有实物形态,因此在摊销过程中一般不考虑残值。但下列情况除外:①有第三方承诺在无形资产使用寿命结束时购买该无形资产;②可以根据活跃市场得到预计残值信息,并且该市场在无形资产使用寿命结束时很可能存在。

(3)由于无形资产没有实物形态,无须在账面上保持其原始的成本,所以进行摊销时,摊销价值直接冲减其账面成本。

(4)无法预见无形资产为企业带来经济利益的期限的,应当视为使用寿命不确定的无形资产。使用寿命不确定的无形资产不应摊销。

Q9-18　"内部形成的专利与从外部购进的专利在会计处理上存在不同。"你是否同意此观点? 请解释。

答:同意。

由于无形资产成本计量上的困难,现行国际通行会计惯例对无形资产的确认通常持比较稳健的态度。对于内部形成的专利来说,我国 2001 年《企业会计准则——无形资产》曾规定"自行开发并依法申请取得的无形资产,其入账价值应按依法取得时发生的注册费、律师费等费用确定;依法申请取得前发生的研究与开发费用,应于发生时确认为当期费用"。2006 年《企业会计准则第 6 号——无形资产》则对研究开发费用的费用化进行了修订,研究费用依然是费用化处理,进入开发程序后,对开发过程中的费用如果符合相关条件,就可以资本化。新准则规定,企业应当区分研究阶段支出与开发阶段支出,分别处理:研究阶段的支出,应当于发生时计入当期损益。开发阶段的支出,能够满足下列条件的,才能确认为无形资产:①完成该无形资产以使其能够使用或出售在技术上具有可行性;②具有完成该无形资产并使用或出售在技术上的意图;③无形资产产生未来经济利益的方式,包括能够证明运用该无形资产生产的产品存在市场或无形资产自身存在市场,无形资产将在内部使用的,应当证明其有用性;④有足够的技术、财务资源和其他资源支持,以完成该无形资产的开发,并有能力使用或出售该无形资产;⑤归属于该无形资产开发阶段的支出能够可靠计量。

而对于外部购进的专利,由于其成本容易取得并且客观性强,因此在购买时应以实际支付的成本作为入账价值。外购成本包括购买价款、相关税费以及直接归属于使该项专利技术达到预定用途所发生的其他支出。购买专利技术的价款超过正常信用条件延期支付,实质上具有融资性质的,其成本以购买价款的现值为基础确定。实际支付的价款与购买价款的现值之间的差额,除按照《企业会计准则第 17 号——借款费用》应予资本化以外,应当在信用期间内计入当期损益。

Q9-19　如何在会计报表上适当的披露关于固定资产、无形资产的信息?

答:按照《企业会计准则第 4 号——固定资产》的规定,企业应当在附注中披露与固定资产有关的下列信息：①固定资产的确认条件、分类、计量基础和折旧方法；②各类固定资产的使用寿命、预计净残值和折旧率；③各类固定资产的期初和期末原价、累计折旧额及固定资产减值准备累计金额；④当期确认的折旧费用；⑤对固定资产所有权的限制及其金额和用于担保的固定资产账面价值；⑥准备处置的固定资产名称、账面价值、公允价值、预计处置费用和预计处置时间等。

按照《企业会计准则第 6 号——无形资产》的规定，企业应当按照无形资产的类别在附注中披露与无形资产有关的下列信息：①无形资产的期初和期末账面余额、累计摊销额及减值准备累计金额；②使用寿命有限的无形资产，其使用寿命的估计情况；使用寿命不确定的无形资产，其使用寿命不确定的判断依据；③无形资产的摊销方法；④用于担保的无形资产账面价值、当期摊销额等情况；⑤计入当期损益和确认为无形资产的研究开发支出金额。

Q9-20　哪些类型的资产分别有下列的费用：折旧、折耗和摊销？

答：与固定资产对应的费用是折旧；与递耗资产对应的费用是折耗；与无形资产、长期待摊费用对应的则是摊销。

Q9-21　你的公司刚刚花 400 000 元收购了另一家公司。这家公司净资产市价为 325 000 元，则多付出的 75 000 元是什么？它是哪种类型的资产？

答：多付出的 7.5 万元是这家公司的商誉。一般认为，商誉是人们对企业产生超额收益的各种因素因认识上的局限性和计量上的难度而不得已的一种简化处理，是企业间发生兼并、合并等产权变更时，为购买者的支付成本超过被购买企业净资产公允价值的差额找到的一种"合理"解释。它属于无形资产。

Q9-22　什么是递耗资产？它们有什么特点？

答：递耗资产是指通过开掘、采伐、利用而逐渐耗竭，以致无法恢复或难以恢复、无法更新或无法按原样重置的自然资源，又称消耗性资产，如矿藏、油田、气田、原始森林等。也有学者认为该定义内涵过窄，主要包括可耗竭资源，而较少涉及可再生资源的部分，所以应进行拓展。可将递耗资产（或称自然资源资产）定义为：递耗资产是指通过开掘、采伐、利用而逐渐耗竭，以致无法或难以恢复、更新或无法按原样重置的可耗竭自然资源和其可持续性受人类利用方式影响的可再生自然资源。

它们的特点是：能够给企业带来未来的较长期经济利益，一般属于不可再生资源，至少在较短期不可再生。并且，它们会随着开采、挖掘而逐渐消耗。

Q9-23　对固定资产减值的会计处理，我国会计准则与美国会计准则有什么主要差异？

答：对固定资产减值的会计处理，我国会计准则与美国会计准则的差异主要体现在：在确认是否发生减值的测算上，我国考虑折现值，而美国不考虑折现值（除了在计算减损额时）。即，美国在确认时使用未来现金流量的未贴现值，而其计量时使用公允价值，这样确认和计量基础不一致，如果未来现金流量的未贴现值大于账面价值，即使公允价值小于其账面价值，也不确认固定资产减值损失，其目的是与历史成本框架保持一致，并避免确认不必要的减值损失,其弊端可导致固定资产价值高估。

见下表:

	减 值 迹 象	减值损失计量
美国会计准则	如果固定资产的账面价值超过其预期未来现金流量总额(不需要折现),表明资产存在减值迹象,则必须进行详细的减值计算	基于公允价值
中国会计准则	如果固定资产的账面价值高于公允价值减去处置费用后的净额与资产预计未来现金流量的现值两者之间的较高者,则发生减值	基于可收回金额(公允价值减去处置费用后的净额与资产预计未来现金流量的现值两者之间的较高者)

Q9-24　什么是长期待摊费用? 主要包括哪些内容?

答: 长期待摊费用是指企业已经发生的支出,但这些已经发生的支出给企业带来的预期经济利益在未来一年以上,因此需要在一年以上的会计期间摊销。

长期待摊费用的主要内容包括:企业发生的固定资产大修理支出、经营性租入固定资产的改良支出、股票发行费用未从溢价中补足的部分等。

二、练习题

E9-1　固定资产折旧

答:(1)该公司使用直线法,每年的折旧费是:$(300\,000-18\,000) \div 6 = 47\,000$(元)

(2)该公司使用产量法,根据预计产量每年的折旧费是

单位产量的折旧额为 $(300\,000-18\,000) \div 3\,525\,000 = 0.08$(元)

第 1 年的折旧费为 $930\,000 \times 0.08 = 74\,400$(元)

第 2 年的折旧费为 $800\,000 \times 0.08 = 64\,000$(元)

第 3 年的折旧费为 $580\,000 \times 0.08 = 46\,400$(元)

第 4 年的折旧费为 $500\,000 \times 0.08 = 40\,000$(元)

第 5 年的折旧费为 $415\,000 \times 0.08 = 33\,200$(元)

第 6 年的折旧费为 $300\,000 \times 0.08 = 24\,000$(元)

(3)如果使用年数总和法计提折旧费,则各年的折旧费是

第 1 年的折旧费为 $(300\,000-18\,000) \times [6 \div (1+2+3+4+5+6)] = 80\,571.43$(元)

第 2 年的折旧费为 $(300\,000-18\,000) \times [5 \div (1+2+3+4+5+6)] = 67\,142.86$(元)

第 3 年的折旧费为 $(300\,000-18\,000) \times [4 \div (1+2+3+4+5+6)] = 53\,714.29$(元)

第 4 年的折旧费为 $(300\,000-18\,000) \times [3 \div (1+2+3+4+5+6)] = 40\,285.71$(元)

第 5 年的折旧费为 $(300\,000-18\,000) \times [2 \div (1+2+3+4+5+6)] = 26\,857.14$(元)

第 6 年的折旧费为 $(300\,000-18\,000) \times [1 \div (1+2+3+4+5+6)] = 13\,428.57$(元)

可以看出,如果使用年数总和法计提折旧费,与产量法相比,每年的折旧费差异并不大。

E9-2 固定资产折旧

答：(1)直线折旧法的年折旧率是：$1 \div 3 \times 100\% = 33.33\%$

年折旧费是：$(100\,000 - 4\,000) \div 3 = 32\,000$(元)

(2)如果采用年数总和法，每年计提的折旧费是

第 1 年的折旧费为 $(100\,000 - 4\,000) \times [3 \div (1 + 2 + 3)] = 48\,000$(元)

第 2 年的折旧费为 $(100\,000 - 4\,000) \times [2 \div (1 + 2 + 3)] = 32\,000$(元)

第 3 年的折旧费为 $(100\,000 - 4\,000) \times [1 \div (1 + 2 + 3)] = 16\,000$(元)

(3)与直线折旧法相比，如果采用加速折旧法(如年数总和法)，则在计提折旧的前几年，每年计提的折旧费要高一些，从而利润相对较低，净资产也相对较低；而在计提折旧的后几年，每年计提的折旧费则要低一些，从而利润相对较高，净资产也相对较高。

E9-3 固定资产处置

答：(1)在处置机器时，北新公司已经计提的折旧为：$150\,000 \div 5 \times 3 = 90\,000$(元)

机器的账面价值是 $150\,000 - 90\,000 = 60\,000$(元)

旧机器的处置损失等于机器的账面价值减去处置净收入。

(2)购得新机器后，决定其折旧时，企业应当根据固定资产有关的经济利益的预期实现方式，合理选择固定资产折旧方法，同时根据固定资产的性质和使用情况，合理确定固定资产的使用寿命和预计净残值。

E9-4 固定资产折旧

答：固定资产计提折旧虽然是一个资本回收的过程，但它是一种权责发生制下的资本回收概念，而不是收付实现制下的资金流入概念。也就是说，固定资产计提折旧并不是以现金的形式回收资本，从而不会给企业带来对应的现金流入。因此，某项资产已经计提了 $150\,000$ 元的折旧并不意味着企业有对应的 $150\,000$ 元的现金储备，是否有充足的资金购置新机器最终还是取决于企业有多少净现金流入，而与累计折旧无关。

E9-5 固定资产入账价值和可折旧金额

答：机器设备的总成本为 $150\,000 + 12\,000 + 18\,000 + 30\,000 + 23\,000 + 11\,000 = 244\,000$(元)

可折旧成本 $= 244\,000 - 20\,000 = 224\,000$(元)

E9-6 固定资产处置

答：20×1 年至 20×7 年间公司对该设备计提的折旧总额为

$87\,000 \times [(10 + 9 + 8 + 7 + 6 + 5 + 4) \div (1 + 2 + 3 + 4 + 5 + 6 + 7 + 8 + 9 + 10)] = 77\,509.09$(元)

20×8 年 1 月至 10 月公司对该设备计提的折旧额为

$87\,000 \times [3 \div (1 + 2 + 3 + 4 + 5 + 6 + 7 + 8 + 9 + 10)] \times (10 \div 12) = 3\,954.55$(元)

设备出售日的账面净值为

$87\,000 - 77\,509.09 - 3\,954.55 = 5\,536.36$(元)

相关会计处理为

借：固定资产清理   5 536.36

  累计折旧   81 463.64

   贷：固定资产   87 000

借：银行存款   9 500

   贷：固定资产清理   9 500

借：固定资产清理   3 963.64

   贷：营业外收入   3 963.64

E9-7　固定资产折旧

答：《企业会计准则第 4 号——固定资产》第 13 条规定，确定固定资产成本时，应当考虑预计弃置费用因素。严格来讲，这里的弃置费用在加入到固定资产成本中时，应为其折现值。但为计算简便，本题的计算未进行折现。

(1) 第 1 年的折旧费为：$(2+0.2) \div 50 = 0.044$（亿元）

(2) 第 11 年的折旧费为：$(2-0.044 \times 10+0.24) \div 40 = 0.045$（亿元）

估计净残值变化属于会计估计变更，应当采用未来适用法进行会计处理，并在会计报表附注中披露变更的内容和理由、变更的影响数等。

(3) 第 31 年的折旧费为：$(2-0.044 \times 10-0.045 \times 20+0.24) \div 30 = 0.03$（亿元）

(4) 估计折旧年限变化也属于会计估计变更，应当采用未来适用法进行会计处理，并在会计报表附注中披露变更的内容和理由、变更对当期和未来期间的影响数等。

E9-8　修理支出和改良支出

答：(1) 第一辆卡车的价值为 15 000（元）

第二辆卡车的价值为：$15\,000+4\,200 = 19\,200$（元）

(2) 第一辆卡车的发动机修理属于固定资产修理；第二辆卡车更换轴承属于固定资产改良，应予资本化，计入成本。

(3) 修理支出指的是在资产发生故障或者其他损伤之后为恢复它的功能而发生的成本，改良支出则是指为了让一项资产比以前运作得更好而发生的支出。

在会计处理方面，固定资产的小修理支出直接计入费用，大修理支出则通常作为一种长期待摊费用，在其发生效用的两次修理时间之内进行摊销。固定资产的改良支出由于提高了资产的服务能力，因此会计上把这些支出当做资产购置来处理，予以资本化。

E9-9　研究与开发费用

答：金新公司与新新公司当年收益表所受到的影响不一样。

金新公司将研究与开发费用 1 500 万元的 65%（975 万元）作为管理费用反映在当年的收益表上，525 万元作为无形资产进行了确认。

而新新公司购入专利所花费的 1 500 万元并未反映在其收益表上，而全部作为无形资产进行了确认。

　　两家公司年末资产负债表受到的影响自然不一样。金新公司的资产负债表上并未将花费 1 500 万元全部作为无形资产予以反映,但新新公司将花费 1 500 万元购入的专利作为无形资产反映在资产负债表中。

E9-10　无形资产——专利权

　　答:无形资产的摊销年限应该按照法定有效年限和受益年限孰短的原则确定,因此,该公司应当将该专利的摊销年限确定为 4 年。20×1 年的摊销额为

　　8 000 000÷4＝2 000 000(元)

E9-11　研究与开发费用分析

　　答:根据《企业会计准则第 6 号——无形资产》的规定,企业内部研究开发项目的支出,应当区分研究阶段支出与开发阶段支出。其中,企业内部研究开发项目研究阶段的支出,应当于发生时计入当期损益。而开发阶段的支出,在满足一定条件下,确认为无形资产。这些条件是:①完成该无形资产以使其能够使用或出售在技术上具有可行性;②具有完成该无形资产并使用或出售的意图;③无形资产产生未来经济利益的方式,包括能够证明运用该无形资产生产的产品存在市场或无形资产自身存在市场,无形资产将在内部使用的,应当证明其有用性;④有足够的技术、财务资源和其他资源支持,以完成该无形资产的开发,并有能力使用或出售该无形资产;⑤归属于该无形资产开发阶段的支出能够可靠计量。

　　对于本题而言,若企业发生的开发费用不符合上述条件,则在发生时直接计入“管理费用”,因此,该公司当年研究开发费用总计额为 670 万元,意味着抵减了该公司当年 670 万元的利润。若 670 万元中的开发阶段支出部分符合上述条件,则可以资本化,确认为无形资产。这样,作为费用的金额将少于 670 万元。信息使用者在分析企业年报时,应注意研究与开发的不同阶段,其支出的不同处理及其对会计报表的影响。

　　如果该公司当年支出同样的数额从外面购入一项专利技术,则所花费的 670 万元就应当全部予以资本化,计入“无形资产”项目,在资产负债表中加以反映。

E9-12　在建工程

　　答:根据《企业会计准则第 17 号——借款费用》的规定,在资本化期间内,每一会计期间的利息(包括折价或者溢价的摊销)资本化金额,应当按照下列规定确定:

　　(1) 为购建或者生产符合资本化条件的资产而借入专门借款的,应当以专门借款当期实际发生的利息费用,减去将尚未动用的借款资金存入银行取得的利息收入或进行暂时性投资取得的投资收益后的金额确定。

　　(2) 为购建或者生产符合资本化条件的资产而占用了一般借款的,企业应当根据累计资产支出超过专门借款部分的资产支出加权平均数乘以所占用一般借款的资本化率,计算确定一般借款应予资本化的利息金额。资本化率应当根据一般借款加权平均利率计算确定。

　　根据准则规定与题意,为简便计算,进一步假定,为建造工程发行的长期债券在年初即投入建造活动,则:

累计资产支出超过专门借款部分的资产支出加权平均数＝1 600 000(元)

一般借款加权平均利率＝(1 000 000×11％＋1 400 000×10％)÷(1 000 000＋1 400 000)＝10.4％

因此,

① 成本中可资本化的利息额为：2 000 000×12％＋1 600 000×10.4％＝406 400(元)

② 20×2 年的折旧费为：(5 200 000＋406 400－300 000)÷30＝176 880(元)

③ 在对企业财务状况和盈利能力的分析中,一方面,应关注企业资本化期间、资本化率、资本化金额等的确定是否恰当、相关披露是否恰当,特别要关注一般借款费用资本化的金额确定;另一方面,要关注利息成本资本化对企业财务状况和盈利能力的影响。

三、讨论题

P9-1　年报分析

答：下面以"山东临工(600162)"2002 年的年报为例,对以下问题进行分析。

(1) 公司在向股东和债权人报告的会计报表中采用了直线折旧方法。公司提示了用于计算固定资产折旧的预计使用年限,明细情况如下：

类别	折旧年限
房屋建筑物	40～45 年
通用设备	8～28 年
专用设备	12 年
运输工具	12 年

(2) "山东临工"在现金流量表中列报了其折旧和摊销费。其当年的折旧费是16 287 850.05元,当年的无形资产摊销费是 2 434 976.38 元。

(3) 公司当年进行了固定资产的投资。其购置固定资产的会计分录为

借：固定资产　　　　　　　　　　　　　　13 154 804.39

　　贷：银行存款　　　　　　　　　　　　　　13 154 804.39

(4) 公司当年有处置固定资产的行为,处置的结果是产生了一笔固定资产处置收益。

公司在会计报表附注中披露："固定资产减少数系处理的过时不需用的设备所致",固定资产减少数共计 11 178 408.91 元,同时"累计折旧"转出数共计 5 078 806.04 元。另外,公司在现金流量表中还披露了"处置固定资产、无形资产和其他长期资产所收回的现金净额"和"处置固定资产、无形资产和其他长期资产的损失(减收益)"两个项目。

公司处置固定资产的会计分录为

借：固定资产清理　　　　　　　　　　　　6 099 602.87

　　累计折旧　　　　　　　　　　　　　　　5 078 806.04

　　贷：固定资产　　　　　　　　　　　　　　11 178 408.91

(5) 该公司列报了以下无形资产：

种类	原始金额	期初数	期末数
土地使用权	25 570 630.32	23 217 678.76	22 316 478.21
用电权	2 615 500.00	1 830 621.01	1 555 321.09
利渤海尔技术	8 969 159.75	7 560 441.25	7 107 956.17
新利渤海尔技术	6 010 576.00	5 659 959.09	4 992 117.31
哈尔滨土地	2 626 695.00	2 429 961.30	2 377 136.10
小松技术	5 058 222.41	2 366 506.08	0.00

(6) 公司当年除"长期投资"以外的其他长期资产项目包括"固定资产"、"无形资产及其他资产",这两个项目都发生了变化。"固定资产"项目的期初数为 195 689 174.16 元,期末数为 202 037 072.80 元;"无形资产及其他资产"项目的期初数为 36 626 295.63 元,期末数为 34 276 643.10 元。

从年报披露的信息来看,"固定资产"项目变化的原因包括:本期购入固定资产、在建工程完工转入固定资产、处置过时的不需用的设备、增加对在建工程的投入、对固定资产和在建工程计提减值准备等;"无形资产及其他资产"项目变化的原因包括:本期购入无形资产、转出无形资产、无形资产摊销、对无形资产计提减值准备等。结合现金流量表可以看出,公司的上述活动对其现金流量产生了重要影响。例如,公司为购建固定资产、无形资产支付了 21 896 577.81 元的现金。不过,由于该项投资占公司经营活动现金净流量的比重不到 20%,因此通常不会对公司带来很大的筹资压力。

(7) 公司会计报表中披露的关于固定资产和无形资产的有关重要信息包括:固定资产计价及折旧方法、固定资产及累计折旧、固定资产减值准备等项目的明细信息、无形资产核算方法、无形资产及其摊销、无形资产减值准备等项目的明细信息、购置固定资产、无形资产所支付的现金等。

可以看出,该公司固定资产成新率较高,经营性固定资产比重较高,对于公司的长远发展较为有利;但无形资产的构成主要以土地使用权为主,在专利权、专有技术等方面尚未形成较强的实力,不利于公司核心竞争力的形成。

P9-2　固定资产折旧的影响

答:(1)甲公司的存货销售成本为

10 000×4＋5 000×5＋7 000×6＋3 000×7＝128 000(元)

乙公司的存货销售成本为

10 000×7＋7 000×6＋5 000×5＋3 000×4＝149 000(元)

甲公司当年计提的折旧费为

(150 000－20 000)÷10×(11÷12)＝11 916.67(元)

乙公司当年计提的折旧费为

150 000×(2÷10)×(11÷12)＝27 500(元)

由于不清楚购入设备的用途,无法确定折旧费的受益对象,因此在编制利润表时暂不考虑这一项目。

甲公司的利润表为

利 润 表

编制单位：甲公司　　　　　　　　　　　　　　　　　　　　　　　　　　元

项　　目	本　期　数
一、主营业务收入	330 000
减：主营业务成本	128 000
二、主营业务利润	202 000
减：经营费用	88 000
三、利润总额	114 000
减：所得税	34 200
四、净利润	79 800

乙公司的利润表为

利 润 表

编制单位：乙公司　　　　　　　　　　　　　　　　　　　　　　　　　　元

项　　目	本　期　数
一、主营业务收入	330 000
减：主营业务成本	149 000
二、主营业务利润	181 000
减：经营费用	88 000
三、利润总额	93 000
减：所得税	27 900
四、净利润	65 100

（2）两个公司当年利润发生差异的主要原因如下表所示：

　　　　　　　　　　　　　　　　　　　　　　　　　　　　　　　　　　　元

项　　目	甲公司高于乙公司的差额（低于用负号表示）
一、主营业务收入	0
减：主营业务成本	−21 000
二、主营业务利润	21 000
减：经营费用	0
三、利润总额	21 000
减：所得税	6 300
四、净利润	14 700

　　可以看出，尽管两个公司销售收入、经营费用、存货采购成本等项目的支出金额都一致，但由于甲公司采用了先进先出法记录存货，因此在物价上涨的情况下，甲公司所转出的存货成本相对较低；而乙公司采用了更为稳健的后进先出法记录存货，从而在物价上涨的情况下，乙公司所转出的存货成本相对较高。这样，两公司在"主营业务成本"项目上的差额为 21 000 元，相应地在"主营业务利润"、"利润总额"项目上的差额也为 21 000 元。

同时,由于公司所得需要征收所得税,因此甲公司为其账面上多计的"利润总额"多负担了6 300元的所得税,剔除这一因素的影响后,最终甲公司反映在账面上的"净利润"比乙公司多了14 700元。

(3) 甲公司账面净利润高于乙公司并不能说明它比乙公司的获利能力更强。因为从上述表格中可以看出,两者利润差额的形成并非由于经营方面存在差异,而是由于两公司采用了不同的存货计价方法。

(4) 如果两个公司当年的销售和采购行为均为现金操作,假定不考虑经营费用项目的支出,则甲公司的现金流情况如下表所示:

元

项　　目	金　　额
一、经营活动产生的现金流量	
销售商品收到的现金	330 000
现金流入小计	330 000
购买商品支付的现金	177 000
支付的所得税	34 200
现金流出小计	211 200
经营活动产生的现金流量净额	118 800
二、投资活动产生的现金流量	
现金流入小计	0
购建固定资产所支付的现金	150 000
现金流出小计	150 000
投资活动产生的现金流量净额	−150 000
三、现金及现金等价物净增加额	−31 200

乙公司的现金流情况如下表所示:

元

项　　目	金　　额
一、经营活动产生的现金流量	
销售商品收到的现金	330 000
现金流入小计	330 000
购买商品支付的现金	177 000
支付的所得税	27 900
现金流出小计	204 900
经营活动产生的现金流量净额	125 100
二、投资活动产生的现金流量	
现金流入小计	0
购建固定资产所支付的现金	150 000
现金流出小计	150 000
投资活动产生的现金流量净额	−150 000
三、现金及现金等价物净增加额	−24 900

(5) 我将投资乙公司。

因为无论从存货计价方法还是固定资产计提折旧方法来看,乙公司都采用了更为稳健的会计政策。这使得乙公司能够享受税收方面的利益,并具有更强的抵御风险的能力。

P9-3 资本性支出与收益性支出

答:(1)瑞克坚持这样做,一种可能的原因是:他试图通过将资本性支出予以费用化达到盈余管理的目的;另一种可能的原因是:公司所购买的固定资产确实存在一定特殊性,例如单件价值较低,或者使用期限较短,或者无形损耗严重等。

如果我是公司的会计师,我会坚持按照公认会计原则进行处理,应当确认为固定资产的一定要计入固定资产账户。但是如果购买固定资产所花费的成本客观上确实需要在短时间内予以摊销,那么我会建议在不违反公认会计原则的前提下适当缩短折旧年限,或者采用加速折旧法进行折旧计提。

(2)该行为违反了划分资本性支出与收益性支出的原则。南希这么做的原因,一种可能是她试图通过将费用性支出予以资本化达到盈余管理的目的;另一种可能是该公司所花费的固定资产修理和维护费用金额较大,受益时间较长,或者具有一定的对固定资产进行改良的性质。

(3)我不同意这种观点。因为将无形资产在资产负债表中按一元或零列报并无多大实际意义,既不能真实反映无形资产的取得成本,也不能客观反映其能够给企业带来的未来经济利益的大小。

(4) AOL公司将其客户开发与服务支出予以资本化的做法有一定道理。因为这部分支出的受益期间可能不止是支出的当期。但是,在1995年开始有大量其他公司介入这一服务领域之后,AOL公司将客户开发与服务支出的摊销期限延长的做法并不恰当。因为如果有大量其他公司介入了这一服务领域的话,可能意味着用于客户开发与服务的支出能够给企业带来未来经济利益流入的不确定性大大增加了。在这种情况下,稳健的做法应当是缩短对该项支出的摊销期限,或者将该项支出直接予以费用化。

P9-4 固定资产折旧的影响

答:甲企业第1年计提的固定资产折旧费为

$40 \times (2 \div 30) + 20 \times (2 \div 20) = 4.666\,7$(万元)

甲企业第2年计提的固定资产折旧费为

$[40 - 40 \times (2 \div 30)] \times (2 \div 30) + [20 - 20 \times (2 \div 20)] \times (2 \div 20) = 4.288\,9$(万元)

甲企业第3年计提的固定资产折旧费为

$\{40 - 40 \times (2 \div 30) - [40 - 40 \times (2 \div 30)] \times (2 \div 30)\} \times (2 \div 30) + \{20 - 20 \times (2 \div 20) - [20 - 20 \times (2 \div 20)] \times (2 \div 20)\} \times (2 \div 20) = 3.943\,0$(万元)

乙企业第1~3年计提的固定资产折旧费为

$40 \div 30 + 20 \div 20 = 2.333\,3$(万元)

甲企业第1年比乙企业多计提的折旧费为

$4.666\,7 - 2.333\,3 = 2.333\,4$(万元)

甲企业第2年比乙企业多计提的折旧费为

$4.288\,9 - 2.333\,3 = 1.955\,6$(万元)

甲企业第 3 年比乙企业多计提的折旧费为

3.943 0－2.333 3＝1.609 7(万元)

可以看出,如果考虑固定资产计提折旧费差异对两家企业净利润的影响的话,甲企业的获利能力高于乙企业。同时,甲企业的现金也多于乙企业。综合上述两个方面的比较,我认为甲企业更值得购买。

P9-5　固定资产增减

答：(1) 1998 年的资产负债表上应当披露固定资产的相关信息如下：

万元

项　　　目	年　初　数	期　末　数
固定资产原价	5 800	6 300
减：累计折旧	2 000	2 100
固定资产净值	3 800	4 200

固定资产的账面价值为：5 800＋1 100－600＝6 300(万元)

(2) 固定资产处置的会计处理如下：

借：固定资产清理 　　　　　　　　　　　　　　　　200 万元
　累计折旧 　　　　　　　　　　　　　　　　　　　400 万元
　贷：固定资产 　　　　　　　　　　　　　　　　　　　　600 万元
借：银行存款 　　　　　　　　　　　　　　　　　　200 万元
　贷：固定资产清理 　　　　　　　　　　　　　　　　　　200 万元

可以看出,固定资产的处置并未给公司带来处置收益或损失,也并未对公司的资产总额产生影响。但是,这一事项给公司带来了 200 万元的现金流入。

(3) 公司当年与固定资产有关的事项对经营现金流的影响主要是：公司当年计提了500 万元的折旧费用,这意味着公司的经营成本中有 500 万元不需要直接支付现金。

对投资现金流的影响如下：

万元

项　　　目	金　　　额
处置固定资产所收回的现金净额	200
购建固定资产所支付的现金	1 100
对投资活动产生的现金流量净额的影响	－900

P9-6　资产评估虚假陈述

答：(1) 这些会计交易的目的是虚增公司的资产和资本公积,以便粉饰会计报表。

渤海公司为达到上述目的,采取的做法是：对长清热电厂、渤海康乐城进行了资产评估。其中,长清热电厂总资产为 96 865 608.53 元,比评估前 60 890 486.48 元增值3 597 122.05元；渤海康乐城(位于市中心)占地 47.12 亩,每亩 3 200 000 元,评估增值了141 353 700 元。然后公司将上述财产重估增值全部计入了资本公积。

但事实上,据调查,渤海公司与香港庆晖国际有限公司的合资项目渤海康乐城仅签订了合资协议,并未经过立项和批准,而经济南市计委、对外经贸委批准立项的保龄球馆项目仅占地 3 500 平方米(折 5.25 亩),所批准的注册资本为 1 500 万元,投资总额为 3 000 万元。渤海公司主要以土地使用权出资。根据《企业财务通则》第二十四条的规定,"企业以实物、无形资产方式对外投资的,其资产重估确认价值与其账面净值的差额,计入资本公积金",在保龄球馆注册登记后,渤海公司可以实际投入的 3 500 平方米土地使用权的评估确认增值计入本公司资本公积金。但渤海公司在保龄球馆尚未注册登记的情况下,对渤海康乐城拟开发的 47.12 亩土地进行评估,并将其所谓评估增值 141 353 700 元计入本公司资本公积金,因 47.12 亩土地使用权并未全部与外方合资,其评估增值不能列入"法定财产评估增值"。根据国家财政主管部门的认定,进行合作经营的企业只应对正式签署并批准的合作项目所占用的土地进行评估,对拟开发的全部土地进行评估并全部调增资本公积金的做法不适合现行制度的规定。因此,渤海公司的上述做法严重违反了《企业财务通则》第二十四条的规定,其行为也导致了中期报告的财务状况严重失实,属虚假陈述和严重误导行为。

另外,经调查,渤海公司于 1996 年 3 月 15 日签订合同,将下属企业长清热电厂部分股份转让给英国利实电力投资有限公司,并成立合作企业。同年 7 月 30 日合作企业以山东渤海热电有限公司名义注册登记,其注册资本为 439 万美元(按当时汇价 1:8.33 约折人民币 3 656.87 万股)。合作合同约定渤海公司以热电厂现有资产及土地使用权的 40% 作为其出资,出资额 175.6 万美元(约折人民币 1 462.748 万元)。根据《企业财务通则》第二十四条的规定,"企业以实物、无形资产方式对外投资的,其资产重估确认价值与其账面净值的差额,计入资本公积金",在山东渤海热电有限公司当年 7 月 30 日注册登记后,渤海公司可以以实际投入的价值 1 462.748 万元的资产和土地使用权的评估确认增值部分计入本公司资本公积金。根据国家财政主管部门的认定,上市公司将其全资子公司的部分产权予以转让的情况下,如按规定需资产评估的,应按该子公司变更工商登记日作为调账时间。但渤海公司在当年 6 月 30 日前合作企业尚未注册登记的情况下,对长清热电厂所谓评估增值 35 975 122.05 元全部计入本公司资本公积金。因合作企业没有成立,资产和土地使用权仍属渤海公司,并未实际对外投出,在此情况下其评估增值不能列入"法定财产评估增值",同时,其所列入的财产评估增值也大大超过应列入的财产评估增值,因此其行为不仅违反了国家关于公司变更工商登记日作为调账时间的规定,也违反了国家调增资本公积金的规定,导致了中期报告的财务状况严重失实,属虚假陈述和严重误导行为。

而且,渤海公司在当年 7 月 12 日《上海证券报》上刊登的董事会公告中称"公司投资以上两项目的资产业经大连中华会计师事务所和济南市地产交易物业估价所对上述两处地产物业评估",并披露渤海康乐城增值 141 353 700 元。但是,经查实,济南市地产交易物业估价所出具的《渤海康乐城土地价格评估报告》的确认盖章日期为当年 7 月 25 日,济南市土地管理局的审批盖章日期也为当年 7 月 25 日。因此,渤海公司董事会 7 月 12 日公告中披露未经土地管理部门确认因而尚未具法律效力的土地估价资料,其行为构成虚假陈述。

(2) 资产确认和计量过程中一个突出的问题就是计量基础问题。在当前会计制度下,会计计量主要采用历史成本计量基础,但在某些特定情况下(例如本案例中法定财产重估的情况下),也可以采用现行成本计量基础。现行成本计量基础能够向信息使用者提供更为相关和有用的会计信息,但是在成本入账依据、入账时点等方面确实存在一定的挑战。这也正是现行成本计量基础难以取代历史成本计量基础的重要原因。同时,这一现实也对会计制度设计提出了重要挑战,会计制度设计应当如何既最大限度地提高信息的相关性和有用性,又最大限度地保障信息确认和计量的客观性和可验证性,确实是值得深入探讨的问题。

P9-7　固定资产使用年限变更

答:(1)这些会计交易的目的是提高公司的固定资产折旧费用,对公司进行盈余管理。

公司采取的做法是:2004 年公司董事会通过关于公司 2004 年调整部分固定资产折旧年限的议案,将部分房屋及建筑物和部分机器设备的使用年限作了相应调整,较变更前年折旧费用增加了 1.2 倍。

(2)宝钢在其 2004 年年报的会计报表附注中对上述会计估计变更事项进行了以下披露:

固定资产折旧采用直线法平均提列,并按固定资产类别的原价、预计使用年限和预计残值(原价的 4%)确定本期所采用的估计使用年限和年折旧率如下:

类　别	估计使用年限	年折旧率
房屋及建筑物	15～35	2.7%～6.4%
机器设备	9～15	6.4%～10.7%
运输工具	5～10	9.6%～19.2%
办公及其他设备	5～9	10.7%～19.2%

固定资产净额较年初下降 13.60%,主要是由于当年计提固定资产折旧。

宝钢根据对固定资产实际状况的检查结果,从 2004 年 1 月 1 日起调整了部分房屋及建筑物和部分机器设备的使用年限。并相应改变了下述固定资产的折旧年限及折旧率:

类　别	变　更　前		变　更　后	
	折旧年限	年折旧率	折旧年限	年折旧率
部分房屋及建筑物(除办公楼外)	15～35	2.7%～6.4%	15～20	4.8%～6.4%
部分机器设备	7～18	5.3%～13.7%	9～15	6.4%～10.67%

公司对会计估计变更的核算采用未来适用法,上述固定资产按变更前的折旧率计算的本年折旧费用为人民币 231 005 万元,根据变更后的折旧率计算的折旧费用为人民币 512 761 万元,使全年利润总额减少人民币 281 756 万元。

(3)从案例中可以看出,会计政策的变更和会计估计的变更可能会导致公司财务状况和盈利状况发生重大变化,而且,使不同期间的财务状况和盈利状况不可比。为了规范企业的上述变更行为,并提醒信息使用者在利用信息时注意这一事项的影响,有必要要求企业在会计报表附注中对有关情况做出详细披露。2007年实施的《企业会计准则》正是符合了这一现实需求,要求上市公司在资产负债表的附注和补充信息中对"会计政策的变更和会计估计的变更情况"进行适当披露。

P9-8　矿山安全费、维简费

答：(1) 矿山维简费实质上是煤炭企业特有的一项固定资产维修费用。

(2) 2008年以前,山西国阳新能股份有限公司和兖州煤业股份有限公司根据有关规定,按原煤实际产量8.50元/吨计提煤矿维简费,列入当期生产成本,而已计提未使用金额在负债中反映。

2008年以后,根据企业会计准则的规定,维简费应当比照安全生产费用的原则处理,改为在未分配利润中提取并在所有者权益的"盈余公积"项下以"专项储备"项目单独反映。

显然这一变动,对企业报表的影响会表现为当期生产成本的减少,当期可分配利润增加,从而使得安全费和维简费由税前抵减变为税后直接在未分配利润中扣除,使企业损失了一个安全费与维简费税盾的金额。

P9-9　无形资产——现代投资股份有限公司

答：(1) 收费经营权实质上是一项无形资产,虽然没有实物形态,但能够给企业带来未来经济利益的流入。

(2) 对于收费经营权,一是应当按照取得成本合理地确定其入账价值;二是应当合理地确定其价值摊销方法,如果采用年限法进行摊销,则应当合理地确定其摊销年限;如果采用工作量法进行摊销,则应当合理地估计工作总量;三是如果收费经营权发生价值减损,应当合理地计提减值准备;四是应当在资产负债表中对收费经营权进行恰当披露。

第 10 章　负　　债

一、思考题

Q10-1　流动负债有哪几种？在资产负债表上依据什么方式进行列示？

答：流动负债包括短期借款、应付票据、应付账款、预收账款、应付工资、应付福利费（我国新的会计准则将应付工资、应付福利费统一为应付职工薪酬）、应付股利、应交税费、其他应交款、其他应付款、预提费用等。

在资产负债表上，流动负债按照其偿还期限的长短顺序列示，期限最短的列示在最前面。

Q10-2　什么是应付票据？应付票据分哪几类？应付票据和应付账款具体有何不同？试做出下列情况甲企业的会计处理（具体题目略）。

答：应付票据是由出票人出票、承兑人承兑，付款人在指定日期无条件支付确定的金额给收款人或者持票人的商业汇票。

应付票据按承兑人不同可以分为商业承兑汇票与银行承兑汇票；按是否带息可以分为带息应付票据和不带息应付票据。

应付票据和应付账款相比，主要的区别表现在：一是它经过了承兑人的承兑，因此信用保证程度要高一些，尤其是银行承兑汇票的信用保证程度更高；二是它可能附带利息。

甲企业的会计处理如下：

开出汇票时：

借：原材料	50 000	
应交税费——应交增值税（进项税额）	8 500	
贷：应付票据		58 500
借：财务费用	200	
贷：银行存款		200

支付票款时：

借：应付票据	58 500	
财务费用	3 510	
贷：银行存款		62 010

Q10-3　企业什么时候采用"预收账款"账户进行核算，什么时候可以不采用此账户？这两种情况下具体应该怎样处理？

答：预收账款是买卖双方协议商定，由购货方预先支付一部分货款给供应方而发生的一项负债。如果企业预收账款比较多，可以设置"预收账款"账户进行核算；如果预收账款不多，也可以不设置"预收账款"账户，而通过"应收账款"账户对预收款项进行核算。

　　具体来说,在设置"预收账款"账户的情况下,当收到预收账款时,借记"银行存款"等账户,贷记"预收账款"账户;而在不设置"预收账款"账户的情况下,当收到预收账款时,借记"银行存款"等账户,贷记"应收账款"账户。

Q10-4　非流动负债有哪几种?在资产负债表上依据什么方式进行列示?

　　答:非流动负债包括长期借款、应付债券、长期应付款、可转换债券等。在资产负债表上,非流动负债列示在流动负债之后,并按其偿还期限的长短顺序分别列示。对于一年内将要到期的非流动负债,通常将其列示于资产负债表中的"流动负债"中;但如果它们的清偿无须动用流动资产,或不会产生流动负债(如已建立偿债基金的非流动负债),或将通过发行新的非流动负债来清偿,或将转化为股本,则仍将其列示于非流动负债项下,并在报表附注中予以说明。

Q10-5　请说明短期负债和非流动负债区别的基础是什么?

　　答:短期负债是指将在1年或者超过1年的一个营业周期内偿还的债务,非流动负债是指偿还期在1年或者超过1年的一个营业周期以上的债务。两者区别的基础在于其偿还期限,在于其清偿是否需要动用流动资产。

Q10-6　借款费用是如何定义的?借款费用资本化的原则是什么?停止借款费用资本化的条件是什么?

　　答:1. 借款费用,是指企业因借款而发生的利息及其相关成本。借款费用包括借款利息、折价或者溢价的摊销、辅助费用以及因外币借款而发生的汇兑差额等。

　　2. 借款费用资本化的原则如下。

　　(1) 企业发生的借款费用,可直接归属于符合资本化条件的资产的购建或者生产的,应当予以资本化,计入相关资产成本;其他借款费用,应当在发生时根据其发生额确认为费用,计入当期损益。

　　符合资本化条件的资产,是指需要经过相当长时间的购建或者生产活动才能达到预定可使用或者可销售状态的固定资产、投资性房地产和存货等资产。

　　借款费用同时满足下列条件的,才能开始资本化:

　　① 资产支出已经发生,资产支出只包括为购建或者生产符合资本化条件的资产而以支付现金、转移非现金资产或者承担带息债务形式发生的支出。

　　② 借款费用已经发生;

　　③ 为使资产达到预定可使用或者可销售状态所必要的购建或者生产活动已经开始。

　　在资本化期间内,每一会计期间的利息(包括折价或者溢价的摊销)资本化金额,应当按照下列规定确定:

　　① 为购建或者生产符合资本化条件的资产而借入专门借款的,应当以专门借款当期实际发生的利息费用,减去将尚未动用的借款资金存入银行取得的利息收入或进行暂时性投资取得的投资收益后的金额确定。

　　② 为购建或者生产符合资本化条件的资产而占用了一般借款的,企业应当根据累计资产支出超过专门借款部分的资产支出加权平均数乘以所占用一般借款的资本化率,计算确定一般借款应予资本化的利息金额。资本化率应当根据一般借款加权平均利率计算

确定。

（2）借款存在折价或溢价的，应当按照实际利率法确定每一会计期间应摊销的折价或者溢价金额，调整每期利息金额。

（3）在资本化期间，每一会计期间的利息资本化金额，不应当超过当期相关借款实际发生的利息金额。

（4）在资本化期间内，外币专门借款本金及利息的汇兑差额，应当予以资本化，计入符合资本化条件的资产的成本。

（5）专门借款发生的辅助费用，在所购建或者生产的符合资本化条件的资产达到预定可使用或者可销售状态之前发生的，应当在发生时根据其发生额予以资本化，计入符合资本化条件的资产的成本；在所购建或者生产的符合资本化条件的资产达到预定可使用或者可销售状态之后发生的，应当在发生时根据其发生额确认为费用，计入当期损益。

一般借款发生的辅助费用，应当在发生时根据其发生额确认为费用，计入当期损益。

（6）符合资本化条件的资产在购建或者生产过程中发生的非正常中断、且中断时间连续超过 3 个月的，应当暂停借款费用的资本化。在中断期间发生的借款费用应当确认为费用，计入当期损益，直至资产的购建或者生产活动重新开始。如果中断是所购建或者生产的符合资本化条件的资产达到预定可使用或者可销售状态必要的程序，借款费用的资本化应当继续进行。

3. 购建或者生产的符合资本化条件的资产达到预定可使用或者可销售状态时，借款费用应当停止资本化。在符合资本化条件的资产达到预定可使用或可销售状态之后所发生的借款费用，应当在发生时根据其发生额确认为费用，计入当期损益。

（1）购建或者生产符合资本化条件的资产达到预定可使用或者可销售状态，可从下列几个方面进行判断：

① 符合资本化条件的资产的实体建造（包括安装）或者生产工作已经全部完成或者实质上已经完成。

② 所购建或者生产的符合资本化条件的资产与设计要求、合同规定或者生产要求相符或者基本相符，即使有极个别与设计、合同或者生产要求不相符的地方，也不影响其正常使用或销售。

③ 继续发生在所购建或生产的符合资本化条件的资产上支出的金额很少或者几乎不再发生。

（2）购建或者生产符合资本化条件的资产需要试生产或者试运行的，在试生产结果表明资产能够正常生产出合格产品、或者试运行结果表明资产能够正常运转或者营业时，应当认为该资产已经达到预定可使用或者可销售状态。

（3）购建或者生产的符合资本化条件的资产的各部分分别完工，且每部分在其他部分继续建造过程中可供使用或者可对外销售、且为使该部分资产达到预定可使用或可销售状态所必要的购建或者生产活动实质上已经完成的，应当停止与该部分资产相关的借款费用的资本化。

（4）购建或者生产的资产的各部分分别完工，但必须等到整体完工后才可使用或者可对外销售的,应当在该资产整体完工时停止借款费用的资本化。

Q10-7　应付债券应怎样设置明细账? 什么情况下会产生溢价、折价? 溢价、折价的摊销对每期的利息费用有何影响?

答:"应付债券"账户下通常设置四个明细账户:"债券面值"、"债券溢价"、"债券折价"、"应计利息",以核算企业债券的发行、溢价或折价的摊销、利息的支付、本金的偿还等经济业务。

债券的溢价、折价是由于企业债券的票面利率和发行时的市场利率不一致造成的:当市场利率低于票面利率时,企业债券的发行价格会高于其票面价值,即产生债券溢价;当市场利率高于票面利率时,企业债券的发行价格会低于其票面价值,即产生债券折价。

企业溢价实质上是发行企业将以后债券持续期间多付给投资者的投资回报(由于票面利率大于市场利率)提前收回,企业折价实质上是发行企业为以后债券持续期间少付给投资者的投资回报(票面利率小于市场利率)而预先给予投资者的补偿。因此,溢价的摊销实质上冲减了企业的利息费用,折价的摊销实质上增加了企业的利息费用。

Q10-8　什么是嵌入衍生金融工具? 可转换公司债券在发行时应该怎样进行会计处理? 当可转换公司债券持有人行使其转换权利时应怎样进行会计处理?

答:嵌入衍生工具,是指嵌入到非衍生工具(即主合同)中,使混合工具的全部或部分现金流量随特定利率、金融工具价格、商品价格、汇率、价格指数、费率指数、信用等级、信用指数或其他类似变量的变动而变动的衍生工具。嵌入衍生工具与主合同构成混合工具,如可转换公司债券等。

企业发行的可转换公司债券包含负债和权益成分,在初始确认时应将负债和权益成分进行分拆,分别进行处理。在进行分拆时,应当先确定负债成分的公允价值并以此作为其初始确认金额,再按照该金融工具整体的发行价格扣除负债成分初始确认金额后的金额确定权益成分的初始确认金额。发行可转换公司债券发生的交易费用,应当在负债成分和权益成分之间按照各自的相对公允价值进行分摊。

当可转换公司债券持有人行使其转换权利时,应当按照普通股的市价计价,同时注销负债,记录转换的股份。

二、练习题

E10-1　负债的确认和计量

答:(1) 是,应当计入"预收账款"账户的贷方 650 万元。

(2) 否。

(3) 是,应当计入"其他应付款"账户的贷方 12 万元。

(4) 否。

(5) 是否确认负债取决于公司对其败诉可能性大小的估计。

E10-2　负债的确认和计量

答:(1) 否。

（2）否。

（3）是，应当计入"应付账款"账户的贷方 2 万元。

E10-3　应付票据

答：（1）企业开出汇票时：

借：原材料　　　　　　　　　　　　　　　　　　　　100 000

　　应交税费——应交增值税（进项税额）　　　　　　　17 000

　　　贷：应付票据　　　　　　　　　　　　　　　　　　　117 000

企业到期支付票款时：

借：应付票据　　　　　　　　　　　　　　　　　　　117 000

　　　贷：银行存款　　　　　　　　　　　　　　　　　　　117 000

（2）企业开出汇票时：

借：原材料　　　　　　　　　　　　　　　　　　　　100 000

　　应交税费——应交增值税（进项税额）　　　　　　　17 000

　　　贷：应付票据　　　　　　　　　　　　　　　　　　　117 000

企业到期支付票款时：

借：应付票据　　　　　　　　　　　　　　　　　　　117 000

　　财务费用　　　　　　　　　　　　　　　　　　　　2 925

　　　贷：银行存款　　　　　　　　　　　　　　　　　　　119 925

E10-4　短期借款

答：（1）甲公司在 12 月 31 日预提借款利息：

借：财务费用　　　　　　　　　　　　　　　　　　2 465.75

　　　贷：预提费用　　　　　　　　　　　　　　　　　　　2 465.75

如果到期直接偿付本息，则甲公司在到期日的会计分录为：

借：短期借款　　　　　　　　　　　　　　　　　　500 000

　　预提费用　　　　　　　　　　　　　　　　　　　2 465.75

　　财务费用　　　　　　　　　　　　　　　　　　　2 465.76

　　　贷：银行存款　　　　　　　　　　　　　　　　　　504 931.51

（2）取得贷款时：

借：银行存款　　　　　　　　　　　　　　　　　　500 000

　　　贷：短期借款　　　　　　　　　　　　　　　　　　　500 000

12 月 31 日预提借款利息：

借：财务费用　　　　　　　　　　　　　　　　　　2 465.75

　　　贷：预提费用　　　　　　　　　　　　　　　　　　　2 465.75

贷款续约日归还前 60 天计提的利息：

借：预提费用　　　　　　　　　　　　　　　　　　2 465.75

　　财务费用　　　　　　　　　　　　　　　　　　　2 465.76

　　　贷：银行存款　　　　　　　　　　　　　　　　　　4 931.51

续约到期日归还本息:

借:短期借款		500 000
财务费用		2 465.75
贷:银行存款		502 465.75

(3) 续约到期日归还本息:

借:短期借款		500 000
财务费用		3 698.63
贷:银行存款		503 698.63

E10-5　应付税费

答:(1) 借:原材料　　　　　　　　　　　　　　　　　　1 009 300

　　　　应交税费——应交增值税(进项税额)　　　　170 700

　　　　　贷:银行存款　　　　　　　　　　　　　　　　1 180 000

(2) 借:原材料　　　　　　　　　　　　　　　　　　180 000

　　　应交税费——应交增值税(进项税额)　　　　20 000

　　　　贷:银行存款　　　　　　　　　　　　　　　　200 000

(3) 借:在建工程　　　　　　　　　　　　　　　　　11 700

　　　　贷:原材料　　　　　　　　　　　　　　　　　　10 000

　　　　　应交税费——应交增值税(进项税额转出)　　1 700

(4) 借:原材料　　　　　　　　　　　　　　　　　　200 000

　　　　贷:银行存款　　　　　　　　　　　　　　　　190 000

　　　　　应交税费——应交资源税　　　　　　　　　　10 000

(5) 借:银行存款　　　　　　　　　　　　　　　　　100 000

　　　　贷:其他业务收入　　　　　　　　　　　　　　100 000

　　　借:其他业务支出　　　　　　　　　　　　　　　5 000

　　　　贷:应交税费——应交营业税　　　　　　　　　5 000

(6) 借:银行存款　　　　　　　　　　　　　　　　　100 000

　　　无形资产减值准备　　　　　　　　　　　　　20 000

　　　　贷:无形资产　　　　　　　　　　　　　　　　60 000

　　　　　应交税费——应交营业税　　　　　　　　　5 000

　　　　　营业外收入　　　　　　　　　　　　　　　55 000

(7) 借:银行存款　　　　　　　　　　　　　　　　　20 000

　　　　贷:补贴收入　　　　　　　　　　　　　　　　20 000

E10-6　递延所得税

答:采用债务法编制分录。由于第三年税率发生变化,按照新准则,需要对前两年的递延税款余额进行调整。

各年的暂时性差异及该项差异对纳税的影响:

元

	第 1 年	第 2 年	第 3 年	第 4 年	第 5 年	第 6 年
会计税前利润	2 500 000	2 500 000	2 500 000	2 500 000	2 500 000	2 500 000
会计折旧	50 000	50 000	50 000	50 000	50 000	50 000
税收折旧	100 000	100 000	100 000	0	0	0
时间性差异	(50 000)	(50 000)	(50 000)	50 000	50 000	50 000
应纳税所得额	2 450 000	2 450 000	2 450 000	2 550 000	2 550 000	2 550 000
所得税率	25%	25%	20%	20%	20%	20%
应交所得税	612 500	612 500	490 000	510 000	510 000	510 000
递延所得税	(12 500)	(12 500)	(5 000)	10 000	10 000	10 000
所得税费用	625 000	625 000	495 000	500 000	500 000	500 000

各年会计分录:

元

分 录	第 1 年	第 2 年	第 3 年	第 4 年	第 5 年	第 6 年
借:所得税费用	625 000	625 000	495 000	500 000	500 000	500 000
递延所得税资产				10 000	10 000	10 000
贷:应交税费——应交所得税	612 500	612 500	490 000	510 000	510 000	510 000
递延所得税负债	12 500	12 500	5 000			

E10-7 计算债券的发行价格

答:(1) 当发行日市场利率为 6% 时,债券的发行价格为

$1\,000 \times (1+6\%)^{-5} + (1\,000 \times 8\%) \times 4.212\,4 = 1\,084.29$(万元)

(2) 当发行日市场利率为 8% 时,债券的发行价格为

$1\,000 \times (1+8\%)^{-5} + (1\,000 \times 8\%) \times 3.992\,9 = 1\,000$(万元)

(3) 当发行日市场利率为 10% 时,债券的发行价格为

$1\,000 \times (1+10\%)^{-5} + (1\,000 \times 8\%) \times 3.790\,8 = 924.16$(万元)

E10-8 计算债券的发行价格

答:(1) 当发行日市场利率为 6%,半年计算一次复利时,债券的发行价格为

$1\,000 \times (1+3\%)^{-10} + (1\,000 \times 4\%) \times 8.530\,2 = 1\,085.31$(万元)

(2) 当发行日市场利率为 8%,半年计算一次复利时,债券的发行价格为

$1\,000 \times (1+4\%)^{-10} + (1\,000 \times 4\%) \times 8.110\,9 = 1\,000$(万元)

(3) 当发行日市场利率为 10%,半年计算一次复利时,债券的发行价格为

$1\,000 \times (1+5\%)^{-10} + (1\,000 \times 4\%) \times 7.721\,7 = 922.77$(万元)

E10-9 债券的实际利率

答:设公司发行该债券承担的实际利率为 i,则:

$$100 \times (1+i)^{-4} + (100 \times 10\%) \times \frac{1-(1+i)^{-4}}{i} = 100 - 10$$

经过计算,得到 $i \approx 13.5\%$

E10-10 **计算债券发行价格和利息费用**

答：(1) 公司从债券发行获得的现金金额为

$500 \times (1+10\%)^{-4} + (500 \times 8\%) \times 3.1699 = 468.30$(万元)

(2) 公司发行债券的折价为

$500 - 468.30 = 31.70$(万元)

如果公司采用实际利率法对折价进行摊销,则第 1 年的财务费用为

$468.30 \times 10\% = 46.83$(万元)

第 1 年摊销的债券折价为

$46.83 - 500 \times 8\% = 6.83$(万元)

第 2 年的财务费用为

$(468.30 + 6.83) \times 10\% = 47.513$(万元)

第 2 年摊销的债券折价为

$47.51 - 500 \times 8\% = 7.51$(万元)

第 3 年的财务费用为

$(468.30 + 6.83 + 7.51) \times 10\% = 48.26$(万元)

第 3 年摊销的债券折价为

$48.26 - 500 \times 8\% = 8.26$(万元)

第 4 年的财务费用为

$(468.30 + 6.83 + 7.51 + 8.26) \times 10\% = 49.09$(万元)

(3) 如果公司采用直线法对折价进行摊销,则每年摊销的折价为

$31.70 \div 4 = 7.93$(万元)

第 1~4 年各年的财务费用为

$500 \times 8\% + 7.93 = 47.93$(万元)

(4) 在实际利率法下,随着折价的逐年摊销,应付债券的账面价值也逐年增加,从而根据应付债券账面价值计算的利息费用也逐年增加,即财务费用呈现逐年上升的趋势;而在直线法下,每年摊销的折价相等,每年支付的利息额也相等,因此各年的财务费用保持相等。

E10-11 **计算债券发行价格和利息费用**

答：(1) 公司从债券发行获得的现金金额为

$500 \times (1+6\%)^{-4} + (500 \times 8\%) \times 3.4651 = 534.65$(万元)

(2) 公司发行债券的溢价为

$534.65 - 500 = 34.65$(万元)

如果公司采用实际利率法对溢价进行摊销,则第 1 年的财务费用为

$534.65 \times 6\% = 32.08$(万元)

第 1 年摊销的债券溢价为

$500 \times 8\% - 32.08 = 7.92$(万元)

第 2 年的财务费用为

$(534.65 - 7.92) \times 6\% = 31.60$(万元)

第 2 年摊销的债券溢价为

$500 \times 8\% - 31.60 = 8.40$(万元)

第 3 年的财务费用为

$(534.65 - 7.92 - 8.40) \times 6\% = 31.10$(万元)

第 3 年摊销的债券溢价为

$500 \times 8\% - 31.10 = 8.90$(万元)

第 4 年的财务费用为

$(534.65 - 7.92 - 8.40 - 8.90) \times 6\% = 30.57$(万元)

(3) 如果公司采用直线法对溢价进行摊销,则每年摊销的溢价为

$34.65 \div 4 = 8.66$(万元)

第 1~4 年各年的财务费用为

$500 \times 8\% - 8.66 = 31.34$(万元)

(4) 在实际利率法下,随着溢价的逐年摊销,应付债券的账面价值也逐年减少,从而根据应付债券账面价值计算的利息费用也逐年减少,即财务费用呈现逐年下降的趋势;而在直线法下,每年摊销的溢价相等,每年支付的利息额也相等,因此各年的财务费用保持相等。

E10-12 零息债券

答:(1) 第 1 年年末与该债券相关的财务费用为

$1\,000 \times 8\% \times (6 \div 12) = 40$(万元)

第 2 年年末与该债券相关的财务费用为

$(1\,000 + 40) \times 8\% = 83.2$(万元)

第 3 年年末与该债券相关的财务费用为

$(1\,000 + 40 + 83.2) \times 8\% = 89.86$(万元)

第 4 年年末与该债券相关的财务费用为

$(1\,000 + 40 + 83.2 + 89.86) \times 8\% = 97.04$(万元)

(2) 债券到期时还本付息的总额为

$1\,000 \times (1 + 8\%)^4 = 1\,360.5$(万元)

E10-13 利息资本化

答:(1) 20×2 年第一季度应予资本化的利息金额

$(100 \times 3 + 50 \times 2 + 50 \times 1) \times 6\% \div 12 = 2.25$(万元)

20×2 年第二季度应予资本化的利息金额

$(200 \times 3 + 60 \times 2) \times 5\% \div 12 + (100 + 50 + 50) \times 6\% \times 3 \div 12 = 6$(万元)

20×2 年第二季度应摊销的债券折价为 $(300 - 285) \div 3 \times 3 \div 12 = 1.25$(万元)

其中,应予资本化的债券折价为

$1.25 \times [(200 \times 3 + 60 \times 2) \div 3 \div 300] = 1$(万元)

(2) 20×2 年第一季度财务费用的账务处理如下

应计提的利息费用总额为 $200 \times 6\% \times 3 \div 12 = 3$(万元)

应计入财务费用的利息费用为 3－2.25＝0.75(万元)

借：财务费用   7 500

    贷：应付利息   7 500

20×2 年第二季度财务费用的账务处理如下

应计提的利息费用总额为 $200 \times 6\% \times 3 \div 12 + 300 \times 5\% \times 3 \div 12 = 6.75$(万元)

应计入财务费用的利息费用为 6.75－6＝0.75(万元)

应计入财务费用的债券折价为 1.25－1＝0.25(万元)

借：财务费用   10 000

    贷：应付债券——债券折价   2 500

        应付利息   7 500

20×2 年第三季度财务费用的账务处理如下

应计提的利息费用总额为 $200 \times 6\% \times 3 \div 12 + 300 \times 5\% \times 3 \div 12 = 6.75$(万元)

应摊销的债券折价为 $(300 - 285) \div 3 \times 3 \div 12 = 1.25$(万元)

借：财务费用   80 000

    贷：应付债券——债券折价   12 500

        应付利息   67 500

20×2 年第四季度财务费用的账务处理如下：

应计提的利息费用总额为 $200 \times 6\% \times 3 \div 12 + 300 \times 5\% \times 3 \div 12 = 6.75$(万元)

应摊销的债券折价为 $(300 - 285) \div 3 \times 3 \div 12 = 1.25$(万元)

借：财务费用   80 000

    贷：应付债券——债券折价   12 500

        应付利息   67 500

E10-14　可转换债券

答：按照 2006 年《企业会计准则第 22 号——金融工具确认和计量》，其会计处理为：

首先将可转换公司债券划分为债务与权益两部分：

债券本金：$200\,000\,000 \times (P/F, 10\%, 4) = 136\,600\,000$

债券利息：$200\,000\,000 \times 4\% \times (P/A, 10\%, 8) = 42\,679\,200$

债务部分＝179 279 200

发行所得＝200 000 000

权益部分＝20 720 800

20×3 年 7 月 1 日发行债券：

借：银行存款   200 000 000

    贷：应付债券——可转换公司债券   179 279 200

        资本公积——其他资本公积(转换期权)   20 720 800

20×3 年 12 月 31 日支付债券利息：

借：财务费用   8 000 000

    贷：银行存款   8 000 000

20×4 年 6 月 30 日支付债券利息：

| 借：财务费用 | 8 000 000 | |
| 　　贷：银行存款 | | 8 000 000 |

20×4 年 7 月 1 日可转换债券转为股本：

借：应付债券——可转换公司债券	35 855 840	
资本公积——其他资本公积（转换期权）	4 144 160	
贷：股本		2 000 000
资本公积——股本溢价		38 000 000

E10-15　或有负债——保修费用

答：（1）发生产品保修费用：

借：预计负债——产品质量保证	500 000	
贷：原材料		200 000
应付工资		300 000

计提产品保修费用：

| 借：营业费用——产品质量保证 | 1 000 000 | |
| 　　贷：预计负债——产品质量保证 | | 1 000 000 |

（2）发生产品保修费用：

借：预计负债——产品质量保证	2 500 000	
贷：原材料		1 500 000
应付职工薪酬		1 000 000

计提产品保修费用：

| 借：营业费用——产品质量保证 | 4 500 000 | |
| 　　贷：预计负债——产品质量保证 | | 4 500 000 |

（3）计提产品保修费用：

| 借：营业费用——产品质量保证 | 200 000 | |
| 　　贷：预计负债——产品质量保证 | | 200 000 |

E10-16　或有负债——未决诉讼

答：公司应在 12 月 31 日确认一笔由于未决诉讼产生的预计负债。具体分录如下：

借：管理费用——诉讼费	150 000	
营业外支出——罚息支出	1 500 000	
贷：预计负债——未决诉讼		1 650 000

E10-17　或有负债——债务担保

答：由于甲公司预计承担此项债务的可能性为 50%，即甲公司预计该或有事项不是很可能导致经济利益流出企业，因此，甲公司不需要将其确认为一项负债，而只需在会计报表附注中披露与债务担保有关的或有负债形成的原因、预计产生的财务影响（如无法预计，应说明理由）以及获得补偿的可能性。

三、讨论题

P10-1 可转换公司债券的核算

答：本题答案依据题意年份按照当时会计制度要求给出，有兴趣的同学可以依据新的会计准则再行作答，并对两者进行比较。

20×2 年 1 月 1 日债券发行：

借：银行存款	2 200 000
贷：应付债券——可转换债券（面值）	2 000 000
应付债券——可转换债券（溢价）	200 000

20×2 年 12 月 31 日计提债券利息并摊销溢价：

借：在建工程	160 000
应付债券——可转换债券（溢价）	40 000
贷：应付债券——可转换债券（应计利息）	200 000

20×3 年 4 月 1 日可转换债券转为股本：

转换为股份数＝100 000×10÷100×4＝40 000（股）

转换日甲投资者持有的债券应计提的利息为 (1 000 000＋100 000)×10％×3÷12＝27 500（元）

转换日甲投资者持有的债券应摊销的溢价为 (200 000÷5÷2)×3÷12＝5 000（元）

转换日甲投资者持有的债券尚未摊销的溢价为

(200 000－40 000)÷2－5 000＝75 000（元）

转换日甲投资者持有的债券的账面价值为

100 000×10＋100 000×10×10％＋27 500＋75 000＝1 202 500（元）

对甲投资者持有的债券计提利息并摊销溢价：

借：在建工程	22 500
应付债券——可转换债券（溢价）	5 000
贷：应付债券——可转换债券（应计利息）	27 500

可转换债券转为股本：

借：应付债券——可转换债券（面值）	1 000 000
应付债券——可转换债券（溢价）	75 000
应付债券——可转换债券（应计利息）	127 500
贷：股本	40 000
资本公积——股本溢价	1 162 500

20×3 年 12 月 31 日对乙投资者持有的债券计提利息并摊销溢价：

应计提的利息费用为 (1 000 000＋100 000)×10％＝110 000（元）

借：在建工程	90 000
应付债券——可转换债券（溢价）	20 000
贷：应付债券——可转换债券（应计利息）	110 000

20×4 年 12 月 31 日对乙投资者持有的债券计提利息并摊销溢价：

应计提的利息费用为（1 000 000＋100 000＋110 000）×10％＝121 000(元)

借：在建工程　　　　　　　　　　　　　　　　　　101 000

　　应付债券——可转换债券(溢价)　　　　　　　　20 000

　　　贷：应付债券——可转换债券(应计利息)　　　　　　　　121 000

20×5 年 12 月 31 日对乙投资者持有的债券计提利息并摊销溢价：

应计提的利息费用为（1 000 000＋100 000＋110 000＋121 000）×10％＝133 100(元)

借：在建工程　　　　　　　　　　　　　　　　　　113 100

　　应付债券——可转换债券(溢价)　　　　　　　　20 000

　　　贷：应付债券——可转换债券(应计利息)　　　　　　　　133 100

20×6 年 12 月 31 日对乙投资者持有的债券计提利息并摊销溢价：

应计提的利息费用为（1 000 000＋100 000＋110 000＋121 000＋133 100）×10％＝
146 410(元)

借：在建工程　　　　　　　　　　　　　　　　　　126 410

　　应付债券——可转换债券(溢价)　　　　　　　　20 000

　　　贷：应付债券——可转换债券(应计利息)　　　　　　　　146 410

20×7 年 1 月 1 日偿付乙投资者持有债券时应做的会计分录为

借：应付债券——可转换债券(面值)　　　　　　　1 000 000

　　应付债券——可转换债券(应计利息)　　　　　　610 510

　　　贷：银行存款　　　　　　　　　　　　　　　　　　　1 610 510

P10-2　Paul Murray

答：(1)18 年后，每年所需的费用是

第一年：18 000×(1＋6％)^{18}＝51 377.4(美元)

第二年：18 000×(1＋6％)^{19}＝54 460.8(美元)

第三年：18 000×(1＋6％)^{20}＝57 727.8(美元)

第四年：18 000×(1＋6％)^{21}＝61 192.8(美元)

(2) 大学四年所需全部学费在第 18 年年末的终值为

51 377.4×4＝205 509.6(美元)

利率为 6％，经过 18 期的年金终值系数为 30.906，因此，假设每年投资收益率为
6％，那么他们每年应投资额为

205 509.6÷30.906＝6 649.50(美元)

(3) 利率为 8％，经过 18 期的年金终值系数为 37.450，因此，假设每年投资收益率为
8％，那么他们每年应投资额为

205 509.6÷37.450＝5 487.57(美元)

利率为 10％，经过 18 期的年金终值系数为 45.599，因此，假设每年投资收益率为
10％，那么他们每年应投资额为

205 509.6÷45.599＝4 506.89(美元)

利率为 4％，经过 18 期的年金终值系数为 25.645，因此，假设每年投资收益率为

4%,那么他们每年应投资额为

205 509.6÷25.645＝8 013.63(美元)

P10-3　中国石油化工股份有限公司可转换债券

答：可转换债券是指发行人依照法定程序发行、在一定期间内依据约定的条件可以转换成股份的公司债券。因此,它既有债券的性质,又有股票的性质。

从理论上来说,由于可转换债券本身既具有债券的性质,又具有股票的性质,因此,发行所得的款项分为负债和权益两部分更符合可转换债券的特点；可转换债券的赎回期权以公允价值计价的相关信息对信息使用者来说也更具有相关性和有用性。从这个意义上说,国际会计准则的会计处理规定有其合理之处。我国2006年企业会计准则也对可转换公司债券的会计处理做了同样的规定。但是,由于如何合理区分可转换债券发行收入的负债部分和权益部分存在一定的难度,以公允价值对债券的赎回期权进行计量也存在操作上的困难,因此新的会计准则在我国的执行效果如何有待实践检验。

P10-4　深中浩的或有负债

答：从深中浩1996年的年度报告来看,公司对其5家附属和联营公司提供融资担保,涉诉纠纷金额为3 066万元,由于这5家附属和联营公司均已停业,因此,深中浩作为对这些公司提供融资担保的企业,很有可能要承担相关的偿债义务,导致其经济利益的流出。因此,深中浩应当将其涉及的诉讼纠纷金额确认为预计负债,并在资产负债表中予以反映。但是,深中浩在其1996年的年度报告中,并未在资产负债表中做出相应的披露,而仅在会计报表附注中对其被担保单位、融资担保金额、诉讼纠纷金额等进行了披露。

从深中浩1997年的年度报告来看,公司对其子公司和联营企业对外提供融资担保,由于这些子公司和联营公司均已停止正常营业,从而深中浩很可能要承担连带偿债义务,导致其经济利益的流出,因此,深中浩应当将其上述义务确认为预计负债在资产负债表中予以披露。另外,深中浩也为其他单位提供了融资担保,它应当合理估计这些事项导致其经济利益流出企业的可能性,并考虑是否在资产负债表内予以反映。对于不需要在资产负债表中进行反映的或有负债,它应当在其会计报表附注中详细披露或有负债形成的原因、预计产生的财务影响(如无法预计,应说明理由)以及获得补偿的可能性。但是,深中浩在其1997年的年度报告中,并未在资产负债表中对预计负债情况做出相应的披露,在会计报表附注中也仅对其被担保单位、融资担保金额、诉讼纠纷金额等进行了披露。

从深中浩1998年的年度报告来看,公司对于其涉诉担保纠纷仅仅在“董事会报告”、“重大事项”等部分进行了概括的披露,而没有将很可能导致经济利益流出企业的一些义务确认为预计负债反映在资产负债表中,也没有在会计报表附注中详细披露或有负债形成的原因、预计产生的财务影响(如无法预计,应说明理由)以及获得补偿的可能性。

从深中浩1999年的年度报告来看,公司对其子公司和联营企业对外提供融资担保,而这些子公司和联营公司均已停止正常营业,从而深中浩很可能要承担连带偿债义务,因此,深中浩应当将其上述义务确认为预计负债在资产负债表中予以披露。另外,深中浩为其他单位提供的融资担保也涉及了诉讼,它也应当合理估计这些诉讼事项导致其经济利益流出企业的可能性,并考虑是否在资产负债表内予以反映。对于不需要在资产负债表中进行反映的或有负债,它应当在其会计报表附注中详细披露或有负债形成的原因、预计产生的财务影响(如无法预计,应说明理由)以及获得补偿的可能性。但是,深中浩在其1999 年的年度报告中,并未在资产负债表中对预计负债情况做出相应的披露,在会计报表附注中也仅对其被担保单位、融资担保金额、诉讼纠纷金额等进行了披露。

P10-5　深万科可转换公司债券

答:为反映案例的真实历史,答案依据当时的会计制度给出,有兴趣的同学可以依据新的会计准则再行作答,并对两者进行比较。

2002 年 6 月发行债券:

借:银行存款　　　　　　　　　　　　　　　　　　1 500 000 000
　　贷:应付债券——可转换公司债券(面值)　　　　　　　　1 500 000 000

计提本年度债券利息(为简化起见,本年度计提债券利息合并为一笔分录):

借:财务费用　　　　　　　　　　　　　　　　　　12 374 727.75
　　贷:应付债券——可转换公司债券(应计利息)　　　　　　12 374 727.75

可转换债券转为股本:

借:应付债券——可转换公司债券(面值)　　　　　　　33 000
　　贷:股本　　　　　　　　　　　　　　　　　　　　2 772
　　　　资本公积　　　　　　　　　　　　　　　　　29 599.15
　　　　银行存款等　　　　　　　　　　　　　　　　　628.85

(注:通过查阅万科公司 2002 年的年度报告可知,公司本年度由于可转换债券转股事项增加了股本 2 772 万元,增加了资本公积 29 599.15 元。而转股的可转换债券面值为33 000 元,根据现有的披露信息,难以确定债券面值与股本、资本公积增加数之间的差额部分应计入的账户。初步推测,该差额的形成可能是由于转股时存在不足一股金额的情形,根据《万科企业股份有限公司可转换公司债券上市公告书》,公司对这种情形采取的处理方法是“在该种情况发生日后五个交易日内,以现金兑付该部分万科转债的票面金额及利息”,因此,将上述会计分录中“应付债券”借方和“股本”、“资本公积”贷方之间的差额计入“银行存款”等账户是一种合理的推断。)

第11章 股东权益

一、思考题

Q11-1 股份有限公司这种组织形式有哪些特点?

答:股份有限公司这种组织形式的特点是:①股份有限公司是公司法人,是具有独立的民事权利能力和民事行为能力,依法独立享有民事权利和承担民事义务的组织;②股份有限公司只负有限责任,即股东以其所认购股份对公司承担有限责任,公司以其全部资产对公司债务承担责任;③公司的所有权多元化,这有利于促进公司治理结构的完善;④所有权与经营权分离,所有权归股东,而由董事会聘请职业管理者经营公司。

Q11-2 股东权益同负债相比,有何异同点?

答:股东权益与负债的共同点在于:两者均是对企业资产的要求权,股东和债权人都是企业资金的提供者。

两者之间的主要区别表现在:

(1)性质不同。负债是企业对债权人承担的经济责任,债权人有优先获取企业用以清偿债务的资产的要求权;股东权益则是股东对剩余资产的要求权,这种要求权在顺序上置于债权人的要求权之后。

(2)权利不同。债权人只有获取企业用以清偿债务的资产的要求权,而没有经营决策的参与权和收益分配权;股东则可以参与企业的经营决策及收益分配。

(3)偿还期限不同。企业的负债通常都有约定的偿还日期;股东权益在企业的存续期内一般不存在抽回问题,即不存在约定的偿还日期,只有在企业清算时才予以偿还。

(4)风险不同。债权人获取的利息一般是按一定利率计算、预先可以确定的固定数额,企业不论盈利与否均应按期付息,风险较小;股东获得多少收益,则视企业的盈利水平及经营政策而定,风险较大。

Q11-3 比较投资总额、注册资本、股本总额和实收资本这四个概念。

答:投资总额是指公司章程规定的生产规模需投入的基本建设资金和生产流动资金的总和。它除了包括公司向股东筹集的股本之外,通常还包括向债权人举借的公司借款。

公司注册资本是指在工商行政管理机关登记的实收资本,它是公司的法定资本。

股本总额是公司股票面值与股份总数的乘积。股份有限公司的股本总额应该等于注册资本。

实收资本是指公司已收缴入账的股本。在一定的条件下,公司的实收资本可能与注册资本不相等。

Q11-4　公司股东权益减少的可能原因有哪些?

答：公司股东权益减少的可能原因主要包括：①经批准减少注册资本；②向投资者分配利润；③发生亏损。

Q11-5　优先股同普通股相比,有何不同? 公司为何要发行优先股?

答：优先股同普通股相比,主要区别在于：①优先分配固定的股利；②优先分配公司剩余财产；③优先股股东一般不具有投票表决权。

公司发行优先股的目的包括：

① 筹集自有资本。这是公司发行优先股最直接的目的。

② 防止公司股权分散化。由于优先股股东一般没有表决权,因此发行优先股可以避免公司股权分散,保障公司的原有控制权。

③ 调剂现金余缺。公司在需要现金资本时发行优先股,在现金充足时将可赎回的优先股收回,从而调剂现金余缺。

④ 改善公司资本结构。公司在安排借入资金与自由资本的比例关系时,可较为便利地利用优先股的发行与调换来进行调整。

⑤ 维持举债能力。公司发行优先股,有利于巩固自有资本的基础,维持乃至增强公司的借款举债能力。

Q11-6　比较资本公积和盈余公积在形成、用途及会计处理上的异同点。

答：1. 资本公积与盈余公积的形成不同,资本公积的形成有其特定的来源,且途径多样,与企业的净利润无关；而盈余公积是从企业的净利润中提取的。

2. 资本公积的用途主要是用来转增资本。盈余公积的用途主要包括以下几个方面：①弥补亏损；②转增资本；③发放现金股利或利润。

3. 资本公积有其不同的来源,企业应当根据资本公积形成的来源,分别进行会计处理。

原会计准则和会计制度下,"资本公积"是一个比较特殊的会计科目,核算内容庞杂,被戏称为"聚宝盆"科目。其核算内容包括资本溢价、接受捐赠非现金资产准备、股权投资准备、拨款转入、外币资本折算差额、关联交易差价和其他资本公积七项内容,其中其他资本公积包括现金捐赠、债务重组、资本公积准备转入、确实无法支付的应付款项。新会计准则体系下,资本公积的核算内容发生了较大的变化。

资本公积包括企业收到投资者出资超出其在注册资本或股本中所占的份额以及直接计入所有者权益的利得和损失等。一般通过"资本溢价"或"股本溢价"、"其他资本公积"科目核算。主要内容及会计处理如下：

(1) 企业收到投资者投入的资本,借记"银行存款"、"其他应收款"、"固定资产"、"无形资产"等科目,按其在注册资本或股本中所占份额,贷记"实收资本"或"股本"科目,按其差额,贷记本科目(资本溢价或股本溢价)。

与发行权益性证券直接相关的手续费、佣金等交易费用,借记本科目(股本溢价),贷记"银行存款"等科目。

公司发行的可转换公司债券按规定转为股本时,应按"长期债券——可转换公司债券"科目余额,借记"长期债券——可转换公司债券",按本科目(其他资本公积)中属于该项可转换公司债券的权益成分的金额,借记本科目(其他资本公积),按股票面值和转换的股数计算的股票面值总额,贷记"股本"科目,按实际用现金支付的不可转换为股票的部分,贷记"现金"等科目,按其差额,贷记本科目(股本溢价)。

企业将重组债务转为资本的,应按重组债务的账面价值,借记"应付账款"等科目,按债权人放弃债权而享有本企业股份的面值总额,贷记"股本"科目,按股份的公允价值总额与相应的实收资本或股本之间的差额,贷记或借记本科目(资本溢价或股本溢价),按重组债务的账面价值与股份的公允价值总额之间的差额,贷记"营业外收入——债务重组利得"科目。

企业经股东大会或类似机构决议,用资本公积转增资本,借记本科目(资本溢价或股本溢价),贷记"实收资本"或"股本"科目。

(2)企业的长期股权投资采用权益法核算的,在持股比例不变的情况下,被投资单位除净损益以外所有者权益的其他变动,企业按持股比例计算应享有的份额,借记"长期股权投资——所有者权益其他变动"科目,贷记本科目(其他资本公积)。

(3)企业以权益结算的股份支付换取职工或其他方提供服务的,应按权益工具授予日的公允价值,借记"管理费用"等相关成本费用科目,贷记本科目(其他资本公积)。在行权日,应按实际行权的权益工具数量计算确定的金额,借记本科目(其他资本公积),按计入实收资本或股本的金额,贷记"实收资本"或"股本"科目,按其差额,贷记本科目(资本溢价或股本溢价)。

(4)企业自用房地产或存货转换为采用公允价值模式计量的投资性房地产时,应按转换日的公允价值,借记"投资性房地产"科目,按其账面价值,借记或贷记有关科目,转换当日的公允价值大于原账面价值的差额,贷记本科目(其他资本公积)。处置该项投资性房地产时,应转销与其相关的其他资本公积。

(5)企业根据金融工具确认和计量准则将持有至到期投资重分类为可供出售金融资产的,应在重分类日按该项持有至到期投资的公允价值,借记"可供出售金融资产"科目,已计提减值准备的,借记"持有至到期投资减值准备"科目,按其账面余额,贷记"持有至到期投资——投资成本、溢折价、应计利息"科目,按其差额,贷记或借记本科目(其他资本公积)。根据金融工具确认和计量准则将可供出售金融资产重分类为采用成本或摊余成本计量的金融资产,应在重分类日按可供出售金融资产的公允价值,借记"持有至到期投资"等科目,贷记"可供出售金融资产"科目。对于有固定到期日的,与其相关的原记入本科目(其他资本公积)的余额,应在该项金融资产的剩余期限内,在资产负债表日,按采用实际利率法计算确定的摊销金额,借记或贷记本科目(其他资本公积),贷记或借记"投资收益"科目。对于没有固定到期日的,与其相关的原记入本科目(其他资本公积)的金额,应在处置该项金融资产时,借记或贷记本科目(其他资本公积),贷记或借记"投资收益"科目。

(6)资产负债表日,可供出售金融资产的公允价值高于其账面余额的差额,借记"可供出售金融资产"科目,贷记本科目(其他资本公积);公允价值低于其账面余额的差额,做相反的会计分录。

　　根据金融工具确认和计量准则确定可供出售金融资产发生减值的,按应减记的金额,借记"资产减值损失"科目,贷记"可供出售金融资产"科目。同时,按应从所有者权益中转出的累计损失,借记"资产减值损失"科目,贷记本科目(其他资本公积)。

　　已确认减值损失的可供出售权益工具在随后的会计期间公允价值上升的,应在原已计提的减值准备金额内,按恢复增加的金额,借记"可供出售金融资产"科目,贷记本科目(其他资本公积)。

　　如转销后的损失资金以后又收回,按实际收回的金额,借记本科目(其他资本公积),贷记"资产减值损失"科目;同时,借记"银行存款"、"存放中央银行款项"等科目,贷记本科目(其他资本公积)。

　　(7)资产负债表日,满足运用套期会计方法条件的现金流量套期和境外经营净投资套期产生的利得或损失,属于有效套期的,借记或贷记有关科目,贷记或借记本科目(其他资本公积);属于无效套期的,借记或贷记有关科目,贷记或借记"公允价值变动损益"。

　　转出现金流量套期和境外经营净投资套期产生的利得或损失中属于有效套期的部分,借记或贷记本科目(其他资本公积),贷记或借记相关资产、负债科目或"公允价值变动损益"科目。

　　(8)股份有限公司采用收购本企业股票方式减资的,按注销股票的面值总额减少股本,购回股票支付的价款超过面值总额的部分,应依次冲减资本公积和留存收益,借记"股本"科目、"盈余公积"、"利润分配——未分配利润"科目,贷记"银行存款"、"现金"科目;购回股票支付的价款低于面值总额的,应按股票面值总额,借记"股本"科目,按实际支付的金额,贷记"银行存款"、"现金"科目,按其差额,贷记本科目(股本溢价)。

　　本科目期末贷方余额,反映企业资本公积的余额。

　　4.盈余公积应当分"法定盈余公积"、"任意盈余公积"进行明细核算。企业(外商投资)还应分"储备基金"、"企业发展基金"进行明细核算。企业(中外合作经营)在合作期间归还投资者的投资,应在本科目设置"利润归还投资"明细科目进行核算。

　　盈余公积的主要账务处理包括:

　　(1)企业按规定提取的盈余公积,借记"利润分配——提取法定盈余公积、提取任意盈余公积"科目,贷记本科目(法定盈余公积、任意盈余公积)。

　　企业(外商投资)按规定提取的储备基金、企业发展基金、职工奖励及福利基金,借记"利润分配——提取储备基金、提取企业发展基金、提取职工奖励及福利基金"科目,贷记本科目(储备基金、企业发展基金)、"应付职工薪酬"科目。

　　(2)企业经股东大会或类似机构决议,用盈余公积弥补亏损或转增资本,借记本科目,贷记"利润分配——盈余公积补亏"、"实收资本"或"股本"科目。

　　企业经股东大会决议,用盈余公积派送新股,按派送新股计算的金额,借记本科目,按股票面值和派送新股总数计算的股票面值总额,贷记"股本"科目,按其差额,贷记"资本公积——股本溢价"科目。

　　企业(中外合作经营)在经营期间用利润归还投资,应按实际归还投资的金额,借记"实收资本——已归还投资"科目,贷记"银行存款"等科目;同时,借记"利润分配——利润归还投资"科目,贷记本科目(利润归还投资)。

本科目期末贷方余额,反映企业按规定提取的盈余公积余额。

Q11-7　公司为何要分派股票股利？现金股利和股票股利在会计处理上有何不同？

答：对于公司来说,分派股票股利不会增加其现金流出量,因此,如果公司现金紧张或者需要大量资金进行扩大再生产的话,采用股票股利的形式不失为一种理想的选择。此外,高速增长的公司还可以利用分派股票股利的方式来进行股票分割,以使股价保持在一个合理的水平上,避免因股价过高而使投资者减少。

现金股利和股票股利在会计处理上的不同表现在：当公司宣布现金股利的分配预案时,会计上应当确认一笔负债,借记"利润分配",贷记"应付股利",并反映在当年的资产负债表中;而由于股票股利无须支付资产,因此,当公司宣布股票股利时,会计上不必确认一笔负债,而只需要在表外附注中予以说明。

Q11-8　股票期权的价值确认为费用与其他费用有何不同？

答：股票期权价值确认为费用与其他的费用有以下几点区别：

(1)确认时点,即计量日。一般股票期权都将授予员工股票期权的日期(授权日)作为计量日。但如果存在其他可变的因素,比如股票数量或认购价格未知时,计量日一般为认购日。

(2)费用的摊销。股票期权费用的摊销期一般为员工提供劳务的期间。但是如果劳务期间无法确定,则需要采用一种系统而合理的方法;有的公司在授权日确定股票期权费用,然后再随意确定的期间摊销;也有公司在授权日和第一次认购时点之间摊销费用。也有公司会确认为公司的当期费用。这些就取决于公司财务判断和报表需求。

Q11-9　怎样认识库藏股的性质和公司购买库藏股的用途？

答：认识库藏股的性质应把握以下几点：

(1)库藏股不是资产,仅仅是股东权益的减项;

(2)库藏股没有选举权和优先认股权,一般也不参与股利分配和剩余财产的分配;

(3)库藏股业务不产生损益,因此公司买卖自己的股份不影响净收益;

(4)库藏股可能减少留存收益,但决不会增加留存收益;

(5)当公司持有库藏股时,分配股利会受到限制;

(6)库藏股核算方法的不同不会影响股东权益总额,但可能会影响到股东权益的各个项目,如留存收益、库藏股、超面值缴入股本。

公司购买库藏股的用途通常包括：

(1)为股票期权、奖金和职员购股计划准备股票;

(2)用于可转换优先股或可转换债券;

(3)投资富裕现金并保持股票的市场价格;

(4)用于收购其他公司;

(5)减少发行在外的股份数量并相应提高每股收益;

(6)减少外部股东持有的股份并降低被收购的可能性;

(7)发放股票股利。

二、练习题

E11-1　判断正误

答：1.(1)对。企业的组织形式包括这三种形式,而且前两种属于自然人公司,只有公司具有法人资格。

(2)错。公司以其全部资产对公司债务承担责任,股东则以其所认购股份对公司承担有限责任。因此,任何债权人在任何时候、任何条件下都不得追溯股东个人的私人财产,而仅以其认购的股份为限。

(3)错。设立股份有限公司时,发起人认购的股份可以用货币资金出资,也可以用实物资产、无形资产作价入股,但不能以劳务作价入股。

(4)对。这一说法符合《公司法》的有关规定。

2.(1)错。对于股票发行费用,如果股票溢价发行,应从溢价收入中抵消;如果无溢价收入,则应作为长期待摊费用,在公司经营期内分期摊销。

(2)对。不管在股票溢价发行、平价发行还是折价发行的情况下,股份有限公司的股本都是股票面值与股份总数的乘积,与注册资本相等。

(3)错。无面值股票是指在票面上不记载金额,即无面面价值的股票。但是这种股票的价值不是固定不变的数字,而是依据公司财产总额的一定比例确定,随着公司实际资产的增减而变化。

(4)错。我国《公司法》不允许折价发行股票。

3.(1)不会。该事项同时导致公司资本公积的减少和实收资本的增加,所有者权益总额不变。

(2)会。因为分配现金股利使得公司增加了一项流动负债,同时减少了未分配利润的数额。

(3)不会。因为发放股票股利仅仅是所有者权益内部各项目的转换,总额不变。

(4)会。因为接受非现金资产捐赠使得公司增加了一项资产,同时增加了资本公积的数额。

(5)会。因为公司购买库藏股票时应当借记"库藏股"账户,而该项目在资产负债表中是股东权益项目的减项。

(6)不会。因为股票分割只是将大面值的股票换成若干张小面值的股票,它虽然会使公司发行在外的股票数量成倍增加,但并不影响股本的面值总额。

4.(1)错。普通股股东有权选举董事会并对公司重大的经营方针等事项进行表决,但其表决权的大小不是取决于其出资额,而是取决于其拥有的股份数。相同的股份数拥有同等的表决权。

(2)错。当公司决定增发普通股股票时,现有普通股股东有按其持股比例优先认购新股的权利。

(3)对。因为普通股股东享有剩余财产权。

(4)错。虽然优先股在某些权利方面比普通股优先或还可能享受某种特殊权利,但是优先股股东一般并不享有投票表决权。

（5）错。虽然累计优先股的累计股利未全部分派之前不得向普通股股东分配股利，但是对优先股股利的支付并不构成公司的法定义务，因此，累计未分派的股利并不构成公司的负债。

5.（1）错。资本公积的各明细项目中，有的项目是所有者权益的一种准备，在未实现前，不得用于转增资本（如新会计准则之后下"其他资本公积"）。

（2）错。原会计准则体系和制度规定，现金捐赠直接计入"资本公积——其他资本公积"；非现金资产捐赠按扣除应交所得税后的金额计入"资本公积——接受非现金资产准备"，在捐赠资产处置时，转入"资本公积——其他资本公积"。新准则体系对于捐赠的会计处理，没有具体会计准则对其进行规范，但根据《企业会计准则——基本准则》的第三十八条对利得和损失的定义，"直接计入当期利润的利得和损失，是指应当计入当期损益、会导致所有者权益发生增减变动的、与所有者投入资本或者向所有者分配利润无关的利得或者损失"，捐赠收益应在"营业外收入"核算。

（3）错。原《企业会计制度》规定，国家对企业技术改造、技术研究等项目的拨出专款，企业应在收到时，暂作长期负债处理；待项目完成后，属于费用而按规定予以核算的部分，直接冲减长期负债，属于形成资产价值的部分，计入"资本公积——拨款转入"。而根据新的会计准则，《企业会计准则第16号——政府补助》将政府补助分为与资产相关的政府补助和与收益相关的政府补助。与资产相关的政府补助，是指企业取得的、用于购建或以其他方式形成长期资产的政府补助。根据这个定义，政府专项拨款属于与资产相关的政府补助。对于与资产相关的政府补助，政府补助准则第七条规定，"与资产相关的政府补助，应当确认为递延收益，并在相关资产使用寿命内平均分配，计入当期损益。但是，按照名义金额计量的政府补助，直接计入当期损益"。由此可见，企业收到政府专项拨款，应在"递延收益"核算，并自相关资产达到预定可使用状态起，在该资产使用寿命内平均分配，分次计入各期的"营业外收入"。

（4）错。资本公积不是从企业经营积累中产生的，而是有其特定的来源。

（5）错。根据《企业会计准则第12号——债务重组》的规定，企业获得债权人豁免的债务，应计入当期损益，而不再计入"资本公积——其他资本公积"科目。

6.（1）错。无论是现金股利还是股票股利，都是企业进行利润分配的结果，因此都会减少企业的留存收益总额。

（2）对。与发放股利有关的日期通常有宣派日、除息日、登记日和支付日，宣派日后公司承担了向股东支付股利的法定义务，因此需要编制会计分录确认一笔负债；支付日则需要编制会计分录冲销负债；而除息日是于登记日前更新股东名册的日期，因此无须编制会计分录；登记日是登记可参与当年股利分配的股东的日期，只需要在备查簿中进行登记，也无须编制正式的会计分录。

（3）错。财产股利应当按照所支付的财产的公允市价计价，并确认所发生的损益。

（4）对。股票股利在会计上的核算方法与其他股利相同，而与股票分割不同。

（5）错。根据我国会计制度的有关规定，当公司发放股票股利时，应当按照股票面值确定利润分配的数额。但是根据美国公认会计原则，当公司发放小量股票股利时，应当按照股票的公允市价减少留存利润，按照股票面值增加股本，差额作为超面值缴入股本；当公司发放大量股票股利时,应当按照面值核算。

7.(1) 错。按照新的会计准则,外币资本应按即期汇率折算,与外币资产的折算汇率一致,不会产生外币资本折算差额。原先"资本公积"下核算的外币资本折算差额将不再存在。

(2) 错。企业改制为股份有限公司,评估确认后的账面净资产换取的股份按面值折算小于净资产时,其差额应作为股票溢价发行的收入,计入"资本公积——股本溢价"账户。

(3) 错。因为我国财务制度规定,法定盈余公积用于转增资本后不得低于注册资本的 25%。

(4) 错。因为公司的股本不能随意减少,股东在公司存续期内不能抽回股本,除非履行必要手续且符合《公司法》有关规定。

(5) 错。因为注册资本是股东承担风险的标志和财务保障,所以公司准备减资时,应当通知公司所有的债权人。

8.(1) 错。通常认为,库藏股不是资产,它仅仅是股东权益的减项。

(2) 对。无论采用何种核算方法,库藏股买卖价差都不作为损益。

(3) 错。赎回优先股时,赎买价格与原始发行价格的差额不得作为损益处理。如果赎买价格高于原始发行价格,差额冲减留存收益,视同分配股利;如果赎买价格低于原始发行价格,差额计入超面值缴入股本。

(4) 对。股东权益总额不受库藏股核算方法的影响,但各个项目可能会受影响。

9.(1) 对。股票期权是公司为了激励员工、缓解代理问题而向公司员工授予的以特定价格购买公司股份的权利,这种权利本身就意味着一种"内在价值"。计量日股票市场价格高于认购价格的部分即是公司给员工的报酬,这份报酬对于公司而言应确认为费用,其金额即为股票期权的公允价值。

(2) 错。如果公司授予 5 000 份认股权,1 份认股权可以购买 1 股普通股,行权价格为 20 元,股票市价为 26 元,则在内在价值法下报酬费用总额为 $(26-20)\times5\,000=3$ 万元,在公允价值法下报酬费用总额则是股票期权的公允价值,而股票期权的公允价值取决于股价变动、预期股利等因素。

(3) 对。报酬费用衡量日通常是得知股票数量和认购价格的第一天。

(4) 错。虽然授予股票期权时,股票的市场价格大多不会高于行权价格,但股票期权作为一种授予员工在特定时期以特定价格购买公司股份的选择权,仍然是有价值的。

E11-2　股票发行会计分录

答:会计分录为

借:银行存款	8 820 000	
贷:股本		6 000 000
资本公积——股本溢价		2 820 000

E11-3　企业改组会计分录

答:假定企业所得税税率为 33%,则资产评估价值确认的会计分录为

借:固定资产	1 000 000	
贷:存货		480 000

| | 递延所得税负债 | | 171 600 |
| | 资本公积——其他资本公积 | | 348 400 |

将原企业资产换取的股票登记入账,并注销原企业所有者权益:

借:实收资本　　　　　　　　　　　　　　　　　　　　5 000 000

　　资本公积——其他资本公积　　　　　　　　　　　　328 400

　　贷:股本　　　　　　　　　　　　　　　　　　　　　　5 328 400

其余股票对外发行的会计分录为

借:银行存款　　　　　　　　　　　　　　　　　　　14 507 400

　　贷:股本　　　　　　　　　　　　　　　　　　　　　9 671 600

　　　　资本公积——股本溢价　　　　　　　　　　　　4 835 800

E11-4　可转换优先股分录

答:假定每 1 股优先股可转换面值为 1 元的普通股 10 股:

借:股本——优先股　　　　　　　　　　　　　　　　　100 000

　　资本公积——优先股发行溢价　　　　　　　　　　　50 000

　　贷:股本——普通股　　　　　　　　　　　　　　　　100 000

　　　　资本公积——普通股发行溢价　　　　　　　　　　50 000

假定每 1 股优先股可转换面值为 2 元的普通股 6 股:

借:股本——优先股　　　　　　　　　　　　　　　　　100 000

　　资本公积——优先股发行溢价　　　　　　　　　　　50 000

　　贷:股本——普通股　　　　　　　　　　　　　　　　120 000

　　　　资本公积——普通股发行溢价　　　　　　　　　　30 000

假定每 1 股优先股可转换面值为 1.3 元的普通股 12 股:

借:股本——优先股　　　　　　　　　　　　　　　　　100 000

　　资本公积——优先股发行溢价　　　　　　　　　　　50 000

　　盈余公积　　　　　　　　　　　　　　　　　　　　　6 000

　　贷:股本——普通股　　　　　　　　　　　　　　　　156 000

E11-5　编制会计分录

答:(1)借:银行存款(美元户)　　　　　　　　　　　68 000

　　　　　　贷:营业外收入——接受现金捐赠　　　　　　68 000

(2)借:银行存款(美元户)　　　　　　　　　　　　1 376 000

　　　　贷:实收资本　　　　　　　　　　　　　　　　　1 376 000

注:按照新的会计准则精神,外币资本应按即期汇率折算,与外币资产的折算汇率一致,不会产生外币资本折算差额。

(3)借:固定资产　　　　　　　　　　　　　　　　　　10 000

　　　　贷:资本公积——其他资本公积　　　　　　　　　10 000

E11-6　计算优先股股利

答:按股利率计算的每年优先股股利为:$10 \times 10 \times 8\% = 8$(万元)

(1)假定优先股为累计优先股,则

第 1 年的优先股股利为：5 万元

第 1 年累计未分配的优先股股利为：8－5＝3(万元)

第 1 年的普通股股利为：0

第 2 年的优先股股利为：8 万元

截至第 2 年累计未分配的优先股股利为：3 万元

第 2 年的普通股股利为：0

第 3 年的优先股股利为：8＋3＝11(万元)

第 3 年的普通股股利为：15－11＝4(万元)

(2) 假定优先股为非累计优先股，则：

第 1 年的优先股股利为：5 万元

第 1 年的普通股股利为：0

第 2 年的优先股股利为：8 万元

第 2 年的普通股股利为：0

第 3 年的优先股股利为：8 万元

第 3 年的普通股股利为：15－8＝7(万元)

E11-7 计算优先股和普通股股利

答：按票面股利率计算的优先股股利为：$2\,000\times100\times7\%＝14\,000$(元)

(1) 假定优先股为非参加优先股，则：

分配的优先股股利额为：14 000 元

分配的普通股股利额为：$37\,400－14\,000＝23\,400$(元)

(2) 假定优先股为部分参加优先股，则

如果现金股利在普通股和优先股之间同等分配，则股利分配率为：

$37\,400\div(2\,000\times100＋8\,000\times30)＝8.5\%$，小于部分参加优先股分配的最高限度 9％

因此，分配的优先股股利为：$2\,000\times100\times8.5\%＝17\,000$(元)

分配的普通股股利为：$8\,000\times30\times8.5\%＝20\,400$(元)

E11-8 股利分派会计分录

答：宣告分派现金股利：

借：利润分配——应付优先股股利	25 000	
——应付普通股股利	20 000	
贷：应付股利——优先股股利		25 000
——普通股股利		20 000

实际分派现金股利：

借：应付股利——应付优先股股利	25 000	
——应付普通股股利	20 000	
贷：银行存款		45 000

宣告分派股票股利：

不必确认一笔负债，只需在表外附注中进行说明。

实际分派股票股利：

借：利润分配——转作股本的普通股股利	20 000	
贷：股本		20 000

E11-9　编制利润分配会计分录

答：(1) 提取 10% 的法定盈余公积金

借：利润分配——提取法定盈余公积	1 600 000	
贷：盈余公积——法定盈余公积		1 600 000

(2) 提取 5% 的法定公益金

借：利润分配——提取法定公益金	800 000	
贷：盈余公积——法定公益金		800 000

(3) 按优先股面值 4% 计提优先股股利

借：利润分配——应付优先股股利	1 600 000	
贷：应付股利——优先股股利		1 600 000

(4) 提取 10% 的任意盈余公积金

借：利润分配——提取任意盈余公积	1 600 000	
贷：盈余公积——任意盈余公积		1 600 000

(5) 按普通股面值的 5% 计提普通股股利

借：利润分配——应付普通股股利	3 000 000	
贷：应付股利——普通股股利		3 000 000

E11-10　库存股份会计分录

答：(1) 面值法

赎回股票时：

借：库存股	.10 000	
资本公积——股本溢价	15 000	
盈余公积	3 000	
贷：银行存款		28 000

再发行股票时：

借：银行存款	30 000	
贷：库存股		10 000
资本公积——股本溢价		20 000

(2) 成本法

赎回股票时：

借：库存股	28 000	
贷：银行存款		28 000

再发行股票时：

借：银行存款	30 000	
贷：库存股		28 000
资本公积——股本溢价		2 000

E11-11 编制会计分录

答：(1) 公司宣布 10％股票股利：

不必编制正式的会计分录,但应在表外附注中进行说明。

该经济事项不影响公司的股东权益。

(2) 公司进行股票分割：

不必编制正式的会计分录,只需要在备查簿中进行登记。

该经济事项不影响公司的股东权益。

(3) 如果按面值法进行核算,假定公司账面上的资本公积 250 000 元都来源于股票发行溢价,可知股票发行价格为 15 元,则

借：库存股	50 000	
资本公积——股本溢价	25 000	
盈余公积	50 000	
贷：银行存款		125 000

如果按成本法进行核算,则

借：库存股	125 000	
贷：银行存款		125 000

该经济事项导致股东权益总额减少 125 000 元。

(4) 如果按面值法进行核算,假定公司账面上的资本公积 250 000 元都来源于股票发行溢价,可知股票发行价格为 15 元,则

借：库存股	50 000	
资本公积——股本溢价	25 000	
贷：银行存款		75 000

如果按成本法进行核算,则

借：库存股	75 000	
贷：银行存款		75 000

该经济事项导致股东权益总额减少 75 000 元。

(5) 如果按面值法进行核算,则

借：银行存款	175 000	
贷：库存股		50 000
资本公积——股本溢价		125 000

如果按成本法进行核算,则

借：银行存款	175 000	
贷：库存股		125 000
资本公积——股本溢价		50 000

该经济事项导致股东权益总额增加 175 000 元。

(6) 如果按面值法进行核算,则

借：银行存款	100 000	
贷：库存股		50 000
资本公积——股本溢价		50 000

如果按成本法进行核算,则:

借:银行存款	100 000
资本公积——股本溢价	25 000
贷:库存股	125 000

该经济事项导致股东权益总额增加 100 000 元。

(7) 如果按面值法进行核算,则

借:银行存款	75 000
贷:库存股	50 000
资本公积——股本溢价	25 000

如果按成本法进行核算,则

借:银行存款	75 000
资本公积——股本溢价	25 000
盈余公积	25 000
贷:库存股	125 000

该经济事项导致股东权益总额增加 75 000 元。

(8)

借:股本——优先股	10 000
资本公积——优先股发行溢价	2 000
贷:股本——普通股	8 000
资本公积——普通股发行溢价	4 000

该经济事项不影响公司的股东权益总额,但是优先股和普通股的权益比例发生了变化。

(9)

借:股本——优先股	10 000
资本公积——优先股发行溢价	2 000
盈余公积	4 000
贷:股本——普通股	16 000

该经济事项不影响公司的股东权益总额,但是股东权益的结构发生了变化。

三、讨论题

P11-1　组建公司

答:(1) 如果我是 AAA 公司的管理层,我认为上述方案各有利弊,具体来说:

在方案 A 下,AAA 公司的投资全部采取权益资本投入的形式,这种投资形式的特点是收益的不确定性大,这一方面意味着投资风险较高,另一方面也意味着有可能获得更高的投资收益。另外,AAA 公司能够因此获得对 X 公司的控股权,从而有机会深入渗透到 X 公司的经营管理中来。

在方案 B 下,AAA 公司的投资主要采取向 X 公司进行长期贷款的形式,这种投资形式的特点是能够获得固定的利息收益,这一方面意味着投资风险较小,另一方面也意味着 AAA 公司放弃了对 X 公司的控制权以及获取更高投资回报的机会。

在方案 C 下,AAA 公司的投资虽然主要采取了权益资本投入的形式,但以持有优先股为主。持有优先股通常能够获得固定的股利率,但是不能对 X 公司的经营管理施加影

响,也不能获得超过票面股利率的剩余股利。从风险和报酬权衡的角度来看,方案 C 与
方案 B 有一定相似性。

在方案 D 下,AAA 公司的投资采取了权益资本投入和长期贷款各半的形式,并拥有
了 X 公司较大比例的股权,能够对 X 公司的经营管理施加重大影响。在该方案下,AAA
公司不但能够获得一部分固定利息收益,而且保持了一部分获得更高投资回报的机会。
从风险和报酬权衡的角度来看,方案 D 是一种较为折中的投资方案。

在方案 E 下,AAA 公司的投资采取了以权益投资为主,长期贷款为辅的形式,并且
与麦克和汤姆共同控制 X 公司。在该方案下,AAA 公司的投资风险高于方案 B、C 和 D,
但低于方案 A;投资报酬也通常会高于方案 B、C 和 D 而低于方案 A。

总的来说,各种投资方案之间并不存在绝对的优劣之分,投资风险和报酬是相对应
的,AAA 公司需要认真对风险和报酬进行权衡。最终采取何种投资方案,在很大程度上
取决于 AAA 公司管理层的风险偏好和对 X 公司的控制偏好。

(2)和上述从投资角度对各方案的分析类似,如果我是麦克和汤姆,从筹资的角度对
上述方案进行分析,也可以发现它们各有利弊。具体来说:

在方案 A 下,X 公司全部采取了股权筹资的形式。这种筹资形式的特点是没有固定
的利息负担,也没有固定的到期日,筹资风险较小,但所负担的资金成本较高。并且,麦克
和汤姆失去了对公司的控股权。

在方案 B 下,X 公司主要采取了长期借款的筹资形式。这种筹资形式的特点是有固
定的利息负担和固定的偿付期限,因此,筹资风险较高,但是筹资成本相对较低。而且,举
债筹资使麦克和汤姆不会失去对公司的绝对控股权。

在方案 C 下,X 公司主要采取了股权筹资的形式,但是主要以发行优先股为主。优
先股筹资形式的特点是一般没有固定的到期日,但通常有固定的股利负担,筹资成本则一
般高于借款形式而低于普通股形式。另外,发行优先股能够使麦克和汤姆保持对公司的
绝对控股权。

在方案 D 下,X 公司采取了股权筹资和债务筹资各半的形式,从筹资风险和成本权
衡的角度来看,该方案是一种较为折中的筹资方案,既不至于形成过重的固定利息负担,
又适当降低了筹资成本。而且,麦克和汤姆仍然拥有公司的控股权。

在方案 E 下,X 公司采取了以股权筹资为主,债务筹资为辅的形式,并且麦克和汤姆
与 AAA 公司对 X 公司形成了共同控制。在该方案下,筹资风险低于方案 B、C 和 D,但高
于 A;筹资成本则一般高于方案 B、C 和 D 而低于 A。

总的来说,各种筹资方案之间也不存在绝对的优劣之分,麦克和汤姆需要对各种方案
的得失利弊进行认真权衡。最终采取何种筹资方案,在很大程度上取决于麦克和汤姆的
风险偏好以及对 X 公司的控制偏好。

P11-2　分配股利

答:(1)第一种建议是"以未拨定的留存收益支付现金股利",以未拨定的留存收益
支付股利符合习惯上的做法,现金股利也是最常见的股利分派形式。但是在采取这种建
议之前,首先需要考虑企业是否有良好的投资机会,是否需要将留存利润用于再投资;其
次需要考虑企业是否有充足的现金流量。

　　第二种建议是"用拨定的盈余公积发放股利",这种做法并不常见,主要是在企业未分配利润比较少时为了维护企业形象、给投资者以合理的回报而采取的股利分配做法。

　　第三种建议是"支付现金股利金额等于资产负债表中现金年末余额 125 000 元"。这种做法将公司的可用现金全部用于支付股利,使公司的现金持有量降至零,会严重影响公司未来的支付能力,出现财务困难。

　　第四种建议是"以短期投资 210 000 元发放财产股利",这种做法也不常见,有价证券一般按市场价值计价,市场价值与账面减值的差额作为投资损益处理。从东方公司的现实情况来看,由于短期投资的市价远远低于账面价值,因此,如果将其用于发放财产股利,将会发生一笔较大的投资损失。

　　第五种建议是"出售短期投资和长期投资,支付的股利为股东权益总额减去发行在外的股本面值",将股东权益总额减去发行在外的股本面值全部用于发放股利,一方面并不符合有关规定,另一方面也过于冒进。另外,通过出售短期投资和长期投资的方式筹集资金发放股利需要考虑投资的出售时点是否恰当,是否可能因此带来不必要的投资损失。

　　第六种建议是"发放 10% 的股票股利",这种做法可以节约现金支出,因此,如果企业现金紧张或者需要大量的资金进行投资的话,采取这种做法不失为一种理想的选择。

　　(2) 制定股利分配政策时需要考虑的因素主要有:

　　① 法律因素。为了保护投资者的利益,各国法律如《公司法》、《证券法》等都对公司的股利分配进行一定的限制。影响公司股利政策的主要法律因素包括:资本保全的约束、企业积累的约束、企业利润的约束、偿债能力的约束等。

　　② 债务契约因素。债权人为了防止企业过多发放股利,影响其偿债能力,增加债务风险,往往以契约的形式限制企业现金股利的分配。

　　③ 公司自身因素。股份公司内部的各种因素及其面临的各种环境、机会可能对其股利政策产生影响,主要包括现金流量、举债能力、投资机会、资金成本等。

　　④ 股东因素。一般来说,影响股利政策的股东因素主要包括:追求稳定的收入,规避风险;担心控制权的稀释;规避所得税等。

　　(3) 针对东方公司的具体情况,我建议公司采取上述第六种建议,即发放 10% 的股票股利。

P11-3　股票期权

　　答:(1) 借:银行存款　　　　　　　　　　　　　　　　207 900 000
　　　　　　　贷:股本——普通股　　　　　　　　　　　　　　2 700 000
　　　　　　　　资本公积——股本溢价　　　　　　　　　　205 200 000

　　(2) 假定 199× 年年末 GE 公司确认的 270 万份认股权的公允价值为 a,则员工行使认股权的会计分录为

　　　　借:银行存款　　　　　　　　　　　　　　　　145 800 000
　　　　　　普通股认股权证　　　　　　　　　　　　　　　　　a
　　　　　贷:股本——普通股　　　　　　　　　　　　　　2 700 000
　　　　　　资本公积——股本溢价　　　　　　　　　143 100 000＋a

　　(3) 从原有股东的角度来看,(1)和(2)两种情况显然是有区别的。在第(1)种情况

下,新股东以现行市价入股;而在第(2)种情况下,新股东的认股价格低于现行市价。

显然,对于原有股东而言,第(1)种情况更为有利。

(4) GE 的说法有一定道理,但并不全面。实行员工持股计划对原有股东利益的影响是多方面的:一方面,通过这种制度设计,确实能够激发员工的工作热情和潜能,有效地激励员工为公司创造更高的业绩,而一旦公司业绩提升,股票价格上涨,原有股东也能够从中获利;但另一方面,员工行使认股权会导致原有股东权益的"稀释",从而在一定程度上伤害了原有股东的利益。

P11-4　国企改组

答:(1) 评估基准日和调账日之间资产发生了增加或减少的变化,就不能还按原定的评估增值额调账。因为经过这段期间以后,原来有些经评估增值(或减值)的资产可能已不复存在,那么再将其评估增值(或减值)额入账就失去了客观基础。

(2) 由于原材料采用后进先出法进行核算,因此,8 月 31 日账面结存的 7 000 件原材料的成本结转自 6 月 1 日原材料的账面价值,应按比例确认这 7 000 件原材料的增值额。

应确认的原材料增值额为:$(1\,196-1\,040)\times(7\,000\div10\,000)=109.2$(万元)

(3) 调账会计分录为

借:原材料　　　　　　　　　　　　　　　　　　　　　　1 092 000
　　固定资产　　　　　　　　　　　　　　　　　　　　　　7 000 000
　　无形资产——土地使用权　　　　　　　　　　　　　　1 000 000
　　贷:累计折旧　　　　　　　　　　　　　　　　　　　　　　2 800 000
　　　　长期投资　　　　　　　　　　　　　　　　　　　　　　400 000
　　　　递延所得税负债　　　　　　　　　　　　　　　　　　1 944 360
　　　　资本公积——其他资本公积　　　　　　　　　　　　3 947 640

(4)

万元

项　　目	6 月 1 日账面余额	评估确认额	8 月 31 日资产评估确认入账前账目余额	调整后余额
应收账款(净值)	1 194	1 194	995	995
原材料	1 040	1 196	728	837.2
	(10 000 件)	(10 000 件)	(7 000 件)	
长期投资	300	260	300	260
固定资产				
固定资产原价	1 700	2 400	1 800	2 500
累计折旧	440	720	504	784
无形资产				
土地使用权		100		100

P11-5　科技公司上市资产重组的三种模式

答:(1) 对模式一的评价:

优点:重组过程相对简单,可大大缩短重组时间,关联交易较少,一般不会产生裁员和管理层变动的矛盾,改组过程的阻力小于其他方式。

缺点:没有剥离出不良资产和非经营性资产,必然造成上市公司资本利润率低,企业办社会的现象无法解决,对于原来政(院所)企不分的企业无法达到改组的同时改制的目的,而且作为国有股权的管理机构难以落实。

(2) 对模式二的评价:

优点:注重"突出主营业务,尽量减少关联交易"的原则,保留原科研院所、高校法人地位或新设一家国有企业,一方面用来安置非经营性资产,承担社会职能;另一方面又可以明确投入股份公司资产的国有股的管理机构,有利于保持管理和利益的连续性。

缺点:由于需要进行剥离,而且比较和判断有些部门是否剥离通常有一定的难度,因此重组的难度加大,重组的时间拉长。另外,上市公司与非上市部分之间将存在产品、服务等多方面的关联交易,这些关联交易处理比较复杂,可能会影响其他股东权益以及上市公司的信息披露。

(3) 对模式三的评价:

优点:通过良性资产的合并,容易形成规模效应和产业互补,形成相对完整的产业链,可以提高改组后企业的整体效益,扩大其规模并实际上增强其信用,增加其在证券市场上筹集资金的能力。

缺点:合并企业各方利益协调难度大,资产评估定价折算易产生分歧,新成立的股份公司行业跨度加大,管理水平要求相应提高。

第 12 章　特殊会计问题

一、思考题

Q12-1　什么是关联交易？如何认定关联方？

答：对于关联交易，国际上没有统一的界定标准。根据我国《企业会计准则第 36 号——关联方披露》的规定，关联方交易，是指关联方之间转移资源、劳务或义务的行为，而不论是否收取价款。《香港联合交易所上市规则》14.23 规定，关联交易是指：①上市发行人或其附属公司与关联人士之间的任何交易；②上市发行人或其附属公司对某一家公司的权益的收购或变卖，而该被收购或变卖公司的主要股东，或为获提名为该上市发行人或其附属公司的董事、行政总裁或控股股东，或为该上市发行人或其附属公司的董事、行政总裁或控股股东的联系人。上述规定的共同之处在于强调关联交易发生在关联人士（关联方）之间。

关联方交易的类型通常包括下列各项：①购买或销售商品；②购买或销售商品以外的其他资产；③提供或接受劳务；④担保；⑤提供资金（贷款或股权投资）；⑥租赁；⑦代理；⑧研究与开发项目的转移；⑨许可协议；⑩代表企业或由企业代表另一方进行债务结算；⑪关键管理人员薪酬。

关联方主要是关联企业，即任何两个以上独立存在而相互间具有业务关系或投资关系之一的企业体。此外，与企业有特定关系的自然人（如董事、经理等）也被认为属于关联方范畴。我国《企业会计准则第 36 号——关联方披露》规定，一方控制、共同控制另一方或对另一方施加重大影响，以及两方或两方以上同受一方控制、共同控制或重大影响的，构成关联方。

根据准则规定，下列各方构成企业的关联方：①该企业的母公司。②该企业的子公司。③与该企业受同一母公司控制的其他企业。④对该企业实施共同控制的投资方。⑤对该企业施加重大影响的投资方。⑥该企业的合营企业。⑦该企业的联营企业。⑧该企业的主要投资者个人及与其关系密切的家庭成员。主要投资者个人，是指能够控制、共同控制一个企业或者对一个企业施加重大影响的个人投资者。⑨该企业或其母公司的关键管理人员及与其关系密切的家庭成员。关键管理人员，是指有权力并负责计划、指挥和控制企业活动的人员。与主要投资者个人或关键管理人员关系密切的家庭成员，是指在处理与企业的交易时可能影响该个人或受该个人影响的家庭成员。⑩该企业主要投资者个人、关键管理人员或与其关系密切的家庭成员控制、共同控制或施加重大影响的其他企业。

仅与企业存在下列关系的各方，不构成企业的关联方：①与该企业发生日常往来的资金提供者、公用事业部门、政府部门和机构。②与该企业发生大量交易而存在经济依存关系的单个客户、供应商、特许商、经销商或代理商。③与该企业共同控制合营企业的合营者。同时,仅仅同受国家控制而不存在其他关联方关系的企业,不构成关联方。

尽管各国法律所认定的关联方的范畴不同,但基本都要考虑以下三个标准:

第一,是否存在控制或共同控制关系。所谓控制,是指有权决定一个企业的财务和经营政策,并能据以从该企业的经营活动中获取利益。所谓共同控制,是指按照合同约定对某项经济活动所共有的控制,仅在与该项经济活动相关的重要财务和经营决策需要分享控制权的投资方一致同意时存在。这种控制权力既可以是基于股权关系,也可以是基于契约关系产生。

第二,是否存在重大影响关系。所谓重大影响,是指对一个企业的财务和经营政策有参与决策的权力,但并不能够控制或者与其他方一起共同控制这些政策的制定。产生重大影响关系可能基于以下各种情况:一是基于股权关系,二是基于自然人的特殊地位而产生重大影响关系。

第三,实质重于形式原则。

Q12-2　如何判断关联交易的公允性?

答:依据《国际会计准则》,关联方交易最基本的定价方法为"不加控制的可比定价法",即参照非关联方之间在经济上可比的市场中买卖类似商品所采用的价格。如果关联交易价格不是按照非关联方自由买卖被交易商品时的价格确定,而是按照受到控制的、高于或低于非关联方之间的价格确定,由此形成的价格将是显失公允的。应该说,国际会计准则对关联方交易公允性的判断进行了明确的描述,只有当同时披露关联方交易价格和非关联方自由买卖被交易商品时的价格,才能使报告使用者对关联方交易定价的公允性做出判断。

Q12-3　非公允关联交易会计处理的基本原则是什么?

答:《企业会计准则第36号——关联方披露》规定,企业只有在提供确凿证据的情况下,才能披露关联方交易是公平交易。例如,A企业与其直接控制的B企业发生商品交易,若其交易价格制订原则是参照同类商品的市场价格,企业对非关联方同期销售同类商品20%以上的,以对非关联方交易价格为依据;企业对非关联方企业销售比例较低的(20%以下),则企业应提供市场同类商品同期价格的可靠外部依据,或由注册会计师对其交易的真实、合法、有效和交易价格的公允性发表肯定意见的情况下方可披露其交易为公平交易。

对于非公允关联交易,会计处理的基本原则是,以公允性为标准,在公允性范围之内的允许确认为利润,但如果没有确凿证据标明交易价格是公允的,对显失公允的交易价格部分,严格来说不得确认为当期利润,而作为关联方对公司的捐赠,计入资本公积,并单独设置"关联交易差价"明细科目进行核算。对显失公允关联交易形成的资本公积,不得用于转增资本或弥补亏损。

Q12-4　上市公司应当如何披露关联方关系和关联交易?

答:根据《企业会计准则第36号——关联方披露》的规定:

1. 企业无论是否发生关联方交易,均应当在附注中披露与母公司和子公司有关的下列信息:

(1) 母公司和子公司的名称。

母公司不是该企业最终控制方的,还应当披露最终控制方名称。

母公司和最终控制方均不对外提供会计报表的,还应当披露母公司之上与其最相近的对外提供会计报表的母公司名称。

(2) 母公司和子公司的业务性质、注册地、注册资本(或实收资本、股本)及其变化。

(3) 母公司对该企业或者该企业对子公司的持股比例和表决权比例。

2. 企业与关联方发生关联方交易的,应当在附注中披露该关联方关系的性质、交易类型及其交易要素。交易要素至少应当包括:

(1) 交易的金额;

(2) 未结算项目的金额、条款和条件,以及有关提供或取得担保的信息;

(3) 未结算应收项目的坏账准备金额;

(4) 定价政策。

3. 关联方交易应当分关联方以及交易类型予以披露。类型相似的关联方交易,在不影响会计报表阅读者正确理解关联方交易对财务报表影响的情况下,可以合并披露。

4. 企业只有在提供确凿证据的情况下,才能披露关联方交易是公平交易。

Q12-5 什么是"债务重组"? 债务重组有几种方式? 分别在什么条件下成立?

答: 根据我国 2006 年《企业会计准则第 12 号——债务重组》,所谓债务重组是指在债务人发生财务困难的情况下,债权人按照其与债务人达成的协议或者法院的裁定做出让步的事项。其中,"让步"指债权人同意发生财务困难的债务人现在或将来以低于重组债务账面价值的金额偿还债务。这一定义突出了债务人发生财务困难的前提和债权人最终让步的业务实质。

广义上讲,所有涉及修改债务条件的事项(包括修改债务的金额或时间)都应视为债务重组,包括债务人处于财务困难条件下的债务重组,也包括债务人不处于财务困难条件下的债务重组,还包括债务人处于清算或改组时的债务重组。准则将债务重组界定在"债务人发生财务困难的情况下,债权人按照其与债务人达成的协议或法院的裁定做出让步的事项",说明我国会计准则的范围限定在对债务人处于财务困难时债权人做出让步的债务重组。原因有以下几点:①债务人没有发生财务困难时发生的债务重组的会计核算问题,或属于捐赠,使用其他准则;或重组债务未发生账面价值的变动,不必进行会计处理。②企业清算或改组时的债务重组,属于非持续经营条件下的债务重组,有关的会计核算应遵循特殊的会计准则。③债务人发生财务困难时所进行的债务重组,如果债权人没有让步,而是采取以物抵账或诉讼方式解决,没有直接发生权益或损益变更,不涉及会计的确认和披露,也不必进行会计处理。只有在让步的情况下才是准则规定的债务重组,适用债务重组会计准则。

关于债务重组方式,主要有以下几种:

(1) 以资产清偿债务。包括以低于债务账面价值的现金清偿债务,可称之为"减让清收";以非现金资产清偿债务,可称之为"以资抵债"。

（2）将债务转为资本。债务人将债务转为资本,同时债权人将债权转为股权,可称之为"债转股"。

（3）修改其他债务条件,如减少债务本金、减少债务利息等,不包括上述（1）和（2）两种方式。

（4）以上三种方式的组合等。这种重组方式简称为"混合重组方式"。例如,以转让资产、债务转为资本等方式的组合清偿某项债务。再如,以转让资产清偿某项债务的一部分,并对该项债务的另一部分以修改其他债务条件进行债务重组。

Q12-6　债务重组会计处理的基本原则是什么?

答:我国 2006 年《企业会计准则第 12 号——债务重组》中规定的会计处理基本原则可总结为:公允价值来计量、重组结果入损益。

概括而言,对债务人来说,重组债务的账面价值与支付现金、转出非现金资产公允价值、发行股份公允价值总额、将来应付金额的现值之间的差额,作为债务重组收益计入当期损益。涉及或有支出的,债务人应将其包括在将来应付金额中予以折现,确定重组收益;实际发生时冲减重组的账面价值,如未发生则作为结清债务当期的债务重组收益,计入当期损益。

对债权人来说,重组债务的账面余额与收到现金、受让非现金资产公允价值、享有股权的公允价值、将来应收金额的现值之间的差额（已计提减值准备的,应先冲减减值准备）,作为债务重组损失计入当期损益。受让非现金资产按公允价值入账。涉及或有收益的,债权人不应将其包括在将来应收金额中确定重组损失;或有收益实际发生时计入当期损益。

具体会计处理要求如下:

	债务人的具体会计处理	债权人的会计处理
（1）以现金清偿债务	将重组债务的账面价值与实际支付现金之间的差额,计入当期损益	将重组债权的账面余额与收到的现金之间的差额,计入当期损益。已对债权计提减值准备的,应当先将该差额冲减减值准备,减值准备不足以冲减的部分,计入当期损益
（2）以非现金资产清偿债务	将重组债务的账面价值与转让的非现金资产公允价值之间的差额,计入当期损益。转让的非现金资产公允价值与其账面价值之间的差额,计入当期损益	对受让的非现金资产按其公允价值入账,重组债权的账面余额与受让的非现金资产的公允价值之间的差额,比照（1）的规定处理
（3）将债务转为资本	将债权人放弃债权而享有股份的面值总额确认为股本（或者实收资本）,股份的公允价值总额与股本（或者实收资本）之间的差额确认为资本公积。重组债务的账面价值与股份的公允价值总额之间的差额,计入当期损益	将享有股份的公允价值确认为对债务人的投资,重组债权的账面余额与股份的公允价值之间的差额,比照（1）的规定处理

续表

	债务人的具体会计处理	债权人的会计处理
(4)修改其他债务条件	将修改其他债务条件后债务的公允价值作为重组后债务的入账价值。重组债务的账面价值与重组后债务的入账价值之间的差额,计入当期损益。修改后的债务条款如涉及或有应付金额,且该或有应付金额符合《企业会计准则第13号——或有事项》中有关预计负债确认条件的,应当将该或有应付金额确认为预计负债。重组债务的账面价值,与重组后债务的入账价值和预计负债金额之和的差额,计入当期损益	将修改其他债务条件后债权的公允价值作为重组后债权的账面价值,重组债权的账面余额与重组后债权的账面价值之间的差额,比照(1)的规定处理。修改后的债务条款中涉及或有应收金额的,债权人不应当确认或有应收金额,不得将其计入重组后债权的账面价值
(5)组合方式	依次以支付的现金、转让的非现金资产公允价值、债权人享有股份的公允价值冲减重组债务的账面价值,再按照(4)的规定处理	依次以收到的现金、接受的非现金资产公允价值、债权人享有股份的公允价值冲减重组债权的账面余额,再按照(4)的规定处理

Q12-7　上市公司应当如何披露债务重组?

答:债务人和债权人应分别披露如下与债务重组有关的信息:

1. 债务人应当在附注中披露与债务重组有关的下列信息:

(1) 债务重组方式;

(2) 确认的债务重组利得总额;

(3) 将债务转为资本所导致的股本(或者实收资本)增加额;

(4) 或有应付金额;

(5) 债务重组中转让的非现金资产的公允价值、由债务转成的股份的公允价值和修改其他债务条件后债务的公允价值的确定方法及依据。

2. 债权人应当在附注中披露与债务重组有关的下列信息:

(1) 债务重组方式;

(2) 确认的债务重组损失总额;

(3) 债权转为股份所导致的投资增加额及该投资占债务人股份总额的比例;

(4) 或有应收金额;

(5) 债务重组中受让的非现金资产的公允价值、由债权转成的股份的公允价值和修改其他债务条件后债权的公允价值确定方法及依据。

此外,根据《证券法》和中国证监会信息披露的要求,若债务重组属于重大事项,还需要发布临时公告。

Q12-8　什么是非货币性资产交换?如何判断非货币性资产交换?

答:非货币性资产交换,是指交易双方主要以存货、固定资产、无形资产和长期股权投资等非货币性资产进行的交换。该交换不涉及或只涉及少量的货币性资产(即补价)。

在非货币性资产中,有时也会涉及少量的货币性资产。这里的货币性资产,称为补价。非货币性资产进行交换,并不意味着不涉及任何货币性资产,如果只涉及少量的货币性资产,则仍属于非货币性交易。为便于判断,一般以 25% 作为参考比例。如果支付的货币性资产占换入资产公允价值的比例(或占换出资产公允价值与支付的货币性资产之和的比例)低于 25%(含 25%),则视为非货币性资产交换,如果这一比例高于 25%(不含25%),则视为货币性交易。

例如,甲公司用一台设备 A1 交换乙公司的设备 A2,以利于生产经营。在交换日,设备 A1 的账面原值为 100 000 元,累计折旧为 20 000 元;设备 A2 的账面原值为90 000 元,累计折旧为 15 000 元。设备 A1 的公允价值为 65 000 元,设备 A2 的公允价值为 70 000 元。甲公司另支付银行存款 5 000 元给乙公司。在这项交易中,甲公司支付的货币性资产(即银行存款)5 000 元占换入设备 A2 公允价值 70 000 元的比例为7.14%(5 000÷70 000)。由于支付的货币性资产占换入资产公允价值的比例为7.14%,低于 25%,所以,可以判定这项交易为非货币性资产交换,应根据非货币性资产交换会计准则的有关规定进行会计处理。又如,上例中,如果设备 A2 的公允价值为90 000 元,在其他条件不变的情况下,甲公司需另支付银行存款 25 000 元。在这项交易中,甲公司支付的货币性资产(即银行存款)25 000 元占换入设备 A2 公允价值90 000 元的比例为 27.78%(25 000÷90 000)。由于货币性资产占换入资产公允价值的比例为 27.78%,高于 25%,所以,可以判定这项交易为货币性交易,应根据货币性交易的原则进行会计处理。

Q12-9　非货币性交易会计处理的基本原则是什么?

答:根据《企业会计准则第 7 号——非货币性资产交换》的规定,非货币性资产交换的会计处理基本原则是:

符合商业性质且公允价值能够可靠计量条件的非货币性交易以公允价值基础计价;不符合条件的,以换出资产的账面价值基础计价。不管以何种基础计价,不核算收到补价所含收益或损失的确认。以公允价值计量确认换出资产公允价值与其账面价值之间的差额,直接计入损益。以账面价值计量不确认损益。

具体处理原则是:

	按账面价值计量	按公允价值计量
不涉及补价	以换出资产的账面价值和应支付的相关税费作为换入资产的成本,不确认损益。 换入资产入账价值＝换出资产账面价值＋应支付的相关税费	以公允价值和应支付的相关税费作为换入资产的成本,公允价值与换出资产账面价值的差额计入当期损益。 换入资产入账价值＝换出资产公允价值＋应支付的相关税费 非货币性资产交换损益＝换出资产公允价值－换出资产账面价值

	按账面价值计量	按公允价值计量
涉及补价	(1) 支付补价的,应当以换出资产的账面价值,加上支付的补价和应支付的相关税费,作为换入资产的成本,不确认损益。 换入资产入账价值=换出资产账面价值+补价+应支付的相关税费 (2) 收到补价的,应当以换出资产的账面价值,减去收到的补价并加上应支付的相关税费,作为换入资产的成本,不确认损益。 换入资产入账价值=换出资产账面价值−补价+应支付的相关税费	(1) 支付补价的,换入资产成本与换出资产账面价值加支付的补价、应支付的相关税费之和的差额,应当计入当期损益。 换入资产入账价值=换出资产公允价值+补价+应支付的相关税费 非货币性资产交换损益=换出资产公允价值−换出资产账面价值 (2) 收到补价的,换入资产成本加收到的补价之和与换出资产账面价值加应支付的相关税费之和的差额,应当计入当期损益。 换入资产入账价值=换出资产公允价值−补价+应支付的相关税费 非货币性资产交换损益=换出资产公允价值−换出资产账面价值
涉及多项资产	按照换入各项资产的原账面价值占换入资产原账面价值总额的比例,对换入资产的成本总额进行分配,确定各项换入资产的成本	按照换入各项资产的公允价值占换入资产公允价值总额的比例,对换入资产的成本总额进行分配,确定各项换入资产的成本

Q12-10　什么是补价？为什么只有受到补价时才能确认收益？

答：根据《企业会计准则——非货币性交易》(2001 年修订)的规定,在非货币性交易中,有时也会涉及少量的货币性资产。这里的货币性资产,称为补价。补价也可以理解为：在非货币性资产交换中,由于双方所交换资产的公允价值存在差额,一方支付给另一方的货币性资产。至于受到补价时才能确认收益是因为：由于收到货币资产,换出资产的盈利过程已部分实现,其对应的计税价格部分的盈利过程已经完成,因此应确认收益。

但根据《企业会计准则第 7 号——非货币性资产交换》(2006)的规定,现已不核算收到补价所含收益或损失的确认。

Q12-11　如何计算非货币性交易的收益？

答：根据《企业会计准则第 7 号——非货币性资产交换》(2006)的规定,当非货币性资产交换具有商业实质且换入或换出资产至少两者之一的公允价值能够可靠计量的条件下,应当采用公允价值计量模式。该模式下,交换损益计算如下：

非货币性资产交换损益=换出资产公允价值−换出资产账面价值

Q12-12　资产负债表日后事项的处理原则是什么？

答：根据《企业会计准则第 29 号——资产负债表日后事项》(2006)的规定：

1. 资产负债表日后至财务报告批准报出日之间发生的、为资产负债表日已经存在的情况提供了新的或进一步证据的事项,应作为调整事项。企业发生的资产负债表日后调整事项,应当调整资产负债表日的会计报表。

2. 资产负债表日后至财务报告批准报出日之间发生的、表明资产负债表日后发生的情况的事项,应作为非调整事项。企业发生的资产负债表日后非调整事项,不应当调整资产负债表日的会计报表。

3. 资产负债表日后,企业利润分配方案中拟分配的以及经审议批准宣告发放的股利或利润,不确认为资产负债表日的负债,但应当在附注中单独披露。

4. 资产负债表日后事项表明持续经营假设不再适用的,企业不应当在持续经营基础上编制会计报表。

5. 企业应当在附注中披露与资产负债表日后事项有关的下列信息:①财务报告的批准报出者和财务报告批准报出日。按照有关法律、行政法规等规定,企业所有者或其他方面有权对报出的财务报告进行修改的,应当披露这一情况。②每项重要的资产负债表日后非调整事项的性质、内容,及其对财务状况和经营成果的影响。无法做出估计的,应当说明原因。

Q12-13 举例说明会计政策变更,为什么对会计政策变更需要做追溯调整?

答:所谓会计政策变更,是指企业对相同的交易或事项由原来采用的会计政策改用另一会计政策的行为。为保证会计信息的可比性,使会计报表使用者在比较企业一个以上期间的会计报表时,能够正确判断企业的财务状况、经营成果和现金流量的趋势,一般情况下,企业应在每期采用相同的会计政策,不应也不能随意变更会计政策。否则,势必削弱会计信息的可比性,使会计报表使用者在比较企业的经营业绩时发生困难。但是,也不能认为会计政策不能变更,一般认为:若①法律或会计准则等行政法规、规章提出新的要求;或②会计政策的变更能够提供有关企业财务状况、经营成果和现金流量等更可靠、更相关的会计信息,则应改变原采用的会计政策。

属于会计政策变更的事例比如:编制合并会计报表时合并范围的确定原则发生变更;外币报表折算采用的方法由现行汇率法改为时态法;建造合同由按完成合同法确认收入改为按完工百分比法确认收入;所得税的核算由递延法变更为债务法;存货的计价由后进先出法变更为先进先出法;长期股权投资的核算由成本法变更为权益法核算等等。

《企业会计准则第 28 号——会计政策、会计估计变更和差错更正》要求会计政策变更时除有特别规定,均应采用追溯调整法进行处理,并将会计政策变更的累积影响数调整期初留存收益,会计报表其他相关项目的期初数也应一并调整,但不需要重编以前年度的会计报表。如果累计影响数不能合理确定,会计政策变更应采用未来适用法。在编制比较会计报表时,对于比较会计报表期间的会计政策变更,应调整各该期间的净损益和其他相关项目,视同该政策在比较会计报表期间一直采用。

会计政策变更需要做追溯调整的依据是:会计政策变更影响的相关项目变动,是长期发展而形成的,不应该只由本期来承担,其累积影响额应在前后会计期进行分摊。其优点:一是体现会计信息的可靠性质量特征。为了提供更准确的企业财务状况、经营成果和现金流量的信息,企业按规定变更现行的会计政策,再通过计算会计政策变更的累积影响数,并把这个累积影响数的“影响效果”通过调整会计报表的相关项目予以消除,体现了变更会计政策的特点。二是保持会计政策的一致性,提高可比性,进而提高使用者的决策效用。会计政策变更后进行追溯调整主要目的是使之符合会计核算的一致性要求。会计报表的使用者进行比较分析企业的财务状况、经营成果和现金流量及其发展趋势,要求会计核算的前后期选用相同的会计政策,一旦会计政策变更,意味着同一企业的会计核算方法不一致,进行调整是必要的。在追溯调整法下,通过对以前期间的会计报表(或会计报表相关项目)按照新的会计政策追溯重编(或调整),使会计报表在本期与以前各期保持会计政策的一致性,使会计报表各项目数字具有可比性,这是追溯调整的最大优点。

当然,会计政策变更追溯调整也有其一定的弊端,如为企业操纵利润提供了一定的便利、会计处理繁杂且诸多问题无法协调、降低了企业会计报表的可信度等。

二、练习题

E12-1　长期股权投资和关联交易(答案按照当时会计制度给出)

(1) B 公司相关会计分录

① 借:利润分配——提取盈余公积　　　　　　　　　　　　2 300 000

　　　　　　——应付普通股股利　　　　　　　　　　1 500 000

　　贷:盈余公积——法定盈余公积　　　　　　　　　　　　　1 200 000

　　　　　　——法定公益金　　　　　　　　　　　　　　600 000

　　　　　　——任意盈余公积　　　　　　　　　　　　500 000

　　　应付股利　　　　　　　　　　　　　　　　　　1 500 000

　借:利润分配——未分配利润　　　　　　　　　　　　　3 800 000

　　贷:利润分配——提取盈余公积　　　　　　　　　　　　　2 300 000

　　　　　　——应付普通股股利　　　　　　　　　　1 500 000

② 借:应付股利　　　　　　　　　　　　　　　　　　　　1 500 000

　　贷:银行存款　　　　　　　　　　　　　　　　　　　　1 500 000

③ 借:固定资产　　　　　　　　　　　　　　　　　　　　250 000

　　贷:累计折旧　　　　　　　　　　　　　　　　　　　　50 000

　　　资本公积——其他资本公积　　　　　　　　　　　　134 000

　　　应交税费——应交所得税　　　　　　　　　　　　66 000

④ 借:以前年度损益调整　　　　　　　　　　　　　　　　2 400 000

　　贷:累计折旧　　　　　　　　　　　　　　　　　　　　2 400 000

注:根据我国所得税法规定,此项调整不得调整以前年度所得税。

⑤ 借:财务费用　　　　　　　　　　　　　　　　　　　　1 600 000

　　贷:银行存款　　　　　　　　　　　　　　　　　　　　1 600 000

(2) A 公司相关会计分录

① 购入股权

借:长期股权投资——B 公司(投资成本)　　　　　　　　34 000 000

　贷:银行存款　　　　　　　　　　　　　　　　　　　　30 000 000

　　资本公积——其他资本公积　　　　　　　　　　　　4 000 000

② 3 月 5 日 B 公司提出分配方案

借:应收股利(1 500 000×40%)　　　　　　　　　　　　600 000

　贷:长期股权投资——B 公司(投资成本)　　　　　　　　600 000

③ 4 月 15 日收到股利

借：银行存款　　　　　　　　　　　　　　　　　　　　　　600 000
　　贷：应收股利　　　　　　　　　　　　　　　　　　　　　　　600 000

④ 7 月 5 日 B 公司接受捐赠，A 公司作相应处理

借：长期股权投资——B 公司（股权投资准备）(134 000×40%)　53 600
　　贷：资本公积——股权投资准备　　　　　　　　　　　　　　　53 600

⑤ 7 月 20 日 B 公司会计差错更正，A 公司作相应更正

借：资本公积（2 400 000×40%）　　　　　　　　　　　　　960 000
　　贷：长期股权投资——B 公司（投资成本）　　　　　　　　　　960 000

⑥ 8 月 1 日收 B 公司资金使用费

借：银行存款　　　　　　　　　　　　　　　　　　　　　1 600 000
　　贷：财务费用　　　　　　　　　　　　　　　　　　　　　　1 300 000
　　　　资本公积——关联交易差价　　　　　　　　　　　　　　　300 000

⑦ 确认 2002 年投资收益

借：长期股权投资——B 公司（损益调整）(8 000 000×40%)　3 200 000
　　贷：投资收益　　　　　　　　　　　　　　　　　　　　　　3 200 000

⑧ 年末 B 公司长期股权投资的账面价值 35 693 600 元，预计可回收金额 35 000 000
元，应计提减值准备 693 600 元(35 693 600－35 000 000)：

借：投资收益　　　　　　　　　　　　　　　　　　　　　　693 600
　　贷：长期股权投资减值准备　　　　　　　　　　　　　　　　　693 600

E12-2　债务重组—以非货币性资产抵偿债务

200×2 年 9 月 30 日 B 公司应付账款账面余额：500＋85＝585(万元)

(1) 借：固定资产清理　　　　　　　　　　　　　　　　　　2 540 000
　　　　累计折旧　　　　　　　　　　　　　　　　　　　　2 000 000
　　　　贷：固定资产　　　　　　　　　　　　　　　　　　　　4 340 000
　　　　　　银行存款　　　　　　　　　　　　　　　　　　　　　200 000

(2) 借：应付账款　　　　　　　　　　　　　　　　　　　　5 850 000
　　　　贷：库存商品　　　　　　　　　　　　　　　　　　　　2 000 000
　　　　　　应交税费——应交增值税（销项税额）　　　　　　　　510 000
　　　　　　固定资产清理　　　　　　　　　　　　　　　　　　2 540 000
　　　　　　营业外收入——债务重组收益　　　　　　　　　　　　800 000

E12-3　债务重组—改变债务条件

假设贴现率为 5%；2004 年度也发生亏损。

债务重组日债务账面价值：2 000 000×(1＋4%×2)＝2 160 000(元)

修改条件后的债务公允价值：1 800 000(1＋3%×2)(P/F,5%,2)＝1 730 556(元)

债务重组收益：2 160 000－1 730 556＝429 444(元)

（**注意**：修改后的债务条款虽然涉及或有应付金额，但不符合有关预计负债的确认条件，根据《企业会计准则第 12 号——债务重组》，计算重组损益时不应考虑）

（1）债务重组日会计分录

借：长期借款　　　　　　　　　　　　　　　　　　　　2 160 000

　　贷：长期借款——债务重组　　　　　　　　　　　　　　　1 730 556

　　　　营业外收入——债务重组收益　　　　　　　　　　　　　429 444

（2）20×3 年年末支付利息

借：应付利息（1 800 000×3%）　　　　　　　　　　　　54 000

　　贷：银行存款　　　　　　　　　　　　　　　　　　　　　54 000

（3）20×4 年 12 月 31 日偿还借款、支付利息

借：长期借款——债务重组　　　　　　　　　　　　　　1 730 556

　　财务费用　　　　　　　　　　　　　　　　　　　　　123 444

　　贷：银行存款　　　　　　　　　　　　　　　　　　　　　1 854 000

E12-4　债务重组——债务转为资本

（1）债务重组日债务账面余额为 10×(1+7‰×6÷12)=10.35 万元。抵债股本 1 万元，产生资本公积（股本溢价）8.6 万元（9.6−1），产生重组收益 0.75 万元（10.35−9.6）。

（2）债务重组会计分录

借：应付票据——面值　　　　　　　　　　　　　　　　100 000

　　　　　　　——利息　　　　　　　　　　　　　　　　3 500

　　贷：股本　　　　　　　　　　　　　　　　　　　　　　10 000

　　　　资本公积——股本溢价　　　　　　　　　　　　　　　86 000

　　　　营业外收入——债务重组收益　　　　　　　　　　　　7 500

（3）支付印花税：96 000×0.4‰=384（元）

借：管理费用　　　　　　　　　　　　　　　　　　　　384

　　贷：银行存款　　　　　　　　　　　　　　　　　　　　　384

E12-5　债务重组

（1）债务金额=90 000+15 300=105 300

乙企业会计分录：

借：应付账款　　　　　　　　　　　　　　　　　　　　105 300

　　贷：银行存款　　　　　　　　　　　　　　　　　　　　　80 000

　　　　营业外收入——债务重组收益　　　　　　　　　　　　25 300

甲企业会计分录：

借：银行存款　　　　　　　　　　　　　　　　　　　　80 000

　　坏账准备　　　　　　　　　　　　　　　　　　　　　5 000

　　营业外支出——债务重组损失　　　　　　　　　　　　20 300

　　贷：应收账款　　　　　　　　　　　　　　　　　　　　　105 300

(2) 以产品偿债

乙企业会计分录:

借:应付账款	105 300	
存货跌价准备	1 000	
贷:产成品		60 000
应交税费——应交增值税(销项税额)		11 900
营业外收入——债务重组收益		34 400

甲企业会计分录:

借:库存商品	70 000	
应交税费——应交增值税(进项税额)	11 900	
坏账准备	5 000	
营业外支出——债务重组损失	18 400	
贷:应收账款		105 300

(3) 以设备抵债(假设设备的账面价值即为公允价值)

乙企业会计分录:

借:固定资产清理	67 600	
累计折旧	80 000	
固定资产减值准备	3 000	
贷:固定资产		150 000
银行存款		600
借:应付账款	105 300	
贷:固定资产清理		67 600
营业外收入——债务重组收益		37 700

甲企业会计分录:

借:固定资产	67 000	
坏账准备	5 000	
营业外支出——债务重组损失	33 300	
贷:应收账款		105 300

(4) 以债券清偿债务(计算中忽略债券公允价值的计量)

乙企业会计分录:

借:应付账款	105 300	
贷:持有至到期投资		50 000
应收利息		5 000
银行存款		2 000
营业外收入——债务重组收益		48 300

甲企业会计分录:

| 借:持有至到期投资 | 50 000 | |
| 　　应收利息 | 5 000 | |

坏账准备	5 000
营业外支出——债务重组损失	45 300
贷：应收账款	105 300

E12-6　债务重组——综合

假设贴现率为 5%

第一步：计算修改债务条件后债务的公允价值

债务重组日债务账面金额：面值 1 000 万元；利息 20 万元（1 000×4%×6÷12）。

免除利息额 20 万元；

设备抵债额 48 万元（60－10－4＋2）；

普通股抵债 800 万元；

剩余债务 152 万元（1 020－20－48－800）；

重组日应支付 20×1 年度利息：152×3%＝4.56 万元；

将来应付金额＝152×（1＋3%×2）＝161.12 万元；

债务的公允价值＝1 611 200×（P/F,5%,2）＝1 461 358（元）。

第二步,编制会计分录

（1）重组日

借：固定资产清理	480 000	
累计折旧	100 000	
固定资产减值准备	40 000	
贷：固定资产		600 000
银行存款		20 000
借：应付账款	10 200 000	
贷：固定资产清理		480 000
股本		8 000 000
应付账款		1 461 358
营业外收入——债务重组收益		258 642

（**说明**：在应付票据到期不能支付时,企业将应付票据转为应付账款）

支付 20×1 年度利息：

借：财务费用	45 600	
贷：银行存款		45 600

（2）20×2 年 12 月 31 日支付利息

借：应付账款	45 600	
贷：银行存款		45 600

（3）20×3 年 12 月 31 日还本付息

借：应付账款	1 415 758	
财务费用	149 842	
贷：银行存款		1 565 600

E12-7　非货币性交易

第一步：确定交易性质

补价占交易总额的比例＝(补价÷甲公司换出资产公允价值)×100%

$$＝(10\ 000÷50\ 000)×100\%＝20\%$$

补价占交易总额的比例小于25%，该项交易应按非货币性交易处理。

第二步：计算甲公司换入A设备的入账价值，并编制会计分录：

1. 换入资产入账价值＝换出资产公允价值－补价＋应支付的相关税费

$$＝50\ 000－10\ 000＋0＝40\ 000(元)$$

非货币性资产交换损益＝换出资产公允价值－换出资产账面价值

$$＝50\ 000－60\ 000＝－10\ 000(元)$$

2. 编制会计分录

借：固定资产	40 000	
银行存款	10 000	
非货币性资产交换损益	10 000	
贷：库存商品		60 000

第三步：计算乙公司换入A商品的入账价值并编制会计分录

1. 换入资产入账价值＝换出资产公允价值＋补价＋应支付的相关税费

$$＝40\ 000＋10\ 000＝50\ 000(元)$$

非货币性资产交换损益＝换出资产公允价值－换出资产账面价值

$$＝40\ 000－35\ 000＝5\ 000(元)$$

2. 编制会计分录

借：固定资产清理	35 000	
累计折旧	45 000	
贷：固定资产		80 000
借：库存商品	50 000	
贷：固定资产清理		35 000
银行存款		10 000
非货币性资产交换损益		5 000

E12-8　非货币性交易

甲公司换出资产的公允价值：210＋390＝600(万元)

A公司换出资产的公允价值：162＋378＝540(万元)

第一步：计算甲公司换入各项资产入账价值，并编制会计分录

甲公司应计的增值税销项税额：390×17%＝66.3(万元)

(1) 甲公司换入资产入账价值＝换出资产公允价值＋应支付的相关税费

$$＝600＋66.30＝666.3(万元)$$

非货币性资产交换损益＝换出资产公允价值－换出资产账面价值

$$＝600－180－300＝120(万元)$$

(2) 换入厂房和车辆的公允价值占其公允价值总额的比例

厂房所占比例＝(162÷540)×100%＝30%

车辆所占比例＝(378÷540)×100％＝70％

（3）计算厂房和车辆的入账价值

厂房入账价值＝换入资产入账价值总额×厂房所占比例

　　　　　　　＝666.30×30％＝199.89(万元)

车辆入账价值＝换入资产入账价值总额×车辆所占比例

　　　　　　　＝666.30×70％＝466.41(万元)

（4）编制会计分录

借：固定资产清理 　　　　　　　　　　　　　　　　　　1 800 000
　　累计折旧 　　　　　　　　　　　　　　　　　　　　　900 000
　　　贷：固定资产 　　　　　　　　　　　　　　　　　　　　2 700 000
借：固定资产——厂房 　　　　　　　　　　　　　　　　1 998 900
　　　　　　——车辆 　　　　　　　　　　　　　　　　4 664 100
　　　贷：固定资产清理 　　　　　　　　　　　　　　　　　　1 800 000
　　　　　库存商品 　　　　　　　　　　　　　　　　　　　　3 000 000
　　　　　应交税费——应交增值税(销项税额) 　　　　　　　　663 000
　　　　　非货币性资产交换损益 　　　　　　　　　　　　　　1 200 000

第二步：计算 A 公司换入资产入账价值并编制会计分录

（1）A 公司换入资产入账价值＝换出资产公允价值－增值税进项税额

　　　　　　　　　＝540－66.3＝473.7(万元)

非货币性资产交换损益＝换出资产公允价值－换出资产账面价值

　　　　　　　　　＝540－100－330＝110(万元)

（2）计算换入设备和原材料占公允价值总额的比例

设备所占比例＝(210÷600)×100％＝35％

原材料所占比例＝(390÷600)×100％＝65％

（3）计算各项换入资产入账价值

设备入账价值＝换入资产入账价值总额×设备所占比例

　　　　　　　＝473.7×35％＝165.795(万元)

原材料入账价值＝换入资产入账价值总额×原材料所占比例

　　　　　　　＝473.7×65％＝307.905(万元)

（4）编制会计分录

借：固定资产清理 　　　　　　　　　　　　　　　　　　4 300 000
　　累计折旧 　　　　　　　　　　　　　　　　　　　　2 200 000
　　　贷：固定资产 　　　　　　　　　　　　　　　　　　　　6 500 000
借：固定资产——设备 　　　　　　　　　　　　　　　　1 657 950
　　原材料 　　　　　　　　　　　　　　　　　　　　　3 079 050
　　应交税费——应交增值税(进项税额) 　　　　　　　　　663 000
　　　贷：固定资产清理 　　　　　　　　　　　　　　　　　　4 300 000
　　　　　非货币性资产交换损益 　　　　　　　　　　　　　　1 100 000

E12-9　资产负债表日后事项

1. 第(1)项属于调整事项,第(2)(3)项属于非调整事项。

2. 账务处理

(1) 记录补提的坏账损失:

借:以前年度损益调整　　　　　　　　　　　　　　　　180 000

　　贷:坏账准备　　　　　　　　　　　　　　　　　　　　　　180 000

(2) 调整应交所得税:

借:应交税费——应交所得税　　　　　　　　　　　　　45 000

　　贷:以前年度损益调整　　　　　　　　　　　　　　　　　　45 000

(3) 将以前年度损益调整科目余额转入利润分配:

借:利润分配——未分配利润　　　　　　　　　　　　　135 000

　　贷:以前年度损益调整　　　　　　　　　　　　　　　　　135 000

(4) 调整利润分配有关数字:

借:盈余公积——法定盈余公积　　　　　　　　　　　　13 500

　　贷:利润分配——未分配利润　　　　　　　　　　　　　　13 500

利润表和资产负债表项目调整如下:

报表项目	调整数
管理费用	180 000
利润总额	-180 000
净利润	-135 000
所得税	-45 000
应收账款	-180 000
盈余公积	-13 500
未分配利润	-121 500
应交税费	-45 000

E12-10　会计政策变更

(1)　　　　　　　　　　　　　累积影响数计算表　　　　　　　　　　　　元

年度	按原会计政策计算确定的折旧费用 (1)	按新会计政策计算确定的折旧费用 (2)	税前差异 (3) = (2) - (1)	所得税费用的影响(4) = (3) × 25%	税后差异 (5) = (3) - (4)	累积影响数(6) = $\sum[-(5) \times 0.9\%]$
20×2	30 000	62 000	32 000	8 000	24 000	-21 600
20×3	30 000	37 200	7 200	1 800	5 400	-26 460
20×4	30 000	22 320	-7 680	-1 920	-5 760	-21 276
合计	90 000	121 520	31 520	7 880	23 640	

注:双倍余额递减法折旧率=2×1÷5=40%

（2）会计分录

借：利润分配——未分配利润	31 520
贷：累计折旧	31 520
借：递延税款	7 880
贷：利润分配——未分配利润	7 880
借：利润分配——未分配利润	2 364
贷：盈余公积——法定盈余公积	2 364

（3）

20×5 年会计报表相关项目调整表　　　　　　　　　　　元

报 表 项 目	上 年 数	年 初 数
累计折旧	×	31 520
盈余公积	×	−2 364
未分配利润	×	−21 276
递延税款（借方余额）	×	7 880
管理费用	−7 680	×
所得税	1 920	×
年初未分配利润	−26 460	×
提取法定盈余公积	576	×

E12-11　会计估计变更

（1）计算会计估计变更后的年折旧额

变更前年折旧额＝（20−2）÷9＝2（万元）

20×4 年 1 月 1 日固定资产净值＝20−2×2＝16（万元）

变更后的年折旧额＝（16−1）÷3＝5（万元）

（2）

会计估计变更当期对所得税费用和净损益的影响　　　　　　　元

项　目	影 响 额
税前利润	−30 000
所得税	−9 900
净损益	−20 100

E12-12　会计差错更正

（1）

借：管理费用	1 400
累计折旧	100
贷：固定资产	1 500

（2）

| 借：以前年度损益调整 | 5 000 |
| 　　贷：待摊费用 | 5 000 |

（3）

| 借：预收账款 | 30 000 |

　　贷：以前年度损益调整　　　　　　　　　　　　　　　　　　　　30 000

E12-13　会计差错影响

项　　目	第 1 年的影响	第 2 年的影响	第 3 年的影响	第 4 年的影响	第 5 年的影响	第 6 年的影响
流动资产合计额	无	无	无	无	无	无
设备净额	减少 250 万元	减少 200 万元	减少 150 万元	减少 100 万元	减少 50 万元	无
净利润	减少 250 万元	增加 50 万元	增加 50 万元	增加 50 万元	增加 50 万元	增加 50 万元
所有者权益	减少 250 万元	增加 50 万元	增加 50 万元	增加 50 万元	增加 50 万元	增加 50 万元
负债比率(总负债/总资产)	增加	减小	减小	减小	减小	减小

三、讨论题

P12-1　关联交易

　　(1) 从表中各类关联交易的百分比来看,关联交易的主要方式是购买商品、销售商品、提供劳务、提供资金、贷款担保和抵押。实务中这几类关联交易较为常用的原因是:

　　我国的上市公司多是由国有集团公司剥离出来、采用非整体上市的方式成立的,其业务性质往往与其母公司相同或接近。从形式上来看,上市公司与母公司及同受母公司控制的其他子公司都是独立的单位,但实际上,多数国有集团公司仍把其子公司作为集团公司的一部分来管理,有的上市公司甚至只起到一个生产车间的作用,上市公司未形成一套独立的产供销系统和资金系统,即上市公司职能未能与其母公司分开。上市公司的产品销售、材料采购仍要依靠母公司体系来进行,该类关联交易自然形成了应收、应付款。由于职能的不独立,上市公司的资金仍由母公司统一调度,利用上市公司的实力取得贷款(当然,要由母公司担保),供集团内统筹使用,便产生了提供资金、贷款担保和其他应收、应付款项。

　　近几年,经过证券监管部门的努力,上市公司职能独立性已增强了许多,但与母公司的关联交易仍不能避免。一方面,通过母公司系统销售产品和采购存货,可能会节省成本,有利于上市公司的经营;另一方面,有些上市公司还要通过关联交易虚作利润;再有,上市公司的母公司多把经营较好的公司都划归上市公司,其目的还是通过上市公司从市场上筹集资金,供整个母公司集团享用。因此,上市为母公司及其控制的子公司提供资金是难以避免的。

　　(2) 如(1)所述,上市公司关联方交易,有的是为了节省成本,有利于上市公司的经营和广大股东的利益。但也有许多上市公司利用关联交易,虚作利润、为大股东提供资金或为大股东承担费用,有损于中小股东的利益。因此,要求上市公司在会计报表附注中披露"关联方关系及其交易"是非常必要的,一方面,让报表使用者能更真实的了解上市公司的经营情况;另一方面,也在一定程度上限制了对中小股东利益的侵害。

公司需要披露的信息主要包括：

（1）关联方关系信息：①母公司和子公司的名称。母公司不是该企业最终控制方的，还应当披露最终控制方名称，母公司和最终控制方均不对外提供会计报表的，还应当披露母公司之上与其最相近的对外提供会计报表的母公司名称；②母公司和子公司的业务性质、注册地、注册资本（或实收资本、股本）及其变化；③母公司对该企业或者该企业对子公司的持股比例和表决权比例。

（2）关联方交易信息：关联方关系的性质、交易类型及交易要素。交易要素至少应当包括：①交易的金额；②未结算项目的金额、条款和条件，以及有关提供或取得担保的信息；③未结算应收项目的坏账准备金额；④定价政策。

P12-2　郑百文重组案

（1）郑百文的重组案例虽然在现行的法律、法规下存在很多漏洞和问题，但其无疑是一种趋利的市场行为，对于涉及的各方来说，必定有其各自的利益所在。

① 对信达而言，重组使它有望收回 3 亿元债权，不良资产回收率 20%，虽然达不到信达公司不良资产回收率的平均水平，但根据郑百文的实际财务状况，回收率还可以接受。

② 对三联集团来说，成功借壳上市，轻取大股东地位，并廉价取得其他大股东难以得到的约 5 000 万流通股，还频繁在各大媒体露脸，网上有人说"据某种算法"，广告效益达"上亿元人民币以上"。

③ 对地方政府来说，可避免面对所辖企业破产、开中国上市公司破产之先之窘境。

④ 对股东来说，股票缩水一半总比企业破产而导致颗粒无收强得多，从这一层面上讲，重组绝对强于破产。

（2）会计处理：

信达：

借：银行存款　　　　　　　　　　　　　　　　　　3 亿元
　　债权重组损失　　　　　　　　　　　　　　　　12 亿元
　　贷：待处置贷款及应收利息　　　　　　　　　　　　　　15 亿元

三联：

借：长期股权投资——郑百文（投资成本）　　　　　3 亿元
　　贷：银行存款　　　　　　　　　　　　　　　　　　　　3 亿元

郑百文：

借：长期借款　　　　　　　　　　　　　　　　　　15 亿元
　　贷：营业外收入——债务重组收益　　　　　　　　　　　15 亿元

借：股本　　　　　　　　　　　　　　　　　　　　×××
　　资本公积　　　　　　　　　　　　　　　　　　×××
　　贷：银行存款　　　　　　　　　　　　　　×××（回购股份支付额）

P12-3　深华源债务重组

（1）深华源相关会计分录

2000 年 11 月 10 日：

借：长期借款——深圳国投   4 558 万元
    贷：其他应付款——沙河联发   4 558 万元
2000 年 12 月 24 日：
借：其他应付款——沙河联发   4 558 万元
    贷：营业外收入——债务重组收益   4 558 万元

上述会计处理结果，导致 4 558 万元的贷款转为了收入，增加了公司利润。

（2）ST 深华源由于在 1998 年和 1999 年连续亏损，在 2000 年已被深交所 ST 处理。而公司经营状况没有任何好转，时刻面临被 PT 的命运。于是，选择了债务重组这一惯常的"伎俩"作为摆脱困境的"稻草"。2000 年 10 月，主营房地产的深圳沙河实业公司入主并成为第一大股东，由其旗下的沙河联发公司承接了深华源的 4 558 万元的债务，然后豁免深华源的这些债务。这一债务重组使得深华源获得 4 558 万元的债务重组收益。根据 2000 年年报，深华源实现主业收入 7 818 万元，主业利润 1 170 万元，均比上年有所增长，但与 1 439 万元管理费用和 2 697 万元财务费用相比，靠主业无法扭亏。最终是靠营业外收入 4 578 万元一举扭亏。而这笔营业外收入主要是 4 558 万元债务重组收益。

当然，对于 ST 深华源本次重组事项存在较多争议，甚至其年报如何编制竟招来了财政部的多次干预。按照 2000 年的规定，债务重组的收益是可以作为公司的盈利。但由于债务重组对上市公司的经营状况的改善没有多大裨益，反而屡屡成为上市公司操纵利润，进而成为所谓庄家操纵股价的借口。因此，2001 年 1 月 18 日，财政部以财会字[2001]7 号公布了重新修订的关于债务重组的具体会计准则，规定重组收益不能计入当年损益，而是要记入资本公积金。准则规定，"本准则自 2001 年 1 月 1 日起施行"。但该准则奇特之处在于还特别规定了一款衔接办法，即第 16 条，"对于本准则施行之日以前发生的债务重组，其会计处理方法与本准则的方法不同的，应予追溯调整"。这样就将 ST 深华源纳入到了新的准则规范之内。2001 年 2 月 15 日，公司发布公告称：根据财政部的最新会计准则，债务重组收益不能计入当年盈利，预计公司 2000 年将会继续亏损。此后，2 月 21 日和 27 日，深华源又连续两次发布预亏公告。连续三年亏损，将使 ST 深华源苦心经营的重组成果化为灰烬。4 月 24 日，深华源的年报终于粉墨登场，2000 年实现净利润 1 215.44 万元。ST 深华源公然违背会计准则的行为，财政部及时做出了反应，而且态度一次比一次严厉。5 月 9 日，专门为此发布财会[2001]32 号文，要求深华源根据新会计准则规定，将深圳市沙河联发公司豁免的 4 558 万元债务重组收益记入资本公积金，并要求其修改 2000 年年度报告。迫于财政部的压力，5 月 12 日，ST 深华源不得不表示将按照财政部的要求重新公布年报。5 月 26 日，ST 深华源公布了亏损的年报。

可见，ST 深华源在已被 ST 处理的情况下，为避免退市，利用重组收益来增加利润。不管 ST 深华源当时债务重组的会计处理是否违背准则，但从本质看，不合理因素是显而易见的：若非关联方，谁又肯为深华源承担如此巨额的债务？即使豁免了公司的债务，但也不能视同公司创造了盈利，因为公司的内生盈利能力并不会因为债务的减轻就会自然得到提升。

P12-4 世纪星源债务重组

先看世纪星源的会计处理：

（1）债务重组：

借：长期借款	166 585 723.22
贷：在建工程	30 612 839.60
营业外收入——债务重组收益	135 972 883.62

（2）购回资产：

借：固定资产	166 585 723.22
贷：银行存款	166 585 723.22

以上两个分录结合起来，可变为以下分录：

（1）归还借款：

借：长期借款	166 585 723.22
贷：银行存款	166 585 723.22

（2）虚记资产和收入：

借：在建工程	166 585 723.22
贷：在建工程	30 612 839.60
营业外收入——债务重组收益	135 972 883.62

该方法使得公司的资产和利润同时虚增了 135 972 883.62。

第 13 章　成本核算与控制

一、思考题

Q13-1　什么是成本？理解产品成本构成有何意义？

答：所谓成本，是指特定主体为了达到特定目的所做出的"牺牲"，这种牺牲通常用耗费或放弃的经济资源来计量或计算。也可以说，成本是市场交换的结果，是为了得到自己所需要的有价值的东西而放弃了自己所拥有的有价值的东西。从计算盈亏的角度看，不同的主体使用不同的成本概念；从管理的角度看，不同的目的需要不同的成本概念。

理解产品的成本构成，有助于会计核算人员理解和掌握成本核算方法，对分析成本差异，挖掘降低成本的潜力具有重要意义。管理人员理解成本构成，有助于正确看待生产过程中发生的各种耗费，有助于从降低成本的角度进行科学管理。

Q13-2　成本核算过程中，应该划清哪些支出、费用界限？为什么要划清这些界限？

答：成本核算过程中，应该划清产品成本和期间费用的界限。产品成本是指与以重新销售为目的而购入或制造的产品有关的成本，一般包括直接材料、直接人工和制造费用，简称"料工费"。期间费用指与特定期间相联系，虽然也与产品的生产有关，但与产品的生产数量没有直接联系的成本费用。在计算成本的过程中，期间费用直接在损益表中摊销，而不必追溯到特定产品上。

只有划清产品成本和期间费用的界限，才能准确核算产品成本，而准确的产品成本对于企业产品定价和确定目标利润等至关重要。期间费用是不产生产品增值的费用，所以应该尽量降低。

Q13-3　订单法运用分为几个步骤？如采用订单法进行核算，其成本计算单的结构如何？

答：订单法是以产品订单为成本对象归集和分配直接材料、直接人工何制造费用，并计算出产品的单位成本和总成本的方法，主要适用于单件、小批量生产的企业。

运用订单法核算成本一般包括以下几个步骤：

（1）根据领料单归集直接材料费用；

（2）根据工时卡归集直接人工成本；

（3）按照一定的方法归集和分配制造费用；

（4）计算总成本和单位产品成本。

如采用订单法进行核算，其成本计算单的结构包括以下几个部分：

（1）基本情况：包括产品订单编号、生产部门、开工和完工日期、完工数量等。该部分在表头的下方，具有编码的功效。

（2）用来归集直接材料、直接人工和制造费用的部分，该部分在表格的中间，是成本计算单的主体部分。

（3）计算总成本和单位成本的部分，该部分位于表的左下方。

（4）计算产成品的发运情况的部分，该部分位于表的右下方。

成本计算单的具体格式见下表：

成本计算单

订单编号：　　　　　　　　　　　　　　　　　　　　　　　开工日期：

部门：　　　　　　　　　　　　　　　　　　　　　　　　　完工日期：

项目：　　　　　　　　　　　　　　　　　　　　　　　　　完工数量：

直接材料		直接人工			制造费用		
领料单编号	金额/元	工时卡编号	工时	金额/元	工时	分配率	金额/元
成本汇总/元		发运记录/件					
直接材料			日期		数量		结存
直接人工							
制造费用							
总成本							
单位成本							

Q13-4　如何理解成本分配在成本核算中的重要性？

答：在一个特定的期间内，如果生产的产品或者提供的服务在两种或两种以上时，为了计算不同产品或服务的成本，就需要对间接成本进行分配，也就是说将间接费用按照一定的成本分配基础在不同产品或服务之间分配。

由于这些间接成本是所有产品的共同费用，尤其是制造费用。所以在成本的核算中要以科学的方法在不同产品或服务之间分配，这样才能准确地核算每个品种、批次产品的成本。

Q13-5　什么是标准成本系统？如何制定标准成本并进行差异分析？

答：标准成本系统是泰罗制的一个主要组成部分，是一种比较规范的成本控制系统。在这种成本系统下核算成本，首先确定一个成本中心，然后在这个成本中心的范围内，确定成本标准。成本标准的水平有"理想标准"和"可行标准"两类。

在确定标准成本时，一般分为生产成本中心和服务成本中心两类部门进行。由于服务成本中心的成本最终要分配到生产成本中心，所以可以统一归结到生产成本中心标准成本的确定。

生产成本中心的成本标准就是该中心所生产的产品的成本标准，包括标准直接材料成本、标准人工成本、标准制造费用三个部分。各部分的标准成本的确定方式如下：

单位产品直接材料标准成本＝单位产品直接耗用量×标准价格

单位产品直接人工标准成本＝单位产品直接耗用工时×标准工资率

标准总制造费用＝标准总固定费用＋(直接人工总工时数×单位直接人工变动制造费用)

在此基础上,将标准总制造费用按照标准工时在各品种之间分配。

分析成本差异就是对直接材料、直接人工和制造费用的实际数与标准数进行比较,确定差异,将差异分解为数量差异和价格差异,最后将分解的差异与特定的责任者联系起来的一个过程。无论直接材料、直接人工和制造费用的差异都按照下式分解:

价格差异＝实际耗用总量×(实际价格－标准价格)

数量差异＝(标准耗用总量－实际耗用总量)×标准价格

其中,

实际耗用总量＝实际产量×实际单位材料耗用量或人工工时

标准耗用总量＝实际产量×标准单位材料耗用量或人工工时

在进行差异分析时,首先要分析直接材料和直接人工差异,其次分析制造费用差异,然后,分析成本差异产生的原因和责任,并以此给予相关人员奖惩。

Q13-6　标准成本、目标成本、作业成本核算存在多大差异？对企业的影响如何？

答: 虽然从字面上看,都叫做成本,但是三者是从不同角度定义的成本概念,对应的核算方法也有很大差异。

标准成本是指在标准的工作条件下,生产某种产品应该耗费的成本,通常根据企业已经达到的生产技术水平,经过精密调查、分析和技术测定或动作时间研究来制定。标准成本核算体系是首先确定产品的各项标准成本,包括标准直接材料成本、标准人工成本、标准制造费用等,作为产品成本的标准;然后将实际成本与标准成本比较,找出差异,并进行差异分析。

目标成本是在企业根据一定的方法确定产品的市场价格和企业希望达到的目标利润之后倒挤出来的成本,它的基本公式是:

$$目标成本＝价格－目标利润$$

由于目标成本不是根据产品的生产过程确定,而是由预计价格和目标利润确定,所以目标成本具有一定的主观性,它与生产该产品的实际成本未必一致,反复改进设计和采用新技术消除目标成本和实际成本之间的差额,是目标成本管理的主要内容。因此,目标成本实际上是一种产品在赚取必要的利润基础上所允许发生的成本,而目标成本制度则是一种战略性利润和成本管理的过程。

作业成本制度是建立在准时制(JIT)基础之上的一种成本制度。在作业成本制度之下,作业成为成本核算单元。根据性质不同,作业可以分为四个级次:单产性作业、批量性作业、品种性作业和产能性作业。影响某项作业成本数量的因素成为成本动因,成本动因也是分配成本项目的直接依据。作业成本法的前提是"产品耗费作业,作业耗费资源"。

作业成本法计算成本的步骤是:第一步,将耗费的资源按照资源动因记入作业,包括根据不同资源动因分别设置资源成本库,再将成本库中的资源成本按照各项作业对资源的耗用数量直接或经分配记入作业成本库,进而计算出作业成本;第二步,将作业成本按成本动因记入成本对象,主要是将作业成本库中的作业成本按照各成本对象对作业的耗费数量直接或经分配记入成本对象,进而计算出产品、服务或客户的成本。

标准成本和目标成本都不是企业产品的实际成本,都涉及差异的分析和消除等问题,但是作为一种成本核算和管理制度,都具有一定的科学性。作业成本是近几年兴起的成本核算和管理制度,这种方法下,计算出来的产品成本是真实的成本,而且这种方法将作业分为增值作业和不增值作业,其目标是尽量减少甚至消除不增值作业,有利于企业从主体上降低成本,提高效益,是一种比较理想的成本核算制度,但是,在实际中,它的应用受到一定的限制。

Q13-7　什么是作业成本计算,它比传统成本计算有哪些优越性?

答:作业成本法是把企业消耗的资源按照资源动因分配到作业以及把作业收集的作业成本按成本动因分配到成本对象的核算方法。其核算基础是“成本驱动因素理论”:“产品耗费作业,作业耗费资源”。由此可见,作业成本的实质是在资源耗费和产品耗费之间借助作业来分离、归纳、组合,然后形成各种产品成本。

与传统成本计算方法相比,作业成本法更注重成本信息对决策的有用性,其计算方法更加符合现实,以更加精确的成本分解代替了传统的成本分配,并实现了以下四个目标:

(1) 消除低增值成本或使之达到最小;

(2) 引入效率与效果,从而使经营过程中展开的增值活动衔接流畅,以改善产出;

(3) 发现造成问题的根源并加以改正;

(4) 根除由不合理的假设与错误的成本分配造成的扭曲。

Q13-8　什么是目标成本计算,它的前提条件、原则是什么? 价值工程的运用有哪几个步骤?

答:目标成本是在企业根据一定的方法确定产品的市场价格和企业希望达到的目标利润之后倒挤出来的成本,它的基本公式是:

$$目标成本＝价格－目标利润$$

目标成本也可以理解为在既定市场价格和企业目标利润前提下的成本目标。

目标成本计算的前提是产品的成本具有一定的降低空间,通过设计和生产过程的优化,产品的成本可以被降低并到达目标成本。

目标成本的确定原则是:

(1) 价格领先原则,即首先根据市场调查等手段确定产品的市场价格,在价格确定之后,再根据标杆法等技术方法确定企业的目标利润,最后用市场价格减去目标利润得到目标成本。

(2) 以客户为中心原则,即目标成本制度要以市场为导向,企业管理人员要倾听客户的意见和需求,并通过改进设计等方式满足这些需求,并按客户愿意支付的价格销售商品。

(3) 以产品设计为重点的原则,即为了能够按照目标成本生产产品,必须在设计阶段进行认真。细致的设计,将对生产过程中的人员及其设备、原材料和零部件的使用等作详细的设计和说明。

(4) 突出流程设计原则,即生产流程的每一个方面都要按照目标成本的要求进行设计,如果实际成本高于目标成本,就要运用流程优化的方法,剔除流程中的不增值作业,最终使设计的产品符合目标成本的要求。

(5)组织跨部门团队原则,因为目标成本的制定和履行需要企业不同部门人员的共同努力才能够完成,所以在产品的设计,尤其是改进设计的过程中,需要组织跨部门的团队,共同提出改进意见。

价值工程的运用分为以下几个步骤:

(1)产品的功能分析:调查顾客对产品功能的需求;编制质量功能矩阵表;计算产品功能系数。

(2)产品的成本分析:计算产品每一个零部件的成本和在总成本中的比重,即成本系数。

(3)将功能系数和成本系数进行对比,计算价值指数。如果价值指数等于1,不作调整;如果价值指数小于1,说明用较大比重的成本生产了较小比重的功能,成本投入过度,应该降低该零部件的成本;反之,如果价值指数大于1,说明用较小比重的成本生产了较大比重的功能,成本投入不足,应该增加该零部件的投入。

Q13-9　成本反馈报告对企业有何意义?

答:成本反馈报告,又称为成本业绩报告,反应成本中心对成本标准完成的进度或结果,其主要用途是将上级经理与成本中心的活动连接起来,为上级经理了解和控制成本中心的经营活动提供了一个强有力的手段,也是分析各部门成本差异和责任并进行相应的成本奖惩的依据。另外,成本反馈报告也可以抄送到被考核的成本中心,它会强化成本中心经理自我约束的意识。

Q13-10　现代成本管理与传统成本管理相比,在哪些方面有所创新? 意义何在?

答:和传统成本管理相比,现代成本管理在适应技术和社会环境变化的过程中,发生了以下几个方面的创新:

(1)适时制(JIT)。包括适时生产制和适时采购制,将需要的产品或服务在需要的时候送到需要的地方,实现零库存管理。适时制要求这个企业生产经营的各个环节像钟表一样相互协调、准确无误地进行运转。这是降低成本的一个突破性的举措。

(2)全面质量管理。全面质量管理是适时制得以实施的必要条件,它以"零缺陷"作为出发点,要求企业产品的缺陷不是在销售环节被发现,而是在设计和生产过程中可能发生的时候就被防止或校正。全面质量管理虽然在一定程度上提高了产品的生产成本,但是却极大地降低了由于产品质量问题带来的质量成本。

(3)管理与技术相结合。由于计算机辅助设计、计算机辅助工程、计算机辅助制造以及弹性制造系统和计算机集成化制造系统技术的出现,使得产品的设计、试产和生产过程都大大缩短,成本相应降低,成本控制的灵活性提高。

(4)成本管理方法的创新。主要包括:作业成本制度、目标成本制度、质量成本管理、产品生命周期成本管理等。这些方法的创新极大的丰富了成本管理的内容,提高了成本管理的领域范围和效率。

二、练习题

E13-1 成本库与成本动因

甲产品的材料定额费用 $=150\times(6\times10+8\times8)=18\,600(元)$

乙产品的材料定额费用 $=120\times(9\times10+5\times8)=15\,600(元)$

材料费用的分配率 $=37\,620\div(18\,600+15\,600)=1.1$

甲产品耗用的材料费用 $=1.1\times18\,600=20\,460(元)$

乙产品耗用的材料费用 $=1.1\times15\,600=17\,160(元)$

E13-2 成本分配(以作业为基础)

按照作业成本四层次划分法,将 ABC 公司的作业成本可以按照下表进行分配:

ABC 公司的作业成本分配标准

作 业 层 次	待分配的成本项目	成 本 动 因
单产性作业	原材料和零部件 机器用电 机器折旧 设备维修人员工资 设备维修(零件)	单位产品耗用量 机器小时 直接人工小时 产量
品种性作业	过程设计	设计时数
批量性作业	生产准备人员工资 检测	材料处理数量 材料处理次数 设备调整次数 设备调整时数 检测次数 检测时数
产能性作业	工厂保险费 照明用电 工厂折旧 工厂保管人员工资 房产税 天然气(供热)	机器小时 人工小时 员工数量

E13-3 订单法(分批法)

(1) 计算各生产批次分摊制造费用的预定分配率

因为题中未给出该企业预计制造费用总额和正常产能下的直接人工工时等数据,所以无法计算制造费用的预定分配率。

但是,在假设小时工资率一定的情况下,可以根据实际发生的直接人工和制造费用的比率,计算出各批次应该分配的制造费用。

本月直接人工发生额合计 $=20\,450+10\,000=30\,450(元)$

本月制造费用发生额合计 $=4\,000+2\,000+3\,000+5\,000+1\,100+8\,500+1\,250+3\,200=28\,050(元)$

单位直接人工费用对应的制造费用＝28 050÷30 450＝0.921 2(元)

(2) 计算当月批号 204 的单位成本

批号 204 的成本计算单　　　　　　　　　　元

成 本 项 目	月初成本数据	本月发生的成本数据	总成本合计
直接材料	3 190	410	3 600
直接人工	7 210	3 500	10 710
制造费用	4 326	3 500×0.921 2	7 550.2
合计	14 726	7 134.2	21 860.2
产量/件(未完工)	50		
单位成本	437.204		

(3) 计算 7 月 31 日存货账户余额

本月各批次产品的成本计算单列示在以下几张表中：

批号 202 的成本计算单　　　　　　　　　　元

成 本 项 目	月初成本数据	本月发生的成本数据	总成本合计
直接材料	4 200	950	5 150
直接人工	8 500	2 000	10 500
制造费用	5 100	2 000×0.921 2	6 942.4
合计	17 800	4 792.4	22 592.4
产量/件(未完工)	30		
单位成本	753.08		

批号 203 的成本计算单　　　　　　　　　　元

成 本 项 目	月初成本数据	本月发生的成本数据	总成本合计
直接材料	7 200		7 200
直接人工	10 200		10 200
制造费用	5 120		5 120
合计	22 520		22 520
产量/件(完工)	50		
单位成本	450.4		

批号 205 的成本计算单　　　　　　　　　　元

成 本 项 目	月初成本数据	本月发生的成本数据	总成本合计
直接材料	2 800	1 200	4 000
直接人工	6 500	4 500	11 000
制造费用	3 900	4 500×0.921 2	8 045.4
合计	13 200	9 845.4	23 045.4
产量/件(完工)	35		
单位成本	658.4		

批号 206 的成本计算单　　　　　　　　　　元

成 本 项 目	月初成本数据	本月发生的成本数据	总成本合计
直接材料		4 180	4 180
直接人工		9 200	9 200
制造费用		9 200×0.921 2	8 475.04
合 计		21 855.04	21 855.04
产量/件(未完工)	40		
单位成本	546.376		

批号 207 的成本计算单　　　　　　　　　　元

成 本 项 目	月初成本数据	本月发生的成本数据	总成本合计
直接材料		3 600	3 600
直接人工		8 340	8 340
制造费用		8 340×0.921 2	7 682.808
合 计		19 622.808	19 622.808
产量/件(未完工)	50		
单位成本	392.46		

批号 208 的成本计算单　　　　　　　　　　元

成 本 项 目	月初成本数据	本月发生的成本数据	总成本合计
直接材料		1 200	1 200
直接人工		2 910	2 910
制造费用		2 910×0.921 2	2 680.692
合 计		6 790.692	6 790.692
产量/件(未完工)	40		
单位成本	169.77		

根据以上成本计算单,可以计算出 7 月 31 日存货账户余额为

原材料:7 800+8 500−8 900−2 560=4 840(元)

在产品:21 860.2+22 592.4+21 855.04+19 622.808+6 790.692=92 721.14(元)

产成品:22 520+23 045.4=45 565.4(元)

存货合计:4 840+92 721.14+45 565.4=143 126.54(元)

(4) 计算当月产成品成本

当月完工的产成品只有批号为 205 的产品,根据成本计算单,其总成本为 23 045.4 元,单位成本为 658.4 元。

(5) 计算当月的制造费用分摊差异,并作调整分录。

由于未按照预计分配率分配制造费用,所以未产生差异,如果有差异,当已分配的制造费用小于实际发生的制造费用时,调整分录为

借:产品销售成本　　　　　　　　　　　　　　　　　×××

　　贷:制造费用　　　　　　　　　　　　　　　　　　　×××

当已分配的制造费用大于实际发生的制造费用时做相反分录。

E13-4　订单法下制造费用的分配

(1) 预定的制造费用分配率＝150 000÷36＝4 166.67

(2) 直接人工应负担的制造费用＝预定的分配率×实际人工工时

$$＝4\ 166.67×34$$

$$＝141\ 666.78(元)$$

(3) 成本计算单

订单编号：245　　　　　　　　开工日期：

部门：　　　　　　　　　　　完工日期：

项目：　　　　　　　　　　　完工数量：

直接材料		直接人工				制造费用		
领料单编号	金额/元	工时卡编号	工时/小时	金额/元	工时/小时	分配率		金额/元
1	100	101	6	45	6	4 166.67		25 000.02
2	400	102	8	60	8			33 333.36
3	550	103	9	21	9			37 500.03
		104	11	54	11			45 833.37
合计	1 050		34	180	34			141 666.78

成本汇总/元		发运记录/件		
直接材料	1 050	日期	数量	结存
直接人工	180			
制造费用	141 666.78			
总成本	142 896.78			
单位成本				

E13-5　分步法

(1)

英雷公司 B 制造部生产成本报告

20×6 年 4 月

		约当产量	
项　目	产量/件	直接材料/件	加工成本/件
产量与约当产量			
待核算数量			
期初在产品	6 000		
投产数量	22 000		
合计	28 000		
应核算数量			
完工转出产成品	16 000	16 000	16 000
损坏品	2 000	2 000	2 000
期末在产品	10 000	6 000	6 000
合计	28 000	24 000	24 000

续表

总成本及单位成本/元

项　　目	总　成　本	直接材料成本	加工成本
期初在产品	80 000	56 000	24 000
本期发生成本	404 000	248 000	156 000
合计	484 000	304 000	180 000
约当产量		24 000	24 000
单位成本	20.17	12.67	7.5

成本用途

项　　目	总成本/元	直接材料成本/元	加工成本/元
应核算成本			
转出完工产品(16 000)	322 720	202 720	120 000
期末在产品(10 000)			
直接材料	76 020	76 020	
加工成本	45 000		45 000
期末在产品合计	121 020		
损坏品	40 340	25 340	15 000
总计	484 000	304 000	180 000

（2）分析 B 制造部的实际损坏率高于还是低于正常水平？损坏品损失是多少？

实际损坏率＝（28 000－26 000）÷18 000×100％＝11.11％＞5％

即实际损坏率高于正常水平。

损坏品损失＝（12.67＋7.5）×2 000＝40 340（元）

（3）试计算损坏率若降至 2％时的成本节约额

成本节约额＝（18 000×5％－18 000×2％）×（12.67＋7.5）＝10 891.8（元）

E13-6　分步法

（1）登记产品成本明细账

一车间成本明细账　　　　　　　　　　　　　　　　　　元

摘　　要	原　材　料	燃料及动力	工资及福利	制造费用	合　　计
月初	8 253	2 800	4 575	6 100	21 728
本月	6 300	1 700	3 000	4 400	15 400
生产费用累计	14 553	4 500	7 575	10 500	37 128
分配率	0.99	0.18	0.303	0.42	
完工	8 613	2 700	4 545	6 300	22 158
在产	5 940	1 800	3 030	4 200	14 970

二车间成本明细账　　　　　　　　　　　　　　　　　　元

摘　　要	原　材　料	燃料及动力	工资及福利	制造费用	合　　计
月初			950	3 050	4 000
本月	3 700	6 250	12 550	22 500	
生产费用累计	3 700	7 200	15 600	26 500	
分配率		0.308	0.6	1.3	
完工	3 388	6 600	14 300	24 288	
在产	312	600	1 300	2 212	

（2）编制产品成本汇总计算表

产成品汇总表　　　　　元

摘　　要	原　材　料	燃料及动力	工资及福利	制 造 费 用	合　　计
一车间转入	8 613	2 700	4 545	6 300	22 158
二车间转入		3 388	6 600	14 300	24 288
汇总	8 613	6 088	11 145	20 600	46 446

E13-7　部门生产报告编制

甲公司一车间生产报告　　　　　元

总成本及单位成本

项　　目	原　材　料	燃料及动力	工资及福利	制 造 费 用	合　　计
期初在产品	8 253	2 800	4 575	6 100	21 728
本期发生	6 300	1 700	3 000	4 400	15 400
生产费用累计	14 553	4 500	7 575	10 500	37 128
应核算成本					
转入下一车间	8 613	2 700	4 545	6 300	22 158
期末在产品	5 940	1 800	3 030	4 200	14 970
合计	14 553	4 500	7 575	10 500	37 128

甲公司二车间生产报告　　　　　元

总成本及单位成本

项　　目	原　材　料	燃料及动力	工资及福利	制 造 费 用	合　　计
期初在产品			950	3 050	4 000
本期发生	3 700	6 250	12 550		22 500
生产费用累计	3 700	7 200	15 600		26 500
完工产成品	3 388	6 600	14 300		24 288
期末在产品	312	600	1 300		2 212
合计	3 700	7 200	15 600		26 500

E13-8　约当产量计算

（1）计算 20×6 年的约当产量及单位产品的直接材料、直接人工和制造费用

分配原材料时产品的约当产量＝1 200 000（件）

单位产品的原材料成本＝（200 000＋1 300 000）÷1 200 000＝1.25（元）

分配直接人工时产品的约当产量＝900 000＋300 000×50％＝1 050 000（件）

单位产品的直接人工成本＝（315 000＋1 995 000）÷1 050 000＝2.2（元）

单位产品的制造费用＝2.2×60％＝1.32（元）

（2）计算产成品总成本和期末在产品成本

产成品总成本＝（1.25＋2.2＋1.32）×900 000＝4 293 000（元）

期末在产品成本＝1.25×300 000＋（2.2＋1.32）×150 000＝903 000（元）

（3）计算 20×6 年的销货成本

销货成本＝（本期完工产成品－期末库存产成品）×单位产品成本

$$＝（900 000－200 000）×（1.25＋2.2＋1.32）$$

$$＝3 339 000（元）$$

E13-9　标准成本计算（直接材料、直接人工）

（1）计算生产一批合格产品所需原料的耗用标准

每批合格产品耗用 A 材料＝10÷80％÷80％＝15.625（公斤）

每批合格产品耗用 B 材料＝20÷80％÷80％＝31.25（公斤）

每批合格产品耗用 C 材料＝3÷80％＝3.75（公斤）

（2）计算生产一批合格产品所需人工耗用量标准

每批合格产品所需人工耗用量＝1÷80％＝1.25（小时）

（3）材料标准成本率＝15.625×50＋31.25×10＋3.75×30＝1 206.25（元）

人工标准成本率＝1.25×12＝15（元）

E13-10　标准成本计算（制造费用）

（1）计算每批布的标准变动制造费用

每批布的标准变动制造费用＝1.25×3＝3.75（元）

（2）计算单位直接人工固定制造费用和每批布的标准制造费用

单位直接人工固定制造费用＝50 000÷2 000÷1.25＝20（元/小时）

每批布的标准制造费用＝3.75＋20×1.25＝28.75（元）

（3）编制华清公司标准单位成本汇总表

华清公司标准单位成本汇总表

生产要素投入		标准数量或工时/时	标准价格或工资率/元	标准成本/元
直接材料	A	15.625	50	781.25
	B	31.25	10	312.5
	C	3.75	30	112.5
直接人工		1.25	30	15
变动制造费用		1.25	12	3.75
固定制造费用		1.25	3	25
标准单位成本				1 250

E13-11　标准成本差异分析（直接材料、直接人工）

（1）直接材料成本差异

材料价格差异＝原材料实际耗用量×（实际价格－标准价格）

$$＝369 000×（1.55－1.6）$$

$$＝－18 450（元）$$

材料数量差异＝(实际耗用量－标准耗用量)×标准价格

$$=(369\,000-70\,000\times5)\times1.6$$

$$=30\,400(元)$$

(2) 直接人工差异

直接人工价格差异＝实际直接人工工时×(实际人工薪资率－标准人工薪资率)

$$=145\,000\times(8.95-9)$$

$$=-7\,250(元)$$

直接人工数量差异＝(实际直接人工工时－标准直接人工工时)×标准人工薪资率

$$=(145\,000-70\,000\times2)\times9$$

$$=45\,000(元)$$

(3) 变动制造费用差异

变动制造费用价格差异＝实际直接人工工时×(实际变动制造费用率－标准变动制造费用率)

$$=145\,000\times(220\,000\div145\,000-1.5)$$

$$=145\,000\times0.017\,3$$

$$=2\,508.5(元)$$

变动制造费用数量差异＝(实际直接人工工时－标准直接人工工时)×标准变动制造费用率

$$=(145\,000-2\times70\,000)\times1.5$$

$$=7\,500(元)$$

(4) 固定费用差异

固定制造费用价格差异＝实际直接人工工时×(实际固定制造费用率－标准固定制造费用率)

$$=145\,000\times(240\,000\div145\,000-2)$$

$$=145\,000\times(-0.344\,8)$$

$$=-49\,996(元)$$

固定制造费用数量差异＝(实际直接人工工时－标准直接人工工时)×标准固定制造费用率

$$=(145\,000-2\times70\,000)\times2$$

$$=10\,000(元)$$

E13-12 标准成本差异分析(制造费用)

(1) 直接材料成本差异

材料价格差异＝原材料实际耗用量×(实际价格－标准价格)

$$=8\,000\times11\times(0.16-0.15)$$

$$=880(元)$$

材料数量差异＝(实际耗用量－标准耗用量)×标准价格

$$=(8\,000\times11-8\,000\times10)\times0.15$$

$$=1\,200(元)$$

（2）直接人工差异

直接人工价格差异＝实际直接人工工时×（实际人工薪资率－标准人工薪资率）

$$＝8\,000×0.45×(4.2－4)$$

$$＝720(元)$$

直接人工数量差异＝（实际直接人工工时－标准直接人工工时）×标准人工薪资率

$$＝(8\,000×0.45－8\,000×0.5)×4$$

$$＝－1\,600(元)$$

（3）变动制造费用差异

变动制造费用价格差异＝实际直接人工工时×（实际变动制造费用率－标准变动制造费用率）

$$＝8\,000×0.45×(1.2÷0.45－1÷0.5)$$

$$＝2\,412(元)$$

变动制造费用数量差异＝（实际直接人工工时－标准直接人工工时）×标准变动制造费用率

$$＝(8\,000×0.45－8\,000×0.5)×1÷0.5$$

$$＝－800(元)$$

（4）固定费用差异

固定制造费用价格差异＝实际直接人工工时×（实际固定制造费用率－标准固定制造费用率）

$$＝8\,000×0.45×(5\,000÷8\,000÷0.45－5\,000÷10\,000÷0.5)$$

$$＝1\,404(元)$$

固定制造费用数量差异＝（实际直接人工工时－标准直接人工工时）×标准固定制造费用率

$$＝(8\,000×0.45－8\,000×0.5)×(5\,000÷10\,000÷0.5)$$

$$＝－400(元)$$

E13-13　成本反馈报告

××成本中心业绩报告

成本项目	实际/元	预算/元	差异		原因分析
			差异额/元	差异率/%	
直接材料	1 665 000	1 660 000	5 000	0.3	
直接人工	1 434 000	1 432 000	2 000	0.14	
可控制造费用	500 000	505 000	－5 000	0.1	
责任转入	50 000				
责任成本合计	3 649 000	3 597 000			

E13-14　作业成本动因分析

（1）根据直接人工小时分配间接费用的产品成本计算法下，分配给每面平面镜的成本是多少？

间接费用的分配率＝50 000÷（200×25＋200×25）＝5

分配给每面平面镜的成本＝5×200＝1 000(元)

分配给每面透镜的成本＝5×200＝1 000(元)

(1) 在 ABC 法下,分配给每面平面镜的成本是多少?

间接费用分配率＝50 000÷(5+15)＝2 500

分配给每面平面镜的成本＝2 500×5÷25＝500(元)

(2) 在 ABC 法下,分配给每面透镜的成本是多少?

分配给每面透镜的成本＝2 500×15÷25＝1 500(元)

E13-15　作业成本计算(传统成本法与作业成本法)

(1) 应用传统成本法,根据预算资料计算两种型号打印机的单位成本销货毛利率、单位毛利及毛利总额。

标准型打印机的单位毛利＝900－529－47＝324(元/台)

标准型打印机的销货毛利率＝324÷900×100%＝36%

标准型打印机的毛利总额＝324×100 000＝32 400 000(元)

经济型打印机的单位毛利＝750－482.75－117.25＝150(元/台)

经济型打印机的销货毛利率＝150÷750×100%＝20%

经济型打印机的毛利总额＝150×800 000＝120 000 000(元)

(2) 应用作业成本法,根据成本库分配率计算两种型号打印机的单位成本销货毛利率、单位毛利及毛利总额。

标准型打印机应分摊的制造费用

$$＝3 000×300＋200×100 000＋40×50 000＋20×100 000＋1×200 000$$
$$＝25 100 000(元)$$

标准型打印机的单位制造费用＝25 100 000÷100 000＝251(元/台)

标准型打印机的单位成本＝529＋251＝780(元/台)

单位毛利＝900－780＝120(元/台)

销货毛利率＝120÷900×100%＝13.33%

毛利总额＝120×100 000＝12 000 000(元)

经济型打印机应分摊的制造费用

$$＝3 000×200＋200×300 000＋40×100 000＋20×400 000＋1×800 000$$
$$＝73 400 000(元)$$

经济型打印机的单位制造费用＝73 400 000÷800 000＝91.75(元/台)

经济型打印机的单位成本＝482.75＋91.75＝574.5(元/台)

单位毛利＝750－574.5＝175.5(元/台)

销货毛利率＝175.5÷750×100%＝23.4%

毛利总额＝175.5×800 000＝140 400 000(元)

(3) 假设公司管理当局拟增加生产标准型打印机并减少经济型打印机,试分析这一计划是否妥当?

此计划不妥,因为作业成本法比传统成本法能够更准确地反映产品对资源的实际耗用情况。而按照作业成本法计算出来的经济型打印机的销售毛利率高于标准型打印机的销售毛利率,所以如果增加生产标准型打印机并减少经济型打印机,会减少企业的盈利能力。

E13-16　作业成本计算（按层次分配）

（1）计算该护理部的单日平均费用率（按传统成本计算方法）

床位费的单日平均费用率＝900 000÷6 000＝150

监测器的单日平均费用率＝1 200 000÷10 000＝120

膳食的单日平均费用率＝100 000÷6 000＝16.67

护理的单日平均费用率＝945 000÷6 000＝157.5

该护理部的单日平均费用率＝150＋120＋16.67＋157.5＝444.17

（2）计算基于成本库分配率及耗用服务量的不同病情状况的日费用率

床位费的单日平均费用率＝900 000÷6 000＝150

监测器的单日平均费用率＝1 200 000÷10 000＝120

膳食的单日平均费用率＝100 000÷6 000＝16.67

护理的单日平均费用率＝945 000÷63 000＝15

该护理部的单日平均费用率＝150＋120＋16.67＋15＝301.67

（3）分析作业成本法对服务业的适用性

作业成本法有助于服务业按照服务项目和使用数量准确确定服务价格,相比传统成本法更为精确,但同时应用难度较大。

E13-17　目标成本计算

（1）计算功能系数并填列下表：

每一部件对顾客需求的贡献率

部件/% 顾客需求	优 盘	MP3	线 控	耳 机	录音机	特征相对 排名/%
存储文件或 MP3	50%×23＝11.5	50%×23＝11.5				23
声音清晰		50%×18＝9	10%×18＝1.8	40%×18＝7.2		18
美观	30%×9＝2.7	30%×9＝2.7	30%×9＝2.7	10%×9＝0.9		9
存储空间 128 兆以上	100%×18＝18					18
随时录音	50%×18＝9				50×18＝9	18
立体声		50%×14＝7	40%×14＝5.6	10%×14＝1.4		14
变动后部件排名	41.2	30.2	10.1	9.5	9	100

（2）计算价值指数并填列下表：

价值指数表

部　件	成本系数/%	功能系数/%	价值指数	拟采取的行动
优盘	40	41.2	1.03	合适
MP3	30	30.2	1.01	合适
线控	10	10.1	1.01	合适
耳机	5	9.5	1.9	增加成本
录音机	15	9	0.6	降低成本
合计	100	100		

E13-18　成本分类

按下列格式编制表格,将上述成本归类(假设产量为 Q)

	产品成本		期间成本	机会成本	沉没成本
成本动因	变动成本	固定成本			
材料	20Q	5 000	10Q	50 000	
人工	50Q	2 000×12	3 000	2 000	
制造费用	2Q ·	2 000×12			

三、讨论题

P13-1　订单法与分步法

产品成本明细账

产品名称:半成品甲　　　　　车间名称:一车间 20×1年3月　　　　　半成品产量:500件　　　　　元

成本项目	月初在产品定额费用	本月费用	生产费用合计	完工半成品成本	月末在产品定额费用
原材料	1 900	6 300	8 200	5 400	2 800
工资及福利费	1 100	3 000	4 100	2 800	1 300
制造费用	2 300	6 100	8 400	5 800	2 600
合计	5 300	15 400	20 700	14 000	6 700
单位成本	—	—	—	28	—

自制半成品明细账

半成品名称:甲　　　　　　　　　　　　　　　　　　　　　　　　　　　　　件

月份	月初余额		本月增加		合计			本月减少	
	数量	实际成本	数量	实际成本	数量	实际成本	单位成本	数量	实际成本
	400	10 300	500	14 000	900	24 300	27	700	18 900

注:表中的成本按照简单平均法计算,即 24 300÷900=27

产品成本明细账

产品名称:产成品甲　　　　　车间名称:二车间 20×1年3月　　　　　产成品产量:350件　　　　　元

成本项目	月初在产品定额费用	本月费用	生产费用合计	产成品		月末在产品定额费用
				总成本	单位成本	
半成品	6 100	18 900	25 000	22 400	64	2 600
工资及福利费	1 200	3 700	4 900	4 400	12.6	500
制造费用	2 500	8 850	11 350	9 950	28.4	1 400
合计	9 800	31 450	41 250	36 750	105	4 500

P13-2　作业成本动因

(1) 以直接人工小时为分摊基础计算各批次的单位成本

因为正常作业量为 10 000 人工小时,而实际耗用为 300 小时,所以实际消耗费用为

预计消耗费用的 3%,即(150 000+100 000+100 000+50 000)×3%=12 000

费用分配率=12 000÷300=40(元/小时)

各批次的单位成本计算如下表所示:

各批次的单位成本

批 号	直接材料/元	直接人工/元	制造费用/元	成本合计/元	产量/件	单位成本/元
♯100	1 100	800	40×100	5 900	100	59
♯105	1 200	900	40×100	6 100	50	122
♯110	1 300	1 000	40×100	6 300	80	78.75

(2)以四种成本动因为基础计算各批次的单位成本

各种作业的成本分配率

作 业	预 计 成 本	动 因 数 量	分 配 率
试产准备	150 000	400	375
订单处理	100 000	5 000	20
设备维修	100 000	20 000	5
动力	50 000	60 000	0.83

各批次的单位成本 元

成 本 项 目	♯100	♯105	♯110
直接材料	1 100	1 200	1 300
直接人工	800	900	1 000
试车费用	375×1	375×1	375×1
订单处理	20×5	20×65	20×8
设备维修	5×50	5×60	5×30
动力	0.83×30	0.83×50	0.83×40
成本合计	2 874	3 310	3 317
产量	100	50	80
单位成本	28.74	66.2	41.46

(3)分析哪种方法能够提供更为准确的成本分摊结果。

作业成本法对成本的分摊更为准确。

P13-3 标准成本

与目前的成本制度比较,甲公司如果使用作业成本法,将会提高成本分配的准确度,但是同时也会增加工作量,这种工作量主要体现在将各项作业的耗费进行归集,并分析成本动因及按照成本动因分配费用。

在乙公司的制度中,实际成本与标准成本发生差异的可能原因是:原材料耗用量的差异、原材料价格差异、直接人工的耗用数量差异、直接人工的单位工资率差异、制造费用的发生数量差异等。

乙公司在编制预算时,某特定车型制造费用标准成本的确定方法是:首先,根据预估投入人工工时及工资率求得人工成本,根据预估耗用原材料和单价求得原材料成本,再加上按直接人工成本分摊制造费用,三者的预估成本即为各类车型的标准成本。这种标准成本的确定方式计算简单,但是由于按固定价格和费用分配率分配费用,所以容易和实际成本产生较大差异,另外,简单地按直接人工成本分摊制造费用,也不准确,尤其是在对待简单车型和复杂车型时,产生的误差加大。

在决定本公司的制造费用分配率时,不应该从每月一次改变为每年一次。因为有些车型的制造周期很短,改为每年分配一次,不能够在每月月底结算出当月完工的车型的成本,不能给销售提供定价依据。

从成本控制的观点而言,甲公司准备采用的作业成本法更好,因为这样可以区别出增值的作业和非增值的作业,并尽量减少非增值的作业。

P13-4　成本反馈报告

从该成本反馈报告,可以看出以下几点问题:

(1) 销售收入为负差异,说明实际销售收入低于预算销售收入,产生这种差异的原因可能是销售价格降低或者销售量的萎缩。

(2) 变动生产成本和变动性销售及管理费用差异为负,是有利差异,说明实际变动成本费用要低于预算的变动成本费用,管理部门应该总结经验,继续保持。

(3) 边际贡献为负差异,是不利差异,即实际边际贡献低于预计边际贡献,这主要是由于销售收入的降低造成的。所以应该努力提高销售收入,主要是要提高销售价格。

(4) 可控固定成本为负差异,是有利差异。

(5) 可控边际贡献为负差异,是不利差异,这主要是由于边际贡献的负差异造成的。

(6) 不可控固定成本有 1 000 元的负差异,为不利差异,但是这部分是不可控成本,所以该项差异不应由该利润中心负责。

(7) 中心边际贡献为正差异,是有利差异,应该受到表扬。

P13-5　成本分配

(1) 在四种成本分配法下,描述 GZ 公司部门经理的可能行为

将以上四种方法分别用 1、2、3、4 表示。

在第 1 种分配方法下,部门经理会尽量少报预算销售量以减少分摊的法律服务费用,在此前提下,会尽可能多的享用内部法律服务;

在第 2 种分配方法下,由于公司总部承担全部成本,所以不涉及部门的业绩情况,此时部门经理会尽可能多的享用内部法律服务;

在第 3 种分配方法下,由于分配率与外部法律服务得到成本一样,所以此时使用内部法律服务和到外部寻求服务的成本是一样的,也就是说,部门经理可以在内部和外部服务之间任意选择,效果没有差异。

在第 4 种分配方法下,如果分配率低于外部法律服务成本,部门经理会根据实际需要使用内部法律服务,否则部门经理会根据实际需要到外部寻求法律服务。

(2) 在四种成本分配法下,描述 GZ 公司内部法律服务的质量和数量情况

在第 1 种分配方法下,在预算销售量一定的前提下,部门经理会尽可能多的享用内部

法律服务,所以内部法律服务的数量会比较多,但是质量上的要求并不会很高;

在第 2 种分配方法下,由于公司总部承担全部成本,部门经理会尽可能多的享用内部法律服务,但是由于不需要部门支付成本,所以部门经理对质量的要求和监督的动力不足,导致服务质量不高;

在第 3 种分配方法下,由于分配率与外部法律服务得到成本一样,部门经理可以在内部和外部服务之间任意选择,所以内部法律提供的数量几乎等于实际需要量,由于有外部市场的竞争,服务质量会比较高。

在第 4 种分配方法下,由于部门经理会根据分配率的高低选择内部法律服务和外部法律服务,所以给内部法律服务造成一定的压力,有助于提高内部法律服务的质量。

(3) 在四种成本分配法下,描述 GZ 公司内部律师的可能行为

在第 1、2 两种分配方法下,内部律师的工作压力较小,对服务质量的追求也不会太高。

在第 3、4 两种分配方法下,由于受到外部法律服务市场的竞争压力威胁,所以内部律师会尽可能地提高服务质量并降低服务价格。

(4) 上述哪些成本分配方式会导致内部法律关闭?

第 3、4 种分配方式下,如果在服务质量和价格上处理不好,会导致内部法律服务的关闭。

第14章 本量利分析

一、思考题

Q14-1 什么是成本性态?

答:成本性态又称成本习性,是指业务量与成本费用之间的相互依存关系,业务量是指组织的生产经营活动水平的标志量。它可以是产出量也可以是投入量;可以使用实物量、时间度量,也可以使用货币度量。当业务量变化以后,各项成本有不同的性态。进行成本性态分析就是要考察成本发生额与业务量之间规律性的联系。按照成本对业务量的依存关系,一般将成本区分为固定成本、变动成本和混合成本三类,进一步则又可以将混合成本分解为固定成本与变动成本两部分。成本性态从数量上揭示了成本与业务量之间的规律性联系,为企业进行经营活动的预测、决策、规划、控制提供依据。但这种传统的成本性态分析以产量作为区分固定成本与变动成本的基础。产品成本中直接费用含量较高时,这种成本性态分析可以比较准确地反映成本变化的原因。但在高科技生产条件下,间接费用含量较高时,这种性态分析就掩盖了间接费用的可变性,无法准确反映成本变化的原因。

基于此,作业成本法用成本动因来解释成本性态,基于成本与成本动因的关系,可将成本分为短期变动成本、长期变动成本、固定成本三类。短期变动成本一般在短期内随产品产量的变化而变动,故仍以产量为基础(如:直接人工时、机器小时、原材料耗用量等)来归属这些成本。长期变动成本往往随作业(如:生产批次、产品项目)的变动而变动,故以非产量为基础(如:检验小时、订购次数、整备次数)作为成本动因来归属成本。作业成本法下的成本性态分析,拓宽了变动成本的范围,更大部分地明晰了投入与产出间的关系,是对传统成本性态分析的扩展。

Q14-2 如何理解固定成本的概念?

答:固定成本是指在相关范围内,成本总额不随业务量变化的成本。具体包括:

(1)约束性固定成本

是指为维持企业提供产品和服务的经营能力而必须开支的成本,是管理当局的短期决策行为不能改变其数额的固定成本,如保险费、固定资产的租金、管理人员的基本工资等。由于这类成本与维持企业的经营能力相关联,也称为经营能力成本。这类成本的数额一经确定,不能轻易加以改变,因而具有相当程度的约束性。

(2)酌量性固定成本

是指通过管理当局的短期决策行为可改变其数额的固定成本,一般是企业管理当局在会计年度开始前,根据经营、财力等情况确定的计划期间的预算额而形成的固定成本,如新产品开发费、广告费、职工培训费等。由于这类成本的预算数只在预算期内有效,企业领导可以根据具体情况的变化,确定不同预算期的预算数,所以,也称为自定性固定成本。这类成本的数额不具有约束性,可以斟酌不同的情况加以确定。

单位固定成本会随业务量增加呈反比例下降,可以用它来解释"规模经济"。

固定成本并不意味着该成本永远固定不变。固定成本的固定是相对于一定的产能区间而言的,超出该产能区间,就不再固定。

固定资产的主要特点是:

(1) 固定成本指总额固定不变的成本;

(2) 单位固定成本将随业务量的增减反比例变化;

(3) 固定成本的固定性具有一定的相关范围。

Q14-3　如何理解变动成本的概念?

答:变动成本是指成本总额随业务量的变化而呈正比例变化的成本,如直接材料。具体包括:

(1) 技术性变动成本,是指单位成本(单价)受客观因素决定、消耗量由技术因素决定的变动成本;

(2) 酌量性变动成本,是指单耗受客观因素决定、单位成本(单价)受企业管理部门决策影响的变动成本。

变动成本的主要特点是:

(1) 变动成本的总额变动,该总额一般随业务量的变动而正比例变动;

(2) 单位变动成本是固定的,它一般不随业务量变化而变化;

(3) 变动成本的正比例变动性具有一定的相关范围。

Q14-4　为什么单位固定成本随业务量的变化成反比例变动?

答:因为在一定的相关范围内,固定成本的总额是一定的,单位固定成本等于固定成本总额除以业务量,所以单位固定成本随业务量的变化成反比例变动。

Q14-5　为什么要进行混合成本分解?

答:混合成本是指介于固定成本和变动成本之间,其总额既随业务量变动又不成正比例的那部分成本。本量利分析中的成本是划分固定成本和变动成本两个因素的,混合成本由于兼具固定成本和混合成本的特征,所以在本量利分析中不能作为一个独立分析因素存在,否则问题会变得复杂起来,甚至不能得出分析结论。所以需要对其进行分解,将分解结果分别归入固定成本和变动成本,才能使用本量利方法进行分析。

Q14-6　请写出本量利关系的基本数学表达式。

答:本量利分析是成本—产量(或销售量)—利润依存关系分析的简称,也称为 CVP 分析(Cost-Volume-Profit Analysis)。它是在成本性态分析和变动成本计算法的基础上进一步展开的一种分析方法,着重研究销售数量、价格、成本和利润之间的数量关系。其基本数学表达式是:

$$利润＝单价×销量－单位变动成本×销量－固定成本$$

Q14-7　什么是边际贡献？什么是边际贡献率？

答：边际贡献是销售收入超过变动成本的差额,亦称贡献毛益、边际利润等,反映了产品的创利能力。边际贡献是产品扣除自身变动成本后给企业所做的贡献,它首先用于收回企业的固定成本,若还有剩余则成为利润,如果不足以收回固定成本则发生亏损。

边际贡献率指边际贡献总额在销售收入中所占的百分比,或者说是单位边际贡献在售价中占的百分比。边际贡献率表示每一元销售收入中边际贡献所占的比重,是用相对数反映企业产品的创利能力。

Q14-8　什么是保本点作业率？

答：保本点作业率又叫危险率,是指保本点业务量占企业正常业务量的比重。保本点作业率是一个反指标,数值越小,说明企业的安全程度越高,也表明保本状态下的生产经营能力的利用程度。其中保本点业务量是指能使企业达到保本状态时的业务量,即在该业务量水平下,企业的收入正好等于全部成本;超过这个业务量水平,企业就有盈利;反之,低于这个业务量水平,就会发生亏损。在我国,保本点又被称作盈亏临界点、盈亏平衡点、损益两平点、够本点等。

Q14-9　什么是安全边际？什么是安全边际率？

答：安全边际指正常业务量超过保本点业务量的差额,也就是指盈亏临界点以上销售量。标志着从现有销量或预计可达到的销售量到盈亏临界点,还有多大的差距。这个差距说明现有或预计可达到的销售量再降低多少,企业才会发生亏损。差距越大,说明企业发生亏损的可能性越小,企业的经营就越安全。安全边际通常用绝对数表示,即：

$$安全边际＝正常业务量－保本点业务量$$

当安全边际用相对数来表示的时候即为安全边际率,它是用安全边际除以正常销售额的比值。其计算公式如下：

$$安全边际率＝(安全边际÷正常销售量)×100\%$$

Q14-10　什么是敏感分析？

答：所谓的敏感分析,是指从定量分析的角度研究有关因素发生某种变化对某一个或一组关键指标影响程度的一种不确定分析技术。其实质是通过逐一改变相关变量数值的方法来解释关键指标受这些因素变动影响大小的规律。在管理会计中,所谓的敏感性分析多指利润敏感性分析,即专门研究制约利润的有关因素在特定条件下发生变化时对利润所产生影响的一种敏感性分析。其主要任务是计算有关因素的利润灵敏度指标,揭示利润与因素之间的相对数关系,并利用灵敏度指标进行利润预测。具体主要是研究与分析有关因素发生多大变化会使盈利转为亏损、各参数变化对盈利变化的影响程度,以及各因素变动时如何调整以保障原目标利润的实现等问题。

Q14-11　如何进行因素变动分析？

答：因素变动分析法,一般是指连环替代法。它是在多种因素共同作用于某项指标的情况下,分别确定各个因素的变动对该项指标变动的影响及其影响程度的分析方法。在日常工作中,某一计划的完成情况、某项预算的执行情况、或者资金运动的情况,总是多种因素综合作用的结果,各种因素的影响不同,各种因素之间又存在着某种联系。要揭示出各个因素的影响方向和程度时,就要运用因素变动分析法。其具体机理是以指标体系为基础,逐次替换每个因素,当某个因素替换时,所有的其他因素不变,由此所产生的差异,就是替换了的那个因素影响的结果,分析的结果可用绝对值表示,也可以用相对数表示。

其一般计算程序是:

(1) 列出各个因素的计划数(或预算数)和实际数;

(2) 按照各个因素的排列程序,依次以每个因素的实际数替代计划数,有几个因素就替代几次,直到所有因素都从计划数变成实际数为止。每次替换后要计划出"替代指标"。然后将各次替换指标与替换前的指标进行比较,其差额就是某一因素对计划执行结果的影响程度;

(3) 将各个因素的影响值相加,即是实际数与计划数的总差额。

例如:某单位的人员定编为 100 人,平均工资计划为 70 元,其工资预算为 7 000 元。该单位实际人员为 95 人,实际平均工资为 78 元,实际工资额为 7 410 元。根据影响工资额变动的两个因素的实际数,依次替换如下:

① 预算 70 元×100 人=7 000(元);

② 替换 70 元×95 人=6 650(元);

③ 实际 78 元×95 人=7 410(元);

②－①=6 650－7 000=－350 元,表明由于职工人数减少所产生的影响,使实际工资减少 350 元。

③－②=7 410－6 650=760 元,表明由于平均工资提高所产生的影响,使实际工资增加 760 元。

－350＋760=410 元,表明全部因素变动的总影响,使实际工资超过预算 410 元。经分析,其中职工人数减少使工资预算减少 350 元,而平均工资水平提高使工资超过预算 760 元。

然后进一步分析人员减少和平均工资增加的原因是什么。

二、练习题

E14-1　目标利润测算

(1) 预期利润=40 000×(15－10)－50 000=150 000(元)

(2) 销量=(160 000＋50 000)÷(15－10)=42 000(件)

(3) 单价=(160 000＋50 000)÷40 000＋10=15.25(元)

(4) 单位变动成本=15－(160 000＋50 000)÷40 000=9.75(元)

(5) 每年固定成本=40 000×(15－10)－160 000=40 000(元)

E14-2　目标利润测算—税收影响

(1) 消费税=销售收入×税率=30×8 000×5%=12 000(元)

利润总额=8 000×(30－10－2－4)－(30 000＋3 000＋2 000)－12 000=65 000(元)

所得税=65 000×30%=19 500(元)

税后利润=65 000－19 500=45 500(元)

(2) 税后净利＝利润总额×(1－所得税率)

　　　　　＝[销量×(单价－单位变动成本)－固定成本－消费税]×(1－所得税率)

　　　　　＝[销量×(单价－单位变动成本)－固定成本－销量×单价×消费税

　　　　　　税率]×(1－所得税率)

　　　　　＝[销量×(单价－单位变动成本－单价×消费税税率)－固定成本]×

　　　　　　(1－所得税率)

所以,销量＝[税后净利÷(1－所得税率)＋固定成本]÷(单价－单位变动成本－单

价×消费税税率)

　　　　　＝[16 000÷(1－30%)＋(30 000＋3 000＋2 000)]÷(30－10－2－4－30×

　　　　　　5%)

　　　　　＝57 857÷12.5

　　　　　＝4 629(件)

E14-3　多种产品目标利润测算

预计利润＝2 500×(20－14)＋2 000×(16－12)＋4 000×(10－6)－18 000＝21 000(元)

E14-4　保本点计算

(1) 保本点销售量＝25 000÷(15－10)＝5 000(件)

(2) 保本点销售额＝5 000×15＝75 000(元)

本量利图(略)

E14-5　多种产品保本点

(1) 综合边际贡献率＝[(20－14)×2 500＋(16－12)×2 000＋(10－6)×4 000]÷

　　　　　　　　　　(20×2 500＋16×2 000＋10×4 000)×100%

　　　　　　　　　＝31.97%

综合保本点销售额＝18 000÷31.97%＝56 303(元)

(2) 总销售额＝20×2 500＋16×2 000＋10×4 000＝122 000(元)

甲产品的保本点销售额＝56 303×(20×2 500÷122 000)＝23 075(元)

乙产品的保本点销售额＝56 303×(16×2 000÷122 000)＝14 768(元)

丙产品的保本点销售额＝56 303×(10×4 000÷122 000)＝18 460(元)

(3) 甲产品的保本点销售量＝23 075÷20＝1 154(件)

乙产品的保本点销售量＝14 768÷16＝923(件)

丙产品的保本点销售量＝18 460÷10＝1 846(件)

E14-6　目标利润测算

(1) 设销售量为 x,则有

$x(10×0.9－6)－40 000＝50 000$

$x＝30 000$(件)

(2) 设单位变动成本降低到 x,

$25 000×(10×0.9－x)－40 000＝50 000$

$x＝5.4$(元)

（3）设固定成本降低到 x，

$20\,000\times(10-6\times0.95)-x=50\,000$

$x=36\,000$（元）

E14-7　敏感性分析

（1）售价的最小值$=40\,000\div20\,000+6=8$（元）

单位变动成本的最大值$=10-40\,000\div20\,000=8$（元）

固定成本的最大值$=20\,000\times(10-6)=80\,000$（元）

销售量的最小值$=40\,000\div(10-6)=10\,000$（元）

（2）原利润$=20\,000\times(10-6)-40\,000=40\,000$（元）

价格下降 1％后的利润$=20\,000\times(10\times0.99-6)-40\,000=38\,000$（元）

价格下降 1％引起利润的变化百分比$=(38\,000-40\,000)\div40\,000\times100\%=-5\%$

单位变动成本下降 1％后的利润$=20\,000\times(10-6\times0.99)-40\,000=41\,200$（元）

单位变动成本下降 1％引起利润的变化百分比$=(41\,200-40\,000)\div40\,000\times100\%=3\%$

固定成本下降 1％后的利润$=20\,000\times(10-6)-40\,000\times0.99=40\,400$（元）

固定成本下降 1％引起利润的变化百分比$=(40\,400-40\,000)\div40\,000\times100\%=1\%$

销售量下降 1％后的利润$=20\,000\times0.99\times(10-6)-40\,000=39\,200$（元）

销售量下降 1％引起利润的变化百分比$=(39\,200-40\,000)\div40\,000\times100\%=-2\%$

E14-8　购买或租赁

设 $y1$ 和 $y2$ 分别为购买和租赁设备的年成本，x 为开工天数。

$y1=(30\,000-3\,000)\div5+2\,800+50x$

$y2=(100+50)x=150\,x$

令 $y1=y2$，

得到 $x=82$（天）

即当开工天数低于 82 天时，应该租用设备，而当开工天数高于 82 天时，应该购买设备，当开工天数恰好等于 82 天时，两种方案的成本无差异。

E14-9　设备选择

（1）全自动化设备的边际贡献率$=8\,000\div10\,000=0.8$

全自动化设备的保本点销售额$=6\,000\div0.8=7\,500$（元）

（2）半自动化设备的边际贡献率$=4\,000\div10\,000=0.4$

半自动化设备的保本点销售额$=2\,000\div0.4=5\,000$（元）

（3）设使用全自动化设备和使用半自动化设备获得利润相等时的销售额为 x，

$0.8x-6\,000=0.4x-2\,000$

$x=10\,000$（元）

（4）结论

当预计销售额在 5\,000 元以下时，无论采用全自动化设备还是采用半自动化设备进行生产，都会发生亏损；

当预计销售额在 5\,000 元和 7\,500 元之间时，采用全自动化设备生产会产生亏损，而

采用半自动化设备进行生产可以盈利;

当预计销售额在 7 500 元和 10 000 元之间时,两种生产方式都可以盈利,但采用半自动化设备的利润高于采用全自动化设备产生的利润;

当预计销售额在 10 000 元以上时,两种生产方式都可以盈利,但采用全自动化设备的利润高于采用半全自动化设备产生的利润。

E14-10　利润差异分析

销量变化引起的利润变动$=(32\,000-30\,000)\times(10-6)=8\,000$(元)

售价变化引起的利润变动$=(10.6-10)\times32\,000=19\,200$(元)

变动成本变化引起的利润变动$=(-6.2+6)\times32\,000=-6\,400$(元)

固定成本变化引起的利润变动$=-64\,800+60\,000=-4\,800$(元)

以上各因素变化引起的利润差异合计$=8\,000+19\,200-6\,400-4\,800=16\,000$(元)

E14-11　变动成本法

(1) 变动成本法下单位产品成本$=(28\,000+12\,000+8\,000)\div8\,000=6$(元)

完全成本法下单位产品成本$=(28\,000+12\,000+8\,000+12\,000)\div8\,000=7.5$(元)

(2) 两种成本法下的利润表

变动成本法下的利润计算表

项　目	金额/元
营业收入	$6\,000\times13=78\,000$
变动成本	$6\,000\times6=36\,000$
边际贡献	42 000
固定制造费用	12 000
销售和管理费用	$10\,000+6\,000=16\,000$
利润	14 000

完全成本法下的利润计算表

项　目	金额/元
营业收入	$6\,000\times13=78\,000$
营业成本	$6\,000\times7.5=45\,000$
毛利	33 000
销售费用	16 000
销售利润	17 000

结论：采用完全成本法计算出来的利润高于采用变动成本计算出来的利润,因为在产量大于销量的情况下,完全成本法将本期发生的一部分固定成本带到了期末未销售出去的存货当中,而变动成本法则在求本期销售利润时将本期发生的全部固定成本扣除。

E14-12　变动成本法

(1)

① 生产 A 产品的固定成本$=12\,000\times(60-50)=120\,000$(元)

A 产品的保本点销售量$=120\,000\div(100-50)=2\,400$(件)

② 生产 B 产品的固定成本＝(120 000＋15 000)＝135 000(元)

B 产品的保本点销售量＝135 000÷(150－50－30)＝1 929(件)

③ 将 A 深加工为 B 的专属成本包括 15 000 元的装置租赁费以及 30 元/件的变动加工成本。

(2)

设只生产 A 产品的利润为 P1,将 10 000 件 A 产品深加工成 B 产品的利润为 P2,则:

P1＝12 000×(100－60)＝480 000(元)

P2＝2 000×(100－60)＋10 000×0.9×(150－50－30)－(10 000×10＋15 000)＝595 000(元)

P2－P1＝595 000－480 000＝115 000(元)

因为进行深加工可以多获得 115 000 元利润,所以应该进行深加工。

三、讨论题

P14-1　为什么讨论固定成本和变动成本时要考虑相关范围?

答:一般而言,说固定成本总额固定,不随业务量变化而变化,以及单位变动成本额不随业务量变化而变化,都是在一定的相关范围内有效的;当业务量超过相关范围时,固定成本和单位变动成本都会发生变化,比如,当产量很高,超出原有生产设备的生产能力时,就需要增加新设备,此时固定成本的总额就会增加。反过来,当产量增加到一定程度,从而产生规模效应时,单位变动成本也会下降。从另一个角度说,所谓相关范围,本身就是固定成本、单位变动成本的界定。固定成本和单位变动成本只有在一定时期和一定业务量范围内才是固定的,这就是说成本的固定性是有条件的,这里所说的一定条件即相关范围,也就是不改变或破坏特定成本项目固有特征的时间与业务量的变动范围。

P14-2　请讨论混合成本方程式与总成本方程式的联系与区别。

答:共同点:都认为总成本是包括固定成本和变动成本。

不同点:总成本方程式中认为总成本是固定成本和变动成本之和,其中的固定成本和变动成本是彼此区分开的独立因素,而混合成本中的固定成本和变动成本并非彼此独立存在,而是混合在一起,需要通过一定的技术方法将其区分开来,才能使用本量利方法进行分析。

P14-3　为什么提高安全边际率和边际贡献率可以提高销售利润率?

答:(1)安全边际率是安全边际与正常销售额的比值,而安全边际＝正常销售额－保本销售额,在正常销售额一定的前提下,安全边际率越大,说明安全边际越高,而安全边际是抵消了全部成本费用后的销售额,也可以被看作是销售净利润,所以,提高安全边际率可以提高销售利润率。

(2)边际贡献率是指边际贡献总额在销售收入中所占的百分比。边际贡献总额是产品扣除自身变动成本后给企业做出的贡献,边际贡献在弥补固定成本之后,如果还有剩余,则会形成利润。在销售额一定的前提下,边际贡献率越高,说明边际贡献越大,而在一定的业务量相关范围内,固定成本是不变的,因此形成的销售利润就越多,销售利润率就会越大。所以说,提高边际贡献率可以提高销售利润率。

P14-4　请解释固定成本、单位变动成本、产品售价和产品结构等因素的变动会对保本点造成怎样的影响。

　　答：根据保本点的公式：

　　保本点销售量＝固定成本÷(售价－单位变动成本)

　　可以知道,对于单个品种,固定成本的提高会使保本点提高；售价提高会降低保本点；单位变动成本提高会使保本点提高。

　　对于同时生产多品种产品时,产品结构会影响保本点销售额。具体来说,在产品结构中,边际贡献率高的产品所占的比例越高,综合保本点销售额就越低,反之,边际贡献率低的产品所占的比例越高,综合保本点销售额就越高。

P14-5　请讨论"只要客户的出价高于该产品的单位变动成本就可以接受该客户的报价"的说法是否有道理？

　　答：当客户出价高于产品的单位变动成本时,出售该产品的边际贡献大于零。此时是否应该接受客户的报价,要视具体情况而定。一方面,如果生产该产品属于专门生产,要看边际贡献是否足够弥补为生产该产品发生的固定成本,如果可以,才能够接受订单；另一方面,如果该产品是利用生产其他产品产生的剩余生产能力,也就是说,无论是否生产该产品,固定成本都会如数发生,此时就可以不考虑弥补固定成本的问题,而是只要报价超过单位变动成本就可以接受订单。

P14-6　本量利分析方法在利润差异分析中如何应用？

　　答：本量利分析的前提条件是：(1)成本性态分析假设；(2)相关范围及线性假设；(3)产销平衡和品种结构不变假设；(4)变动成本法假设；(5)目标利润假设。

　　造成实际利润和预算利润之间产生差异的原因很多,其中最主要的因素是销售量、单价、单位变动成本和固定成本的变动。根据本量利关系的基本公式：

　　利润＝单价×销量－单位变动成本×销量－固定成本

　　可以使用因素连环替代法,分别依次计算销量差异、单价差异、成本差异等,这些差异的累计结果形成利润差异。

第15章 预算管理

一、思考题

Q15-1 什么是预算?

　答:预算是指使用系统方法编制的财务计划,是指用财务数据和统计表格来表达(或确定)特定组织或该组织的一个组成单位的年度经营目标的过程。也就是说,预算是经营计划数量化、价值化的表现形式,预算是战略目标和年度计划的细化。上述定义比较客观地从预算的形式上界定了预算,但是其内涵并没有涵盖预算的全部功能。在理解什么是预算的问题上,不能只把关注点放在数量化的过程和目标细化的过程上,而忽略预算作为管理工具应具有的落实责任、落实权力、明确目标、集成管理信息的功能。预算成形之后,若只是一些表格和数字,没有赋予其管理内涵,不能作为明确目标、落实责任、集成管理信息的工具来应用,则往往流于形式,起不到应有的管理作用。因此在把握预算的内涵上,应特别强调预算的下列功用:预算是重要的管理工具;预算是明确目标的工具;预算是落实责任的工具;预算是管理信息生成的基础。这样理解预算,将使我们对预算的关注点转移到落实预算功用上。当企业在预算过程中发现由于组织结构设置不合理、责任边界不清晰、责任中心目标不明确因而无法落实预算责任和统一管理信息口径时,就应及时对组织结构进行调整,重新划分责任中心以落实预算责任。

Q15-2 什么是预算管理? 简述预算管理的原理和作用。

　　答:预算管理是指通过预算来确定和实现特定组织或该组织的一个单位的经营目标的过程。预算管理实际上是以预算为标准的管理控制系统。上级经理通过预算为下级经理确定业绩标准,然后由下级经理执行预算;为了保障下级经理的执行过程符合预算规定的目标,上级经理或其委托人必须对下级经理预算执行的进度或结果进行计量,即"预算实际执行过程的计量";然后将实际与预算比较,编制反馈报告并送达上级经理,上级经理根据例外管理的原则,决定是否干预下级经理的执行还是允许其继续运行;最终使下级经理达成预算。这就是预算管理的基本原理。

　　预算管理的作用表现在以下几个方面:首先,预算管理作为一个系统是企业总经理对整个企业或者上级对下级的经营活动进行计划和控制的基本手段;其次,预算管理是实现公司整合的基本手段;此外预算管理的作用还包括:通过预算将企业管理高层的管理意图传递到企业各层级、各单位和各位成员;通过预算编制强迫各级经理们事先思考和安排未来,而不至于在未来的工作中被日常琐事所拖累;通过预算编制分配资源,并将资源分配到企业中效率最高的单位;通过预算编制向下级经理指派任务,因而预算也成为评价下级经理业绩的标准;通过预算反馈,上级经理可以了解下级经理预算执行的进度和结果,可以判断何时干预下级经理的经营过程。

Q15-3   预算的管理机构有哪些,主要具备哪些功能?

　　答:预算管理机构包括预算单位本身和企业高层或上级预算单位为保障预算执行过程符合预算目标而设置的机构。前者就是现行的组织结构图中的各组织单位。按照预算管理的要求,各组织单位必须权责明确,相互关系清晰,而各组织单位的现状未必符合这样的要求,因此需要进行调整或重新设计;后者主要包括预算委员会、预算办公室的价格监管、奖惩、信息鉴证、财务等相关的职能。

Q15-4   简要描述集团公司预算编制和执行的流程。

　　答:预算的编制和执行首先需要有相应的组织机构保证。假设集团成立了预算委员会,则集团公司编制和执行预算的流程可简要描述如下:整个预算的编制从集团预算委员会制定经营战略、方针与目标开始,然后集团预算办公室将这些战略、方针、目标,还有价格、人事、内部审计、财务等部门制定的各项制度以及预算编制和执行过程中的各种时间安排汇集成《本年度预算管理指南》,并发给下属二级单位(分、子公司和公司总部职能处室),下属二级单位据以编制预算草案。预算草案经集团内部审计部门审计后上报集团预算办公室。经集团预算办公室审核后,若认为不合乎要求则退回下属二级单位重新修订,然后再经集团内部审计部门报集团预算办公室。集团预算办公室认为合乎要求后,附上审批重点和建议,报集团预算委员会审批,批准后下达执行。其中下达到财务部门作为结算、核算和监督财务收支的依据,下达到下属二级单位作为经营活动的依据,下达到人事部门和核算办公室作为业绩评价和实施奖惩制度的依据,下达到审计部门作为预算审计的依据。下属二级单位根据预算组织自身的经营活动,但其资金的收支必须通过集团财务部门或为财务部门所掌握。财务部门汇集的结算和核算数据就是预算的执行进度或结果,其用途一是反馈给下属二级单位,二是传送给内部审计部门,经过审计连同审计意见报送人事部门和预算办公室,继而编制奖惩草案,并报集团预算委员会批准兑现,三是作为预算的反馈信息报告给集团公司总经理,以控制整个集团公司。当然在编制奖惩草案之前,还有必要兼顾下属二级单位非预算指标或实物指标的完成情况。

Q15-5   全面预算包括哪些内容,简要描述各部分的钩稽关系。

　　答:全面预算反映的是企业未来某一特定期间(一般不超过一年或一个经营周期)内的全部生产、经营活动的财务计划,通常情况下,全面预算以实现企业的目标利润为目的,以收入(销售)预测为起点,进而对生产、成本、投融资以及现金收支等进行预测,并编制预算表格,反映企业在未来期间的整体财务状况和经营成果。它是将企业的决策目标及其资源配置以预算的方式加以量化,并使之得以实现的企业内部管理活动或者过程的总称。体现了"权力共享前提下的分权"的哲学思想,通过"分散权责,集中监督"促进企业资源的有效配置、实现企业目标、提高生产效率。正因为此,著名管理学教授戴维·奥利认为:"全面预算管理是为数不多的几个能把组织的所有关键问题融合于一个体系之中的管理控制方法之一。"

　　预算本身并不是最终目的,而是充当衔接公司战略和绩效管理之间的工具。全面预算管理体系与公司战略管理体系和绩效管理体系之间存在着承上启下的关系。一方面,全面预算管理需要解决与战略的接口问题。通过将战略规划中的第一年目标具体化为当年的经营预算计划,全面预算体现为公司战略的细化和量化,从而实现与战略规划的紧密联系;另一方面,全面预算也是形成涉及部门关键绩效考核指标的主要来源。科学的预算目标值可以成为公司与部门绩效考核指标的比较标杆。管理者还可以根据预算的实际执行结果去不断地修正和优化绩效考核体系,确保考核结果更加符合实际,真正发挥评价与激励的作用。这种定位如下图所示:

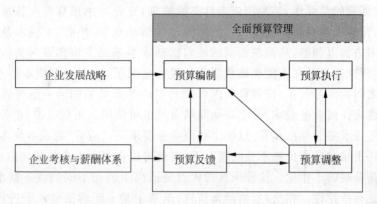

从管理体系上看,完整的全面预算在有健全的组织机构保证后,主要包括预算编制、预算执行、预算调整、反馈报告等几个核心组成部分,这些部分前后衔接,相辅相成。

从预算内容上看,全面预算包括经营预算、财务预算和资本预算。在制造业企业,经营预算包括销售预算、生产预算、存货预算、直接材料预算、直接人工预算、制造费用预算、销售成本预算、三项费用预算、利润预算;财务预算包括预计资产负债表和现金预算(预计现金流量表);资本预算就是它自身。这些预算之间存在着严格的钩稽关系,如下图所示:

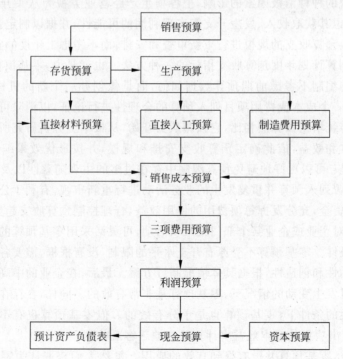

Q15-6 什么是弹性预算？什么是静态预算？两者之间有何差异？

　　答：弹性预算是在固定预算模式的基础上发展起来的一种预算模式。它是根据计划或预算可预见的多种不同的业务量水平，分别计算其相应的预算额，以反映在不同业务量水平下所发生的费用和收入水平的财务预算编制模式。由于弹性预算随业务量的变动而作相应调整，考虑了计划期内业务量可能发生的多种变化，故又称变动预算、动态预算。顾名思义，它强调的是弹性，是利用成本性态的原理，充分考虑预算期内各预定指标可能发生的变化，将各项预算指标基于一定范围的经营活动水平，使收入、成本及盈亏等指标变化在该范围内加以调整，从而在相同的经营活动水平基础上将预算与实际相比较。也就是说，弹性预算通常是在不能准确预测业务量的情况下，企业根据成本形态及业务量、成本和利润之间的依存关系，按预算期内可能发生的业务量编制的一系列预算。弹性预算的编制可适应任何业务要求，甚至在期间结束后也可使用。也就是说，企业可视该期间所达到的业务要求编制弹性预算，以确定在该业务要求下，"应有"的成本是多少。在企业的各种标准耗用量和标准价格不变的情况下，它就可以在若干个会计期间内连续使用，从而减少了预算编制的工作量。这种预算的优点是适应于公司不同的业务量水平，对企业经营活动更具有指导性。相反，所谓静态预算，是基于某一经营活动水平进行的预算，其各种收入、成本与盈亏等指标都限定在该经营活动水平上。它与弹性预算相比，区别核心在于各项预算指标所基于的经营活动水平不一样，弹性预算以某个"相关范围"为编制基础，而静态预算则基于单一经营活动水平。

Q15-7 简述零基预算的概念，并指出它的优点。

　　答：所谓零基预算，是指以零点为基础而制定的预算。也就是排除过去和现实中存在而又可以避免的种种消极因素的影响，把各项生产经营业务视为从头开始的新工作加以安排，客观考虑其获取收入、发生开支和实现利润的可能性，并据以制定预算。简言之，就是对公司每年预算收支的规模进行重新审查和安排，而不考虑上年度的实际支出水平，即以零为起点测算计划年度预算收支指标的一种方法。也就是说，零基预算核心在于"零基"，就是预算的编制不考虑前期预算数据如何，而是像创办一个新的机构一样，一切从"零"开始，对每一个成本或费用项目列入预算的合理性进行论证，以消除可能存在的浪费和低效率。与传统增量预算法相比，它强调从头开始，从根本上分析研究所有项目和每一项目支出的成本和效益，依此确定预算收支安排和规模，并按最优效果编制预算收支计划。它的优点是：可以更好地避免预算编制中存在过多的主观随意性以及"一刀切"的削减方法，对过去曾列入预算并重复发生的业务活动进行重新审视，有利于公司资源的最佳配置，合理分配资金，充分发挥每项费用的使用效益，合理控制预算收支趋势。另外，根据企业个体情况，对企业或企业某个部门或某项活动，可灵活采用零基预算的制度调动各级管理人员的积极性。零基预算不受原有开支水平的限制，没有框框，需要各级管理人员充分发挥主观能动性和创造性，根据具体情况制订方案。最后，在企业的中高层管理人员经常变动或者项目发生变动的情况下，零基预算是非常有效的。同样，在存在大量战略变动和高度不确定性的条件下，零基预算也是十分有效的。但零基预算也有不足：编制的工作量大；对各支出项目的成本效益率计算往往缺乏客观依据。

　　但在实践中，零基预算并没有得到有效的应用。虽然人们普遍认为零基预算比传统的增量预算要好,但在运用时,它又经常不得不回到增量预算。造成这种现象的原因有:一是在于编制零基预算时,其目的仍与上一年相同,层管理人员只会关注其中与上一年不同的地方,这等于又回到增量预算上了;二是从企业内部选择管理人员角度来看,一般是垂直进行的。这些提拔上来的管理人员,仍掌握着以前所从事工作方面的知识和信息。他们对基础预算已经非常了解,所以现在只需对基础预算的变动进行了解即可。因此,在实际执行中,零基预算很可能犹如画圆,费了半天劲,由终点又回到了起点。

Q15-8　什么是预算松弛?指出它产生的原因和可能引起的后果。

答:预算松弛是指预算指标所表示的预算执行的业绩水平低于预算执行者自己预期可能达到业绩水平的部分,换言之,是预算数额与预算执行者能够达成的数额之间的差额,表现为低估收入和利润、高估成本和费用或者兼而有之。这种现象之所以发生,主要源于如下 5 方面原因:一是下级因占有更多的预算内业务活动信息,利用"信息不对称"欺瞒上级,制定有利于自己的预算;二是预算执行者有倾向认为,如果预算执行超过预算,自己更能得到上级的赏识和好感,因而制造预算松弛;三是预算执行者利用预算松弛来防范、规避风险,降低不确定性,以便完成预算;四是由于在资源分配时成本预测数据经常被削减,所以在成本预算中作为应对措施而制造预算松弛;五是奖惩制度设计有偏差,负激励引发预算松弛行为。

预算松弛当然有利于下级实现预算目标,但损害了企业整体利益。预算松弛现象在企业里普遍存在,也是预算管理中难以解决的问题之一。在以预算指标作为考核重点的企业,下级人员不倾向于降低成本,因为这样做会导致削减下一期的预算限额;或者说,削减成本的业绩尽管能换得一时的表扬或奖励,但此后的工作更难做,因为将来预算不易完成。此外,虚报成本费用预算还不必要地占用了本可以在其他地方更有效使用的资源。管理者常以预算来预防未来事项的不确定性。毕竟没有人清楚知道未来会怎样。但是,虚报支出、浪费资源都会妨碍员工尽心尽力地完成或超额完成预算。在任何情况下,虚报预算数据都是一种不诚实的行为,都会对企业的发展带来难以估量的损失。

Q15-9　什么是参与性预算?它有何优点?

答:所谓参与性预算是指作为预算制定与管理者的上级和作为预算执行者的下级共同参与预算编制的过程。从行为科学的角度看,参与性预算是满足组织成员感受尊敬和自我实现需要的手段。"参与"在本质上是一种联合或集体决策。参与性预算为组织成员或较低层级的管理人员提供了一个在企业管理中表达自己意见的机会,对企业有利。其优点表现在以下两个方面:一是对参与者来说,通过参与预算编制,实际上将"自我"融于工作,而不仅仅是为工作而工作,他们将自己的目标融入组织目标之中,或者说通过这一过程,企业目标将内化于组织成员目标之中,有助于提高士气,诱发组织成员的创造性,增强组织凝聚力;二是参与性预算可以降低预算执行者的预算压力和担心。

Q15-10　预算可能会引发何种道德问题?

答:预算在实现组织目标的过程中,本身作为一种控制制度,是企业控制体系中的一部分,它的实施虽然可以发挥重要作用,但必须由其他制度体系来配套,也就是,预算管理制度的实施离不开其他制度的保证。按照制度经济学的观点,制度除了正式制度外,还包括道德等非正式制度,经常地,正式制度的实施受制于非正式制度的有效性。预算由于必然导致企业资源的再分配和影响各方当事人的利益奖惩,冲突是不可避免的。那些处于有利地位的当事人就有可能利用自己的地位优势来侵害企业或其他当事人的利益。例如制造预算松弛、公开扯皮、获取不当奖励等。

二、练习题

E15-1　销售预算(原题出错,假定 8 月与 9 月的销货全部为赊销,才与 10 月初余额相符)

甲公司 20×4 年第 4 季度销售预算　　　　　　　　　　　　元

项　目	4　季　度			季度预算
	10 月	11 月	12 月	
销售数量/件	16 000	24 000	40 000	80 000
单位价格/元	10	10	10	10
销售收入/元	160 000	240 000	400 000	800 000

销售现金回收附表　　　　　　　　　　　　元

10 月初应收账款	77 000	19 000		96 000
10 月	32 000＋76 800	38 400	12 800	160 000
11 月		48 000＋115 200	57 600	220 800
12 月			80 000＋192 000	272 000
现金回收合计	185 800	220 600	342 400	748 800

E15-2　生产预算

乙公司 20×3 年第 1 季度生产预算　　　　　　　　　　　　件

项　目	1　季　度			季度预算
	1 月	2 月	3 月	
销量	100 000	120 000	110 000	330 000
加:期末产成品	36 000	33 000	60 000	60 000
产成品需求量	136 000	153 000	170 000	390 000
减:期初产成品	18 000	36 000	33 000	18 000
生产量	118 000	117 000	137 000	372 000

E15-3　购货预算

某商店 6～7 月购货预算　　　　　　　　　　　　元

项　目	月　份		合　计
	6 月	7 月	
销货	440 000	430 000	870 000
其中:购货成本	264 000	258 000	522 000
加:期末存货	280 000	300 000	300 000
货物需求量	544 000	558 000	822 000
减:期初存货	250 000	280 000	250 000
购货	294 000	278 000	572 000

购货现金支付附表			元
6 月初应付账款	25 000＋180 000	30 000	235 000
6 月	87 000	174 000	261 000
7 月		83 400	83 400
现金支付合计	292 000	287 400	579 400

E15-4 生产预算与直接材料预算

A 公司 20×3 年第 3 季度生产预算　　　　　件

项　　目	3 季 度			季度预算
	7 月	8 月	9 月	
销量	5 000	11 000	13 000	29 000
加：期末产成品	3 300	3 900	2 400	2 400
产成品需求量	8 300	14 900	15 400	31 400
减：期初产成品	1 500	3 300	3 900	1 500
生产量	6 800	11 600	11 500	29 900

A 公司 20×3 年第 3 季度直接材料预算

项　　目	3 季 度			季度预算
	7 月	8 月	9 月	
生产量/件	6 800	11 600	11 500	29 900
乘：单位产品耗用量/千克	5	5	5	5
生产耗用量/千克	34 000	58 000	57 500	149 500
加：期末直接材料存货/千克	11 600	11 500	8 300	8 300
直接材料需要量/千克	45 600	69 500	65 800	157 800
减：期初直接材料存货/千克	6 800	11 600	11 500	6 800
直接材料采购量/千克	38 800	57 900	54 300	151 000

E15-5 购货预算与预计损益表

某商店 9 月购货预算　　　　　元

项　　目	预　　算
销货	130 000
其中：购货成本	45 500
加：期末存货	21 250
货物需求量	66 750
减：期初存货	32 500
购货	34 250

某商店 9 月预计损益表	元
项　目	预　算
销售收入	130 000
减：变动费用——销货成本	45 500
变动费用——其他	19 500
边际贡献	65 000
固定费用	25 000
税前利润	40 000
减：所得税	12 000
净利润	28 000

E15-6　直接人工预算

陶园牙医联合会 6 月份直接专业人工预算	
项　目	预　算
病人看病次数	4 000
服务时间/小时＝预约时间＋治疗时间	$4\,000×80\%×0.5+4\,000×1=5\,600$
乘：平均费率	60
直接专业人工成本/元	336 000

6 月份收回的 5～6 月所提供的专业服务的应收款项	元
项　目	回收款项
5 月专业服务	$(4\,000×80\%×0.5×40+4\,000×1×70)×10\%=34\,400$
6 月专业服务	$(4\,000×80\%×0.5×40+4\,000×1×70)×90\%=309\,600$
合计	344 000

E15-7　制造费用预算

青青公司 8 月份制造费用预算	
项　目	预　算
直接人工耗用量/人工小时	2 600
其中：A 型钻头	$24\,000×5÷60=2\,000$
B 型钻头	$12\,000×3÷60=600$
乘：单位变动制造费用/元	2.1
变动制造费用/元	5 460
固定制造费用/元	5 500
制造费用合计/元	10 960

E15-8 三项费用预算

TT 公司 20×4 年三项费用预算

项 目	季 度				年度
	1	2	3	4	
销售量/件	20 000	40 000	50 000	30 000	140 000
乘：单位变动三项费用/元	1.8	1.8	1.8	1.8	1.8
变动三项费用/元	36 000	72 000	90 000	54 000	252 000
固定三项费用/元					
广告费/元	28 572	57 142	71 429	42 857	200 000
管理人员工资/元	35 000	35 000	35 000	35 000	140 000
利息费用/元	9 912	9 913	9 912	9 913	39 650
其他/元	4 538	4 537	4 538	4 537	18 150
固定三项费用合计/元	78 022	106 592	120 879	92 307	397 800
三项费用合计/元	114 022	178 592	210 879	146 307	649 800

注：计算过程中精确到元,且第一季度广告费虽不足 5 角也取整为 1 元。

E15-9 按项目编制利润预算

TT 公司 20×4 年利润预算（按项目）　　　　元

项 目	季 度				年度
	1	2	3	4	
销售收入	6 000 000	12 000 000	15 000 000	9 000 000	42 000 000
减：销售成本	3 000 000	6 000 000	7 500 000	4 500 000	21 000 000
销售毛利	3 000 000	6 000 000	7 500 000	4 500 000	21 000 000
减：三项费用	114 022	178 592	210 879	146 307	649 800
税前利润	2 885 978	5 821 408	7 289 121	4 353 693	20 350 200
减：所得税	865 793	1 746 423	2 186 736	1 306 108	6 105 060
净利润	2 020 185	4 074 985	5 102 385	3 047 585	14 245 140

E15-10 按单位编制利润预算

（1）三个子公司各季度利润预算（过渡表）

TT 公司 20×4 年第 1 季度利润预算　　　　元

项 目	甲公司	乙公司	丙公司
销售收入	1 200 000	1 800 000	3 000 000
减：销售成本	600 000	900 000	1 500 000
销售毛利	600 000	900 000	1 500 000
减：三项费用	7 200＋26 007	10 800＋26 007	18 000＋26 008
税前利润	566 793	863 193	1 455 992
减：所得税	170 038	258 958	436 798
净利润	396 755	604 235	1 019 194

TT 公司 20×4 年第 2 季度利润预算 元

项　目	甲公司	乙公司	丙公司
销售收入	2 400 000	3 600 000	6 000 000
减：销售成本	1 200 000	1 800 000	3 000 000
销售毛利	1 200 000	1 800 000	3 000 000
减：三项费用	14 400＋35 530	21 600＋35 531	36 000＋35 531
税前利润	1 150 070	1 742 869	2 928 469
减：所得税	345 021	522 861	878 541
净利润	805 049	1 220 008	2 049 928

TT 公司 20×4 年第 3 季度利润预算 元

项　目	甲公司	乙公司	丙公司
销售收入	3 000 000	4 500 000	7 500 000
减：销售成本	1 500 000	2 250 000	3 750 000
销售毛利	1 500 000	2 250 000	3 750 000
减：三项费用	18 000＋40 293	27 000＋40 293	45 000＋40 293
税前利润	1 441 707	2 182 707	3 664 707
减：所得税	432 512	654 812	1 099 412
净利润	1 009 195	1 527 895	2 565 295

TT 公司 20×4 年第 4 季度利润预算 元

项　目	甲公司	乙公司	丙公司
销售收入	1 800 000	2 700 000	4 500 000
减：销售成本	900 000	1 350 000	2 250 000
销售毛利	900 000	1 350 000	2 250 000
减：三项费用	10 800＋30 769	16 200＋30 769	27 000＋30 769
税前利润	858 431	1 303 031	2 192 231
减：所得税	257 529	390 909	657 669
净利润	600 902	912 122	1 534 562

（2）

TT 公司 20×4 年利润预算 元

项　目	季　度				年　度
	1	2	3	4	
甲公司	396 755	805 049	1 009 195	600 902	2 811 901
乙公司	604 235	1 220 008	1 527 895	912 122	4 264 260
丙公司	1 019 194	2 049 928	2 565 295	1 534 562	7 168 979
利润合计	2 020 184	4 074 985	5 102 385	3 047 586	14 245 140

E15-11　现金预算

紫荆公司1~2月份生产预算

项　目	1 月		2 月	
	椅子/把	凳子/张	椅子/把	凳子/张
销量	100	60	120	80
加：期末产成品	30	20	20	15
产成品需求量	130	80	140	95
减：期初产成品	25	15	30	20
生产量	105	65	110	75

紫荆公司1~2月份钢材预算

项　目	1 月	2 月
生产量	105＋65	110＋75
乘：单位产品耗用钢材量/千克	4.5	4.5
生产耗用量/千克	420＋325＝745	440＋375＝815
加：期末钢材存货/千克	150	150
钢材需要量/千克	895	965
减：期初钢材存货/千克	150	150＋5＝155
钢材采购量/千克	745	810
钢材批次采购量/千克	750	850
乘：钢材价格/元/千克	0.25	0.25
钢材采购成本/元	187.5	212.5

所以，紫荆公司2月份钢材采购需要支出现金＝187.5÷2＋212.5÷2＝200(元)

E15-12　现金预算

某公司截至20×2年7月31日的现金预算

元

项　目	预 算 金 额
现金流入：	
期初现金余额	45 000
现金回收	89 000
可动用现金合计	134 000
现金支出：	
购买活动支出	56 200
购买设备支出	20 500
营业费用支出	36 800
现金支出合计	113 500
现金结余	20 500
减：最低现金持有量	25 000
融资额	−4 500

　　通过现金预算，可以合理确定可能的最低筹资额度，提前做出安排，从而有可能在筹资额与筹资利率上做出最优选择，进而可以减少企业短期融资成本。

E15-13　现金预算

千元

项　　目	1	2	3	4	全　　年
期初现金余额	6	5	5	5	6
销售现金回收额	65	70	96	92	323
可用现金总计	71	75	101	97	329
减：现金支出					
购买存货	35	45	48	35	163
经营费用	28	30	30	25	113
购买设备	8	8	10	10	36
股利	2	2	2	2	8
现金支出总计	73	85	90	72	320
现金溢缺	(2)	(10)	11	25	9
融资：					
借款	7	15	—	—	22
还款(包括利息①)	—	—	(6)	(17)	(23)
融资总计	7	15	(6)	(17)	(1)
期末现金余额	5	5	5	8	8

注：①利息每年支出为 1 000 元。

E15-14　全面预算

销售预算

项　　目	1 季 度			季 度 预 算
	1 月	2 月	3 月	
销售数量/件	18 000	18 750	9 500	46 250
单位价格/元	4	4	4	4
销售收入/元	72 000	75 000	38 000	185 000

销售现金回收附表

元

2001 年 11 月应收账款	**2 500**			**2 500**
2001 年 12 月应收账款	7 500	2 500		10 000
2002 年 1 月销售款	43 200	21 600	7 200	72 000
2002 年 2 月销售款		45 000	22 500	67 500
2002 年 3 月销售款			22 800	22 800
现金回收合计	53 200	69 100	52 500	174 800

采购预算

件

项　　目	1 季 度			季 度 预 算
	1 月	2 月	3 月	
销售数量	18 000	18 750	9 500	46 250
期末存货	3 000	3 000	3 000	3 000
可供销售数量	21 000	21 750	12 500	49 250
期初存货	19 525	3 000	3 000	19 525
本期购入存货	1 475	18 750	9 500	29 725

采购现金支出附表				元
2001 年 12 月应付账款	**35 550**			**35 550**
2002 年 1 月购货款		2 950		2 950
2002 年 2 月购货款			37 500	37 500
2002 年 3 月购货款				0
现金支出合计	35 550	2 950	37 500	76 000

三项费用预算				元
项　　目	1 季 度			季 度 预 算
	1 月	2 月	3 月	
薪资费	15 000	15 000	15 000	45 000
保险费摊销	125	125	125	375
折旧费摊销	250	250	250	750
杂项费用	2 500	2 500	2 500	7 500
月租金	250	250	250	750
超额租金	17 500	17 500	17 500	52 500
利息费用	0	190	0	190
三项费用合计	35 625	35 815	35 625	107 065

三项费用现金支出附表				元
薪资费	**15 000**	**15 000**	**15 000**	**45 000**
杂项费用	2 500	2 500	2 500	7 500
月租金	250	250	250	750
2001 年超额租金	7 800			7 800
利息费用	0	190	0	190
现金支出合计	25 550	17 940	17 750	61 240

预计损益表				元
项　　目	1 季 度			季 度 预 算
	1 月	2 月	3 月	
营业收入	72 000	75 000	38 000	185 000
减：营业成本	36 000	37 500	19 000	92 500
毛利	36 000	37 500	19 000	92 500
减：三项费用	35 625	35 815	35 625	107 065
营业利润	375	1 685	−16 625	−14 565

现金预算				元
项　　目	1 季 度			季 度 预 算
	1 月	2 月	3 月	
现金收入				
期初现金余额	5 000	5 100	43 180	5 000
销售回款	53 200	69 100	52 500	174 800
本期可动用现金	58 200	74 200	95 680	179 800
现金支出				

项　　目	1 季　度			季 度 预 算
	1 月	2 月	3 月	
采购支出	35 550	2 950	37 500	76 000
三项费用支出	25 550	17 940	17 750	61 240
设备采购	0	0	3 000	3 000
股利支出	1 500	0	0	1 500
现金支出合计	62 600	20 890	58 250	141 740
现金结余	−4 400	53 310	37 430	38 060
融资				
借款	9 500	0	0	9 500
还款	0	9 500	0	9 500
融资合计	9 500	−9 500	0	0
期末现金余额	5 100	43 810	37 430	38 060

预计资产负债表　　　　　　　　　　　　　　元

资　　产		负债和所有者权益	
现金	38 060	应付账款	19 000
应收账款	22 700	应付租金	52 500
存货	6 000	负债合计	71 500
未摊销保险费	1 125		
固定资产净额	14 750	股东权益	11 135
合计	82 635	合计	82 635

说明：应收账款＝期初应收账款 12 500＋本期销售收入 185 000−本期销售现金回款 174 800

固定资产净额＝期初固定资产净额 12 500−本期折旧 750＋本期购入设备 3 000

应付账款＝期初应付账款 35 550＋本期购货 59 450−本期购货支出现金 76 000

股东权益＝期初股东权益 25 700＋本期损益(−14 565)

E15-15　全面预算编制

荒岛公司 20×2 年度销售预算

项　　目	季　　　度				年 度 预 算
	1	2	3	4	
销售数量/件	40 000	60 000	100 000	50 000	250 000
单位价格/元	8	8	8	8	8
销售收入/元	320 000	480 000	800 000	400 000	2 000 000

销售现金回收附表　　　　　　　　　　　　　　元

1 月初应收账款	65 000				65 000
1 季度	240 000	80 000			320 000
2 季度		360 000	120 000		480 000
3 季度			600 000	200 000	800 000
4 季度				300 000	300 000
现金回收合计	305 000	440 000	720 000	500 000	1 965 000

荒岛公司 20×2 年度生产预算　　件

项　　目	季　　度				年 度 预 算
	1	2	3	4	
销量	40 000	60 000	100 000	50 000	250 000
加：期末产成品	18 000	30 000	15 000	21 000	21 000
产成品需求量	58 000	90 000	115 000	71 000	271 000
减：期初产成品	12 000	18 000	30 000	15 000	12 000
生产量	46 000	72 000	85 000	56 000	259 000

荒岛公司 20×2 年度原材料购买预算

项　　目	季　　度				年 度 预 算
	1	2	3	4	
生产量	46 000	72 000	85 000	56 000	259 000
乘：单位产品耗用原材料/千克	5	5	5	5	5
生产耗用量/千克	230 000	360 000	425 000	280 000	1 295 000
加：期末原材料存货/千克	36 000	42 500	28 000	36 500	36 500
原材料需要量/千克	266 000	402 500	453 000	316 500	1 331 500
减：期初原材料存货/千克	23 000	36 000	42 500	28 000	23 000
原材料采购量/千克	243 000	366 500	410 500	288 500	1 308 500
乘：原材料价格/(元/千克)	0.8	0.8	0.8	0.8	0.8
原材料采购成本/元	194 400	293 200	328 400	230 800	1 046 800

预期现金支付附表　　元

1 月初应付账款	81 500				81 500
1 季度	116 640	77 760			194 400
2 季度		175 920	117 280		293 200
3 季度			197 040	131 360	328 400
4 季度				138 480	138 480
现金支付合计	198 140	253 680	314 320	269 840	1 035 980

E15-16　弹性预算

河塘公司弹性利润预算　　元

项　　目	单位变动成本	销 售 水 平		
		90 000 单位	100 000 单位	110 000 单位
销售收入	15	1 350 000	1 500 000	1 650 000
变动成本				
生产	6	540 000	600 000	660 000
管理	3	270 000	300 000	330 000
销售	1	90 000	100 000	110 000
变动成本合计		900 000	1 000 000	1 100 000
边际贡献		450 000	500 000	550 000
固定成本				
生产		150 000	150 000	150 000
管理		80 000	80 000	80 000
固定成本合计		230 000	230 000	230 000
利润		220 000	270 000	320 000

若公司利润为 25 000 元,则其销售数量为:(230 000＋25 000)÷(15－6－3－1)＝ 51 000(单位)

E15-17　弹性预算

补充完成弹性预算　　　　　　　　　　　　　　　　　　元

制造费用	机器小时			
	10 000	**15 000**	**20 000**	**25 000**
变动成本:				
间接材料	6 000	9 000	12 000	15 000
机器维护	24 000	36 000	48 000	60 000
机关服务	10 000	15 000	20 000	25 000
变动成本总计	40 000	60 000	80 000	100 000
固定成本:				
监工工资	180 000	180 000	180 000	180 000
租金	30 000	30 000	30 000	30 000
保险	20 000	20 000	20 000	20 000
固定成本总计	230 000	230 000	230 000	230 000
制造费用总计	270 000	290 000	310 000	330 000

E15-18　弹性预算

(1)　　　　　　　　　万人农药厂制造费用预算　　　　　　　　　　　　元

制造费用	预　　算
变动成本:	
维修费用	16 500
动力成本	27 500
间接人工	82 500
变动成本总计	126 500
固定成本:	
维修费用	10 000
间接人工	24 500
租金	18 000
固定成本总计	52 500
制造费用总计	179 000

(2)　　　　　　　　　万人农药厂制造费用预算　　　　　　　　　　　　元

制造费用	预　　算
变动成本:	
维修费用	13 200
动力成本	22 000
间接人工	66 000
变动成本总计	101 200

续表

制造费用	预　算
固定成本：	
维修费用	10 000
间接人工	24 500
租金	18 000
固定成本总计	52 500
制造费用总计	153 700

E15-19　预算松弛

要点提示：根据题干中的条件，可以合理预计 2004 年银行账户数目仍然将以大约 10％的速度增长，按此速度，当年新增账户数将约为 1 000 个，这其中并不包含账户经理的额外努力。但该经理提出的预算为 700 个新账户，由于银行实行超预算账户的奖励政策，所以，这显然是新账户经理为谋取个人奖励最大化而损害银行利益的预算松弛行为。在银行的奖励政策既定的情况下，制定预算时，显然不能以该经理的自报数为准；或者在以经理上报的预算数为基准时，必须相应改变和完善激励制度。前一途径下不管如何确定，始终不会完全脱离"拉大锯"、"扯皮"以及主观因素的缺陷；而后者关键在于制定的激励制度的有效性，事实上，由于下级工作人员相比上层掌握的具体信息更加充分，为充分发挥下级人员的工作积极性、包括制定预算的主动性和决定性，银行上层在确定诸如此类新增账户的预算时，完全可以做"甩手掌柜"而仅由账户经理决定，当然这需要在激励政策中引入诸如超预算奖励、预算松弛惩罚等因子变量。

E15-20　零基预算

要点提示：根据题意，既然对应用零基预算的几个关键问题都存在严重困难，这恐怕是不能仅仅从预算中找答案的，就预算论预算是无助于问题解决的。问题的解决需要考虑：为什么要编制预算（与企业的战略目标、发展愿景有何关系）？为什么企业不采用常规的增量预算而要采用零基预算（这样做的好处在哪里，对企业的好处与对部门的好处分配是否合理）？企业高层主管与中层管理人员的矛盾为什么会产生（目标为何不一致、对问题的看法为何不一样）？企业作为对市场的替代其权威性为何不能有效建立（推行预算为何遭遇反弹）？为推行零基预算已经建立和完善了合理的激励制度进行配套吗（下级管理人员感受不到一点动力）？企业已经建立起了预算的科学程序了吗（预算技术是否已经掌握而不仅仅是主观的拍脑门）？……所有这一切在没有达成共识之前，即使能够强行零基预算，效果可能也是枉然。"功夫在诗外"，本题中的企业一切似乎应从"沟通"开始。

三、讨论题

P15-1　预算编制

要点提示：(1)预算目标的确定可能存在问题。总预算目标应该根据企业发展战略进行细化确定，一般应由预算委员会或企业董事会提出。(2)预算关键指标的确定没有经过一定程度的讨论和沟通，就直接分解，有可能造成与实际情况较大程度脱节并压抑各预算单位的积极性。(3)由市场部经理确定销售预算及营销费用预算,不利于对市场部自身的考核。(4)虽然公司总裁一意推行自己的意志,但各职能部门与副总裁的谈判力量与生产部门又处于不平衡状态,实际上各部门对自己的预算都不满意。(5)实际执行中各部门创建了自己的一套新的预算,这样各部门又处于各自为政的状态中,企业预算的调控功能没有得到发挥,部门目标与企业目标实际上发生了偏离。所有这些造成了即使销售预算及成本费用预算从企业看可能是合理的,但执行效果却不可避免地偏离了预期。

P15-2 预算松弛

要点提示:(1)该工厂经理的观点确实有其道理:事实上公司实行的预算模式是增量预算,且对下属工厂的预算会根据自己的目标进行修正。另外,根据题意可以看出,企业实行的不是完整的全面预算,特别是对资本预算考虑不周。两个因素的作用导致的一个后果是,每个工厂,不管其运营状况如何,都承担了贡献增长的预算责任,即使一定程度上考虑到了运营状况的好坏,其预算增长百分比也体现不出应有的差别,或者说,新厂在确定目标预算时可以轻易实现预算松弛,而旧厂则相对困难;(2)防止预算松弛的对策:一是减少预算的负面效应。尽力避免依靠预算作为一个负面评价的工具。如果部门管理者每次的预算成本计划超出时都要受到预算管理机构或高层管理人员的干预,很可能的行为反应将是虚报预算。相比之下,如果管理者被允许有一些必要的超出预算,那么虚报预算的倾向将小得多。同时,在采用参与式预算法的企业,企业高级管理人员也应当加大对下级编制预算的审核力度,尽可能减轻预算宽余的影响。二是增强预算的综合性。要短期计划与长期计划相结合。如在编制短期预算的同时,还要编制3~5年的长期计划。同时要从不同角度、采用不同指标来衡量管理者的业绩,如生产率、质量、人力资源等。财务性业绩指标是很重要的,但过分强调则会适得其反。三是建立恰当的激励机制。首先要给予管理人员适当的激励,使他们不仅要实现预算计划而且要提供精确的计划。其次是使管理者的行为与企业长期目标的实现相联系。激励的对象应是连续数年的业绩而不是仅仅一年的业绩等。当然最重要的是确立一个充分发挥预算编报单位最大主动性和积极性的激励机制。

P15-3 弹性预算与差异分析

(1)

恐龙公司弹性预算 元

项 目	单位变动成本	测 试 次 数		
		8 000 次	9 000 次	10 000 次
收入	25.2	201 600	226 800	252 000
减:成本:				
直接材料		60 800	68 400	76 000
直接人工		30 400	34 200	38 000
制造费用				
变动制造费用				
直接人工	1.8	14 400	16 200	18 000
公用服务	0.4	3 200	3 600	4 000

项　　目	单位变动成本	测 试 次 数		
		8 000 次	**9 000 次**	**10 000 次**
人工劳动相关成本	1.5	12 000	13 500	15 000
实验室维护	1.1	8 800	9 900	11 000
合计	4.8	38 400	43 200	48 000
固定制造费用：				
监督	3	24 000	27 000	30 000
折旧摊销	2.8	22 400	25 200	28 000
基础服务	0.9	7 200	8 100	9 000
保险	0.2	1 600	1 800	2 000
合计	6.9	55 200	62 100	69 000
制造费用合计	11.7	93 600	105 300	117 000
利润		16 800	18 900	21 000

（2）　　　　　　　　　　　　恐龙公司标准成本卡片

成 本 项 目	用 量 标 准	价 格 标 准	标准成本/元
直接材料：试纸	2 片	3.80 元/片	7.60
直接人工：	10 分钟	22.80 元/小时	3.80
制造费用：			
变动制造费用：			
直接人工			1.8
公用服务			0.4
人工劳动相关成本			1.5
实验室维护			1.1
合　计			4.8
固定制造费用：			
监督			3.0
折旧摊销			2.8
基础服务			0.9
保险			0.2
合　计			6.9
制造费用合计			11.7
单位测试标准成本总计	23.10 元		

（3）直接材料价格差异＝实际数量×（实际价格－标准价格）

$$=18\,500×(3.7-3.8)=-1\,850（元）（有利差异）$$

直接材料数量差异＝（实际数量－标准数量）×标准价格

$$=(18\,500-18\,000)×3.8=1\,900（元）（不利差异）$$

直接人工率差异＝实际工时×（实际人工成本率－标准人工成本率）

$$=1\,623×(23.2-22.8)=649.2（元）（不利差异）$$

直接人工效率差异＝（实际工时－标准工时）×标准人工成本率

$$=(1\,623-1\,500)×22.8=2\,804.4（元）（不利差异）$$

（4）变动制造费用差异＝实际变动制造费用－标准变动制造费用

$$＝45\,200－9\,000×4.8＝2\,000(元)(不利差异)$$

P15-4 服务组织与业绩评价报告

（1）
月度经营弹性预算　　　　　　　　　　　　　　　　　元

项　目	汽车使用数量/辆		
	19	**20**	**21**
汽油	3 325	3 500	3 675
小部件修理等	285	300	315
主要部件修理	214	225	236
保险	475	500	525
工资	2 500	2 500	2 500
交通工具折旧	2 090	2 200	2 310
成本总计	8 889	9 225	9 561
总公里数	47 500	50 000	52 500
每公里成本	0.187 1	0.184 5	0.182 1

（2）原业绩报告存在的问题主要是未能考虑车辆数量的可能变化对运营情况的影响，也就是说忽视了3月份增加的车辆对预算指标的影响，致使评价欠公平。而按照汽车使用数量做弹性预算则可克服这一问题。

P15-5 弹性预算业绩评估

（1）
龙泉公司20×3年制造费用绩效报告

项　目	预　算　数	实　际　数	差　　　异	
	112 000/元	**112 000/元**	**差异额/元**	**差异率/%**
领班薪资	184 000	190 000	−6 000	−3.3
折旧	30 000	30 000	0	0
租金	12 000	12 000	0	0
水电费	19 800	20 500	−700	−3.5
间接材料	26 400	24 640	1 760	6.7
维修	265 400	237 000	28 400	10.7
其他费用	66 000	65 000	1 000	1.5
制造费用合计	603 600	579 140	24 460	4.1
直接材料	246 400	248 000	−1 600	−0.6
直接人工	1 097 600	963 200	134 400	12.2
总成本	1 947 600	1 790 340	157 260	8.1

注：表中非固定制造费用的预算成本用内插法计算得到；直接材料和直接人工按比例调整预算成本。

根据预算及实际执行情况的差异，需要进一步分析的成本项目显然是差异率较大的项目。

（2）单位正常制造成本根据企业生产量的不同而有所不同，若生产量为50 000单位时，其正常（预算）制造成本是35元，若生产量为60 000单位时，其正常（预算）制造成本为34元。

（3）2003年的（实际）制造费用分摊额为579 140元，预算数为603 600元，低于预算24 460元（4.1%）。

第 16 章　长期投资分析

一、思考题

Q16-1　"折现率是公司将其现金再投资可以获得的收益率",这句话对吗？阐述你的理由。

答：这句话说得不对。折现率是在计算资金时间价值时的特有概念,它可以有几种取值方法,如投资项目的必要报酬率、企业的期望报酬率、企业资金的加权资金成本等。而"折现率是公司将现金再投资可以获得的收益率"这句话,将折现率理解为再投资的实际报酬率,这是不正确的。

Q16-2　"因为多角化能够降低风险,所以企业应该选择那些与自己的主营业务没有什么关系的项目进行投资。"你认为这句话对吗？请解释你的理由。

答：投资组合理论告诉我们"不要把鸡蛋都装在一个篮子里",意思是说,分散投资可以分散风险,所以适度的多元化投资也是分散投资风险的一种有效方式。但是,为了提高企业的核心竞争力,充分发挥规模效应和竞争优势,这种多元化投资应该注意在相关领域进行。而盲目的进行多元化投资,甚至是进入与自己主营业务无关,而自身又不熟悉的领域,势必会造成投资过大、过滥,最后主业不突出,综合投资收益率偏低的局面。国内很多大型企业集团的实践都证明了这一点。

Q16-3　"对于一个 β 很高的投资项目,应该用较高的折现率去折现正的现金流量,而用较低的折现率去折现负的现金流量。"这句话对吗？你认为现金流量的正负是否应该影响折现率的高低？

答：这句话不对。现金流量的正负不应该影响折现率的高低,折现率主要与现金流量的内涵相匹配,而不是与现金流量的正负相匹配。

Q16-4　虽然很多管理人员都知道回收期法的理论缺陷,但是调查中发现,回收期法仍然是实际中应用最广泛的投资项目分析方法,你认为这是为什么？

答：投资回收期法有 3 个缺陷：第一,它忽略了回收期后的收益,实际上资本投资的全部目的在于创造利润,而不只是为了保本；第二,它忽略了在回收期内现金流量的时间分布造成的影响；第三,由于决策者以回收期作参数,往往会导致企业优先考虑急功近利的项目,导致放弃长期成功的方案。但实务中,该法得到了广泛应用,其最主要原因是其计算简单,而且便于企业按照资金回收期安排投资计划和控制投资结构。

Q16-5　甲、乙两个投资项目的初始现金流出和 IRR 是一样的,而且都高于公司的资金成本。甲项目的现金流入比乙项目大,但是发生的时间比较晚,哪个项目的 NPV 会比较大？

答：两个项目的内含报酬率都高于公司的资金成本,说明两个项目都是可取的。在初始投资和资金成本相同的情况下,净现值的大小取决于现金流量的大小和流入时间的早晚;现金流量越大,流入时间越早,净现值越高。对于本题,由于甲项目的现金流入大而发生时间晚,所以在没有具体数据的情况下,无法判断哪个净现值更大一些。

Q16-6　下面的两句话都是对的,请解释为什么这两句话是一致的。

　　答:现金流量的预测通常起始于产品销售收入与产品销售成本。然而,如果顾客延期支付款项的话,产品销售并不能即刻产生现金流量。产品销售成本也并不意味着在销售发生时的一项支出:公司可能已经为原材料和产品发生了现金支付,而且一部分产品销售成本可能还代表了应付供应商的款项。产品销售收入与销售成本通过营运资本的变化(存货与应收及应付项目)的调节可以得出现金流量。如果不考虑产品销售收入与销售成本,而仅仅预测现金流入与现金流出,就没有必要对营运资本的变化进行预测和调节。

Q16-7　假设一家公司对所有的投资项目都采用加权平均资本成本作为折现率,这种做法有没有可能发生错误? 为什么?

　　答:对所有项目都采用加权资金成本作为贴现率,是不合理的。有些时候,如果能够准确界定该投资项目使用资金的资金成本,那么使用这部分资金的成本作为贴现率更为合理,比如说,某项目的投资资金完全是通过发行公司债券募集来的,此时对该项目进行评价时,就应该使用该批债券的资金成本作为贴现率。假设该批债券的资金成本比企业的加权资金成本高,而该项目的内含报酬率介于两者之间,那么以企业加权资金成本作为贴现率,判断结果是项目可信;然而,该项目的投资收益却不足以弥补该批债券的利息支出,这样就发生了投资决策错误。

Q16-8　设备生产商发明了一种新产品,这种产品的效率更高、成本更低,你认为谁将是这种新产品的受益者? 在什么情况下购买这种新设备是一个 NPV 大于 0 的投资项目?

　　答:这种新设备的受益者是原来没有类似旧设备而正准备购买这种设备的投资者。只要使用这种设备给投资者带来的年均收益大于年均运营成本,购买该设备就是一个净现值大于零的项目。

Q16-9　一种新的生产工艺可以使一家铝冶炼厂产生一种含金量很高的副产品,你将如何估计这些黄金销售带来的附加价值?

　　答:销售黄金带来的附加价值取决于其现金净流量。由于是副产品,所以加工这种产品不需要专门的固定资产投资,在计算现金净流量时,只需要考虑经营活动现金净流量就可以了。

Q16-10　一些公司强调会计业绩,并以账面投资收益作为选择投资项目的标准,在一家大规模的、多角化公司中,这种做法可能存在什么问题?

　　答:账面投资收益是一种会计指标,会计指标的缺点在于没有考虑资金的时间价值,而且,在一个大规模、多角化经营的公司中,有些项目的实施,效益不仅表现在自身的现金流入和会计收益指标上,而且会对其他项目产生连带影响,有些时候,一个项目的投资收益率很低,但是它的实施,却使其他项目的投资收益率大幅提高,或者说,由于该项目的实施而导致的其他相关项目净现值的增加超过该项目本身产生的负的净现值,此时,虽然单独从该项目考虑,净现值小于零,但是从企业主体来看,还是值得投资的。

所以,在一个大规模、多角化经营的公司中,投资决策的评价主体不应该仅仅是项目或部门本身,而且应该考虑企业的整体利益。

二、练习题

E16-1　选择最恰当的答案

(1) B　(2) B　(3) D　(4) A　(5) B　(6) C　(7) B　(8) B　(9) A　(10) B
(11) C　(12) D

E16-2　计算终值、现值、贴现率和期限

(1) 对以下各终值,计算现值

终值/元	年份/年	贴现率/%	现值/元
498	7	13	211.65
1 033	3	6	867.31
14 784	23	4	5 997.87
898 156	4	31	305 552.67

(2) 对以下各现值,计算终值

现值/元	年份/年	贴现率/%	终值/元
123	13	13	606.14
4 555	8	8	8 430.85
74 484	5	10	119 956.48
167 332	9	1	183 011.01

(3) 计算下表中缺失的年份

现值/元	年份/年	贴现率/%	终值/元
100	11	12	350
123	11	10	351
4 100	15	5	8 523
10 543	16	6	26 783

(4) 计算下表中缺失的贴现率

现值/元	年份/年	贴现率/%	终值/元
123	6	10	218
1 000	5	25	3 052
4 100	7	11	8 523
10 543	12	6	21 215

E16-3　计算风险

（1）期望收益率

$$\bar{k}_x = \frac{15\% + 4\% - 9\% + 8\% + 9\%}{5} = 5.4\%$$

$$\bar{k}_y = \frac{18\% - 3\% - 10\% + 12\% + 5\%}{5} = 4.4\%$$

（2）收益率方差

$$x\text{ 收益率方差} = \frac{\sum_{i=1}^{n}(k_i - \bar{k})^2}{n-1} = 0.00863$$

$$y\text{ 收益率方差} = \frac{\sum_{i=1}^{n}(k_i - \bar{k})^2}{n-1} = 0.01263$$

（3）收益率标准差

$$x\text{ 收益率标准差} = \sqrt{0.00863} = 0.09$$

$$y\text{ 收益率标准差} = \sqrt{0.01263} = 0.11$$

E16-4　计算项目净现值和内部收益率

答案如表的末行所示。

	第0年	第1年	第2年	第3年	第4年	第5年	第6年	第7年	第8年
投资活动现金流量									
(1) 设备	−1 760								
(2) 土地	−150								
(3) 回收价值									470
(4) 网络	−400								
(5) 投资活动净现金流量	−2 310								470
经营活动现金流量									
(6) 销售收入		2 400	2 400	2 400	2 400	2 400	2 400	2 400	2 400
(7) 变动成本		1 320	1 320	1 320	1 320	1 320	1 320	1 320	1 320
(8) 固定成本		540	540	540	540	540	540	540	540
(9) 税前利润	−40(注1)	540	540	540	540	540	540	540	540
(10) 所得税(35%)	0	175	189	189	189	189	189	189	189
		(注2)							
(11) 净利润	−40	365	351	351	351	351	351	351	351
(12) 折旧		220	220	220	220	220	220	220	220
(13) 经营活动净现金流量	−40	585	571	571	571	571	571	571	571
现金流量合计	−2 350	585	571	571	571	571	571	571	1 041
折旧税盾		77	77	77	77	77	77	77	77

项目净现值＝−38　　　　内部收益率＝19.5%

注1：40万元的亏损形成于允许税前扣除的启动经费；

注2：175万元的当期所得税是当期收入弥补上期的亏损后计算而来。

E16-5　投资项目评价

表 1　投资活动现金流量　　万元

项　　目	第 0 年	第 1 年	第 2 年	第 3 年	第 4 年	第 5 年	第 6 年
设备投资	−2 000						
设备残值收入							1 000
设备残值纳税							−1 000×35％
营运资本	−40	−10	0	−20	0	0	70
投资活动现金流	−2 040	−10	0	−20	0	0	720

表 2　经营活动现金流量　　万元

项　　目	第 0 年	第 1 年	第 2 年	第 3 年	第 4 年	第 5 年	第 6 年
税后销售收入		500×65％	600×65％	900×65％	1 000×65％	1 000×65％	1 000×65％
税后付现成本		500×60％×65％	600×60％×65％	900×60％×65％	1 000×60％×65％	1 000×60％×65％	1 000×60％×65％
折旧×所得税税率		400×35％	400×35％	400×35％	400×35％	400×35％	0
经营活动现金流量		270	296	374	400	400	260

注：每年净现金流量（NCF）＝年营业收入−年付现成本−所得税

或每年净现金流量（NCF）＝年税后营业收入−年税后付现成本＋折旧×所得税税率

或每年净现金流量（NCF）＝净利润＋折旧

表 3　简化后的经营活动现金流量　　万元

项　　目	第 0 年	第 1 年	第 2 年	第 3 年	第 4 年	第 5 年	第 6 年
税后销售收入		325	390	585	650	650	650
税后付现成本		195	234	351	390	390	390
折旧×所得税税率		140	140	140	140	140	0
经营活动现金流量		270	296	374	400	400	260

表 4　项目现金流量及净现值　　万元

项　　目	第 0 年	第 1 年	第 2 年	第 3 年	第 4 年	第 5 年	第 6 年
投资活动现金流量	−2 040	−10	0	−20	0	0	720
经营活动现金流量		270	296	374	400	400	260
现金净流量	−2 040	260	296	354	400	400	980
折现系数	1	0.909 1	0.826 4	0.751 3	0.683 0	0.620 9	0.564 5
现值	−2 040	236.36	244.61	265.96	273.2	248.36	553.2
净现值				−218.3			

结论：由于计算出来的净现值小于零，所以该项目不值得投资。

E16-6　设备更新分析

（1）旧设备年均运营成本为

$$C_{旧}=\frac{40}{(P/A,12\%,4)}+3-\frac{2}{(S/A,12\%,4)}$$

$$=\frac{40}{3.037\ 3}+3-\frac{2}{4.779\ 3}$$

$$=15.75(万元)$$

(2) 新设备年均运营成本为

$$C_{旧}=\frac{100}{(P/A,12\%,8)}+2-\frac{10}{(S/A,12\%,8)}$$

$$=\frac{100}{4.967\ 6}+2-\frac{10}{12.3}$$

$$=21.32(万元)$$

(3) 结论:因为新设备的年均使用成本高,所以应该继续使用旧设备。

E16-7　计算净现值

(1) 如果没有剩余空间,企业需要立即投资10 000元,事实上有剩余空间,所以如果项目在第2年年底结束,企业可以推迟4年投资,因此由于可以使用剩余空间而带来的净现值就是推迟4年10 000元投资的时间价值。

即 $NPV = 10\ 000 - 10\ 000(P/S,10\%,4) = 3\ 170(元)$

(2) 如果项目一直持续,投资将会在第2年年末发生,使用剩余空间而带来的净现值就是推迟2年10 000元投资的时间价值。

即 $NPV = 10\ 000 - 10\ 000(P/S,10\%,2) = 1\ 736(元)$

E16-8　设备投资选择

由于设备的寿命期不同,而每年的收益系统未知,所以不宜直接使用净现值法进行比较,而应该使用年均成本法。

(1) A设备的年均运营成本为

$$C_{A}=\frac{40}{(P/A,6\%,3)}+10=24.96(万元)$$

(2) B设备的年均运营成本为

$$C_{B}=\frac{50}{(P/A,6\%,4)}+8=22.43(万元)$$

(3) 结论:由于B设备的年均运营成本较低,所以应该购买B设备。如果进行出租,要求的最低租金应该为设备的年均运营成本。

E16-9　设备更新分析

依据题意,海德公司共有3种设备更新选择:

方案1:仍然使用原有设备,2年后变卖;

方案2:仍然使用原有设备,直至6年后设备报废;

方案3:现在就变卖旧设备,购置新设备。

由于各种方案带来的每年现金流入均相同,下面分别计算每个方案的年均运营成本。

（1）方案 1：仍然使用原有设备，2 年后变卖

万元

项　　目	现金流量	系数(7%,2)	年均值
旧设备变现	(32)	(P/A,7%,2)	(17.699 1)
变现损失抵税	(40−32)×35%=(2.8)	(P/A,7%,2)	(1.548 7)
维护成本	(2)	1	(2)
折旧抵税	10×35%	1	3.5
第 2 年年末变卖收入	12	(S/A,7%,2)	5.797 1
变卖损失抵税	(20−12)×35%=2.8	(S/A,7%,2)	1.352 7
年均运营成本			(10.598)

（2）方案 2：仍然使用原有设备，直至 6 年后设备报废

万元

项　　目	现金流量	系数(7%,6)	年均值
旧设备变现	(32)	(P/A,7%,6)	(6.713 5)
变现损失抵税	(40−32)×35%=(2.8)	(P/A,7%,6)	(0.587 4)
维护成本	(5.723 9)*	1	(5.723 9)
折旧抵税	2.487 2*	1	2.487 2
年均运营成本			(10.537 6)

*注：年均维护成本 $=\dfrac{2\times(P/A,7\%,2)+8\times(P/A,7\%,4)\times(P/S,7\%,2)}{(P/A,7\%,6)}$

$\qquad\qquad\qquad =5.723\ 9(万元)$

年均折旧抵税额 $=\dfrac{100\times35\%\times(P/A,7\%,4)}{(P/A,7\%,6)}$

$\qquad\qquad\qquad =2.487\ 2(万元)$

（3）方案 3：现在就变卖旧设备，购置新设备

万元

项　　目	现金流量	系数(7%,6)	年均值
新设备购价	(100)	(P/A,7%,8)	(16.746 8)
维护成本	1	1	(1)
折旧抵税	12.5×35%=4.375	1	4.375
年均运营成本			(13.371 8)

（4）结论：由 3 种更新方案的年均成本来看，应该等到现有设备完全报废后再进行更新。

E16-10　净现值和内含报酬率的计算——考虑所得税因素

（1）$NPV_A=26\times(P/A,8\%,5)-100=3.81$

根据

每年净现金流量（NCF）＝年税后营业收入－年税后付现成本＋折旧×所得税税率

$\qquad NPV_B=[26\times(1-33\%)+20\times33\%]\times(P/A,8\%,5)-100=-4.09$

(2) A 公司的内含报酬率 IRR_A

当 $IRR_A = 9\%$ 时，　　$NPV = 1.132\ 2$

当 $IRR_A = 10\%$ 时，　　$NPV = -1.439\ 2$

利用插值法：

$$\frac{1.132\ 2 - 0}{1.132\ 2 + 1.439\ 2} = \frac{9\% - IRR_A}{9\% - 10\%}$$

$$IRR_A = 9.44\%$$

B 公司的内含报酬率 IRR_B

当 $IRR_B = 6\%$ 时，$NPV = 1.181\ 8$

当 $IRR_B = 7\%$ 时，$NPV = -1.513\ 2$

利用插值法：

$$\frac{1.181\ 8 - 0}{1.181\ 8 + 1.513\ 2} = \frac{6\% - IRR_B}{6\% - 7\%}$$

$$IRR_B = 6.44\%$$

从内含报酬率的比较来看，由于所得税的存在，使得在其他条件完全相同的情况下，项目的内含报酬率降低。

A 公司的实际所得税率仍然为零，而 B 公司的实际所得税率为

$$(9.44 - 6.44) \div 9.44 \times 100\% = 31.78\%$$

E16-11　净现值计算

年　份	0	1	2	3	4	5	6	7	8
设备投资	(120)								
第 8 年出售									40
出售所得纳税									(13.2)
仓库租金		(10)	(10.4)	(10.81)	(11.25)	(11.7)	(12.17)	(12.65)	(13.16)
运营成本垫支	(35)	(7)	(2.1)	(2.2)	(2.3)	(2.4)	(2.5)	(2.6)	(2.9)
运营成本收回									59
投资活动现金流	(155)	(17)	(12.5)	(13.01)	(13.55)	(14.1)	(14.67)	(15.25)	69.74
销售收入		420	441	463.05	486.2	510.51	536.03	562.84	590.98
销售成本		378	396.9	416.75	437.58	459.46	482.4	506.56	531.88
销售利润		42	44.1	46.3	48.62	51.05	48.24	50.66	53.19
所得税		13.86	14.55	15.28	16.04	16.84	17.69	18.57	19.5
税后净利		28.14	29.55	31.03	32.58	34.21	35.91	37.71	39.6
折旧		12	12	12	12	12	12	12	12
经营活动现金流		40.14	41.55	43.03	44.58	46.21	47.91	49.71	51.6
现金净流量合计	(155)	23.14	29.05	30.02	31.03	32.11	33.24	34.46	121.34
折现系数	1	0.892 9	0.797 2	0.711 8	0.635 5	0.567 4	0.506 6	0.452 3	0.403 9
现值	(155)	20.66	23.16	21.37	19.72	18.22	16.84	15.59	49.01
净现值				29.57					

三、讨论题

P16-1　长期投资评价

（1）如果美文公司投产第三代技术产品，则整个市场的供应能力提高到

$$1.2+1.2+1=3.4(亿件)=340(百万件)$$

根据题中给出的公式：需求量$=80\times(10-$单价$)$（百万），得到

$$340=80\times(10-单价)$$

$$单价=5.75(元/件)$$

（2）由于生产设备在可以预见的未来，永远使用下去，所以可以忽略折旧和残值等问题，经营活动产生的现金流量可以被看做是一种永续年金。另外，由于公司预计可以在12个月内到达生产能力，也就是说，从第二年开始正常生产，所以这个永续年金的第一笔现金流入发生在第二年。

按照以上分析，项目未来每年的净现金流量应该这样构成：销售收入现金流量－生产成本现金流量。

具体到单位产品，未来每年（从第二年开始）的净现金流量$=5.75-3=2.75($元$)$

按照永续年金方法折合成现值：$2.75\div20\%-2.75\times(P/A,20\%,1)=11.458\,3($元$)$

（3）该项目的净现值为：

$$11.458\,3\times1-10=1.458\,3(亿元)$$

（4）该项目的净现值主要来源于单位产品成本的降低和销量的提高。

（5）企业可以通过投资生产性能更好的项目，从而降低单位产品成本，并进而通过降价提高销售数量，扩大销售收入等方式来提高自己的价值。

P16-2　开通新航线

首先考虑开通新航线能够给公司带来的净现值：此时的现金流入主要包括开通新航线带来的营业收入；现金流出主要包括：停机设备、培训和广告支出以及新航线的运营成本等。

其次考虑将两架飞机作为备用机带来的净现值：此时的现金流入主要包括增加运量而增加的营业收入；现金流出主要包括两架飞机在现有航线上运行的运营成本。

最后，将两种方案进行比较，选择净现值较大的方案。由于两种方案中都不涉及将原有飞机出售，所以出售旧飞机的机会成本可以不考虑。事实上，开通新航线的净现值和作为备用机的净现值分别互为对方的机会成本。

如果存在飞机租赁市场，应该考虑（1）开通新航线的净现值；（2）将原有飞机作为备用机的净现值；（3）通过租赁飞机补充运力的净现值。在3种方案的净现值都大于零的情况下，如果（1）＋（3）＞（2），则将开通新航线，在运力不足时，通过租赁飞机补充运力；否则，将原有两架飞机作为备用机，补充运力不足。

P16-3　投资机会选择

（1）本题中，会计收益和经济收益的主要区别在于折旧是否记入利润问题，会计收益

是指折旧后的利润,即题中图表的第三行;而经济收益是不考虑折旧的利润,即题中图表的第一行,因为,从经济利润的角度考虑,固定资产投资已经是一项沉没成本。

(2)现在该公司的投资计划有两种,分别是每年开一家分店和每年比前一年多开一家分店。分析过程中,分别用方案1和方案2表示。

(3)方案1的会计收益和经济收益分别是题中图表的第3行和第1行,并按照每年增加一个系列的情况累加。如各年会计收益的情况是下表中"累计"行中的数据:

方案 1 的会计收益

年　份	1	2	3	4	5	6	7	8	9
	−4	0	4	8	13				
		−4	0	4	8	13			
			−4	0	4	8	13		
				−4	0	4	8	13	
					…	…	…	…	…
累计	−4	−4	0	8	…	…	…	…	…

经济收益的情况可以仿照此方法计算。

(4)方案2的会计收益和经济收益也可以仿照上述方式确定。

(5)因为长期资产的投资收益率是一个相对指标,由于无论开几家分店,会计收益和所占用长期资产的比例都不会变化,所以两种方案对长期资产投资收益率不会产生不同影响。

(6)热点公司的股票价值是其未来现金流量的净现值之和。

方案1中,可以将每年开业的新连锁店的未来现金流都折合成投资当年的净现值,这样热点公司每年都会有一个相同的现金流;如果投资一直持续下去,就可以按照年金现值的方法,求出这些现金流的净现值,即为热点公司的股票价值。

方案1中,每个新连锁店在投资折合到投资当年的净现值为:

$$\text{NPV} = 0 + 4 \times (1 + 20\%)^{-2} + 8 \times (1 + 20\%)^{-3} + 12 \times$$
$$(1 + 20\%)^{-4} + 17 \times (1 + 20\%)^{-5} - 20$$
$$= 0 + 2.777\,8 + 4.629\,6 + 5.787\,0 + 6.831\,9 - 20$$
$$= 0.026\,3$$

按照永续年金现值的计算方法,求得热点公司的现值为:

$$0.026\,3 \div 0.2 = 0.131\,5(万元)$$

方案2中,由于第一年开一家新店,第二年开两家,第三年开三家,依此类推,所以现金流的状况是:第一年年底为0.026 3,第二年年底为$2 \times 0.026\,3$,第三年年底为$3 \times 0.026\,3$……依次类推。即(为画图方便,图中 A=0.026 3)

为了计算这种现金流的现值,可以将其看成是不同时点开始的若干个方案 1 的累加。即:将第二年投资的两个新店在第二年年底产生的 2A 净现值看作是两个新店在此时分别产生的净现值,其他年份依此类推,即:

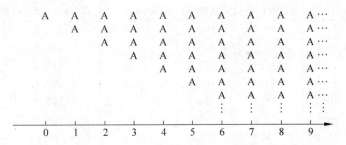

由于每一个系列都相当于一个年金为 A 的永续年金,它在投资当年年初的现值为 0.131 5 万元,所以,这些现值又构成了一个永续年金的形式,只是此时的年金不是 0.026 3,而是 0.131 5。即:

$$
\begin{array}{ccccccccccc}
0.1 & 0.1 & 0.1 & 0.1 & 0.1 & 0.1 & 0.1 & 0.1 & 0.1 & \cdots \\
\hline
0 & 1 & 2 & 3 & 4 & 5 & 6 & 7 & 8 & \cdots
\end{array}
$$

因为一般的永续年金的第一个现金流量发生在第一期期末,所以上述现金流序列的现值可以按照以下方法计算:

$$NPV=0.131\,5+0.131\,5\div0.2=0.789(万元)$$

依据以上分析和计算,热点公司采用第一种扩张方案的净现值为 0.131 5 万元,采用第二种扩张方案的净现值为 0.789 万元。两种方案的净现值都比较低,是因为该公司的资金成本较高。

P16-4 收益率计算和分析

(1) 会计折旧和经济折旧

会计折旧按照原值、残值和使用年限,按照直线法折旧。

$$年折旧额=(196.9-196.9\times20\%)\div15=10.5(百万元)$$

经济折旧是资产的期初账面价值和期末可变现价值之间的差额,题中飞机的每年经济折旧见下表:

飞机的每年经济折旧   百万元

年份	1	2	3	4	5	6	7	8	9	10	11	12	13	14	15
折旧	17	12	10.1	8.9	8	7.3	6.8	6.3	5.9	5.5	5.2	3.8	4.7	4.3	4.2

(2) 各年的实际收益率即为 10%,而会计收益率是按照税后净利计算出来的,其计算公式如下:

$$会计收益率 = 税后净利润\div平均资产占用额$$
$$= (税后现金流量-年折旧额)\div[(期初资产总额+期末资产总额)\div2]$$

所以,各年的会计收益率计算如下表所示。

各年的会计收益率

年份	现金流量 (1)	年折旧额 (2)	税后净利润 (3)=(1)-(2)	期初资产总额 (4)	期末资产总额 (5)=(4)-(2)	平均资产占用额 (6)=1/2((4)-(5))	会计收益率 (7)=(3)÷(6)
1	36.7	10.5	26.2	196.9	186.4	191.65	13.67
2	30.0	10.5	19.5	186.4	175.9	181.15	10.76
3	26.9	10.5	16.4	175.9	165.4	170.65	9.61
4	24.7	10.5	14.2	165.4	154.9	160.15	8.87
5	22.9	10.5	12.4	154.9	144.4	149.65	8.29
6	21.4	10.5	10.9	144.4	133.9	139.15	7.83
7	20.2	10.5	9.7	133.9	123.4	128.65	7.54
8	19.0	10.5	8.5	123.4	112.9	118.15	7.19
9	18.0	10.5	7.5	112.9	102.4	107.65	6.97
10	17.0	10.5	6.5	102.4	91.9	97.15	6.69
11	16.1	10.5	5.6	91.9	81.4	86.65	6.46
12	15.2	10.5	4.7	81.4	70.9	76.15	6.17
13	14.6	10.5	4.1	70.9	60.4	65.65	6.25
14	13.7	10.5	3.2	60.4	49.9	55.15	5.80
15	13.2	10.5	2.7	49.9	39.4	44.65	6.05

从表中可以看出,只有前两年的会计收益率高于实际收益率,其余年份的会计收益率均低于实际收益率,这主要是由于会计收益率中的净利润扣除了折旧造成的。

(3) 如果每年购买固定数量的新飞机,由于新飞机在前两年的会计收益率高于实际收益率,其余年份的会计收益率均低于实际收益率,而各年购入的新飞机产生的这种作用相互错开,所以需要有具体数据才能判断某一年的会计收益率和实际收益率的对比关系。

P16-5 投资项目评价

由于题中未给出工厂的使用年限,所以假设工厂的使用年限为 n,n 年末无残值,按照直线法提取折旧,每年折旧额为 $100/n$。

(1) 如果一些企业在第二年建立新厂,这些新厂每年的现金流量为:
$$10 \times (10 - 8.5) = 15(万元)$$

每年 15 万元的现金流量将一直延续 n 年,按照 n 年年金的现值计算公式,可以计算其现值为:$15 \times (P/A, 10\%, n)$

其中 $(P/A, 10\%, n)$ 为折现率为 10%,n 年期普通年金的现值系数。

在第二年年末的净现值为:$15 \times (P/A, 10\%, n) - 100$

(2) 每个新厂的现值是多少?
$$每个新厂的现值 = 第二年年末的净现值 \times 2 年期复利现值系数$$
$$= [15 \times (P/A, 10\%, n) - 100] \times (P/F, 10\%, 2)$$

(3) 基于对上述问题的回答,你认为 3 年以后过氧乙酸的价格将会怎样?

由于有更多的企业投产,造成产量大增,将导致过氧乙酸的价格下降。